UN ASESINATO PIADOSO

José María Guelbenzu nació en Madrid en 1944, trabajó en la revista *Cuadernos para el Diálogo*, además de colaborar en diversos periódicos y en numerosas revistas literarias.

Ha sido director editorial de Taurus y Alfaguara y es colaborador habitual de las secciones de Opinión y Libros del diario *El País*. Entre sus obras destacan su novela de debut *El Mercurio* (1967, finalista del Premio Biblioteca Breve), *La noche en casa* (1977), *El río de la luna* (1981, Premio de la Crítica), *El esperado* (1984), *La mirada* (1987), *La Tierra Prometida* (1991, Premio Plaza & Janés), *El sentimiento* (1995), *Un peso en el mundo* (1999), *La cabeza del durmiente* (2003) y *Esta pared de hielo* (2005).

Bajo la firma de J. M. Guelbenzu ha trasladado parte de su mundo literario al género policiaco con las novelas *No acosen al asesino* (2001), *La muerte viene de lejos* (2004) y *El cadáver arrepentido* (2007). Ha ganado el VIII Premio Periodístico sobre Lectura de la Fundación Germán Sánchez Ruipérez, por su artículo «Hubo una vez una novela», publicado en el *Heraldo de Aragón*, el 15 de marzo de 2007. Su última novela es *Un asesinato piadoso* (2008).

Web: http://www.jmguelbenzu.com

J. M. Guelbenzu
UN ASESINATO PIADOSO

punto de lectura

© 2008, José María Guelbenzu
© De esta edición:
2009, Santillana Ediciones Generales, S.L.
Torrelaguna, 60. 28043 Madrid (España)
Teléfono 91 744 90 60
www.puntodelectura.com

ISBN: 978-84-663-1622-4
Depósito legal: B-30.251-2009
Impreso en España – Printed in Spain

Cubierta: © Paso de Zebra

Primera edición: septiembre 2009

Impreso por Litografía Rosés, S.A.

Todos los derechos reservados. Esta publicación
no puede ser reproducida, ni en todo ni en parte,
ni registrada en o transmitida por, un sistema de
recuperación de información, en ninguna forma
ni por ningún medio, sea mecánico, fotoquímico,
electrónico, magnético, electroóptico, por fotocopia,
o cualquier otro, sin el permiso previo por escrito
de la editorial.

Las coincidencias —me respondió mi amigo— son los peores enemigos de la verdad.

GASTÓN LEROUX

Y ¿no es verdad que con frecuencia llegan a una solución por una serie de simples coincidencias?

ANTHONY BERKELEY

I. Caso cerrado

La llamada sonó en la Comisaría rayando el alba y el sol seguía sin despuntar cuando la Juez Mariana de Marco llegó a la primera casa de la Colonia del Molino. En rigor, esta casa no pertenecía a la Colonia, era como un adelanto de la misma, situada a la salida del puente que cruzaba el río Viejo. Frente a ella se levantaba una discoteca que cualquiera tomaría por un almacén industrial de no ser por el rótulo luminoso de color fresa que coronaba su fachada y que aún lucía a estas horas pese a encontrarse el edificio cerrado por una persiana metálica cubierta de grafitis. Sólo se abría los fines de semana. La casa era una construcción de dos plantas, un hotelito tradicional de estilo indiano de un ajado color rojizo. La rodeaba un pequeño jardín cercado con un viejo muro de piedra. La verja de entrada estaba abierta y sus hojas encalladas en tierra. El jardín, en estado de claro abandono, era puro suelo inculto del que sólo brotaban maleza, mala hierba y cardos; también había un par de acacias solitarias a ambos lados del sendero de tierra que conducía a la entrada principal de la casa y al fondo, tras ella, se divisaba una especie de cobertizo medio cubierto por una higuera de gran porte.

Cuando la Juez llegó a la puerta, un primer rayo de sol se reflejó en el cristal de la ventana que quedaba a su derecha y lo sintió como una advertencia. Sobresaltada y todavía somnolienta, se volvió a mirar en dirección al mar, más allá de la discoteca. El grato y temprano resplandor del amanecer asomando tras la ligera elevación del terreno chocó en su percepción con el letrero de neón aún encendido y repentinamente frío y empalidecido por la luz creciente, lo que le provocó un desapacible sentimiento de desubicación. Por un momento pareció desorientada mas en seguida se rehízo y penetró en la casa.

El inspector Alameda, de la Policía Judicial, se encontraba en el vestíbulo de la casa hablando con el agente Rico, de la Comisaría del distrito, al que advirtió con un gesto en cuanto vio entrar a la Juez. A contraluz, la figura de la Juez le pareció imponente: una mujer alta, de complexión fuerte, pero esbelta, impresión que realzaba al ir vestida con chaqueta y pantalón y zapatos de tacón alto; aunque apenas veía su rostro, la media melena suelta, el paso vivo y la firmeza con que portaba su gran cartera con una mano mientras con la otra sujetaba el bolso colgado al hombro subrayaban su aire decidido. Se fijó en sus manos grandes y también en la manera de pisar, en el sonido de sus zapatos de tacón. Al llegar a su altura, el inspector comprobó con pesar que le sacaba la cabeza.

—El cadáver está en el cobertizo, señoría —dijo el agente Rico después de saludarla—. Venga por aquí, pasaremos a través de la casa.

La Juez y el forense, que llegaba con ella, se dirigieron al cobertizo donde otro agente tomaba fotografías.

Era una suerte de cabaña para almacenar toda clase de trastos, desde un rastrillo o una bombona de butano hasta una bicicleta medio oxidada. De las paredes laterales sobresalían unas pocas baldas atestadas (guantes, botes, frascos...). Una bombilla desnuda colgaba de un cable unido a un casquillo de baquelita con interruptor. El cobertizo era exiguo y apenas si cabían los cuatro alrededor del cadáver; éste estaba tendido en el suelo, boca abajo, en medio de un gran charco de sangre. El agente que fotografiaba dio por concluido su trabajo y se apartó a un lado para dejar paso.

—Con su permiso, volvemos adentro porque aquí hemos terminado —dijo Rico dirigiéndose a la Juez—. Si el forense no tiene inconveniente, por nosotros puede usted ordenar ya el levantamiento.

—Por mi parte no hay inconveniente —dijo el forense; miró a la Juez y añadió, como excusándose por su intervención—: Lleva muerto varias horas; debió de morir hacia la medianoche.

Mariana de Marco asintió y los dos hombres salieron. Los de la ambulancia esperaban con aire impaciente, pero ella los detuvo con un gesto. De pie, fue observando atenta y lentamente el interior del cobertizo como si buscase grabarlo al detalle en su memoria; luego miró al hombre tendido en el suelo. Mostraba una herida muy profunda en el cuello, propia de un instrumento cortante muy afilado, y se había desangrado presumiblemente por la carótida. Sin moverse de su sitio, volvió la cabeza al exterior y llamó al inspector.

—¿Cómo murió? —preguntó sin mirarle, con la vista puesta de nuevo en el cadáver.

—Según el forense hay tres tajos laterales; es como si hubieran querido asegurar la muerte. Por la forma de los cortes, al menos el primero lo recibió estando de espaldas o en escorzo. Pero es un golpe seco, no un tajo deslizando la hoja. Los otros dos, igual. Probablemente estaba inclinado al recibir el primero y así lo remataron. Para mí que con el primero iba servido.

La sangre había saltado hasta una de las paredes laterales. Mariana retrocedió dos pasos.

—Quienquiera que haya sido debe de tener la ropa muy manchada.

—Los agentes están registrando la casa y los alrededores —dijo el inspector.

Salieron al exterior. El cielo estaba azul, sin una nube y la luz prometía un día radiante. El agente Rico regresó junto a ellos.

—¿Quién vive en la casa? —preguntó Mariana.

—Un matrimonio y su hija. El muerto es el marido. La mujer está arriba, en su dormitorio. La niña duerme con ella. Las dos descansan. También está el abuelo materno. Él es quien se ha ocupado de las dos mujeres. Por lo visto se encontraba anoche en la casa. Ha estado velando toda la noche hasta que ya de madrugada nos llamó a nosotros.

—¿Velando toda la noche? —preguntó Mariana con extrañeza—. ¿Quiere decir que no ha dado aviso hasta el amanecer?

—Así es —corroboró el agente—. Toda la noche en vela desde la hora de la muerte. Raro, ¿no? —añadió con intención.

—Increíble —comentó Mariana—. Y... el cadáver, mientras tanto, tendido en el cobertizo... prácticamente al raso.

El agente asintió con un gesto significativo.

—¿Quiere hablar con él? Está en el piso de arriba —ofreció sonriente.

—No sé; ahora veremos —dijo, pensativa.

Los camilleros se habían hecho cargo del cuerpo mientras ellos hablaban. Mariana echó un vistazo alrededor. El cobertizo estaba casi pegado al cerramiento posterior del jardín. A un lado se extendía la frondosa higuera y en el otro se acumulaban unos toneles con las duelas abiertas y los cinchos saltados; a juzgar por el tinte rojizo en algunas zonas de la madera, debieron de contener vino; además, había unas cubiertas de automóvil desechadas, un par de cajones de plástico para botellas y unas cuantas de vidrio verde, que parecían de sidra, vacías y desparramadas por el suelo. Un poco más allá, casi en la esquina del muro, un gato pardo les observaba fijamente en actitud recelosa.

—Pues ya tenemos por dónde empezar —dijo Mariana. El inspector Alameda seguía a su lado. El agente que acompañaba a Rico se asomó a la puerta trasera para llamar la atención de éste, que se dirigió hacia él. Mientras tanto, los camilleros extendían un gran saco de plástico en el suelo, junto al cadáver.

—Un crimen extraño, ¿no le parece? —comentó el inspector.

—¿Extraño?

—No me refiero a la muerte sino a las circunstancias —aclaró el otro—. En plena noche... con gente en casa... cazado por la espalda...

—Por cierto, ¿qué hace usted aquí en el lugar del crimen? Esto no es todavía asunto de la Policía Judicial.

—Ah, eso... No —contestó el inspector—, no tiene nada que ver. Esta noche no he pegado ojo, me he echado a la calle y he acabado en la Comisaría. Estaba tomando un café con el agente Rico cuando han llamado y me he venido con él y con el otro agente. Un poco de acción despeja la cabeza.

Rico estaba ya de vuelta y se había llegado hasta ellos a tiempo de escuchar la explicación de Alameda.

—No me lo hubiera despegado ni con aguarrás —dijo refiriéndose al inspector—. En cuanto se ha enterado de que teníamos un asesinato entre manos se nos ha pegado como una lapa. Le pirran los asesinatos.

Alameda le dedicó una sonrisa triste.

—Voy a hablar con el abuelo —dijo el agente dirigiéndose a la Juez—. ¿Quiere estar presente su señoría?

—No, agente, gracias. Prefiero esperar al informe.

—Como guste.

El agente se adentró de nuevo en la casa.

—¿Le van los asesinatos? —preguntó Mariana al inspector.

—Puede —dijo el otro con cautela; luego cambió de tercio—. Este chico es listo, un chaval muy despierto.

—Es muy joven —comentó la Juez.

—Su padre era del Cuerpo. Uno de los buenos. Yo trabajé a sus órdenes durante un tiempo.

—¿Era? ¿Es que murió?

—No. Está retirado. Tiene una casita cerca de Silla. Es valenciano, como yo. Cultiva su pequeña huerta, lee el periódico y pasea mucho, por el corazón.

—Pues ya tiene usted su crimen y a ver cómo nos las arreglamos a partir de ahora —concluyó Mariana dando por acabada su estancia allí. El sol lucía por fin en el cielo y, al volverse ella, la luz hirió sus ojos, por lo que se protegió con unas gafas oscuras que extrajo del bolso—. Yo me voy para el Juzgado. ¿Usted se queda? ¿Sí? Pues antes de irme póngame un poco en antecedentes acerca de esta familia. ¿Son gente conocida aquí?

Caminaron juntos por el jardín, a paso lento, mientras el inspector le informaba. Los Piles, la familia del muerto, eran gente conocida en G... de toda la vida. La madre del fallecido, además, provenía de una familia de notable prestigio. El suegro del fallecido, viudo, Casio Fernández Valle, no era oriundo de G..., pero sí de la región. Dos familias reconocidas y con raigambre social, especialmente los Piles.

—Gente de importancia —dijo el inspector—. Localmente.

—Qué descuidado está esto —comentó Mariana, mirando en derredor. Entonces recordó que Casio Fernández estaba aún en la casa, pero decidió ignorarlo por el momento. Lo vería en el Juzgado.

El muerto se llamaba Cristóbal Piles, casado con Covadonga Fernández, de cuyo matrimonio había una hija, Cecilia, una niña de seis años de edad. La casa pertenecía al abuelo, Casio, y éste la cedió temporalmente al matrimonio para irse a vivir a un piso junto al Barrio Antiguo de Pescadores. Casio Fernández Valle era un nombre respetado en G... Había nacido en un pueblo cercano; a partir de los siete años cumplidos se crió en la ciudad, donde completó los estudios de bachillerato. Después de licenciarse por la Universidad de Vetusta, empezó a trabajar como profesor en un colegio religioso, pero pronto dio el salto a una casa editorial de libros de enseñanza. Pasó a residir fuera de España durante cuatro años al servicio de una multinacional farmacéutica. De regreso a G... dejó este oficio por el de vendedor, primero, y directivo, después, de una empresa conservera de productos del mar, lo que le permitió viajar tanto por España como por el extranjero. Era un hombre culto que hablaba dos idiomas aparte del suyo propio y en la actualidad estaba jubilado, dedicado a sus rentas —por lo visto, reunió un buen dinero como profesional— y habiendo visto mundo. Enviudó pronto. Tenía una sola hija, Covadonga, a la que había cuidado con atención a pesar de ser un viudo joven de vida laboral ajetreada. La chica, nada mal parecida, fue siempre tímida, de aspecto encogido, pocas palabras y no muy alegre; con otro carácter habría sido una mujer de éxito; su hija, Cecilia, salía a la madre, pero se la veía con más viveza, como era propio de su edad. Por su parte, los Piles eran una familia muy reconocida en G... Padre funcionario y madre dominante; ella era, de los dos, la de mayor arraigo social en la ciudad. Tenían dos hijos; el primero, Cristóbal, el fallecido, era un chico consentido y fanfarrón, pero trabajador, que llevaba una concesión de automóviles para toda la provincia además de otros asuntos menores; un tipo derrochador y simpático, muy popular y muy unido a la familia, que también se ramificaba por la provincia. La otra hija, Ana, era la contestataria que había dado muchos quebraderos de cabeza a sus padres, gente rígidamente católica. Tuvieron que enviarla a terminar el bachillerato a un internado y después echó a volar, primero a Madrid a estudiar Periodismo y luego de varias peripecias y meritoriajes acabó en Zaragoza, trabajando para *El Heraldo de Aragón*. Venía de vez en cuando a visitar a los padres. El matrimonio de Cristóbal y Covadonga parecía ir bien, al menos por fuera, a pesar de ser caracteres tan distintos y de que resultaba difícil comprender que un hombre como Cristóbal se sintiera atraído por una mujer de esas características. De hecho, se pensaba que el matrimonio, si no lo era ya desde el principio en lo afectivo, había acabado por ser también de conveniencia en ese aspecto. Lo que sí estaba claro era la unión de dos patrimonios, en propiedades y dinero, que todo el mundo consideraba acertada. En cuanto a la niña, adoraba al padre y pasaba más tiempo con la madre, pero esta elección parecía estar dentro de una ortodoxia familiar perfectamente aceptable en el orden social tradicional. En los últimos tiempos, sin embargo, la postración de Covadonga —ese carácter siempre temeroso, acoquinado— y la consecuente deriva de la niña hacia el vitalismo del padre habían acentuado un tanto las diferencias entre madre e hija con el agravante de que la madre se refugiaba en sí misma y en una acentuada hipocondría.

Ésta era, en resumen, la situación al día de la muerte de Cristóbal Piles. El inspector Alameda llevaba tantos años ejerciendo allí su oficio que se conocía al dedillo el mundo social de G..., por lo que su visión del asunto le parecía a la Juez De Marco perfectamente fiable y se despidió de su informador no sin advertirle que le diese cuenta al final de la mañana del resultado de las primeras investigaciones. Estuvo tentada de interrogar al abuelo, pero prefirió esperar. Al fin y al cabo, la madre y la hija aún estaban bajo los efectos de los tranquilizantes y, a juzgar por la información que el inspector le proporcionara, Casio Fernández Valle era un hombre templado al que poco iba a afectar la prisa.

La Juez llegó a la puerta del jardín y contempló todo el espacio a su alrededor antes de cruzar la cancela. El sol era ya claramente visible en el cielo y la luminosidad de la mañana creaba un velo neblinoso más propio de una calima, pero en cuanto levantase, el aire adquiriría una exquisita calidad de transparencia.

«Qué día más inadecuado para abandonar este mundo», pensó mientras avanzaba hacia su automóvil.

El primer informe lo adelantó verbalmente a la Juez el inspector hacia las doce de la mañana. Según el mismo, Cristóbal Piles murió asaltado por una persona desconocida en el cobertizo situado en la parte trasera del jardín. Cuando fue atacado por la espalda se encontraba inclinado hacia delante y en esa posición recibió un primer golpe en la parte lateral derecha del cuello, golpe propinado con un instrumento cortante que le produjo una herida profunda con rotura de la carótida derecha. Es posible que conociera a su agresor, pues no parecía fácil acercarse al lugar sin que la víctima lo advirtiese. El asesino volvió a golpear con el mismo instrumento dos veces más, como si quisiera asegurar la muerte indudable del fallecido, de resultas de lo cual el cadáver presentaba el cuello casi seccionado. Se suponía que primero cayó de rodillas, recibió los dos golpes posteriores y se derrumbó en el suelo, quedando en la posición en la que lo habían hallado. Muy posiblemente el asesino esperó hasta cerciorarse de que estaba sin vida. Aún no se había encontrado el arma del crimen aunque seguían registrando el jardín e incluso los alrededores. El inspector creía probable que el asesino hubiese arrojado el arma al río cercano, aunque el examen de huellas no mostraba indicios del camino seguido por el asesino para alejarse del lugar del crimen. Todo indicaba que escapó a pie o quizá saltando el muro, pero hasta el momento no era más que una hipótesis.

—Un crimen brutal —comentó impresionado.

A falta del informe del forense, podía fijarse la hora de la muerte entre las doce y la una de la noche. El cadáver fue descubierto por el señor Casio Fernández Valle, suegro de la víctima, que se encontraba de visita en la casa. Éste, al observar la tardanza de su yerno, quien había salido al exterior a por una caja de cervezas que guardaba en el cobertizo, salió en su busca. No había luz en el cobertizo y a punto estuvo de tropezar con el cadáver. Al principio pensó que se trataba de un desvanecimiento, pero al prender la luz (Mariana recordó la bombilla colgante y el casquillo con el interruptor) comprobó horrorizado que se encontraba en medio de un charco de sangre. Apagó la luz y corrió al interior de la casa sin darse cuenta de que iba dejando un rastro. Sólo pensaba en el modo de ocultar el asunto a su hija, pero se encontró con ella al pie de la escalera, el rastro lo delató y la mujer se precipitó al exterior. Con la luz prendida, pudo ver con claridad lo que había ocurrido. De resultas se arrojó sobre el cuerpo de su marido y quedó abrazada a él en un estado de histeria. A duras penas consiguió apartarla del cadáver y retroceder hacia la casa. Estaba atrozmente manchada de sangre. Toda la preocupación del señor Fernández fue hacerla callar y evitar que despertase a su nieta, que dormía en su cuarto en el piso alto, y en esa operación lo sorprendió la niña. Consiguió calmar a su hija y a su nieta; encerrado en el cuarto de baño, las lavó, les cambió de ropa y les administró a ambas un tranquilizante. Después recogió la ropa de las dos y la suya propia y la metió en la lavadora. El señor Fernández no puede precisar si la niña llegó a ver algo más que a su madre manchada de sangre; al parecer estaba llorando y muy agitada. Según su declaración sólo deseaba acostar a las dos, madre e hija, para disponer de tiempo y encarar la situación. Luego limpió las manchas de sangre lo mejor que pudo y disimuló las que había en el jardín. Esto lo hizo sobre todo por proteger a la niña y aunque reconoció que con ello contaminaba el escenario del crimen, dijo no ser consciente dada la situación en que se encontraba.

—Eso no explica su silencio hasta el amanecer —había comentado Mariana.

El señor Fernández sólo pudo decir en su descargo que era muy tarde cuando hubo terminado todo y que decidió esperar y pensar antes de actuar. En todo caso, parece que se quedó dormido, probablemente agotado por el esfuerzo y la distensión que sigue a una situación extrema y cuando abrió los ojos ya estaba cerca del amanecer. Lo primero que hizo fue levantarse de la butaca en la que se había quedado dormido y acudir inmediatamente al cobertizo y después subió a comprobar el sueño de su hija y de su nieta. Luego reconoce que estuvo recorriendo la casa y el jardín, porque la oscuridad estaba empezando a aclararse, en un primer intento de comprender el suceso y el modo en que podía haber ocurrido, pero no pudo sacar nada en claro. Es en ese momento cuando comprendió que debía haber llamado a la policía desde el principio y, como ya estaba a punto de amanecer, esperó a que se alejara la oscuridad y telefoneó a la Comisaría. En términos generales, ésa era toda la información por el momento.

—En términos bastante vagos —precisó la Juez para sí.

El cambio de la Juez Mariana de Marco de Villamayor a la ciudad de G... se produjo a solicitud propia por la existencia de una vacante en los Juzgados de Primera Instancia e Instrucción de esta última; lo obtuvo tras ganar un concurso de traslados y tomó posesión del nuevo destino a mediados del mes de Enero del presente año de 1999. Seguía, pues, a orillas del Cantábrico aunque de nuevo teniendo que hacerse a un lugar donde carecía de amistades. Debía a sus dos mejores amigas cántabras el establecimiento de los primeros lazos, más de conveniencia y de utilidad que de amistad, que le ayudaron a instalarse. Ahora, en su nuevo destino, el único contacto era un primo segundo suyo, hijo de una prima hermana de su madre, llamado Juan García de Marco, conocido por Juanín. Este Juanín era un típico producto provinciano de funcionario cualificado, simpático y bien relacionado, cuya única expectativa en la vida era seguir siendo lo que era y vivir como vivía. Para él, la presencia de su prima resultaba ser una novedad excitante pues era bien consciente de que la presencia de una Juez en su círculo de amistades suponía un plus de prestigio personal, además de un añadido exótico a su vida. Juanín se desvivió por encontrarle un piso donde acomodarse y por presentarle amigos y amigas que la acogieron con tanta cordialidad como curiosidad. Con todo, Mariana sentía nostalgia de su antigua y querida secretaria del Juzgado de San Pedro del Mar, Carmen, y la telefoneaba a menudo porque echaba de menos una relación de amistad como aquélla.

«Es que Carmen no hay más que una», se decía para consolarse. Ni siquiera a su vieja amiga Sonsoles, de Santander, echaba tanto en falta como a Carmen porque ésta fue la primera nueva amiga que halló después de acceder a la judicatura e instalarse en San Pedro como primer destino, tras los años duros y desquiciados que siguieron al divorcio. Ahora, casada Carmen con Teodoro, resultaba de todo punto imposible pensar en la posibilidad de que abandonase San Pedro y se trasladara más cerca, quizá al mismo G..., lo que habría sido un sueño. De todos modos se encontraban a una hora y tres cuartos en coche y, meditaba con resignado pesar, probablemente se distanciarían aún más en el futuro, a medida que progresara la carrera de Mariana.

Juanín, además de funcionario bien instalado y acreditado en G..., era separado y rijoso. Esto último lo descubrió a la primera mirada que él le echó encima y como se dio cuenta de que la consanguinidad no la protegería suficientemente, decidió hacerle notar desde el primer momento que, por muy agradecida que estuviera y muy liberal que pareciese, no aceptaba con nadie ningún trato que fuese más allá de la mera compañía blanca y, a ser posible, en grupo. Esto, naturalmente, lo tomó Juanín a beneficio de inventario bajo la idea de que no era más que una precaución natural de la que pronto o tarde se apearía. Por otra parte, en una ciudad pequeña es muy fácil encontrarse por la calle, de manera que muy pronto comprendió Mariana que no se libraría fácilmente del marcaje de su primo y agradeció especialmente que le presentase a la gente de su círculo porque eso le permitía refugiarse entre las mujeres y, para el conflicto con los hombres —y sobre todo con Juanín—, rodearse de *chevaliers servants;* porque lo que también había observado es que Juanín respondía al tipo del pelmazo insistente que amaga y no da, que no se adelanta y conquista sino que espera la rendición durante el tiempo que sea necesario.

En el día de hoy, en el que el asunto de la muerte de Cristóbal Piles ocupaba por entero sus pensamientos, había quedado a tomar un aperitivo con su primo Juanín para quitárselo de encima antes del almuerzo. Es cierto que Juanín la estaba introduciendo en un grupo de gente bien situada de G..., pero no era menos cierto que estaba haciéndose incómodo. Mariana no tenía duda alguna acerca de su intención última; sin embargo, una vez más había aceptado casi sin resistencia porque ya desde su llegada y con la experiencia propia de quien se sabe obligado a cambiar periódicamente de destino, decidió que en lo tocante a descubrir nuevas relaciones era preferible optar primero por la cantidad para, después, ir poco a poco seleccionando por calidad. La cantidad se la suministraba su primo a cambio de irse poniendo cada vez más pegajoso aunque ella lo mantuviese a raya por el momento. Según su primo, todo el mundo estaba sobre ascuas por conocerla, lo que a Mariana le producía escalofríos; pero si echaba la vista atrás, lo primero que debía reconocer era que su actitud crítica con todo el que se le acercaba, fuera hombre o mujer, había acabado por llevarla bastante cerca de la misantropía. Ella no era precisamente una persona muy sociable; o, mejor dicho, lo fue y de esa afición sólo conservaba el hartazgo. Así que, en un intento de reequilibrar las cosas, desde su reciente llegada a G... se hallaba en una fase de acumulación aunque ya había comenzado a elegir y a separar a unos de otros, como este mismo mediodía, en el que había quedado citada para almorzar con Jaime Yago, por el que se sintió interesada desde el momento en que salieron juntos en pandilla. Y aunque éste no era el día más apropiado para ejercitarse en el trato social, ni siquiera pasó por su mente la idea de anular la cita en vista de las circunstancias sino que, al contrario, se prometió disfrutar de un buen almuerzo y despedir a su primo tras el aperitivo.

A la una del mediodía, sin embargo, recibió una llamada telefónica del inspector Alameda.

—Voy a quedarme merodeando por la zona —le comunicó a la Juez— porque quiero volver a mirar con más cuidado. Cosa personal.

—¿Está solo o sigue con los agentes? Me gustaría saber si tienen ya una primera impresión —preguntó ella.

—No. Seguimos aquí. No estoy contento. Quizá no haya buscado donde debiera —contestó Alameda; parecía contrariado.

—No se preocupe, no es un asunto claro; mejor ir despacio, pero avanzar con seguridad.

—Todo lo contrario —protestó Alameda—. Eso es lo que me sorprende: que, a mi modo de ver, está todo demasiado a la vista.

—¿Es que ya tiene una explicación? —preguntó Mariana, intrigada.

—Digamos que tengo una idea más o menos clara.

Mariana colgó el teléfono, perpleja.

Quince minutos después, el teléfono volvió a interrumpir el trabajo de la Juez. «A este paso —pensó mientras descolgaba el auricular— no voy a conseguir hacer nada en toda la mañana». Era, de nuevo, el inspector Alameda. El agente Rico había encontrado la camisa de Casio Fernández y el camisón de su hija Covadonga en la lavadora, manchados de sangre, tal y como indicó el primero cuando la policía se presentó en su casa; y también había aparecido allí el camisón de la niña, manchado de sangre; lo cual le hizo pensar: ¿dónde y cuándo se había impregnado?

—¿Quiere usted decir que estaban en la lavadora... sin lavar? —inquirió la Juez.

—Afirmativo.

—Estaban en la lavadora... —prosiguió ella— como si hubieran estado en el cesto de la ropa sucia, ¿no? Eso quiere decir que al arrojarlas allí, o no tenía intención inmediata de lavarlas o bien se olvidó de hacerlo.

—Afirmativo.

—Que —insistió Mariana— la sangre estaba manchando y secándose allí mismo.

—Afirmativo —repitió el inspector. ¿Estaba de guasa?

Era un movimiento absurdo, pensó Mariana. El hombre recoge a su hija y, al parecer, a su nieta, las lleva a la casa, a los dormitorios, las desviste, las mete en la cama y las duerme; y acto seguido toma la ropa, incluida la suya, la arroja al tambor de la lavadora... y no la pone en marcha. Entonces ¿para qué la mete ahí? ¿Quizá no sabe cómo funciona una lavadora? Y luego se echa a dormir tan tranquilo... Pero no, no puede ser así: se sentó a descansar un minuto y se quedó dormido. En todo caso debe de ser un tipo bastante frío. Una situación semejante despabila a cualquiera; y, sobre todo, esa actitud de silencio, de no avisar inmediatamente a la policía, es anormal; lo lógico es pensar que se trató de una decisión deliberada: no quería llamar. ¿Por qué?

Luego está la niña con el camisón manchado de sangre. Cuesta creer que el abuelo le permitiera llegar hasta el cobertizo donde yacía su padre. De hecho hay una zona oscura ahí. El abuelo descubre el crimen, según la primera conversación con el agente o con el inspector... ¿Qué ocurre después? ¿Dónde estaban la madre y la hija en ese momento? ¿Estaba la madre ya en cama? La nieta sí, evidentemente dada la hora; pero ¿y la madre? Esa historia del rastro de sangre por el cual ella descubre que algo ocurre no se entiende muy bien. ¿Cuándo y cómo lo descubre? ¿Acaso hubo ruido y lucha y eso se oyó desde la casa y le hizo bajar? En fin: o bien estaba en cama, escuchó un ruido extraño y salió a ver qué ocurría, o bien... estaba abajo y despierta y en camisón y sólo tuvo que asomarse al pasillo y avanzar hasta el cobertizo... Algo iba mal en este relato de los hechos.

La misma salida del yerno en busca de una caja de cervezas... a medianoche. Resulta un poco extravagante. No es que no sea posible, es que resulta extravagante. ¿Habían estado bebiendo? ¿Tanto que hubo de salir a buscar más provisión? Y, a todo esto, con un asesino merodeando en torno a la casa, es de suponer. Un asesino que no podía prever que Cristóbal Piles saliera al cobertizo y menos a esas horas; un asesino que estaba pendiente, para llevar a cabo su plan, de que a la víctima se le ocurriera la sorprendente idea de salir a buscar una caja de cervezas. ¿Qué clase de asesino es ése? Podía haberle costado un mes dar con la oportunidad, cada noche acechando a la espera de un albur. Decididamente, cada vez que pensaba en el asunto —y no podía dejar de pensar en ello cada poco tiempo— éste le parecía más raro, más incomprensible.

Y el inspector, en cambio, lo tenía claro. ¡Menudo lince! Mariana contempló los papeles que cubrían la mesa y decidió dejarlo por imposible. El crimen la estaba trastornando, o entreteniendo, o distrayendo constantemente y no conseguía avanzar un paso en su trabajo. «En estas ocasiones —se dijo— lo mejor es dejarlo todo y, o bien me meto de cabeza en el asunto en vez de esperar al informe del inspector, lo que es una tontería, o bien busco una manera de relajarme; pero, en todo caso, vamos a dar por terminado el trabajo de la mañana, si es que a lo que he hecho se le puede llamar trabajo».

Lo era. Lo descubrió al reordenar y guardar, como tenía por costumbre, todo el material que cubría su mesa. Esto le preocupó, porque quería decir que había estado trabajando sin darse cuenta, con el piloto automático, por así decirlo, y, aunque tenía ya la experiencia de otras veces, y suficiente confianza en sí misma, no dejó de preocuparse. De manera que se dedicó a revisar con cierta atención lo que guardaba y al final, satisfecha, se preparó para salir.

—Vamos a ver si por lo menos descubrimos un restaurante nuevo que merezca la pena —se dijo con buen ánimo.

Mariana había quedado citada con su primo en un bar que era la novedad del momento para los más cosmopolitas por su surtido variado de vinos. El Parnaso era un local diáfano a la calle, de diseño minimalista, con unas pocas mesas y una bodega bastante bien surtida de vinos españoles. El auge de los vinos nacionales era imparable porque el país tenía dinero y podía permitirse el lujo de pagar la dedicación de los bodegueros, muchos de ellos de nuevo cuño, a elaborar vinos de calidad. Repentinamente, España se estaba llenando de un público de entendidos y catadores y el vino a granel parecía haberse esfumado de cualquier establecimiento de hostelería, por ínfimo que éste fuera. En un tiempo récord, los paladares habían pasado masivamente del vino peleón a la degustación selectiva, lo mismo que la palabra *tintorro*, tan racial y castiza, había sido sustituida por un ramillete de expresiones volcado en olores, colores y sabores apoyados en palabras como *retrogusto* o *bouquet*, de clara procedencia cosmopolita.

Juanín estaba ya en la pequeña barra, esperando. Solían citarse allí entre amigos para tomar el aperitivo y el dueño del local, apenas la vio traspasar la puerta, le sirvió sin preguntar una copa de vino de un tinto de su preferencia. El lugar estaba tranquilo, el día invitaba a la relajación y ambos tomaron asiento en la única mesa que permanecía vacía. Mariana echó la cabeza atrás y respiró hondo, como si apurase una intensa sensación de bienestar.

—Un día difícil, ¿eh? —comentó Juanín.

Mariana se incorporó y cogió su copa.

—Qué sabrás tú, si no das ni golpe —respondió ella con un gesto provocador, antes de beber.

—La nuestra es una labor que no se ve, pero que está ahí.

—Ni se ve la labor ni se os ve laborando. Será por eso.

—¡Qué fama la del funcionario de provincias! —exclamó Juanín con un cómico gesto de resignación.

—Por algo será.

El ambiente del local invitaba a la charla y al sosiego. La gente a la que veían pasar por la calle parecía agradecer aquel día de primavera fresco y soleado. Mariana se sintió gratamente extraída de su trabajo y depositada allí del mismo modo que una mano anónima había colocado una vistosa y pacífica flor solitaria en un esbelto jarrón transparente en la repisa de la ventana, a la luz tamizada por un visillo. Pero el encanto lo rompió su primo de repente.

—¿Sabes que han matado a Cristóbal Piles? Una cosa horrible, tengo entendido.

—Lo sé perfectamente. Ha entrado en mi Juzgado.

—¡Qué me dices!

—Lo que oyes —trató de recuperar el momento mágico anterior, pero comprendió que lo había perdido—. Un asunto horrible, sí. Y por cierto —de pronto se enderezó en la silla—, ¿tú lo conocías?

—Claro que sí. Era una persona muy conocida aquí, en G...

—Ya —Mariana meditó un segundo antes de continuar—. ¿Era hombre de enemigos?

—Calla, por Dios, qué enemigos iba a tener si era muy popular; lo que le sobraba eran los amigos.

—Y el matrimonio, ¿cómo era?

—Desigual.

—Explícate.

—Mira: Covadonga, Cova, era todo lo contrario de su padre. No sé si conoces a Casio Fernández Valle —Mariana negó con la cabeza—. Bueno, pues es un tipo muy bien plantado, ya mayor, emprendedor, con prestigio, con don de gentes... Un carácter. Ella, en cambio, ha tenido siempre un aire de poca cosa, de acoquinada; es muy retraída y yo creo que sufre depresiones periódicas. No es mala pregunta la tuya porque lo cierto y verdad es que son muy distintos. Mucha gente se pregunta qué vio Cristóbal en Cova para casarse con ella. A lo mejor el dinero, porque tradición... Bueno, ésa la tiene Cristóbal por familia; por la madre, sobre todo.

—¿Quieres decir que Casio tiene fortuna?

—Desde luego, puede que tanta como los consuegros; pero tampoco creo que sea una cosa extraordinaria; un fortunón, quiero decir.

—Pues ella debe de tener algún encanto secreto que se os escapa a todos.

—Bueno... Es guapa. Mejor dicho, lo era, porque ahora está estropeada, dejada, como se suele decir. Pero si se cuidase lo seguiría siendo, ¿eh? En su época tuvo mucho tirón, pero yo siempre la recuerdo con un último aire de tristeza encima.

—Oye, ¿qué época? ¿A qué edad te estás refiriendo?
—Bueno, pues como... —Juanín vaciló y se atragantó.
—Dilo, dilo, no te reprimas. ¿Como yo o así?
Juanín se aturulló.
—Que no, que no estaba comparando.
—Ya. Menos mal. Si llegas a comparar... —Mariana le echó una mirada ceñuda y volvió a la carga—: No tendrá vicios ocultos: bebida, medicación, cosas así.
—No, pero ahora que lo dices, es bastante melancólica.
—Hipocondríaca —precisó Mariana y Juanín asintió—. O sea, que se obsesiona con la salud.
—Una exageración —confirmó Juanín.
—¿Se medica?
—¿Ella misma? No sé, no creo, para eso están los médicos; pero tampoco me extrañaría, tal como es de depresiva —concluyó—, ésa es la verdad.
—Pues algo hay en ese matrimonio —comentó Mariana.
—Nada; que son como el blanco y el negro.

Mariana no atendió a este último comentario de su primo. Justo en ese momento la puerta cristalera se había abierto para dar paso a un hombre que de inmediato concentró su atención y al que, evidentemente, estaba esperando.

Era un tipo de buen porte, elegante, uno de esos rostros que, de entrada, denotan cuna y crianza; peinado hacia atrás, mostraba unas entradas muy marcadas y un cabello cuidadosamente recortado; más bien alto aunque no destacaba por ello sino por su aspecto de estar en forma. Tendría unos cuarenta o cuarenta y cinco años y lo que le llamó la atención la primera vez que lo vio fue la relación que advirtió en seguida entre la curvatura de su sonrisa y el descaro de su mirada, una relación que marcaba un gesto que escondía algo atractivo e inquietante a la vez. En cuanto se acercó a ellos, percibió otra vez ese punto algo perturbador del encantador de serpientes. Y una evidente simpatía natural.

Mariana vio también, de refilón, el cambio de cara de Juanín al ver al otro y comprendió que había cometido un trágico error de estrategia citando a su primo en el mismo bar donde quedara con Jaime Yago, porque en su gesto advirtió que Juanín se disponía a apuntarse al almuerzo. Rogó al cielo sin fe alguna que su primo se comportase como un caballero y no como el pelmazo que era, y se repuso en seguida, resignada a lo peor.

—Hablando del ruin de Roma, aquí tenemos a Jaime Yago, tronco de Cristóbal Piles —dijo Juanín con fingida camaradería.

—Nos presentaste tú mismo hace tres semanas —comentó Mariana lacónica.

—¿Ya estás tratando de desplazarme? —dijo a su vez Jaime Yago clavando la mirada en Juanín con toda intención antes de besar la mano de Mariana, pero en seguida se dedicó a ella—. Siempre es un placer verte, Mariana, aunque me llames ruin.

—¿Yo? —protestó ella—. No sabía que eras amigo de Cristóbal.

—Todavía no me lo creo —dijo Jaime Yago mientras hacía una seña al dueño del local—. Qué manera tan horrible de morir. Tengo entendido que le cortaron el cuello.

—Más o menos —dijo Mariana; se hizo un silencio en el que no dejaron de mirarse—. ¿Así que erais íntimos amigos?

—Amigos, sólo amigos —dijo Jaime—. Estoy muy impresionado.

«No es exactamente impresionado lo que tú estás, por lo menos en este momento», pensó ella.

—Mariana es quien se va a encargar del caso —dijo Juanín por decir algo.

—Ah, ¿de veras? Pues si puedo ayudarte... —Jaime Yago sabía dar un toque insinuante a todos sus comentarios.

«Es evidente —pensó Juanín— que sabe que está ante una hembra y no puede evitar manifestarlo, maldita sea su estampa. Esto me pasa por presentarle a quien no debo».

A Mariana le desagradaba ahora la presencia de Juanín, pero comprendió que era una cuña inevitable. Lo que hizo fue mostrar ostensiblemente su agrado por Jaime, que era con quien había quedado citada para el almuerzo que ahora se ensombrecía un tanto. Sin embargo, ante una situación de expectativa que se anunciaba larga e incómoda, no tuvo otro remedio que decir:

—¿Te vienes a almorzar con nosotros?

—¿Ibais a almorzar? Yo os acompaño encantado —respondió Juanín—. ¿Tenéis pensado dónde?

—Sí lo tenemos —respondió Mariana con retintín—. Mejor dicho, lo tiene Jaime. Yo soy nueva en la ciudad y necesito que me enseñen.

—Será un placer —respondió Jaime—. Hasta ahora no habrás tenido queja conmigo, ¿verdad? De acuerdo. ¿Conoces...?

Juanín se resignó a ceder el mando al otro. Pensó que en mala hora había presentado a Jaime a Mariana. En realidad, los presentó obligado por un encuentro casual y confiando en que la fama de mujeriego y el aspecto un tanto prepotente de aquél no serían del agrado de su prima, pero, al parecer, había errado el tiro. «Los gustos de las mujeres son tan arbitrarios como incomprensibles», se dijo al ver que congeniaban. Nunca se le ocurrió que una Juez, a la que habría que considerar como una persona sobria, independiente y poco proclive al modelo de varón clásico español adinerado, decidido y conquistador, pudiera interesarse por él; al contrario, siempre pensó que Mariana sería una feminista exigente muy poco amiga de personas tan vanidosamente masculinas como Jaime Yago. Lo cierto es que no atinó y ahora se preguntaba si debería cambiar su estrategia de cortejo, que apenas le había dado resultado salvo un día que no fue precisamente para recordar.

Estaban en los postres, después de un almuerzo delicioso y sofisticado en Casa Zabala, ubicado en el Barrio Antiguo de Pescadores, cuando saltó el teléfono móvil de Mariana.

—Perdonadme —dijo levantándose de la mesa—. Vuelvo en seguida.

—¿Noticias calientes? —preguntó Juanín.

Mariana negó con la cabeza y se alejó. Quien llamaba era el inspector Alameda.

El comentario de su primo le pareció inconveniente.

—Señoría, la llamaba para decirle que hemos encontrado el arma homicida.

—Esto está yendo muy aprisa, inspector. Cuénteme.

—Es una hachuela. Estaba escondida detrás de unas llantas viejas que había en una esquina del jardín, cerca del cobertizo; no sé cómo no la vieron los agentes en la primera inspección del lugar. La hemos llevado a analizar, pero le adelanto que está manchada de sangre y tiene huellas dactilares en el mango. Entiendo que ahí deben de estar las del asesino porque si las hubiera limpiado no habría ninguna, ni las suyas ni las que estuvieran impresas anteriormente —Mariana pensó que el inspector hablaba con toda propiedad—, así que con un poco de suerte vamos a cerrar este caso en breve.

Mariana casi sintió una decepción. De repente todo era tan fácil...

—Un asesino bastante descuidado —comentó al inspector.

—Ahora lo veremos —repuso éste—, en cuanto nos digan algo del laboratorio.

—¿Tenemos ya el informe del forense?

—Es posible que nos lo envíe esta tarde, pero no es seguro.

Mariana pensaba aprisa. ¿Qué clase de asesino es ese que suelta el arma del crimen dentro del recinto donde se ha cometido? A juzgar por la explicación del inspector —recordaba las llantas, las botellas desperdigadas por el suelo e incluso al gato que los observó—, quienquiera que fuese el homicida había tirado el arma así por las buenas y escapado ¿por dónde? ¿Saltando la valla? ¿Por la misma puerta del jardín? Era el criminal más descuidado del que tuviera noticia. O a lo mejor no había escapado, pensó de pronto, *a lo mejor se escondió en la casa*. A lo mejor, concluyó con un escalofrío, el asesino pertenece a la casa. ¿El padre? ¿La hija? ¿Hubo un cuarto esa noche? Pero en seguida ahuyentó estos pensamientos. No era prudente por el momento disparar la imaginación.

—¿No le parece que está todo muy a la vista? —preguntó al inspector.

—Cierto —confirmó éste—. A mí también me llama la atención, pero, como le dije antes, creo tener una idea bastante aproximada de cómo y quién lo hizo y todo nos conduce en la misma dirección.

—¿Que ya sabe quién...? —preguntó Mariana muy sorprendida.

—Bueno, es una manera de hablar. Le diré que aún no he comido porque he estado pegado al terreno desde que nos despedimos usted y yo, pero si usted hubiera estado aquí conmigo viendo lo que yo he visto, creo que sería de mi misma opinión.

—Ya —Mariana trataba de salir de su asombro—. ¿Y puede adelantarme quién...?

—La verdad es que no puedo señalar a nadie, ahí reconozco que me las he dado de listo; pero tengo la reconstrucción del crimen casi hecha y estoy seguro de que acabará señalando en línea recta al culpable.

«Tú lo sabes, ladino —se dijo Mariana—. Lo sabes y no quieres decirlo. No por teléfono al menos. ¿Qué es lo que te falta por comprobar? Y lo que pasa es que le creo, que estoy segura de que sabe quién es y que, además, estará en lo cierto».

—Estoy almorzando fuera, pero volveré al Juzgado en cuanto salga de aquí. Manténgame al tanto —le despidió. Mientras hablaba se había ido acercando a la entrada del local sin darse cuenta. Era un local tan espacioso que le hizo gracia aceptar que invitaba a pasear porque eso era lo que había hecho desde que empezó a hablar. Al volverse descubrió el cuarto de baño y aprovechó para entrar en él. Necesitaba pensar, pero lo primero que hizo fue contemplarse en el espejo. Se arregló el cabello con los dedos mientras se miraba a los ojos. «Estás guapa y sabes por qué», se dijo con un gesto de complicidad. Le gustaban sus ojos, quizá no tanto la nariz corta en relación con su cara más bien redondeada, pero le gustaba también el conjunto. Tomó la barra de labios del bolso y se retocó la boca.

De pronto el caso se había convertido en una chapuza. Cuando abandonó el lugar de los hechos, lo hizo convencida de que el asunto sería intrincado y que, además, presentaba unas características realmente insólitas. Esa historia de suegro y yerno en pie a medianoche tomando unas cervezas, la salida del yerno por una nueva provisión de botellas, la tardanza y el brutal descubrimiento del suceso... Y mientras tanto, la hija y la nieta en sus dormitorios y el silencio de la noche rodeándolos: una escena tan apacible daba paso, de pronto, a un crimen brutal, tosco y brutal. Imaginó al asesino acechando en el exterior, dejando pasar las horas a la espera de una oportunidad; de hecho, dejando pasar las horas hasta que el suegro se marchara de regreso a su casa y... ¿Cómo diablos pensaba atacar al yerno? ¿Penetrando en la casa? ¿Apareciendo de pronto en la puerta mientras el suegro doblaba la esquina? La verdad es que lo que la escena invitaba a pensar era que alguien de la casa era quien había matado, pero eso parecía un tanto inexplicable también. No, había que dar por cierta la versión del suegro y, en tal caso, aceptar la tesis del asesino expectante en la oscuridad del jardín, lo que le devolvía una imagen de incoherencia o de absurdo que se resistía a aceptar.

Una mujer entró en el baño y Mariana pasó a la cabina del retrete. Se bajó el pantalón y las bragas hasta las rodillas, tomó asiento y orinó pensativamente. El escenario se le aparecía como una secuencia de imágenes distorsionadas. Era la lógica la que las distorsionaba. A partir de esta comprensión, la mente se le quedó en blanco.

Luego, cuando terminó, cortó de manera mecánica un trozo de papel higiénico, lo dobló, se limpió y se vistió de nuevo. El sonido del agua de la cisterna la devolvió a la realidad. Sin duda, la primera impresión que obtuvieron esa mañana no era la buena y el inspector Alameda, en cambio, había logrado ordenar correctamente las piezas del puzzle. A ella se le escapaban. Al abandonar la cabina volvió a mirarse en el espejo mientras se lavaba las manos. Se secó y, al hacerlo, pensó en el mango de la hachuela. ¿Sería posible que el asesino no se hubiera molestado en borrar las huellas? Evidentemente era un crimen de lo más burdo aunque, eso sí, el descuido del hacha concordaba con la brutalidad del mismo: una vez cumplido el objetivo, el resto le importaba bien poco al criminal. Suspiró y salió. Sus dos acompañantes la miraron con un cierto aire de expectación mientras avanzaba hacia ellos.

—¿Noticias calientes? —volvió a insistir Juanín.

Jaime Yago se levantó para retirarle el asiento a Mariana y luego la ayudó a acomodarse. Juanín lo contempló con expresión compungida.

—¿Vas a hacer algo luego... a última hora? —preguntó a Mariana sin mucha convicción. Ella rió alegremente.

—Claro —dijo a su primo encogiéndose de hombros con un toque malicioso que, desde luego, iba dirigido a su línea de flotación—. Lo siento, tengo un plan —añadió con aire de misterio cruzando su mirada con la de Jaime.

Mariana de Marco regresó al Juzgado a toda prisa después de almorzar. El almuerzo se le había pasado en un vuelo; tanto le había entretenido el exuberante Jaime Yago, como hartado el mustio de su primo que, evidentemente, estuvo todo el tiempo achicado por el otro. Si Jaime Yago se encontraba abatido por la muerte de su amigo, no lo demostró. También advirtió Mariana a lo largo de la conversación que el calificativo de *tronco* aplicado a Jaime y al muerto era más bien una licencia de Juanín, pero sí descubrió que se conocían bastante y que incluso en algún momento se trajeron asuntos comunes entre manos. Jaime tenía una costumbre de seducir que le retrataba. Mariana pensó que sería un excelente relaciones públicas. En realidad, siempre pensó que ése era su verdadero oficio. En todo caso, le gustaba. Ella conocía muy bien su debilidad por cierta clase de hombres cuyo atractivo residía en lo que llamaba «la energía de la seducción cargada con un punto canalla» y le encantaba dejarse llevar porque, cuando encontraba a alguien así, ponía en marcha instintivamente una suerte de coquetería con la que sin duda disfrutaba. Era un juego, nada serio, por más que le atrajeran ese tipo de hombres; y si alguna vez había sido serio, no se arrepentía; sobre todo desde que tuvo a la vista la frontera de los cuarenta años. «Mucho peor —se había dicho en otras ocasiones— fue la vida que llevé después del divorcio; ahora, en cambio, controlo bien las situaciones». En cuanto a Jaime Yago, debía reconocer que no era fácil dar con este perfil masculino en una persona que aunase al mismo tiempo una buena educación. Jaime Yago respondía al tipo y eso lo hizo aún más interesante. En fin, cuando quiso mirar la hora se dio cuenta de lo tarde que era. Los dos hombres salieron a la calle a buscarle un taxi y cuando éste apareció se detuvo naturalmente ante Jaime. Ella le ofreció la mejilla al despedirse.

Regresó apurada al Juzgado con la intención de revisar un par de papeles, pero, sobre todo, de pedir información en Comisaría acerca del crimen. Había tenido el teléfono móvil abierto durante todo el almuerzo, pero nadie llamó, con la excepción del inspector Alameda para comunicarle el hallazgo del hacha. Sin embargo, a la hora que era tendría que haber recibido nuevas noticias sobre el caso; de hecho tendrían que haberle telefoneado al restaurante. Al llegar, vio que había una nota sobre la mesa, un mensaje del agente Rico de una hora antes, pero justo cuando se disponía a coger el auricular saltó una llamada que le hizo dar un respingo.

—¿Señoría?

—Dígame, Alameda. ¿Ocurre algo?

—Sí, creo que tendría usted que interrogar al amigo Fernández —le espetó de golpe. A Mariana le sobresaltó el tono, la urgencia, incluso la exigencia que había en sus palabras.

—¿Y esta prisa...? —preguntó tentativamente.

—Creo que podemos cerrar el caso —dijo el otro, contundente.

Mariana se quedó perpleja durante unos segundos antes de reaccionar. ¿Caso cerrado? ¿Casio Fernández Valle? ¿Tanta evidencia en tan poco tiempo?

Estaba tan sorprendida que apenas escuchó lo que el inspector le respondía al otro lado del hilo telefónico.

—Está bien —dijo al fin—. ¿Dónde está usted? ¿Aún en la casa?

—Afirmativo —contestó el otro—. ¿Quiere verlo en el Juzgado o prefiere ir a la Comisaría a interrogarlo? Se lo han llevado allí —luego añadió—: Va a llevarse usted una buena sorpresa.

—No, no. Que lo traigan al Juzgado. Aquí los espero. Por cierto, ¿cómo es que continúa usted en la casa? ¿Quién queda ahí?

—Sigo merodeando —contestó el otro. Y colgó.

«¿Casio Fernández Valle? —se preguntó asombrada—. ¿Qué habrá podido encontrar este Alameda que lo incrimine de manera tan contundente?». El inspector Alameda le parecía a la Juez una especie de roedor audaz. Pequeño como era, con un cabello tan gris como su piel que raleaba por la testera y con un curioso bigote disparado a ambos lados de la boca que parecía una antena siempre alerta, embutido en un abrigo negro que le quedaba largo (lo que sin duda a él le parecía un toque misterioso en su aspecto), tocado con una gorra de visera, azul con dibujo de espiga, y siempre caminando sobre unos zapatones de punta redondeada y abombada, a Mariana se le antojaba la imagen misma del investigador incansable y ratonil capaz de penetrar hasta el más recóndito rincón de cualquier escenario que contuviera un secreto. Y de pronto, esta misma mañana, con el cuerpo del delito casi recién descubierto, ya disponía de una presumible confesión y un culpable. O al menos eso cabía deducir de su llamada telefónica. ¿Casio Fernández Valle? ¿El abuelo? Había pensado en ello, pero sin mayor detenimiento. Un hombre de más de setenta años degollando a otro de cuarenta y tantos fuerte y atlético; degollando a su yerno en su propia casa, delante de su hija; y ya puestos a lucubrar, también habría podido ser la hija. No, evidentemente se trataba de otra cosa; quizá el abuelo había podido reconocer al asesino o tenía fundadas sospechas de quién podría ser y Alameda se lo había sacado con habilidad, con amenazas o como fuera, pero se lo había sacado. En fin, el caso empezaba a ponerse en marcha y a lo mejor era un asunto mucho más sencillo de lo que ella sospechara en un principio, cuando el escenario le reveló algo bien distinto. Porque, ciertamente, cuando se encontró por primera vez ante el cobertizo tuvo la desagradable sensación de que aquél iba a ser un asunto duro y oscuro.

—Este Alameda es un disparate de hombre —se dijo a media voz mientras reordenaba la mesa—. Mira que le dije que se tomara todo el tiempo necesario para hacer su trabajo a conciencia... y ya quiere resolverlo. Pero tiene fama de ser un verdadero sabueso. ¿Qué será lo que ha encontrado?

Lo primero que hizo el inspector Alameda fue poner a la Juez en antecedentes. El hacha, un hacha pequeña, una hacheta, se había encontrado malamente escondida debajo de una de las llantas junto al cobertizo. Era sin duda el arma del crimen a falta de la confirmación del laboratorio de análisis: mostraba claros restos de sangre en el filo y en el mango, por salpicadura, y se detectaron huellas en ella, también por analizar para determinar a quién o a quiénes pertenecían. Las huellas de calzado en el camino de la trasera de la casa al cobertizo, en cambio, no eran identificables debido tanto a la aridez del suelo como a la hierba seca de esa zona, es decir, no mostraban una clara impresión ni cabía deducir el número de personas a las que pertenecían y, para peor, era zona de paso habitual. Imposible, pues, individualizar pisadas. Sí había, en cambio, restos de sangre, un goteo que, además, proseguía dentro de la casa. Un rastro conducía a la cocina, donde estaba la lavadora en la que hallaron las ropas ensangrentadas, y otro subía por las escaleras, gotas acá y allá, hasta los dormitorios. Eso se explicaba porque, si bien se habían desprendido de sus ropas junto a la cocina, no se percataron de la sangre que había en los zapatos.

En resumen —que no sería el definitivo, como le aseguró el inspector con gesto misterioso—, la cosa estaba ahora en que el señor Fernández halló el cadáver, la hija bajó las escaleras en un ataque de inquietud, buscó a los dos hombres, vio la puerta trasera abierta y la primera planta vacía, se dirigió al cobertizo antes de que su padre se percatase, descubrió el cadáver y sufrió una crisis de histeria, que debió de despertar a la niña, la cual bajó a su vez y se encontró con el espectáculo. La madre se arrojó sobre el cadáver y después la hija se abrazó a ella (¿cuándo?, se preguntó Mariana), de resultas de lo cual todos acabaron empapados en sangre, bien por el abrazo, bien por el forcejeo para apartar a ambas por parte del abuelo. Lo primero que hizo éste fue calmarlas, despojarlas de sus ropas, acostarlas y darles un tranquilizante inofensivo; después, según sus palabras, se dedicó a recoger y guardar la ropa, estuvo vagando por la casa y también por el exterior y, finalmente, pensando en llamar a la policía, se echó en la butaca para meditar y poner orden en su cabeza a toda esa alteración. Y allí se quedó dormido, se supone que por agotamiento. Hay que tener en cuenta que ya pasa de los setenta, lo que concede una lógica a la explicación, al menos de momento.

Pero —prosiguió informando el inspector— éste es el primer resumen en el que, como es fácil comprender, hay unos cuantos puntos que no están nada claros; lo cual sabíamos a primera hora de la mañana. Por lo tanto se continuó la investigación, en busca del arma y de huellas, tanto dentro de la casa como en el recinto del jardín e incluso se inició una búsqueda por el exterior hasta la misma orilla del río, que es lo que se ha estado haciendo hasta ahora. Además se registró la casa de arriba abajo, incluso en el dormitorio donde reposaban la madre y la hija, que es el del matrimonio. Según el abuelo, le pareció que la niña necesitaba estar cerca de la madre y las dejó en la misma cama. Por lo visto la niña no tuvo un ataque de histeria aunque sí de angustia, es decir, que la una lo manifestó exteriormente y la otra interiormente. Entonces se procedió a interrogar al abuelo, Casio Fernández —que, por cierto, conservaba una serenidad envidiable y no parecía haber dormido apenas cuatro o cinco horas— para tratar de comprobar la veracidad de lo que se ha llamado el primer resumen. De resultas del interrogatorio, se deducen lagunas y fallos de conducta que no consiguen explicar la sucesión de hechos tal y como se nos había relatado por parte del interrogado. Por ejemplo: se encontraron restos de bebida en los vasos y las huellas de ambos; él y su yerno habían estado bebiendo unas cervezas, cuya falta fue el motivo, siempre según el interrogado, por el que Cristóbal Piles salió al exterior: para reponer cerveza. Encontramos algunos cascos de botella vacíos en el cubo de la basura, pero había otras dos botellas en la nevera.

—Pero ¿cree usted —interrumpió Mariana— que el señor Fernández iba a tratar de colocarnos esa versión de la salida de su yerno al jardín habiendo cerveza en la nevera? Quizá quiso referirse a llevar otra provisión a la nevera.

—Ya. Precisamente —contestó el inspector.

—Lo suyo sería, si es falso el testimonio, que hubiese sacado las botellas de la nevera, vaciado su contenido y arrojado los cascos a la basura.

—Cierto —respondió el inspector. Mariana empezó a tener la sensación de que el hombre se reservaba una bomba y que estaba disfrutando antes de arrojarla a sus pies.

—¿Y? —dijo ella con un deje de fastidio en la voz.

—A partir de ahora el asunto es suyo. El señor Fernández ha solicitado hablar con usted. Le adelanto que sé lo que quiere decirle, pero prefiero que se lo cuente él mismo. En seguida verá usted por qué, aunque —hizo una especie de guiño cómplice— me parece que usted ya lo está sospechando.

—¿Quién, yo?

—Vamos, no me diga que todavía no cae.

—Oiga, inspector, ¿me está vacilando?

—Ahora lo veremos.

Mariana asintió algo desconcertada. El secretario del Juzgado entró para advertir que el fiscal Andrade acababa de llegar.

Casio Fernández Valle era un hombre apuesto; no guapo, pero sí apuesto. Alto y casi recto como un palo a pesar de su edad, de rostro alargado, mandíbula prominente, cabello canoso con grandes entradas, ojos pequeños y afilados de mirada inteligente que en ningún momento rehuyó la de Mariana... Ciertamente no se trataba de un tipo vulgar; mostraba la imagen de aquel a quien la vida ha satisfecho suficientemente y que afronta el período final sin prisa, con un aire entre escéptico y complacido. No mostraba signo alguno de preocupación o pesar por la muerte de su yerno, lo que llamó en seguida la atención de la Juez; en realidad daba la impresión de que ese día y esa cita eran para él un asunto perteneciente a la normalidad cotidiana. Vestía un pantalón de pana beige y raya difusa, camisa blanca sin corbata con las iniciales grabadas y una vieja chaqueta *Harris tweed* con coderas. Mariana estaba acostumbrada a que el calzado dijera siempre la verdad sobre su dueño y comprobó que los suyos eran unos excelentes zapatos de cordón ingleses. En conjunto bien podría decirse de él que tenía el porte de un *gentleman farmer*, rudo y elegante a la vez. Por eso resultaba tan chocante ver sus manos grandes y nervudas unidas por las esposas. Sin embargo, lo que verdaderamente le llamó la atención del hombre fueron sus ojos; nada más cruzarse con ellos se preguntó qué era lo que los hacía tan singulares; o quizá habría que decir —pues en ese momento descubrió que ya se había hecho una idea previa de su aspecto general sin haber tenido referencia alguna de él, idea basada solamente en sus imaginaciones a lo largo de la mañana— tan magnéticos. Sí, eran magnéticos y no acababa de precisar de dónde procedía esa fuerza, ese magnetismo. Entonces vio reflejada en la mirada del hombre la impresión que éste le estaba produciendo a ella, como un espejo que la vendiera al otro y se sintió incómoda. Y al agudizarse también la intriga por ese efecto, el hechizo reveló la naturaleza de su atracción: esos ojos la fijaban desde su perturbador e inquietante color acerado.

A una orden de la Juez, el agente que lo custodiaba le retiró las esposas. En la sala estaban presentes el representante del Ministerio Fiscal, el secretario del Juzgado y el letrado que asistía al imputado. Los cinco tomaron asiento. Mariana se preguntó por qué iba todo tan aprisa. Tras unos instantes de vacilación de los que hubo de desprenderse como de un estorbo, se dispuso a iniciar el interrogatorio después de cumplir las advertencias pertinentes.

Lo cierto es que no lo tenía preparado. De hecho, le había molestado que el inspector Alameda prácticamente le introdujera al imputado en el despacho, la obligara casi a interrogarlo, sin tiempo para disponer de un informe que le permitiese enfocarlo con suficiente conocimiento. Si lo aceptó fue por la capacidad de convicción con que actuaba el inspector y porque, en el fondo, tal y como el otro le había dicho, empezó a sospechar lo que iba a suceder a continuación. De todos modos, el sentirse obligada y, sobre todo, el haberse dejado obligar la incomodaba todavía cuando empezó a hablar.

—Señor Fernández Valle, tengo entendido que desea hacer usted una declaración acerca de los sucesos ocurridos en la noche de ayer. ¿Es así?

—Así es, señoría.

—Muy bien, puede usted empezar.

Casio Fernández Valle se retrepó en la silla, miró a los presentes, respiró hondo y se dirigió a la Juez.

—Señoría —empezó a decir—, esta noche, como usted sabe, ha ocurrido una desgracia en la casa de mi hija y de mi yerno. Es una desgracia indeseada, pero creo que inevitable, y lo que deseo es causarles el menor trastorno posible y pérdidas de tiempo innecesarias porque no hay posibilidad de encubrir este delito ni yo he pensado hacerlo, aunque hasta ahora no haya solicitado dirigirme a usted —hablaba con una voz grave y ligeramente metálica, una voz convincente y educada—. Yo lamento mucho que las cosas hayan tenido que suceder y más aún que hayan tenido que suceder así, pero, como le digo, este desenlace era inevitable debido a las circunstancias del matrimonio de mi hija, que le voy a exponer si me lo permite.

Hizo una breve pausa durante la cual los presentes, en impremeditado concierto, se irguieron ligeramente en sus asientos en un movimiento conjunto de creciente curiosidad. Casio Fernández había inclinado la cabeza sobre el pecho, un gesto de concentración que llamó la atención de la Juez sin que ésta pudiera precisar por qué y de nuevo alzó la cara hacia ella, precisamente hacia ella, con un gesto de cansada franqueza.

—Tengo que decir, en primer lugar, que el matrimonio de mi hija con Cristóbal Piles fue un matrimonio desdichado desde el comienzo. Usted no ignorará, señoría, la costumbre de los hijos de no atender a los consejos de sus padres. Es ley de vida y no protesto, al contrario, estaba resignado a que ella no me hiciera el menor caso; pero mi obligación era advertirle, lo cual, naturalmente, no hizo sino espolearla. No tenía yo mal concepto de Cristóbal Piles ni de su familia. Para cualquier otra muchacha habría sido un partido excelente, pero éste no era el caso de mi hija Covadonga. Y no lo era por su personalidad, completamente opuesta a la de su futuro marido. Ya sé que caracteres opuestos pueden acoplarse bien justo por ser opuestos; pueden complementarse —subrayó con lentitud esta última palabra, como si pensara que la idea que trataba de transmitir resultaría difícil para los presentes— aunque no siempre sucede así; en el caso del que les hablo esa complementariedad —volvió a lentificar la palabra— era imposible porque mi hija carece de energía y para seguir a ese hombre, un hombre como Cristóbal Piles, no bastaba con estar a su lado; porque ser sólo una esposa sumisa, callada y casera era el destino lógico de mi hija en cualquier caso, habida cuenta de su modo de ser; por ahí creo que no me equivoqué desanimándola del matrimonio, aunque no conocía suficientemente a Cristóbal; después, a hechos consumados, preferí pensar que quizá mejoraría su carácter por una mera cuestión de estimulación y de cambio. En casa conmigo, he de reconocerlo, se asfixiaba. No preví o no quise prever, y bien que me arrepiento, que Cristóbal Piles acabaría por concederle la misma atención y el mismo trato que al trapo del polvo: ninguno. Una esposa puede ser sumisa, pero lo que no puede ser es un lastre y con Cristóbal, con el Cristóbal que fui descubriendo poco a poco, estaba condenada a serlo y éste, Cristóbal, no es que se desentendiera, es que no lo soportaba. Y ¿cuál es la reacción natural de una persona así en una situación así?

A todos les pareció que la pregunta la dirigía directa y específicamente a la Juez De Marco, que parpadeó sorprendida.

—Tienen que comprender ustedes, además —aunque nominalmente se dirigía a todos, seguía con la vista clavada en la Juez—, que mi hija perdió a su madre cuando era una niña, a los diez años para ser exactos. Yo no sé si, estando solo, era yo la persona más adecuada para criar a una niña y hacerla una mujer. A la soledad, además, habría que añadir que mi trabajo me obligaba a viajar a menudo por España y el extranjero. Yo la puse al cuidado de una antigua criada nuestra, que entró a servir cuando yo vivía con mis padres, porque siempre manifestó devoción por mi familia y eso me daba confianza. No sé si hice bien, pero de mis dos hermanas, la mayor profesaba en un convento y la menor, casada, vivía en las Canarias, demasiado lejos; entregársela hubiera sido como renunciar a mi paternidad. La vieja criada era más bien sorda y anticuada y mi hija la detestaba, por eso digo que no sé si obré bien, pero no tenía otra alternativa. Lo cierto es que en cuanto a alimentación, ropa y presencia, a mi hija no le faltó de nada.

Hizo una nueva pausa. Ahora miraba al suelo, como si estuviera tratando con recuerdos que lo atormentasen.

—Bien. Creo que me he desviado y que mis relaciones con mi hija no hacen al caso —dijo.

—Al contrario —le interrumpió la Juez—. Si, como preveo, se dispone a hacer usted una larga y completa declaración con un fin preciso, creo que todos los datos que contribuyan a esclarecer el caso son importantes aunque puedan parecer demasiado personales.

—Gracias, señoría —contestó el hombre, que por un momento había parecido perdido—. Se lo agradezco y continúo. Bien: como les decía, el matrimonio me pareció condenado al fracaso. Al principio las cosas no puede decirse que fueran tan mal, pero era evidente que no se entendían y yo no dejaba de preguntarme qué había visto él en ella, aparte de su belleza física, que además la descuidaba un tanto. Una de las cosas que me propuse como padre fue obligarle a cuidar de su aspecto. Es guapa, tiene un buen tipo y debía lucirlo. La obligué y lo cierto es que gustaba a los hombres a pesar de su carácter retraído o, para decirlo de una manera más expresiva: soso. Sin embargo, incomprensiblemente, empezó a dejarse a partir del nacimiento de su hija, mi nieta Cecilia. Yo me alarmé, pensando en una depresión posparto, y me ocupé de ella, sobre todo porque su marido no estaba dispuesto a sacrificarse un poco y alguien tenía que hacerlo. Yo creo que a partir de entonces Cristóbal empezó a tener amantes y a frecuentar ambientes dudosos. No quise intervenir, era cosa de ellos, pero sí me ocupé de mi hija, como digo, y también de mi nieta.

—Su nieta —interrumpió la Juez—. ¿Qué tal relación tenía con su padre?

A Mariana no le pasó inadvertido el gesto de desagrado que por un instante asomó al rostro de Casio Fernández.

—Buena —dejó un silencio—. Buena. Las hijas admiran siempre al padre.

—Pero suelen tener más confianza con la madre —comentó la Juez.

—Sí —una afirmación seca—. No es éste el caso, me parece. Es decir: sí que tenía confianza, cómo no iba a tenerla, y apego, pero no era lo mismo, no sé si me explico con claridad. La niña quiere a su madre, no lo dude. El caso es que mi hija estaba como perdida; su actitud quizá no fuera la más adecuada, sobre todo cuando la niña empezó a crecer. El padre...

Se hizo un silencio expectante.

—Estábamos —dijo por fin— en que la relación entre marido y mujer se había vuelto inexistente. Cada uno iba por su lado y la niña andaba por medio, como un alma perdida. El padre la mimaba mucho, pero sólo en los contados ratos que pasaba con ella. En esas condiciones lo mejor hubiera sido un divorcio; un divorcio lleno de complicaciones, porque mi hija se vendría conmigo y traería consigo a su hija y porque el padre no estaba por la labor. No atendía suficientemente a la niña, pero se negaba a alejarse de ella y si ambas se venían a vivir conmigo... la distancia se ahondaría. En cuanto a mi hija... —el hombre volvió a inclinar la cabeza hacia el suelo—. En fin, yo tengo una relación sentimental con una mujer y no creo que las dos congeniasen; o, seamos más precisos: mi hija no toleraría la presencia de esa mujer, Vicky, como compañera mía —la confesión pareció abrumarle.

—¿Desea un vaso de agua? —preguntó la Juez.

—Gracias, señoría.

Le trajeron un vaso y una jarra de agua y bebió con avidez.

—Bien —dijo por fin—. Así es como estaban las cosas desde hace algún tiempo. La situación tenía un fin previsible y yo mismo me ofrecí a alquilar un piso para las dos, la madre y la hija, si la separación, o el divorcio, se llevaba a cabo; lo ofrecí de inmediato y sin contrapartida. Mi hija no lo aceptó. La situación, como verán ustedes, no tenía salida mientras mi hija persistiese en su actitud de no hacer nada. Yo conozco esa actitud y esperé, es muy malo insistir en momentos así. Pensé que el tiempo acabaría aclarando las cosas de un modo u otro. Lo que yo no sospechaba es lo que venía ocurriendo desde mucho tiempo atrás.

Casio Fernández hizo una pausa para beber agua de nuevo. «Y en realidad —pensó Mariana—, para llamar la atención»; los quería a todos pendientes de él, ahora se daba cuenta. Aparte de eso, ¿no estaba demasiado sereno y entero? Por fin habló, ofreciendo la revelación que todos esperaban.

—Cristóbal Piles era, les hago el cuento corto, un maltratador; un auténtico maltratador —enfatizó—. Lo que ocurre, y eso hacía más difícil dejarlo a la vista, es que no es un maltratador físico sino un maltratador psicológico.

—¿Tiene pruebas de ello? —preguntó el fiscal, que de pronto manifestó un interés inesperado, bien distinto a la sensación de apatía que hasta ese momento venía mostrando ante la declaración del imputado.

—Naturalmente —Casio Fernández desvió la vista hacia el que le había preguntado como si lo viera por primera vez, pero contestó dirigiéndose a la Juez—. El punto determinante fue el día en que ella se presentó en mi casa con mi nieta y yo, que me lo venía sospechando, le saqué la verdad. Tendría que haberla visto: demacrada y muy abatida; me dio miedo de que estuviera a punto de hacer cualquier disparate. Comprenderá usted que, a partir de ese momento, toda mi ocupación fue corroborar lo que se me había contado. Mi hija, lo digo con pesar, no es una persona con recursos, carece de energía, hace mucho tiempo que entró en una especie de abulia que explica su transigencia. Es, como se dice tradicionalmente, una mujer que ha venido al mundo a sufrir, que no tiene arranque. Lo que ha tenido que soportar hasta ahora sólo ella lo sabe; pero además está la niña y yo entiendo el punto de recelo que manifiesta ante su madre. O no de recelo, de desconfianza; no es que no la quiera, es que no confía en ella como apoyo, no sé si me explico.

—Pero la niña, según he entendido, aprecia mucho a su padre —apuntó el fiscal.

—Pobrecita —dijo Casio pesaroso—. Lo que yo creo es que está muy perdida. Su madre no es una gran ayuda y su padre era para ella una especie de personaje fascinante que iba y venía. Del padre sólo le alcanzaba la fascinación; de la madre, su resignación. La madre no era una figura en la que reflejarse sino todo lo contrario: una especie de persona doliente que se ocupaba de la niña por puro reflejo.

—Veo que no tiene muy buena opinión de su hija —comentó la Juez.

—Señoría, yo soy una persona que no se anda por las ramas y que sabe bien en qué consiste la vida. Desconozco el origen del problema de mi hija; quizá tenga que ver con la prematura muerte de su madre y, como le dije antes, con el hecho de que yo no soy un padre clásico, un padre casero. Mi trabajo y, no lo niego, mi propia idea de lo que es la vida me alejaron y me alejan de esa imagen paternal. Pero soy un hombre responsable y atiendo a mis responsabilidades. Eso es lo que hice y no me arrepiento. Lo que yo he aprendido en la vida es que, básicamente, cada uno es responsable de sí mismo. No hay quien tuerza o modifique un carácter si la persona a la que pertenece ese carácter no está dispuesta a poner de su parte lo necesario. Mi hija es como es, sobre todo, por sí misma. Lo que yo pudiera haber hecho de más o de menos es un asunto secundario.

Mariana se preguntó qué escondía de verdad el alma de aquel hombre. Se encontraba tan lejos de él que le producía curiosidad, una curiosidad parecida a la que se siente por el aborigen de un pueblo exótico o por las costumbres de un animal de otro continente. A ratos era una persona reconocible y a ratos un tipo extrañamente despegado de las emociones habituales en una persona sociable. Toda su declaración era coherente, pero había en ella una intención que no acababa de captar y comprendió que tendría que esperar al final para hacerse una idea de quién era en realidad Casio Fernández Valle, por debajo de su aspecto de *gentleman farmer* que tanto le había impresionado a primera vista.

—Bien —continuó él tras haberse tomado un breve tiempo de espera—. Voy a ser directo para evitar explicaciones innecesarias. En todo caso, si ustedes las necesitan cuento con que ya me las pedirán. En resumidas cuentas, quiero decirles que soy un hombre que ha sobrepasado con creces los setenta años y que he vivido lo suficiente como para darme por satisfecho. Además, la ley contempla con cierta benevolencia a las personas de mi edad. Y, por último, sé que el destino de mi hija era el de acabar muriendo de un modo u otro, en vida o por la violencia que algún día se iba a desatar, a manos de su marido. Tengo cerca la muerte y quiero a mi hija y a mi nieta. Mis días están contados y pronto llegará el momento en que no podré protegerlas; dejarlas en poder de Cristóbal Piles, un hombre que es muy poca cosa, que se ha ido enviciando día a día y convirtiéndose en un peligro también para la niña y un mierda que pronto o tarde reventaría en alguna juerga, pero que antes las haría desdichadas, me parecía un acto de irresponsabilidad —hizo una pausa para tomar aire y la expectación llegó a su clímax, sin duda éste era el momento cumbre de su declaración—. Yo maté a Cristóbal Piles. Anoche fui a su casa, que era la mía, yo se la dejé a mi hija, picamos algo, mandé a las mujeres a la cama, le saqué al cobertizo con un pretexto tan estúpido como que necesitábamos más cerveza, cogí la hacheta que colgaba allí mismo y le rebané el cuello. Y les diré algo más: estoy muy satisfecho de haberlo mandado al otro mundo y sólo lamento que el infierno no exista porque me encantaría saber que se encuentra allí contemplando su miserable vida y su justa muerte. Esto es lo que quería confesar y estoy dispuesto a firmarlo ahora mismo. No sigan investigando, no quiero hacerles perder su tiempo. La vida es así y me ha tocado afrontarla como afronté otra gran cantidad de envites. No me arrepiento: lo volvería a hacer sin el menor reparo. Total, a estas alturas del partido ya da igual lo que suceda conmigo; a cambio, mi hija y mi nieta están libres. No pueden imaginar hasta qué punto ese miserable se cebó en mi hija. Incluso les diré que estoy convencido de que toda la atención que puso en mi nieta, toda la atracción que desarrolló para fascinarla y crearle una imagen de padre hechicero con la que trataba de resaltar la debilidad de la madre, no era más que una imitación de su propia vida, del niño consentido y malcriado que fue y que intentaba repetir con ella. Con su permiso, señoría: era un hijo de puta y ha tenido la muerte de hijo de puta que se merecía. En cuanto a mí, decidan ustedes. Yo tengo el alma en paz.

Se produjo un silencio de estupefacción en el despacho. El inspector Alameda no había advertido previamente a la Juez De Marco y ni el fiscal ni ella estaban al tanto de la razón por la cual llegaba esposado al Juzgado Casio Fernández; aunque pudieran sospecharlo, nunca habrían supuesto semejante declaración de culpabilidad. La imagen del padre justiciero y la escenografía general del crimen traían a escena un juego de luces y sombras que otorgaba una inesperada profundidad dramática al suceso. El letrado que asistía al imputado manifestó su desconcierto mirando alternativamente a la Juez y al fiscal con el pasmo pintado en el rostro.

La Juez tomó entonces la palabra.

—Señor Fernández Valle, ¿es ésta toda su declaración? ¿Tiene algo más que añadir?

—Nada más, salvo que su señoría quiera entrar en detalles sobre lo que acabo de contarle.

—No por el momento —dijo la Juez—. ¿Señor fiscal?

—¿Hay alguna razón —preguntó el fiscal— por la que no se haya declarado culpable del crimen desde el primer momento en que se presentó la policía en su casa?

—Ninguna. Sólo que he decidido hacerlo ahora.

—El secretario del Juzgado —dijo Mariana dirigiéndose a Casio Fernández— le leerá el acta de su declaración y tiene que firmarla. Se decreta prisión provisional sin fianza para el imputado Señor don Casio Fernández Valle.

Los presentes se levantaron con una clara sensación de alivio. A través de la puerta abierta se vio que el inspector Alameda y un agente esperaban fuera del despacho de la Juez. El primero le guiñó un ojo a Mariana, pero recompuso el gesto al recibir la descarga de una severa mirada de su parte.

—¡Válgame Dios, qué representación! —dijo el fiscal apenas se quedaron solos.

—¿Le ha parecido a usted una representación? —preguntó Mariana ligeramente escandalizada.

—Cuidado, no me lo tome al pie de la letra. Toda la confesión me ha parecido muy sincera. Me refiero al impacto: convendrá conmigo que ha sido teatral.

—Déjeme analizarlo cuando lo lea. Desde luego, ha sido un golpe de efecto.

—Me mantendrá al tanto —dijo el fiscal mientras recogía su cartera.

—Naturalmente.

El inspector Alameda se coló en el despacho cuando todos lo hubieron abandonado.

—Hecho. Caso cerrado —dijo. Con el paquete de cigarrillos en una mano y el mechero en la otra, preguntó—: ¿Puedo fumar?

La Juez asintió y miró a un lado y a otro, sin duda en busca de un cenicero.

—No se preocupe —el inspector se llegó a la ventana y la abrió—. Echaré la ceniza fuera... y, de paso, ventilamos esto —miró alrededor con cierta sorna.

—¿Se lo esperaba usted? —preguntó la Juez.

—¿Cuando le dije si lo veía claro? Sí, estaba claro o, por lo menos, era la explicación más razonable. Lo que no creí es que viniera directamente a confesarlo, pero ya ve, lo ha soltado a la primera. La verdad es que fue como si estuviera esperando que sucediera.

—¿*Qué* estaba esperando?

—Él. Me refiero a él. Él era el que estaba esperando que lo trajera aquí. Es un hombre inteligente. Se dio cuenta en seguida de que yo sospechaba. Pero le juro que no imaginaba que fuera a inculparse; pensé que buscaba cubrirse, tantearnos antes de decir nada.

—¿Para qué? Tenía que saber que usted sospechaba de él. Era sólo cuestión de tiempo.

—Tal vez quería ahorrárselo.

La Juez se reclinó atrás en su sillón. El inspector seguía en pie junto a la ventana, fumando.

—No parece un crimen muy inteligente —comentó la Juez.

—No —aceptó el inspector—. Yo diría que es un crimen a la desesperada. Te vas cargando y un día, ¡zas! En tales casos no hay inteligencia que valga.

—Pero un crimen así —siguió diciendo la Juez— parece más propio de alguien que pierde fácilmente la cabeza, inspector. Y lo que también me llama la atención es el retraso: si estaba tan decidido a confesar, ¿por qué espera hasta ahora para contarlo? —se quedó pensativa—. Hablando de otra cosa: ¿cuándo va a estar el informe del forense? ¿Sabe usted algo?

—Yo creo que estará listo a última hora de esta tarde, ¿eh? Ahora le llamo —hizo una pausa antes de volver a hablar—. Oiga, tendrá que interrogar a la hija del señor Fernández. ¿También va a hacerlo con la nieta?

—A ver, inspector, ¿qué es lo que pretende usted decirme en realidad?

El inspector sonrió cautelosamente.

—Verá: las he visto a las dos. La madre aún no está en condiciones y será mejor que hable con ella mañana. La niña, en cambio, es más despierta; no digo que esté más despierta sino que *es* más despierta, ¿me sigue usted?

—Muy bien —confirmó la Juez.

—Cuando vea mañana a las dos, no pierda de vista a la niña.

—Está usted muy misterioso —dijo Mariana con una media sonrisa mientras empezaba a recoger su mesa.

—Bueno, no es que yo crea que va a variar nada si habla con ella. Simplemente pienso que un niño despierto ve muchas cosas; algunas las entiende y otras no, pero las ve. Los niños son como esponjas, absorben todo lo que les llama la atención. El estado de esa casa, de esa familia, está en los ojos de la niña; mañana entenderá lo que le estoy diciendo. Si quiere cerrar bien este caso no le vendrá mal hablar con ella.

—Hay más víctimas en este asunto.

—¿Sabe? La primera vez que hablamos creo recordar que le dije que éste era un crimen brutal. Ahora ya no lo veo así. Es otra cosa. Es...

—¿Un asesinato piadoso? —aventuró Mariana.

—Usted lo ha dicho.

II. Demasiadas preguntas

El día siguiente al del asesinato de Cristóbal Piles, Mariana aparcó su coche en el Paseo Marítimo y salió a correr por la playa vestida con unas mallas negras, pantalón corto, camiseta también negra y calzado deportivo. A primera hora de la mañana el cielo, aunque cubierto, se estaba cargando de luz. Hacía frío y el mar tenía un color metálico. Un leve viento apenas agitaba la superficie del agua y las olas venían a morir serenamente en la arena, de la que la marea baja dejaba al descubierto una gran extensión. La playa estaba desierta con la excepción de dos o tres figuras perdidas en la lejanía y un hombre que caminaba cabizbajo junto a su perro a la altura de las escaleras por las que había descendido Mariana.

El frío la estimuló. Corría a buen ritmo, sin forzar la velocidad, cuidando la respiración. Había tomado la costumbre de hacerlo de lunes a viernes, a poco de amanecer; corría durante una hora y después regresaba a su casa, tomaba una ducha y un desayuno fuerte y salía hacia el Juzgado. No era asunto corriente un crimen en G..., pero no pensó en cambiar de hábito a pesar de lo excepcional del caso. Es más, consideró preferible comenzar el día de manera rutinaria. Al tratarse de una familia conocida, el escándalo prendió como un reguero de pólvora por la ciudad durante el día anterior, dominó las conversaciones de calle y de casa, visitó bares y chigres y se perdió en la noche por clubes, comedores y dormitorios hasta que la propia excitación pudo con él y lo durmió. Mariana estuvo leyendo antes de dormir al abrigo de un par de whiskies con soda, pero no pudo quitarse de la cabeza la imagen del hombre ensangrentado en el cobertizo; tampoco la de Casio Fernández declarando tranquilamente ante ella con la convicción del deber cumplido y, en especial, del sino inevitable que lo aureolaba como a un santo laico. Y se entretuvo en imaginar cómo serían Covadonga Fernández y Cecilia Piles escondidas y perdidas ambas, una junto a la otra, bajo las sábanas de la cama de matrimonio, en aquella casa que cada vez le parecía más añosa y destartalada en el recuerdo, aunque este recuerdo datase tan sólo de veinticuatro horas antes. Ayer a estas horas, un sol radiante descubría una desgracia terrible y hoy, en cambio, la luz pugnaba por abrirse paso clareando a través de la capa gris perla del cielo.

«Escenarios trastocados», pensó Mariana sin dejar de correr.

Se había aficionado a correr a poco de llegar a G... Fue como una iluminación repentina porque a ella nunca le pareció ni medio sensata la práctica del *jogging*, a pesar de que de las películas americanas parecía deducirse que se trataba de un ejercicio reservado a jóvenes esbeltas y glamurosas, porque la dura realidad española mostraba otro tipo de practicantes que, salvo la excepción de esa clase de gente atlética que nunca falta, más bien parecían estar tirando de sí mismos, desmadejados, sin resuello y con las piernas torcidas. Todo empezó por un problema de báscula que, aunque ella se cuidaba bien, le confirmó que su profesión era demasiado sedentaria; además se hallaba en ese tramo de edad en el que ya no se queman energías con tanta facilidad como en los años jóvenes; y, finalmente, estaba contenta con su cuerpo y no quería perder esa satisfacción. En ese estado de ánimo salió una mañana a primera hora camino del Juzgado, pero como iba con un pequeño adelanto horario, se acercó al Paseo Marítimo a ver las olas llegar. La playa se encontraba en bajamar y, ante su asombro, se vio a sí misma corriendo por la arena a esas horas bajo un levísimo orvallo con una sensación de frescura y energía que la dejó conmocionada. Se siguió a sí misma con la vista hasta que su figura se perdió tras una tenue neblina hacia el otro extremo de la playa y entonces comprendió que aquella especie de epifanía era una señal imposible de desatender. Se vio joven y guapa y llena de futuro. Aquella misma tarde adquirió unas mallas negras, un calzón de deporte, un par de camisetas, una especie de chaquetilla con capucha para los días fríos, unas zapatillas deportivas, un par de calcetines tobilleros y adelantó su despertador una hora.

Prefería correr por la playa, salvo que hubiera pleamar, porque el Paseo Marítimo le gustaba sólo a medias. La ciudad se abría al mar con amplitud y belleza y le encantaba todo el interminable barandal de hierro forjado y los accesos a la playa, con sus escaleras nobles y su aire finisecular; pero del otro lado del paseo y los árboles, los viejos edificios que albergaron las relaciones de la ciudad con el negocio del mar habían sido sustituidos por los muy vulgares edificios levantados en los años del desarrollismo, feos cubos llenos de ventanas, atacados por el viento y el salitre que los deterioraba en vez de ennoblecerlos como ciudad portuaria y que se alzaban como una ofensa al gusto por la tradición. Los sesenta fueron años en los que el dinero zafio confundió lo antiguo con lo viejo y derribó la recia nobleza tradicional de navieros y consignatarios para convertirla en hormigueros de cemento y ladrillo. Tan sólo algún edificio antiguo sobrevivía para mostrar lo que fue y lo que era el paseo, como un reproche orgulloso y resignado a la vez.

A veces corría por el lado contrario, hacia el puerto deportivo. Salía directamente al pie del Barrio Antiguo, el que fue barrio de pescadores, situado en lo alto del cerro que dividía las dos playas, cruzaba la plaza del Ayuntamiento y se internaba en la plaza del Duque, una especie de explanada semicircular en la que desembocaban varias calles, la cual quedaba abierta al puerto deportivo, que recogía, al abrigo de un elevado y largo dique, el conjunto de pantalanes donde amarraban las embarcaciones. Luego seguía la línea del mar camino de la segunda playa, la del Oeste, por el paseo nuevo (ambos, playa y paseo, abiertos al uso público recientemente por la nueva ordenación de la ciudad de cara al mar, más allá de los cuales nacía el puerto propiamente dicho, el que soportaba un importante tráfico comercial). Mariana solía llegar hasta el final de la playa nueva y regresaba. Había alquilado un apartamento en el casco antiguo, en la calle Mercedes Álvarez esquina a Méndez Riestra, por lo que se aseguraba su carrera matutina y la vuelta a casa con tiempo suficiente para darse una ducha y prepararse un estimulante y veloz desayuno a base de café, zumo y tostadas de pan con aceite de oliva. Y, a partir de ese momento, como en la transición de una escena a otra en un teatro, el escenario cambiaba: la lentitud se convertía en prisa y Mariana salía escopetada hacia su trabajo impulsada por la gratificante sensación de haber cumplido con su salud. Además maduraba la idea de finalizar su ejercicio matutino con un chapuzón en el mar, excepto en invierno.

La playa se acabó de repente, y continuó su carrera subiendo por un acceso en escalera para regresar por el paseo. Al pasar junto al puente sobre el río Viejo se detuvo. A la izquierda y luego de frente, al otro lado de la calzada, nacía la carretera que llevaba a la casa de Cristóbal Piles y a la Colonia del Molino. Echó a correr sin ganas en sentido inverso. El inesperado encuentro ensombreció su ánimo y la situó mentalmente en el Juzgado. Por alguna razón que no acertaba a definir, la instrucción del caso Piles le provocaba un insistente rechazo.

Ahora caminaba a buen paso, sin correr, por la acera opuesta al paseo de la playa. Caminaba a lo largo de los edificios anodinos y sin gracia alguna, todos modernos y miméticos en su fealdad. En los bajos de casi todos ellos había establecimientos de hostelería, bares o restaurantes, expuestos como en un escaparate seguido y tan poco agraciados como los edificios que los cobijaban. En uno de ellos descubrió asombrada una figurilla de mediano tamaño reproducción del *Manneken Pis*; estaba allí tan campante, destacando entre los demás bibelots que se arracimaban en el escaparate. En la puerta del local, cerrado a esas horas, había un cartel anunciando «mejillones a la belga» y trató de imaginarse al belga que varó allí y abrió el establecimiento. ¿Qué se le habría perdido en G...? Como era fantasiosa, trató de imaginar una historia, pero siguió andando y pronto se le fue de la cabeza. Sólo cuando llegó a la segunda mitad de la calle Ezcurdia, formada por edificios tradicionales de cuatro plantas con fachadas ilustradas de colores rojizo, ocre o negro, se sintió a gusto, protegida por aquellos vestigios de la tradición y el esplendor de la antigua G... Luego retrocedió por la primera calle, que hacía una esquina muy pronunciada, y se dirigió apresuradamente hacia el coche.

El fiscal no tenía dudas:

—Es una confesión completa y coherente con el escenario y los hechos. No se puede hacer otra cosa que aceptarla y cerrar la instrucción debidamente.

Pero Mariana de Marco era una Juez quisquillosa. Ella tampoco tenía dudas acerca de la confesión de Casio Fernández. Incluso debió de ser a ella a quien le produjo mayor conmoción la historia de este hombre que sacrificaba los últimos años de su vida y su misma fama para librar a su hija de un futuro atroz. Sin embargo, quería cerrar el caso dejando colocada cada pieza en su sitio y para conseguirlo necesitaba proveerse de información adicional que despejara cualquier duda. Quería hablar con Covadonga, que hasta el momento parecía un fantasma, y con la niña; y no ocultaba su curiosidad por el entorno de Cristóbal Piles, su familia, sus amigos... entre los que, por cierto, se encontraba Jaime Yago.

El inspector Alameda la recogió en la puerta de su casa y juntos se dirigieron en su coche al lugar del crimen. El coche del inspector, un cuatro plazas de fabricación nacional, era una pieza de museo imposible de describir. Estaba lleno de relojes en el salpicadero (tacómetro, amperímetro, temperatura del agua y otros que se sintió incapaz de reconocer), los limpiaparabrisas parecían dos cuchillas para rasgar el aire, el volante era pequeño y de madera como el de un coche de competición, en el frontal se erguían unos faros antiniebla muy agresivos y llevaba las lunas traseras tintadas. Mariana se lo pensó dos veces antes de subir, con el pequeño inspector embutido en su abrigo y su gorra de visera, a semejante ingenio mecánico, pero cuando vio que se calaba unas gafas ahumadas de mercenario comprendió que no le quedaba otra que dar la talla.

Conduciendo, el inspector mutaba su aspecto de husmeador ratonil en felino. Volcado hacia delante, como al acecho, con una mano al volante y la otra agarrando o acariciando el pomo de la palanca de cambios, la cabeza asomando lo justo por encima del salpicadero y un juego de pies en permanente estado de tensión sobre el acelerador y el embrague con manifiesto desprecio del freno, brujuleaba entre el tráfico apurando huecos y semáforos, en un afán constante de ponerse a la cabeza de los automóviles que les rodeaban, para distanciarse de éstos con repentinos acelerones que clavaban a la Juez al respaldo de su asiento. Mariana, que se estaba preguntando por qué el hombre no se habría decidido por una tapicería en piel de tigre en vez del anodino color pardo que deslucía el conjunto, no pudo evitar, en un momento dado, una exclamación de advertencia ante un coche que apareció por su izquierda: la sonrisa torcida que se dibujó en el perfil del inspector la convenció de que sólo ganaría su respeto apretando los dientes y acompañándolo en silencio y sin mover un músculo de la cara hasta el final del trayecto.

El sol seguía sin atravesar el persistente nublado del cielo cuando aparcaron ante la casa. Mariana se detuvo en la cancela de entrada, una de cuyas hojas seguía abierta y clavada en tierra, lo que unido al abandono del jardín —tierra rala salpicada de hierbajos y plantas asilvestradas que crecían como maleza— le producía una sensación de descuido que le movió a compasión. Jugar allí —pensó en la niña, a la que aún no conocía— era como estar a la intemperie; y pensó que en la casa sólo se vivía de puertas adentro, que era algo más cercano a un refugio que a un hogar, lo cual le produjo una incómoda desazón. Sintió el rechazo del lugar y sólo echó a andar cuando el inspector lo hizo por ella y ella se esforzó en seguirle. La puerta estaba entornada y el inspector se asomó cautelosamente antes de alzar la voz:

—¡Buenos días! —su voz resonó en el silencio del pequeño vestíbulo como una intromisión—. ¿Hay alguien en la casa?

Ambos avanzaron unos pasos, expectantes. En seguida se abrió una puerta a la izquierda que, por lo que pudieron atisbar, pertenecía a la cocina y una mujer de edad avanzada apareció en el umbral con gesto inquisitivo.

—Buenos días —repitió el inspector—. Policía —añadió lacónicamente—. ¿Puede anunciar a la señora que la Juez De Marco está aquí para hablar con ella?

La mujer asintió con la cabeza, se enjugó las manos en el delantal y, sin decir palabra, los dejó plantados mientras subía por la escalera al piso superior.

—Señora —le oyeron decir—, está aquí la policía y... una Juez —Mariana advirtió el titubeo de la mujer antes de referirse a ella. Siguieron unos minutos de silencio interrumpido por una conversación entre murmullos y en seguida reapareció en lo alto de la escalera—. La señora los recibirá en el comedor —dijo mientras descendía la escalera para habilitarles la entrada por una puerta que quedaba a la derecha, enfrente de la cocina, y cederles el paso con desgana.

El comedor era una habitación grande repleta de cuadros y cortinas cerradas que la hacían pesar sobre el suelo. En el centro exacto había una mesa cuadrangular de grandes dimensiones rodeada por ocho sillas de respaldo alto y al fondo un armario vitrina que contenía una vajilla y una cristalería y cuya parte inferior era un cuerpo de cajones de considerable tamaño. Cuando la criada descorrió las cortinas con gran ruido de anillas, dejó al descubierto dos grandes ventanas y la luz proveniente del exterior despejó en parte la sombría atmósfera de la estancia.

—Acomódense ustedes —dijo señalándoles las sillas—. ¿Desean tomar algo?

—Yo no, muchas gracias —respondió Mariana—. Quizá el inspector... —éste negó con la cabeza—. ¿Cuál es su nombre? ¿Angelina? Muy bien, Angelina: cuando terminemos de hablar con su señora queremos hablar con usted.

La criada asintió con un gesto de cabeza y desapareció tras la puerta.

—Es extraña esta casa, ¿no le parece? —comentó Mariana. El inspector se encogió de hombros; ella observó que no se había quitado la gorra—. Nada más entrar, la cocina a la izquierda y el comedor a la derecha; el comedor tiene sentido cerca de la cocina, pero la cocina aquí, en el frente... es un absurdo. ¿No dijo el señor Fernández que él y su yerno habían estado charlando en la sala? ¿Dónde está la sala y por qué no nos reciben en ella?

—La sala está al fondo del pasillo, ¿no lo recuerda? Da al cobertizo, precisamente.

Mariana se puso en pie y salió decidida al vestíbulo. A la izquierda del corto pasillo que se abría frente a ella arrancaba la escalera y al fondo del mismo una puerta con la parte superior acristalada por la que entraba un haz de luz difuso era, sin duda, la salida trasera al jardín. La sala se encontraba a la derecha del pasillo. La Juez volvió sobre sus pasos.

—Es todo como muy antiguo, ¿no? Esto de recibir en el comedor, vaya incomodidad. Parece que nos quisieran hacer notar que no somos bien recibidos; y el comedor mismo, tan recargado y tan lúgubre que da no sé qué comer en él...

—No creo que nos vayan a invitar —dijo el inspector. Mariana le lanzó una mirada de advertencia. Luego tomó asiento en una de las sillas. El inspector suspiró pesadamente.

De pronto, como una fantasmal aparición, la figura de Covadonga Fernández se recortó en el umbral de la habitación. Al percatarse, la Juez y el inspector se pusieron en pie; el inspector se apresuró a despojarse de la gorra. Covadonga les instó a sentarse con un ademán.

—Perdonen ustedes que les haya hecho esperar, es que estaba en la cama —dijo Covadonga. Su voz sonaba apagada, cansada. Era una mujer de facciones finas, nada fea, pero su apariencia era la de una persona en estado de abandono, con ojeras violáceas y pómulos muy pronunciados. Tenía el cabello recogido en un moño y se sujetaba las manos; semejaba una figura perdida.

—Buenos días —empezó a decir Mariana—. Sé que las circunstancias son especialmente dolorosas, pero me veo en la obligación de hacerle unas preguntas, si cree usted estar en condiciones de responderlas.

Covadonga asintió débilmente con la cabeza.

—Su padre ha efectuado una declaración en el Juzgado por la que se declara responsable único de la muerte de su marido Cristóbal Piles.

Un gesto de sorpresa, que contuvo en seguida, se pintó en el rostro de la mujer. Después abatió la cabeza y se mantuvo en silencio, como si meditase. A continuación levantó la cara y miró a Mariana.

—No lo sabía —dijo—. Lo siento —dijo, y las lágrimas afluyeron a sus ojos. Mariana, instintivamente, la tomó del brazo en un ademán de consuelo. Covadonga levantó de golpe la cabeza, presa de inquietud—. Mi niña, ¿dónde está mi niña? —exigió.

Estaban los tres sentados a un extremo de la mesa. Aunque la postura de todos era incómoda y envarada, en parte debido a la rigidez de las sillas y a la posición de comensales a que les obligaba la situación, Mariana percibió en seguida el miedo de Covadonga y trató de tranquilizarla.

—Estará bien, no se preocupe —dijo.

Era un miedo disfrazado de recelo y en él estaba también patente su debilidad. A la incomodidad física se sumaba la incomodidad del interrogatorio. La mujer, evidentemente afectada, no se encontraba en condiciones de declarar con coherencia por lo que Mariana decidió abreviar y limitarse a corroborar aspectos de la declaración de su padre. Ella sólo recordaba haber bajado a la planta baja, donde Casio le salió al paso.

—¿Por qué bajó usted?

—Yo... No lo sé... —pareció perdida, mirándose las manos recogidas en el regazo—. No lo sé —dijo de nuevo.

Por lo que dedujeron de su entrecortada declaración, el padre y ella forcejearon y sólo recordaba la visión del cobertizo encendido y el cuerpo tendido. No, no vio sangre, sólo el cuerpo tendido y corrió hacia él; al relatar que se echó sobre él, Mariana temió que se desmayara.

—Estaba lleno de sangre todo, Cristóbal, el suelo, mi camisón...

—¿Había un hacha pequeña cerca? —preguntó Mariana.

—El hacha... El hacha... —Covadonga se tapó la cara con las manos y empezó a sollozar convulsivamente—. El hacha... —repetía.

A partir de ese momento su declaración fue balbuciente, le costaba hilar el relato. Recordaba las salpicaduras de sangre con pavor, la sangre que le había manchado su camisón y a su padre tirando de ella, que no quería despegarse del lugar. La de Covadonga era una declaración singular porque más que explicarlo se limitaba a estar fuera y dentro a la vez del terrible suceso; parecía extraviada y, al mismo tiempo, aferrada a retazos inconexos del recuerdo y Mariana pensó con dolor en la terrible dependencia y vulnerabilidad de las mujeres sometidas a malos tratos. En todo caso, comprendió que había sido una equivocación tratar de interrogarla en el estado en que se encontraba y optó por aplazar el interrogatorio, convencida de que no podría sacar mucho en claro en esos momentos. Sin embargo, se sentía confusa ella a su vez. Había algo en la actitud de Covadonga que chirriaba; pero tenía otras indagaciones pendientes y consideró que sólo obtendría algo positivo de Covadonga si le daba un margen mayor de tiempo para calmarse. La acompañó hasta el pie de la escalera mientras aparecía la criada y las dejó subiendo a la planta de arriba. Al seguirlas con la vista, su mirada tropezó con la cara de una niña asomada entre los barrotes.

—¡Hola, Cecilia! —exclamó con simpatía. La niña tenía los ojos muy abiertos y la miraba a ella, no a su madre, pero no respondió a la sonrisa de Mariana con otra suya sino que se limitó a alzar su pequeña mano a guisa de saludo; cuando su madre llegó al descansillo donde se encontraba, desapareció. Tenía unos ojos grandes y curiosos, como si algo se los hubiera abierto de una vez.

Mientras la criada regresaba, Mariana volvió a repasar el lugar de los hechos: el pasillo, la puerta trasera, el pedazo de jardín que la separaba del cobertizo, el cobertizo siempre abierto con sus dos puertas atascadas en tierra, la mancha oscura y lavada en el suelo... Mientras la criada reaparecía decidió postergar también una charla con la niña.

—Angelina, tengo entendido que la noche de autos usted no dormía en la casa.

—No, señora. Nunca duermo en la casa. Vengo por la mañana y marcho por la noche.

—¿Nunca?

—Alguna vez me he quedado si la niña estaba enferma, no siempre.

—¿Es que su madre no la atendía debidamente?

—Su madre... —la criada titubeó un segundo—. Sí, la cuida bien; pero hay noches que tiene jaquecas, dolores... La quiere mucho, la protege —se apresuró a añadir.

—¿Y el padre?

—El padre la quiere también, pero sólo la quería para los caprichos.

—¿A qué hora se fue usted esa noche?

—Yo creo que como siempre, a las ocho dadas.

—¿Todos en la casa estaban bien? ¿Todo estaba en orden? ¿No había nada extraño, discusiones, disgustos, algo así...?

—El señor había llegado ya cuando yo me marché.

—El señor Piles, supongo —la criada asintió—. ¿Y el señor Fernández?

—No, él no. Estaba sólo el señor y allí se quedó, con la mujer y la hija.

—Gracias, Angelina, eso es todo. Por cierto, ¿qué tal está la niña?

—Muda; está muda la pobrina. Lo debe de llevar por dentro.

Ante la perspectiva de tener que volver al coche del inspector, Mariana propuso dar una vuelta por el jardín que el otro aceptó de mala gana.

—¿No hay nada que le haya llamado la atención, inspector?

—Que está zumbada, esa mujer. Si ha tenido usted que dejarlo para otro día...

—Ya, pero siempre hay detalles significativos, ¿no?

—Los habrá captado usted.

—Por ejemplo: en el relato de la madre, por incoherente que haya sido dado su estado de confusión, hay algo muy llamativo: la hija, Cecilia, no aparece en él; ni la ha mencionado. El señor Fernández apenas nos dijo nada acerca de la aparición de la niña en el lugar del crimen. ¿Pudo la cría ver algo? Tendría sentido porque su camisón contiene restos de sangre, pero quizá sólo se deba a transferencia de la madre. Sea como fuere, tomó parte del drama. ¿O no bajó la niña y la recogieron arriba? ¿La encontraron arriba? ¿La despertó para meterla en la cama con su madre y deshacerse de las dos mientras manipulaba el escenario? Ni el uno ni la otra lo mencionan. Hay que saber qué pasó con la niña esa noche. ¿Acaso pueden haberlo olvidado? Yo creo que no. ¿Por qué esa omisión?

—Porque está zumbada. Oiga, yo no soy muy mirado ni entiendo de sutilezas, pero en este caso me parece que están fuera de lugar. ¿No ha visto en qué estado se encuentra?

—Pues a mí no me ha parecido tan confusa; lo que me ha parecido es más bien atemorizada, muy atemorizada.

—Yo también lo estaría. Su padre mata a hachazos a su marido... y se lo encuentra delante de sus narices. Ya me dirá usted.

—¿Cree usted que tiene miedo a su padre?

—Hasta el degollamiento de su marido, no sé, pero a partir de ese momento, ¿usted no se lo tendría?

—Quien la maltrataba era el marido.

—Dice usted bien: la maltrataba; no que la mataba —añadió con sorna.

—Y esa niña, ¿qué ha visto esa niña?

No, no la iba a interrogar ahora. Su mente estaba puesta en los padres de la víctima. Necesitaba fijar la figura de Cristóbal Piles y aunque sus padres estarían por protegerla a toda costa era muy posible que una conversación con ellos le ayudase a hacer el perfil que buscaba. No solamente sus padres, también los amigos. Su mente voló ahora a Jaime Yago, quien también conocía al muerto y que quizá podría ayudarle a trazar el perfil. Además le apetecía un encuentro a solas con él.

—Bueno, ¿alguna sugerencia sobre Covadonga? —preguntó Mariana mientras salían a echar un vistazo al exterior.

—Poco hemos sacado de ella, aparte de que esa mujer no rige.

—Sí. La verdad es que aporta más confusión que otra cosa —Mariana se quedó pensativa. Luego dijo—: ¿No le parece que está ocultando algo?

—¿De sí misma?

—Sí. De sí misma. Del crimen.

—¿Cree usted que la confusión es fingida?

—En todo caso, me ha parecido demasiado exagerada. Además: ¿ha advertido usted el rechazo que le inspiraba el hacha?

Cuando hubieron dado dos vueltas completas a la casa reconoció la impaciencia del inspector. Entonces pensó en el coche y se estremeció.

—Verá, inspector, creo que voy a volver andando al Juzgado. Tengo cosas en que pensar y me va a venir bien un paseo. ¿No le importa que no le acompañe?

El inspector la miró con cara de guasa.

—Hecho. Nada como un buen paseo para pensar a fondo.

—Ni un buen coche para pisar a fondo —respondió ella espontáneamente. Sus miradas se cruzaron con un punto de desafío.

—Así es —dijo el inspector con su sonrisa característica.

—Dígame qué pasa con el forense; dígame qué pasa con el laboratorio; a ver si pueden ustedes recomponer los movimientos en el escenario. No se duerman en la confesión del imputado; este caso hay que cerrarlo con todos los cabos bien atados.

Mariana se alejó caminando. El sonido del automóvil del inspector le llegó por la espalda: primero unos agresivos acelerones, después un chirrido que le hizo cerrar los ojos y, un segundo más tarde, un par de bocinazos mientras la adelantaba con ímpetu semejante al de un golpe de viento que le azotase las faldas. Tras verlo perderse calle adelante y entrar por las bravas en la vía principal respiró aliviada.

Al día siguiente, obtenida y firmada la confesión de Casio Fernández Valle como autor único del crimen, Mariana de Marco decidió cumplir con su primera idea de hacer una ronda de contactos con las personas de su entorno. Todo su interés estaba puesto en obtener un retrato fidedigno de cada uno de ellos para empezar a mezclar sus intereses, sus preocupaciones, sus rasgos de carácter y su modo de vida como medio de obtener un cuadro vivo del mundo de la víctima porque en él se hallaban los matices, los claroscuros que necesitaba para entender el resultado del drama que acababa de representarse.

Apenas tuvo ante sí Mariana a los señores Piles, padres de Cristóbal, se dio cuenta de que había cometido un error. Ella era una mujer de tronco estrecho y anchas caderas, con el aspecto de una elegante tradicional de provincias cuya primera y algo aparatosa impresión de sociabilidad ya dejaba entrever la línea de resistencia por la que asomaba un carácter autoritario. Él, en cambio, era un hombre grueso, de extracción social acaso algo menos encumbrada, de cara escondida y pelo canoso peinado hacia atrás, que hablaba y actuaba a remolque de ella, con una mezcla de suavidad y resignación en su expresión. El error era haberlos juntado y ahora se daba cuenta de que no tenía modo de separarlos una vez sentados en su despacho. Mariana quería hablar con ellos libremente, no era un interrogatorio formal, por lo que los citó con cierto desenfado y ahora lamentaba las consecuencias de su ligereza; estando juntos, obtendría de ellos la mitad de la mitad de la información que buscaba. La madre, una vez cumplido el trámite de las condolencias y el dolor, se dispuso a dar la batalla por su hijo; el padre, en cambio, parecía más afectado o, para ser más exactos, más debilitado, más renuente ante las afirmaciones que, como escopetazos, ella soltaba a guisa de respuesta a las preguntas de Mariana.

—... y mi hijo ha sido siempre un modelo como esposo y como padre, lo que no puede decirse, por cierto, de su asesino.

—Aún no ha sido condenado, señora, nos encontramos todavía en la fase de investigación.

—¡Bueno! —comentó despectivamente—. Llámelo usted como quiera: la realidad es la realidad y ahí está el cadáver de mi hijo —por un momento las lágrimas asomaron a sus ojos, pero sólo se asomaron.

—Usted cree... —empezó a decir Mariana dirigiéndose al marido.

—Díselo tú mismo, Joaquín, díselo tú mismo. ¿Era o no era un chico modelo?

Joaquín Piles tosió discretamente.

—No tosas, contesta —le conminó ella.

—Lo era, sí, lo era —contestó al fin el hombre—. Es decir, no creo que ni Cova ni su hija puedan tener queja de él, pero...

—¿Cómo que *pero*? —protestó su esposa.

—Ana María, déjame hablar —«Al fin», pensó Mariana—. Lo que quiero decir es que era un chico normal que quería a su mujer y a su hija, las tenía atendidas y todo eso, nadie puede negarlo y yo menos que nadie. Pero siempre fue un chico consentido y por eso hacía un poco lo que le daba la gana, eso es lo que quería decir —Mariana se preguntó qué estaba tratando de decir en realidad.

La señora Piles se irguió en su silla:

—¿Consentido? —Mariana se empezó a preguntar si conseguiría meter baza en la conversación—. Creo, Joaquín, que me estás acusando sin necesidad.

—No, mujer —replicó Joaquín—. La señora Juez quiere saber cómo era Cristóbal.

—Perdónenme —intervino Mariana—, pero voy a hablarles a ustedes con claridad. Yo necesito un retrato real de Cristóbal y, como ustedes deben saber, voy a buscarlo a través de diversas personas. Yo no dudo, señora, de que su hijo fuera un hijo modelo, pero necesito cuadrar determinadas informaciones y por eso les ruego que sean lo más sinceros posible conmigo. Nada de lo que se hable en este despacho va a salir de aquí, ténganlo por seguro. Lo que me importa —dijo dirigiéndose a Ana María— es en todo coincidente con lo que acaba de decir su marido: quiero saber cómo era Cristóbal, con sus virtudes y sus defectos.

—¿Es que cree usted que yo mentiría sobre mi hijo, que alguien puede saber de él más que yo, que soy su madre?

—Perdóneme de nuevo. Yo soy quien va a hacer las preguntas y les ruego que me contesten con sinceridad y precisión. Vamos a ver —siguió diciendo para atajar un nuevo conato de intervención de Ana María Piles—. Lo primero que necesito saber, y les ruego que no se molesten por el carácter de la pregunta, es lo siguiente: me ha llegado por diversos conductos la información de que su hijo era... en fin... un poco duro en el trato con su esposa.

—No voy a consentir... —empezó a decir Ana María.

—Ana María, deja hablar a la Juez —el hombre tomó decididamente la palabra—. Eso a lo que se refiere usted —dijo dirigiéndose a Mariana— supongo que tiene que ver con la imagen de persona retraída de Covadonga y es verdad. Cova no es mujer de mucho arranque, a decir verdad, y mi hijo, en cambio, era un muchacho al que le gustaba vivir y disfrutar de las cosas, de la vida. Ese contraste no hay quien lo mueva y, naturalmente, deja la sensación de que él la tenía dominada. Y es verdad, la tenía dominada y quizá él, a su vez, estaba demasiado suelto, pero ella no era mujer para él, eso también se lo tengo que decir.

—Lo que no es razón para que su padre matara a mi hijo como a un animal —dijo con fiereza Ana María—. No es razón —repitió y empezó a sollozar.

—Por Dios, señora, nadie ha dicho semejante barbaridad. Le ruego que entienda que estoy cumpliendo con mi deber y que en este caso me resulta especialmente difícil. No tanto como a usted, pero es muy ingrato para mí.

—Ana María... —empezó a decir Joaquín Piles.

—Mi hijo haría la vida que dice su padre, pero no era como Casio Fernández. Pregunte a su amante a ver cómo trataba a su hija. Él sí que la tenía abandonada y no mi Cristóbal.

Mariana miró interrogativamente a Joaquín.

—No sé si es lo más adecuado hablar ahora de eso —dijo titubeando, pero la insistente mirada de Mariana le hizo seguir—. En fin, sí, es verdad que él tiene una amante.

—Una puta —dijo con dureza Ana María.

—Mujer, no lo sabemos, ella...

—No lo sabrás tú, que eres un baldragas.

—Ana María, haz el favor de callarte. Estamos delante de la Juez.

—No se preocupe, señor Piles —medió Mariana—. Yo comprendo que la situación no es muy propicia para mantener la serenidad. Se trata del hijo de ustedes...

Ana María se irguió en su silla.

—Usted misma lo está diciendo. ¿Lo ves? —se dirigió a su marido—. Es de mi hijo de quien se está hablando.

—También lo es del señor —terció Mariana, que estaba empezando a irritarse—. Si no les molesta, insisto, voy a hacer yo las preguntas y ustedes se limitarán a contestarlas. Ésta es una conversación personal e informal, pero si no se atienen a mis preguntas ordenaré un interrogatorio formal —lo estaba deseando, por separar a los esposos, y había apartado ya de sí toda clase de compasión—. Repito mi pregunta —prosiguió Mariana—: ¿Había algo en la conducta de su hijo que pudiera dar pie a los comentarios precisos que existen acerca de un posible maltrato hacia Covadonga Fernández por parte de su hijo, sí o no?

—Absolutamente no. Nada. Nunca —dijo con fiereza la madre.

Mariana dirigió su mirada al padre, que guardaba un silencio que fue creciendo hasta llenar la habitación.

—Joaquín, por Dios, di algo —le apremió su esposa.

—Yo nunca he visto señales de maltrato físico —empezó a decir él—. Nunca. Pero si por maltrato entiende usted el despego con el que la trataba, entonces tengo que decir que sí, que a lo peor ése era el maltrato.

—¡Joaquín! —el grito sonó más recio que hiriente, pero la mujer estaba al borde de un ataque de nervios y Mariana aprovechó su oportunidad. Llamó a un oficial y le encargó que se la llevara afuera y la tranquilizase, calmó al consternado marido y se sentó de nuevo con él.

—No se preocupe; es natural que reaccione así, es una mujer muy temperamental, ¿verdad? —dijo, conciliadora. El hombre asintió, abrumado—. Bien, señor Piles, veo que usted es mucho más templado y quizás ahora, sin la presencia de su esposa, pueda hablar con mayor claridad. Es tan comprensible...

—Le debo de parecer a usted un padre desnaturalizado —empezó a decir él—. Nosotros tenemos dos hijos, Cristóbal y Ana; es decir: teníamos, ya sólo nos queda Ana. Ella ha sido la que ha cargado con la fama de rebelde y, la verdad, nos ha dado muchos disgustos, hubo que enviarla a un internado, se fue de casa pronto... En fin, que vive fuera, es periodista y trabaja en Zaragoza y nos vemos... pues en las fechas clásicas: Navidad, un puente, algo en verano... El otro, el chico, era el que se quedó en G... con nosotros y el favorito de su madre, como ya se habrá dado cuenta —hizo una pausa, como si necesitara reordenar lo que estaba diciendo—. Le iba bien en la vida, tenía dinero y un negocio propio, era muy simpático con la gente, o sea, que tenía un don natural, siempre lo ha tenido y, como le digo, la madre le consintió y le malcrió. Era egoísta y burlador, que es una mala mezcla. Entiéndame —se apresuró a añadir—, es... era mi hijo y yo lo quería, claro que sí, pero los padres buscamos que los hijos respeten nuestros valores y en eso la cosa no salió bien del todo, para qué vamos a engañarnos. Además, yo creo que tengo también un pesar encima por mi hija, que es la que pagó el pato de la rebeldía. Cristóbal no se rebeló nunca, pero hizo lo que le daba la gana; en cambio, la pobre Ana cargó con el sambenito. En otras palabras: que el chico absorbió todo el afecto de la casa y a ella la pusimos en la calle, como quien dice, por eso tengo pesar.

—Los padres —intervino Mariana— buscan siempre lo mejor para sus hijos, pero no siempre lo encuentran —estaba empezando a sentir aprecio por el hombre—. A ustedes no les queda otra que haber intentado hacerlo lo mejor posible, no se atormente. Supongo que su hija le quiere a usted, ¿no?

—Sí, claro que sí, pero ahí hay algo perdido, por mi torpeza... o por mi debilidad.

—Dejémoslo ahí —dijo Mariana—. No es éste el momento de dilucidarlo. Bien —tomó aire antes de seguir—, confirma usted, por tanto, lo del maltrato... o algo semejante. ¿Lo definiría usted como un maltrato psicológico?

—No sé; puede que algo sí. Pero yo nunca he pensado en mi hijo como un maltratador. No, no era de ese estilo —dijo él a media voz.

—¿Y qué me dice de su nieta?

—Pobre, ésa sí que me da pena. Cristóbal la trataba como él era y la tenía en palmitas, pero sólo cuando a él le interesaba; era egoísta para todo. Así que la niña estaba en un vaivén de sentirse adorada un día y olvidada otro. Eso yo creo que no era bueno para ella, que la desequilibraba. Y la madre, pues se puede usted imaginar. La suya era otra forma de egoísmo: la del que sufre. Total, que la pobre niña iba rebotada de unos brazos a otros sin saber cuándo ni cómo ni por qué. Y se le nota; es muy silenciosa, muy caprichosa también y, sobre todo, es una criatura que necesita mucho que la quieran de una manera sostenida, ¿me entiende usted?

—Se echa usted muchas cosas sobre su conciencia —comentó Mariana.

—No crea. Las cosas son así y yo... Dígame una cosa, ¿con quién se queda la niña ahora? Con la madre, ¿no?

—Claro, salvo que se demuestre incapacidad para ejercer la patria potestad, la custodia le pertenece a ella.

—Y... ¿no hay alguna manera de tutelar a la niña?... Nosotros, quiero decir.

—Pueden ustedes hacer la petición si la madre sigue en el estado en que se encuentra. ¿Le preocupa la niña?

—Sí, la verdad.

—Quizá... si me permite un comentario personal —el hombre la invitó a hacerlo con un gesto—, usted está tan afectado por cuestiones personales que trata de, digámoslo así, redimir como errores; pero no olvide que, finalmente, cada uno debe construirse su propia historia, y la niña también. Puede que su madre cambie de actitud, el estado en que se encuentra es temporal. Y le preocupa la niña, mucho. Lo que hay que hacer es apoyarla.

—Seguro que tiene usted razón —aceptó el hombre—. Es todo tan difícil...

—Vamos a variar de asunto, si a usted no le importa. He creído entender que ustedes saben que hay una persona en la vida de Casio Fernández, una mujer.

—Vicky, sí, pasa por ser su amante.

—¿Cómo es ella?

—No es... —Joaquín Piles dudó—; no es una prostituta, como dice mi mujer, pero debió de serlo en algún momento o, por lo menos, de conducta dudosa. No tiene buena fama aquí. Parece... En fin, son esas cosas que se dicen... —titubeó consciente de que estaba ante una mujer—, que es una experta en cuestiones sexuales... —al decirlo pareció liberarse de un gran peso expresivo—. Una mujer con mucha experiencia, no sé si me explico.

—Se explica usted muy bien —sonrió alentadoramente Mariana—. Usted la considera una relación... un tanto turbia, vamos a decirlo así.

—Eso es —respondió él aliviado—. Una relación turbia.

—Pero él parece un hombre educado, culto...

—Y lo es, pero no con todo el mundo.

—¿Ah, no? ¿Qué quiere usted decir?

—Mire, yo sólo he escuchado habladurías aquí y allá, pero no tengo constancia, no sé si es correcto decir estas cosas sin un fundamento —el hombre estaba evidentemente incómodo.

—No se preocupe y hable con confianza. Yo le he asegurado a usted antes que nada de lo que hablásemos saldría de este despacho y le recuerdo, además, que ésta es una conversación informal. No está usted declarando.

—Ya veo, sí, gracias —dejó pasar unos segundos en silencio—. Lo que se dice es que él es también un hombre muy duro; que depende de con quién trate, tiene una cara u otra. Conmigo siempre ha sido correcto y cordial, eso se lo adelanto, pero hay otra gente que no opina igual. Desde luego, su relación con la tal Vicky no es el mejor ejemplo para su hija y para su nieta aunque yo creo que él separa muy claramente las dos relaciones, o lo parece. Y, en todo caso, mi hijo no hubiera tolerado que Vicky se acercara a la niña, pero, claro, ¿cómo iba él a saberlo a ciencia cierta?

—¿Se llevaban bien, su hijo y Casio Fernández?

—No. Simplemente se trataban si no había más remedio.

—Pero la noche del crimen estuvieron hablando y bebiendo juntos.

—En la casa. Sí, claro, no sé por qué iría él allí, la verdad.

—Era su casa y se la había cedido a ellos.

—Es igual. Él no vivía allí. No era su casa, a los efectos.

—Usted no intuye de qué pudieron estar hablando esa noche.

—No. No tengo ni idea.

—Bien; dice usted que era duro. ¿Qué clase de dureza era la suya?

—Lo que yo quiero decir, a ver si me explico, es que bajo el aspecto de hombre educado, de caballero, tenía un pronto irascible, autoritario.

—Desde luego, no da esa impresión.

—Lo que ocurre entre las cuatro paredes de la casa de cada quien es siempre un asunto...

—¿Oscuro? —apuntó la Juez.

—Propio, que no sale afuera. Oscuro, si le parece a usted.

—¿Sabe usted por qué mató Casio Fernández a su hijo?

—No lo sé, no lo entiendo. No sé qué le ha dado. Es verdad que tiene un lado oscuro y duro, sí, pero eso es una cosa y asesinar a sangre fría otra cosa bien distinta. No lo sé, la verdad.

—Ni lo sabe ni lo imagina.

—No.

—Muy bien, supongo que usted debe de estar preocupado por su esposa, así que si le parece, vamos a dejarlo por ahora. Sepa que, si lo considero conveniente, puedo citarle a declarar, aunque esta conversación queda entre nosotros.

—Claro, claro. Muchas gracias.

Mariana de Marco lo acompañó hasta la sala donde se encontraba su esposa. Ana María no sólo parecía totalmente repuesta sino que se molestó un tanto al saber que la Juez no seguiría con ella.

—Parece mentira que sea usted mujer y haga más caso a lo que dicen los hombres —le espetó como despedida. Joaquín Piles hizo un gesto de resignación a sus espaldas, dirigido a la Juez, y la pareja salió a la calle, cogidos del brazo.

—De manera que los Piles no tienen la menor idea de por qué Casio Fernández ha matado a su hijo —pensó Mariana—. Qué cosa más extraordinaria. Tengo la impresión de que todo el que abre la boca miente. Entre todos están escondiendo algo. No cabe pensar que se hayan puesto de acuerdo, evidentemente, de modo que ha de ser una costumbre, la costumbre de esconder la verdad. Ante la duda, mentir. Mentir para salvar la cara, la imagen, la familia, un modo de vida... o simplemente como una primera reacción defensiva, qué sé yo. Este rehúse es algo natural en ellos. ¿Una consecuencia de la vida de provincias o algo más nacional? Lo primero es mentir, protegerse tras esa barrera y luego ya se verá el rumbo que toman los acontecimientos. Así pues, mi querida Mariana, de lo que se trata es de encontrar la fisura que agriete su máscara y les obligue a descararse. Ahora bien: ¿qué es lo que esconden? La única persona que hasta ahora se ha expresado con toda claridad es Casio Fernández. Su confesión no deja lugar a dudas. Empiezo a pensar si tiene algún sentido mi intención de aclarar también el contexto del crimen. Me siento como una devota de Flaubert, tratando de encontrar el punto de vista literario de este caso real, y no soy más que una Juez que sólo tiene que ocuparse de cerrarlo, sin necesidad de adornarse. Lo malo es que, a medida que abro el compás, el círculo se vuelve más y más interesante y eso es lo malo de ser tan novelera como yo; sobre todo si de verdad te gustan las buenas novelas, las novelas de siempre, tan llenas de gente, de peripecias, de acontecimientos dramáticos, de intensidad de vida, que es lo que vale la pena.

»Veamos: no es creíble que los Piles no supieran nada del maltrato a Covadonga; no es excusa que este maltrato fuera psicológico, es decir, que no haya moraduras o si las hay, y me pongo cursi, son del alma y no se ven a simple vista. Vale. Ellos saben y disimulan, como ha quedado claro en esta charla que hemos tenido, pero a él le cuesta más ocultarlo. Covadonga no quiere ni oír hablar del asunto, pero por traumatizada que esté por la muerte de su marido, los hechos son los hechos y son innegables; por lo tanto: esconde su debilidad y su vergüenza... y algo más. Otro paso: debería apoyarse en su padre ahora que se encuentra en el desamparo, pero en ningún momento he tenido la impresión de que el padre sea una figura a la que ella otorgaría el papel de amparador y consolador, cosa rara sobre la que conviene meditar. Respecto de esta observación: no tiene nada que ver con que el padre esté en el calabozo. Ítem más: Covadonga no se ocupa de la niña; precisemos: no da la impresión de que se desviva por ella (que además ha perdido a su padre al que, siempre según referencias, adoraba); no da la impresión de olvidarse de sí misma para entregarse a la niña; esta pobre niña parece que va por libre y que no tiene otra referencia que una madre hundida en sí misma y una vieja criada que no parece especialmente cariñosa. ¿De dónde sacas esa conclusión?: de su mirada, su actitud y su gesto en lo alto de la escalera; es bastante. Aparte, ya está creciendo un nuevo personaje: Vicky. Hay que localizarla.

»A quien me gustaría interrogar es a Ana Piles. De hecho está aquí, en G..., por el entierro de su hermano. Muy importante. Algo me dice que esa chica debe de ser una fuente de información esclarecedora por su peculiar situación dentro de la familia Piles. En cuanto a los Fernández, son una línea de hijos únicos; gente solitaria, parece.

»Si nos dejamos llevar por la curiosidad, quizá fuera conveniente recabar información sobre el matrimonio de Casio. ¿Quién sería su mujer? A veces el retrato de las personas cercanas acaba arrojando luz sobre los personajes a los que acompañan. Porque Casio, que es un hombre educado y que, aparte de los prontos a los que se refirió Joaquín Piles, parece bastante templado, ha tenido que sobrepasar una situación límite para haber tomado la drástica decisión —y era una decisión meditada: el crimen lo preparó— de quitarle la vida a su yerno a las claras, asumiendo todas las consecuencias.

En ese momento sonó el teléfono móvil de Mariana.

—¿Jaime Yago? Qué casualidad, hace un momento me acordé de ti.

—...

—Pensando en llamarte, sí. Oye, ¿te di yo el número de mi móvil?

—...

—Ah, tienes razón, lo había olvidado. No recordaba habértelo puesto tan fácil.

—...

—Pensando en llamarte... pero para citarte. Sí, exacto; sí, como sospechoso principal, claro, ¿por qué si no? ¿Tan interesante te consideras?

—...

—Por mí, estupendo. ¿Dónde?

—...

—¿Has dicho almorzar o cenar?

—...

—¿Alguna vez has visto a un Juez cenando con un sospechoso?

—...

—No hay jueces románticos, Jaime, tendrás que apearme el tratamiento y prometer formalidad si quieres cenar conmigo.

—...

—Una cena formal y liberal; me encanta... ¡Oh, Dios mío!

—...

—Que acabo de ver al otro lado de la calle a Juanín, mi primo, que viene a mi encuentro.

—...

—¿Celoso? ¿Por qué iba a estar celoso? Me parece que te estás comportando como un engreído. Anda, dime el sitio y quedamos allí.

—...

—No se me olvida. No. Adiós. Adiós.

Juanín llegó hasta su prima, la besó en ambas mejillas y le preguntó de inmediato:

—¿Con quién hablabas?

—Con un admirador.

—Ahora en serio, dime con quién hablabas.

—Con un admirador, ya te he dicho.

—De acuerdo, no insisto. Otra cosa: ¿qué haces esta noche?

—He quedado a cenar con un admirador.

Mariana no pudo menos de echarse a reír al ver el gesto, fastidio y desconsuelo a la vez, de su primo.

—Me estás vacilando —dijo Juanín con voz dudosa—. Por cierto que me he enterado de que la tía Marisina se ha roto la cadera. Fatal, claro.

—¿La tía Marisina?

—La que estaba casada con el tío Alfonso, el hermano de tu padre.

Un chasquido sonó en su cabeza.

—¿Qué pasa? ¿No la recuerdas?

La ciudad de G... estaba recibiendo a la primavera como si fuera una muchacha feliz halagada por sus cortejantes. El cielo se mostraba limpio y despejado salvo por el oeste, donde asomaban algunos cirros aislados entre el azul; la combinación de los rayos del sol con la brisa procedente del mar dejaba en los cuerpos una caricia amable, suave y refrescante. La alegre superficie del agua plateaba hacia el horizonte y más acá se rizaba en forma de espumillas blancas empinándose sobre el corto y nervioso oleaje como traviesas criaturas que se empujaran jugando hacia la playa. El aire, despejada la primera neblina de la mañana, se había vuelto transparente y dejaba ver con detalles precisos y en profundidad todo el espacio que abarcaba la mirada. Mariana lo contemplaba embelesada desde el Paseo Marítimo, renuente a abandonar esa visión y, con ella, la gratificante sensación que la invadía de pies a cabeza; apenada por tener que dejarla y regresar al Juzgado. Había salido a comer algo aprisa y le sobró un poco de tiempo. Le gustaba mucho aquella ciudad, la estaba disfrutando. Le gustaba con sol y con lluvia, con frío y calor... Aunque esto último no era más que una suposición porque el próximo iba a ser su primer verano en ella.

Había estado en G... muchos años antes, a poco de casarse, con su marido. Hicieron un viaje de verano que comenzó en Santiago de Compostela y terminó en San Juan de Luz, dos semanas enteras recorriendo la costa cantábrica, parando en hostales o pensiones elegidos sobre la marcha, según donde los pillara la noche, y una noche los pilló en G... Tenían la intención de pernoctar en Vetusta, pero G... les cogió de sorpresa cuando llegaron al Paseo Marítimo en un atardecer esplendoroso sobre el mar y resolvieron quedarse allí, apurando en la playa las últimas horas de luz. Si hubieran podido, habrían dormido allí mismo, sobre sus mochilas, pero la pleamar los echó de la arena y tuvieron que buscar un alojamiento. Les costó mucho encontrarlo y, además, la ciudad, que en la noche parecía insinuante, les reveló su cruda fealdad de entonces a la luz del día siguiente. Sin embargo eran años de amor y felicidad en los que ambos empezaban sus carreras como abogados, años en los que, como Hemingway en París, fueron «más pobres y más felices». La siguiente vez que estuvo en G..., en coche y con un amante ocasional, fue una Semana Santa, divorciada de su marido y del bufete en el que participaban ambos, pero del que salió sólo ella. Una mala época, violenta y desnortada. Estuvieron apenas unas horas en G... porque en seguida descubrieron cerca un pequeño puerto de pescadores en el que se refugió, se peleó con su amante, vivió una aventura indeseada y regresó a Madrid sin el menor recuerdo de G... ni de sí misma en esos días. Entonces apenas entrevió G..., pero siguió pareciéndole una fea ciudad, ennegrecida aún más por su propia situación personal. Y por fin, con la vida recompuesta después de un año en Madrid en el que cometió todos los errores a los que la desesperación y el desorden pueden llevar a una mujer sola con un fuerte déficit de autoestima; con la vida rehecha paso a paso a fuerza de coraje; con su decisión final de pasar a la carrera judicial, en fin, había recalado de nuevo, por tercera vez en G..., ahora como Juez de Primera Instancia e Instrucción, ya reconciliada consigo misma y en una ciudad que entre tanto se había convertido en un lugar acogedor, un espacio urbano manejable e inteligentemente remodelado y actualizado que empezaba a integrarse con éxito en un país al que la democracia había devuelto al mundo y a la Historia.

Mientras se desprendía de sus recuerdos, miró por última vez el espectáculo del mar viniendo a lamer la arena a los pies de la ciudad que ahora disfrutaba y se dispuso a regresar al Juzgado.

El inspector Alameda esperaba a la puerta del despacho de la Juez y allí lo encontró ella, con las manos en los bolsillos de su inevitable abrigo, tocado con la gorra que tanto se resistía a quitarse y fumando un cigarrillo. Sin embargo, en cuanto la vio se destocó y en su cara ratonil se dibujó una sonrisa maliciosa. «Algo ha descubierto éste», se dijo Mariana mientras se desprendía de su abrigo y le hacía pasar adentro.

—Tenemos las huellas en el mango de la hacheta —anunció—. Huellas de Covadonga y de su padre. Las del padre están sobreimpresas a las de ella.

—Era de esperar. De todos modos nos basta con certificar las del padre, porque tiene que haber huellas de todos los de la casa en esa hacha.

—No. Sólo aparecen las de la hija y las del padre.

—Vaya. Qué curioso. Se ve que no la usaban mucho. O que la limpiaban a menudo.

—No creo —el inspector Alameda apagó cuidadosamente su cigarrillo en el alféizar de la ventana y echó la colilla a la calle—. Es raro que la gente se dedique a limpiar el mango de una hacheta. Afilarla, sí, pero limpiar el mango...

—Inspector, yo le dejo fumar en mi despacho porque a estas alturas encuentro inútil reprenderle, pero eso de tirar la colilla a la calle me parece horroroso —dijo Mariana con reproche. El inspector se encogió de hombros.

—Me pilla usted muy mayor, qué quiere que le diga.

Mariana movió la cabeza con gesto de resignación. El inspector le resumió la situación de la investigación en cuatro palabras. Repasaron el informe forense, que indicaba que el primer golpe con el arma homicida fue mortal. Los siguientes fueron o bien de ensañamiento o bien, simplemente, el asesino trató de asegurar la muerte de la víctima. Mariana, pensando en la imagen de Casio Fernández, se inclinaba por lo segundo; al fin y al cabo, si su intención era librar a su hija de la amenaza de su marido y para ello se jugaba nada menos que la condena pública por el resto de sus días, lo menos que podía hacer era asegurarse de lograr su objetivo. El inspector siguió este razonamiento con una sonrisa sardónica.

—Un hombre muy eficiente —comentó.

Mariana resumió: Casio Fernández Valle, pretextando haber dicho todo lo que tenía que decir, se mantenía en silencio. A Covadonga, convertida en un alma en pena, no había modo de extraerle información sobre la noche de autos, que parecía querer envolver en una niebla de olvido. La niña seguía aislada en su mudez. Lo único que les quedaba por establecer era la cuestión de las transferencias de sangre a las ropas. Analizada la sangre resultó ser, como se esperaba, de la víctima. Parecía establecido que Covadonga acudió al cobertizo y se abrazó al cadáver y que Casio, al sacarla de allí, se impregnó también. Pero ¿y la niña? ¿En qué momento y por causa de quién pasa la sangre a su camisón? Ni Casio con su negativa a hablar más, ni Covadonga, medio postrada —¿tomaría alguna clase de droga?—, explicaban con claridad la presencia de la niña. ¿O acaso escapó ésta mientras Casio subía a Covadonga a su dormitorio y se encontró con el cadáver de su padre? Evidentemente, eso bastaba para justificar un shock que la hubiese reducido a la mudez o, más en concreto, al encierro en sí misma, encierro del que sólo se libraban sus expresivos ojos grises y su manita saludando tímida por entre los barrotes de la barandilla de la escalera.

—No puedo cerrar la instrucción sin situar a la niña —aseguró Mariana. El inspector asintió con gesto meditativo.

—El rastro de sangre —empezó a decir el inspector— determina los pasos de los dos adultos, pero no evidencia a la niña. Si ésta hubiera escapado y llegado al cobertizo es muy posible que, como los otros dos, se hubiera manchado las zapatillas o los pies de sangre y habríamos detectado el rastro, pero no es así. Eso me hace pensar que la niña no llegó hasta el padre tendido en el cobertizo.

—Entonces —dijo Mariana— la transferencia de sangre se tiene que deber a un abrazo o un contacto similar.

—Lo probable es que la niña se asomara a la escalera e incluso llegase al pie de la misma, pero ahí la detuvieron, bien el abuelo, bien la madre.

—O bien los dos.

—Hay rastros de sangre en el suelo —prosiguió el inspector— que pueden atribuirse al abuelo y a la madre. Eso quiere decir, primero, que Casio hizo subir a Covadonga a pie, no en brazos. Segundo: que quien posiblemente subiera aupada fuera la niña, en los brazos de su madre o en los de su abuelo, salvo que no descendiera por la escalera, eso habría que aclararlo y sólo nos lo va a aclarar Casio. Hay que hacerle hablar.

—Madre e hija quedan durmiendo en la misma cama por la mañana. Tiene sentido. Casio las depositó a las dos en el dormitorio de la madre y les administró un tranquilizante. La verdad es que la situación es terrible. A él se le ha ido de la mano el asunto y lo inmediato es quitar de en medio a ambas antes de poner un poco de orden y tomar una decisión. En fin, la situación hace creíble que acabara en tal estado de agotamiento que se quedase dormido en la butaca del salón mientras trataba de reflexionar cuál sería la mejor salida al embrollo. Quizá pensó en llamar a la policía en cuanto pudo serenar el ambiente y serenarse él mismo, pero se quedó dormido. Es una explicación razonable, aunque en tal caso hay que pensar que el crimen tuvo algo de improvisación.

—Muy razonable —rezongó el inspector—. Demasiado razonable.

—¿Se le ocurre otra mejor? —preguntó Mariana con reticencia.

—No. La verdad es que lo veo razonable. Lo único que yo me pregunto es: y si no se quedó dormido, ¿qué estuvo haciendo hasta el momento en que llamó a Comisaría?

—Pero se quedó dormido —protestó Mariana.

—Eso dice él —respondió el inspector.

—Inspector: él mató a Cristóbal Piles. No pierda de vista el hecho. ¿Qué cree usted que puede hacer después de eso, aparte de dormir a su hija y a su nieta, cambiarlas y cambiarse de ropa, limpiar las huellas más aparatosas...?

—Meter las ropas en una lavadora que no pone en marcha... —interrumpió el inspector.

—... y echarse en la butaca agotado. De hecho, como usted señala, se olvida hasta de poner en marcha la lavadora. No creo que le quedase mucho tiempo más hasta el amanecer. Si lo venció el sueño fue por cuatro horas a lo sumo. Yo entendería su suspicacia si el cadáver hubiera sido enterrado o arrojado por ahí, si hubiera limpiado el cobertizo y no sólo la casa, aunque la sangre aparecería de todos modos, si se hubiera deshecho del arma homicida con criterio... En fin, en ese caso entendería que hubiera estado despierto y ocupado esas cuatro horas, *pero no hizo nada de eso*.

—Ya —dijo el inspector, lacónicamente. Aunque no lo manifestase, estaba claro que su suspicacia terminaba en ese punto.

—Inspector —Mariana habló con aire decidido—, necesito que busque y encuentre a una tal Vicky que, por lo oído, es la amante o el ligue o lo que sea de Casio Fernández. No le resultará difícil. La encuentra y me la trae. Ha de tener mucho que contar sobre toda esta historia.

Mariana salió del Juzgado al caer la tarde. El del Control la despidió en la puerta.

—Se va usted a dejar los ojos, señoría, que ya se ha echado encima el anochecíu.

—Tengo buena luz y mucho trabajo, Silverio. Gracias y buenas noches.

Se fue caminando a casa, como había venido. Al pensar en la cita con Jaime Yago se le alegró la cara. Era viernes. Comenzaba el fin de semana y podría dormir hasta bien avanzada la mañana siguiente. Una noche de viernes en casa era siempre su favorita para salir en compañía de los nuevos amigos y, en cambio, los sábados tendía a convertirlos en algo suyo y exclusivo, leyendo y escuchando música alternativamente hasta que el sueño la llevaba a la cama; sin embargo, de un tiempo a esta parte ya no era así por su vida alegre. También su primo la había llamado con la intención de invitarla a cenar. «No es tu día de suerte», pensó. Juanín, separado y con dos niñas que vivían con su madre en Vetusta, se estaba poniendo pesado. En general las salidas nocturnas de Mariana solían ser en grupo y hasta bien avanzada la noche. Entendía que Juanín trataba de aislarla, pero le faltaba decisión y ella sabía escudarse en los demás. Esta noche, sin embargo, se había citado con Jaime y confiaba —estaba segura, en realidad— en que la llevaría a un lugar donde no se encontrasen con nadie conocido.

Una vez en su casa, se desvistió y se metió en una bañera de agua caliente con el reproductor de CD al lado. Schubert por Fischer-Dieskau. Al cabo de un buen rato salió del agua, se envolvió en un albornoz, se maquilló ligera pero cuidadosamente sin apagar la música y cuando el espejo le devolvió una imagen satisfactoria abandonó el cuarto de baño. Tras una breve duda, se decidió por una ropa interior negra y medias oscuras. Eligió con toda atención su ropa, un traje de seda negro sin mangas, de escote cuadrado, ceñido en la cintura y con falda de vuelo. Mariana apenas usaba joyas, pero esta vez seleccionó un broche de oro con forma de trébol de cuatro hojas y un pequeño rubí en el centro. Ya vestida, regresó al espejo para peinarse. Con el tiempo había elegido ser una mujer elegante —«A partir de los cuarenta, sólo buen gusto; a partir de los cincuenta, añadir collar de perlas», solía decir—. Una semana antes se había recortado la media melena, que ahora le cubría justo hasta las orejas y había hecho desaparecer el flequillo que antes enmarcaba excesivamente su cara y que la hacía aún más redonda de lo que ya era de por sí.

El timbre del telefonillo exterior sonó en ese momento y Mariana se apresuró a contestar. Estuvo dudando si invitar a Jaime a subir, pero al final optó por sugerirle que esperase, que bajaría ella. Esperó exactamente lo que tardó en aplicarse en el cuello y tras las orejas un perfume del tipo fresco y ligero; luego recogió el chal que tenía extendido sobre la cama y se envolvió en él. No pudo evitar una nueva pasada por el espejo, sólo para comprobar si se veía tan atractiva como había deseado. Allí estaban todos sus defectos: un cuerpo grande, manos grandes y fuertes, esa nariz más bien corta y ancha, la cara redonda, la boca pequeña... pero ahora los ojos lucían mucho más con el nuevo corte de pelo, que le alargaba las facciones. «Tú eres lo que se llama una morena bien plantada —le repetía siempre Carmen cada vez que ella le confesaba que hubiese querido ser más proporcionada, más refinada— y con esos ojazos...». Suspiró, cogió las llaves, el bolso, el teléfono móvil... Por un momento pensó en dejar éste en casa para evitar llamadas inoportunas. No fue capaz de hacerlo porque su carácter se lo impedía.

—Maldito sentido de la responsabilidad —exclamó para sí. Lo miró otra vez con intención maliciosa, pero al final lo metió en el bolso. Recorrió la casa para apagar las luces y salió tras conectar la alarma.

Cuando llegó al vestíbulo del edificio, vio a Jaime esperándola reclinado sobre el capó de su coche. La calle estaba llena de automóviles aparcados, pero él, naturalmente, había conseguido estacionar justo delante de su puerta. «Hay gente a la que las cosas le salen así porque es así, como si la suerte la reconociera y le cediera su lugar», pensó ella mientras soltaba el seguro de la cerradura del portal. Jaime la besó galantemente, se apresuró a abrirle la portezuela del coche y aguardó a que ella se acomodase. Mariana sintió su mirada recorriéndola de arriba abajo de una manera que la excitó. «Mira que soy previsible», se dijo.

Dos de la madrugada. Un automóvil BMW de color oscuro avanza despacio por una calle medianamente iluminada. Apenas rebasa un hueco junto a la acera, se detiene, maniobra y aparca en él. Las luces de freno, marcha atrás y freno de nuevo relucen como señales en la oscuridad y prenden en los charcos, dejados en el asfalto por una lluvia reciente, como reflejos acharolados y fugaces que en seguida desaparecen comidos por la oscuridad. Sólo quedan los focos amarillentos de las luces de la calle rasgando el velo de la noche. Un hombre y una mujer salen del automóvil; ella aguarda en la acera a que él lo cierre, lo rodee y acuda junto a ella. Cuando se emparejan le recibe con un ademán íntimo de acompañamiento; el hombre forcejea unos instantes con la puerta del portal. Después se aparta y le cede el paso a ella. La pesada puerta de madera se cierra tras ellos.

En la esquina hay un coche detenido, cuya presencia no han advertido los que acaban de entrar en el edificio. Juanín, sentado al volante, enciende un cigarrillo. La repentina luz de la llama ilumina por un momento el gesto de incredulidad de su rostro en claroscuro. Respira hondo, exhala el humo y de nuevo se queda mirando el portal por el que ha entrado la pareja. Luego se yergue con desgana, se ajusta el cinturón de seguridad y gira la llave de contacto del motor; las luces de cruce atraviesan los bajos de los automóviles estacionados delante del suyo y un gato sale de entre ellos, cruza apresuradamente el asfalto húmedo pisando con levedad y celeridad los reflejos luminosos en el suelo y desaparece en la oscuridad. El coche se despega de la fila tras la que se ocultaba, extiende su luz por la calzada, que se funde con la de las farolas al rasgar las sombras, y empieza a rodar lentamente. Al pasar ante el portal, Juanín levanta los ojos, se fija en las dos ventanas que se acaban de iluminar a lo alto y, sin detenerse, desaparece por el otro extremo de la calle.

El lunes Mariana llegó al Juzgado con un ánimo excelente. Esta vez el día apareció entoldado y metido en lloviznas que se sucedían destempladamente. Por la mañana no se decidió a salir a correr y, en cambio, se entretuvo en preparar un desayuno fuerte: huevo frito con bacón, doble zumo, café y tostadas con aceite. Plenamente reconfortada, tomó su paraguas y su gabardina y se marchó andando al Juzgado.

Hasta media mañana estuvo despachando asuntos pendientes. A esa hora el secretario le anunció la presencia de Ana Piles.

Mariana sonrió al verla entrar porque respondía exactamente a la imagen que se había formado de ella: estatura media, pelo corto, ausencia de maquillaje, cazadora de piel gastada y vaqueros abiertos en las rodillas, pañuelo de gasa anudado al cuello, zapatillas deportivas, mochila a la espalda... Sólo sus manos finas de uñas cuidadas desentonaban. Apenas pensó que desentonaban, se riñó a sí misma: «Te vas a convertir en una señora biempensante si sigues por este camino». La idea la horrorizó y le hizo preguntarse qué estaría pensando Ana Piles de ella, con su traje de chaqueta y su aspecto de Juez *comme il faut* al otro lado de la mesa.

Pero a Ana pareció no importarle su aspecto ni impresionarle su cargo. Mariana simpatizó de inmediato con ella al comprobar que estaba deseando entablar relación. Ana era una mujer de no más de treinta años que, por su modo de hablar y su actitud, dejó entrever en seguida que era una persona curtida en la vida, abierta y nada tonta. La verdad es que, por lo que hasta ahora había conocido de ella, parecía un apéndice circunstancial de la familia Piles. No mostraba especial predilección por ninguno de ellos, pero de sentir alguna lo sería con toda seguridad por su padre. Tenía una sonrisa espontánea que era lo más valioso e interesante de un rostro vulgar aunque expresivo. También los ojos llamaban la atención por lo vivaces. Hablaba con propiedad, en eso no mostraba vulgaridad alguna, y se advertía en ella, en su actitud y en su conversación, que ese habla era algo adquirido, algo que le pertenecía por derecho de conquista. Abría mucho las manos al hablar, las abría hacia los lados, como si estuviera diciendo: no tengo nada que esconder. ¿Sería cierto o una forma de presentarse y ocultarse a la vez? Pero a todas luces su modo de ser y de estar y de expresarse apuntaba a que su historia no debió de ser un camino de rosas y que escondía muchos sucesos personales a los que ni la bravura ni el desencanto eran ajenos. Mariana lo captó en seguida y no pudo evitar una corriente de respetuosa curiosidad y una decidida empatía hacia su persona, aunque atemperada por la distancia a la que colocaba sus reacciones emocionales en el ejercicio de sus funciones.

En cuanto empezó a hablar, Mariana percibió el rencor. No es que saltara a la vista, porque ella se expresaba con serenidad y en tono llano, sino que irradiaba como el halo de los santos. Curiosamente, observó, era un efecto luminoso, no sonoro, que es el que se correspondería mejor con la emisión del sentimiento. No lo veía, pero lo percibía así: como una vibración lumínica. Ana Piles no detestaba a su familia; al contrario, la deseaba, y era el incumplimiento de ellos con el deseo de la hija el que provocaba el rencor. Mariana pensó en su padre que anteponía la exigencia al cariño y en su madre, que actuó siempre a la inversa, pero a las órdenes del padre. En el caso de los Piles la dura era la madre y el más débil, el padre. O quizá, más que dureza, lo que había en Ana María Piles era esa admiración atávica por el macho que, al incumplirse o no cumplirse del todo con el padre, Joaquín, había desplazado al hijo, Cristóbal. La dedicación a éste y el natural déficit de educación con el que encubriría las debilidades del hijo debieron de volverse necesariamente en contra de Ana, la sometida y, con seguridad, la que poseía verdadero carácter luchador. El resultado estaba a la vista: una mujer de treinta años con severo déficit de afecto, alejada del hogar como protesta, obligada a valerse sola, desilusionada aunque comprensiva con su padre por no haberla compensado del desvío de la madre y, a pesar de todo, aguardando ese reconocimiento que nunca llegaba: en su madre, por soberbia; en su padre, por indecisión.

La primera preocupación de Ana Piles, antes que su hermano muerto o sus desolados padres, fue la niña, Cecilia. Su instinto la llevó hacia ella de inmediato.

—Como Covadonga está postrada, le vendrá muy bien a la niña encontrarse con usted. Yo creo que esa niña está muy abandonada —comentó Mariana.

—No. A esa niña la quieren —respondió Ana—, su madre se ocupa de ella; pero Cova no está postrada —añadió—; simplemente, no quiere ver a nadie.

—¿Ah, no? —preguntó Mariana—. ¿Qué quiere decir con eso de que no está postrada?

—Que no está hundida, aunque tome tranquilizantes y cosas así; lo que parece es que quiere aislarse del mundo.

—Un rechazo de la realidad.

—Pues a lo mejor. No tendría por qué ser así; al fin y al cabo se ha librado de su amo.

—¿Perdón?... —intervino Mariana mostrando su extrañeza y muy alerta.

—Mire, dejémonos de jugar al escondite. Mi hermano era un macho dominante clásico producto de la complacencia de mi madre, o sea que ni siquiera tenía suficiente carácter por sí mismo. Mi hermano se casó con esta infeliz porque era una pasmada y eso es lo que necesitaba él, alguien a quien tener sometido para poder desahogarse cuando le conviniera. Mi hermano era un niño malcriado y cobarde... —el rencor iba subiendo de tono, la mujer se descargaba y a Mariana le perturbó el dolor que escapaba por su boca.

—Espere, por favor —la interrumpió—. Veo que todo esto le afecta mucho y no quiero que se altere. Yo no tengo prisa, podemos hablar con tiempo, con tranquilidad.

—Lo siento —dijo Ana—. Ha sido un exabrupto. Y, además, injusto. Lo siento de veras.

—No pasa nada. Si ésa era la relación del matrimonio, entiendo su... —Mariana meditó la palabra adecuada—... su indignación. De hecho, poseo información que avala sus comentarios. Mire, si le parece, voy a dirigir yo esta conversación, así que, de momento, aparquemos a su hermano y vamos con su cuñada y con la niña.

Ana Piles asintió. No lamentaba nada de lo que había dicho hasta ahora, lo que lamentaba era el tono empleado, la exaltación rencorosa que le delataba, pensó Mariana antes de proseguir.

—Me interesa mucho —empezó por decir— su afirmación de que Covadonga no está deprimida sino sólo... aislada en sí misma. ¿Es correcto?

—Está desconectada, pero yo no lo entiendo. Tiene una hija; una niña que ha sufrido un trauma tremendo y a la que no hace ningún caso. La tiene con esa criada que es un cardo borriquero y allá se las componga. Eso me saca de quicio. Yo he tratado de hacerla reaccionar, pero nada, no hay manera. Está en lo suyo y que la dejen en paz. Todo el día medicándose, la tía petarda —Mariana hizo un gesto de desagrado que la otra no captó.

—Quizá sea la medicación lo que la tiene en ese estado de dejación —aventuró.

—No, qué va. Siempre ha sido una hipocondríaca, lo de medicarse, o sea, lo de automedicarse, es de toda la vida. Esa chica se esconde de sí misma, ¿me entiende? Y en lugar de plantar cara a la situación, se escapa como puede. Es lo mismo que hizo con su marido. Lo que pasa es que ése es su asunto, si no sabe salir de ahí, merecido se lo tiene, qué leches. La verdadera desamparada es la niña: ¿qué culpa ha de tener de pertenecer a semejantes padres?

Mariana observó con mayor curiosidad a Ana. La brusquedad de su expresión, que debía de resultar desagradable a cualquiera que la oyese, a ella le parecía sólo chocante. Veía en Ana una especie de sinceridad desgarrada, propia de alguien que arrastra problemas relacionados con la falta de afecto, pero que no se resigna a soportarlos. Pensó en ella como en un alma perdida que no perdona un desplante y le hizo gracia reconocer la fragilidad que, sin embargo, ocultaba.

—Perdona si te hago una pregunta un poco dura —dijo Mariana pasando al tuteo—. Por una serie de informaciones cruzadas tiendo a pensar que tu hermano era un maltratador.

—¿Quieres decir que le pegaba? —Mariana enarcó sin intención, más bien con sorpresa, las cejas ante el tuteo. Ana lo captó al vuelo—. Perdón, he querido decir usted.

—No, tranquila, puedes tutearme si quieres. No podrías hacerlo en un interrogatorio oficial o en un juicio, pero aquí y ahora sí; ésta es una conversación privada.

—Ah, vale —contestó Ana.

—En cuanto a mi pregunta...

—Que si es un maltratador, ¿no? Pues no sé qué decirte, a mí no me consta, pero yo no pondría la mano en el fuego por él.

Mariana se mantuvo en silencio.

—Que yo no sé nada, en serio —dijo al cabo de un incómodo minuto.

Mariana cruzó las manos sobre la mesa y miró a un lado y a otro, como si buscara vagamente algo con la vista.

—De acuerdo —dijo al fin Ana retrepándose en la silla—. Sí, era un maltratador. No sé si le pegaba además, pero le hacía la vida imposible.

—¿Cómo? —indagó Mariana.
—Despreciándola. No te puedes imaginar el desprecio con que la humillaba y la martirizaba. Todo en plan: «Haz esto»; y luego: «¿Por qué has hecho esto? ¡Haz lo otro!». Y luego: «¿Por qué has hecho lo otro?». La pobre era como una peonza: nunca sabía dónde estaba, no tenía sitio, no tenía ni un gramo de seguridad. Era penoso... —murmuró—. Penoso...
—¿Nadie le decía nada?
—¿Quién? —saltó Ana—. ¿Quién se lo iba a decir? Mi madre, ni hablar, es su niño adorado. Mi padre es posible que le comentara algo, pero el frente madre-hijo es demasiado para él; si ya antes, cuando lo educaban, bueno, cuando *nos* educaban —Mariana percibió el matiz sarcástico— no intervino decisivamente, tú me dirás ahora que el niño estaba ya fuera de casa. Para que te hagas una idea, cuando iba a comer a casa de mis padres, iba solo. También llevaba a la niña con la abuela, todo puro unte, claro, pero a Cova prácticamente nunca. Podrían haberse olido que pasaba algo raro, ¿no?

Había dicho «con la abuela», no «con los abuelos». Ana era una persona, concluyó Mariana, que iba dejando mucha información sugerida. El frente madre-hijo era evidente y firme en aquella familia, pero la chica, indudablemente, culpaba a su padre de debilidad. Sin embargo, ese frente maternofilial era el blanco preferido de su rencor y sus referencias a él, claras o veladas, directas o arrastradas, iluminaban el retorcerse de un alma dolorida con la misma fugacidad y transparencia con que un pez muestra su reflejo plateado al hacer un rizo cerca de la superficie del agua.

—Mira, no me apetece hablar sobre mi hermano. Al fin y al cabo ya está muerto y nada se puede hacer por él. Los vivos son Cova y la niña. Cova ya es mayor para vivir como le parezca, aunque tiene tan poca práctica en tomar decisiones que no sé yo... De todos modos ¿por qué no nos preguntamos qué clase de educación le dio su padre? Lo suyo no es una maldición sino una inutilidad, una inutilidad real, por mucha pena que dé. La que de verdad tiene una vida por delante es la niña; y a esa niña la han querido, sí, pero mal —dijo sordamente.

Era evidente que respiraba por la herida, pero Mariana prestó menos atención a este hecho que a una afirmación anterior de Ana. En efecto: ¿qué educación le había dado su padre a Covadonga? Tendría que comprobarlo desde que se quedó huérfana de madre. La figura de Casio Fernández Valle no era la de un padre dedicado a su hija, eso saltaba a la vista en sus maneras, en su comportamiento, en su misma presencia. Cariñoso, probablemente; dedicado, no. Sin embargo, la decisión de Casio de convertirse en un asesino revelaba un amor tan intenso como para aceptar el hundimiento de los últimos años de su vida. ¿Qué clase de vida habían llevado ambos hasta que Covadonga abandonó la casa paterna para unirse a Cristóbal Piles? ¿Y por qué a Cristóbal precisamente? Lo suyo hubiera sido, teniendo una única dependencia de su padre, de Casio, que hubiera buscado una figura que de algún modo se pareciera a él. O al menos eso proponían siempre los manuales y la costumbre. Y algo aún más extraño: nadie parecía abogar por la existencia de una fuerte relación amorosa entre Cova y Cecilia; más bien al contrario: la fijación de la niña parecía ser con el padre, no con la madre. Pero existía el amor. En realidad, la madre era el centro de su vida infantil. Abúlica o depresiva, la niña estaba en el centro de su atención.

—Usted... Tú... —se corrigió Mariana— eres periodista. No sé bien de qué te ocupas...

—Local.

—Bien. Has tenido que ver muchas cosas, estás acostumbrada a indagar en cualquier suceso o acontecimiento para organizar una información... En fin, sabes ver y ordenar una historia. Y también te has buscado la vida, en una ciudad distinta además... Tú tienes que tener una idea sobre el origen de todo esto y también sobre la muerte de tu hermano a manos del padre de Cova, asunto bastante duro y poco normal. Dime: ¿cómo crees que se ha llegado a eso?

—Jo, vaya pregunta. Ése es tu trabajo, ¿no? Eh, no te lo tomes a mal —dijo en seguida al ver el gesto de fastidio de Mariana—. Es que es mucho preguntar. Yo lo único que te puedo decir es que no veo para nada a Casio matando a mi hermano. No te digo que no llegaran a las manos, aunque él es más viejo y Cristóbal le hubiera sacudido, pero, oye, acuchillarlo a sangre fría...

—No lo acuchilló, le cortó prácticamente el cuello con un hacha.

—Joder, qué horror.

—¿Sabes por qué lo mató?

—Ni idea. Es que no lo entiendo.

—Lo mató según propia confesión para evitar que siguiera maltratando a su hija. Se ve al final de sus días y decide cumplir con lo que cree que es una buena obra antes de irse de este mundo.

—Estás de broma.

—No. ¿No has pensado por qué está en la cárcel desde entonces?

—¿Que lo mató...? —el asombro le impidió terminar la frase.

Mariana la contempló presa de repentina perplejidad. Era natural que no supiese la causa de la muerte, aunque ya debía de haberse filtrado algo por los corrillos de la ciudad. Pero el sincero estupor de Ana Piles ante la razón de la muerte de su hermano le intrigó extraordinariamente.

La teoría del inspector Alameda con respecto a la niña era sólida. Ahora bien: ¿por qué Casio Fernández no había explicado con claridad suficiente lo que siguió a la muerte de su yerno? Según se desprendía de su relato, subió a su hija al dormitorio, recogió a la nieta y las acostó en la cama de matrimonio, juntas. Pero en ningún momento especificó que la niña hubiera contemplado la escena del crimen. La hija pudo llegarse al cobertizo, descubrir el horror, echarse sobre su marido y, después, refugiarse en los brazos de su padre, o bien arrancarle él del cuerpo del marido muerto, y emprender la vuelta a la planta alta, pero ¿y la niña? Lo más razonable era pensar que la niña descendió por la escalera y Casio debió de encontrársela allí cuando retiraba a su hija del sangriento escenario. Y estaba claro que todos, interrogadores e interrogados, habían dejado en blanco esta parte del suceso. Una extraña omisión.

—Eso es increíble —dijo Alameda—. La niña bajó detrás de la madre.

—Ya. Y ¿por qué baja la madre? No creo que Casio armara un gran escándalo al cometer el crimen; todo lo contrario: debió de ser más bien silencioso; en todo caso, inaudible desde la planta alta —dijo Mariana.

—Buena pregunta —reconoció Alameda. Encendió un cigarrillo con la colilla del anterior y se quedó mirando alrededor en busca de un recipiente donde depositarla.

—Se va usted a matar fumando de esa manera —le reprochó Mariana mientras tomaba de mala gana un cenicero del cajón de la mesa y lo colocaba al alcance del inspector.

—Vaya, veo que tiene usted corazón —comentó el inspector con algo de zumba. Alameda tenía una sonrisa torcida que desconcertaba a sus interlocutores más por lo que encubría que por lo que mostraba. Él lo sabía y la empleaba a conciencia, sabedor de la ventaja que le daba. Mariana, que no se dejaba intimidar fácilmente, le mantuvo la mirada hasta que la sonrisa se relajó.

—No voy a enfrentarme a usted por un poco de humo aunque en este despacho no se fume. Lo que sí le advierto es que sólo estoy dispuesta a pelear por asuntos de relevancia y tenga por seguro que, en tal caso y si se coloca enfrente de mí, saldrá usted bastante malparado.

—Tomo nota —respondió el inspector con tranquilidad.

—Entonces volvamos a donde estábamos.

—¿Por qué bajan las dos mujeres?

—La madre y la hija.

—Hecho: la madre y la hija —el inspector se tomó unos segundos antes de responder—. Yo creo que sólo hay una explicación, en el supuesto de que haya sido cierto que ambas bajaron a la planta baja —precisó—: que estaban despiertas y atentas.

—Cuesta aceptarlo, pero sería la única explicación. ¿Significa eso que la hija está arriba esperando a que el padre cometa el crimen? Eso es complicidad.

—También podemos ampararnos en la casualidad —contraatacó el inspector—. Propuesta: la hija se despierta inquieta y al notar la ausencia de su marido a su lado decide asomarse abajo por si continúan charlando los dos hombres. Quizá hubo antes algún conato de discusión entre ellos. Sea lo que sea, se asoma y ve el panorama.

—Ve el salón vacío —le corrigió Mariana.

—Hecho: ve el salón vacío, avanza hacia la puerta trasera abierta y se encuentra con el espectáculo. Tiene sentido.

—¿Y la niña?

—La verdad es que algo raro hay esa noche, quizá mucha tensión. Eso se percibe y no digamos ya un niño, que es como una esponja. La niña podría tener un sueño ligero y alerta y el movimiento de la madre la turba y la despierta. Sigue a su madre... y etcétera, etcétera.

—Le concedo que es una explicación plausible. Lo cual no resuelve la pregunta inicial: ¿por qué Covadonga ni menciona a la niña y Casio sólo se refiere a ella para decir que la dejó junto con su madre en el dormitorio?

—Esa preocupación, si me permite usted decirlo de una manera grosera, responde a lo que se conoce como «cogérsela con papel de fumar».

—Vaya, hombre.

—Pues sí, son detalles insignificantes; o sea, que tienen una explicación propia de las circunstancias y ninguna intencionalidad, ¿me explico?

—Pasa usted de la ordinariez a la refitolería con notable facilidad.

—Así ha sido siempre mi vida —suspiró el inspector—. No acabo de cuajar.

Mariana sonrió antes de responder.

—A veces los detalles, inspector, los pequeños detalles, modifican una escena entera. A veces hay que mirar un caso desde un punto de vista literario.

—No digo yo que no, si uno tiene tiempo para fijarse en esas cosas...

—Usted no cree en lo que acaba de decir. Está picado conmigo y prefiere contestar así antes que aceptar que tengo razón. Usted mismo atiende a los detalles. ¿Quiere que le recuerde algunos de sus comentarios a este caso?

—No, mejor no. No merece la pena.

—En efecto, no la merece. Bien: pues quedamos en que yo me pregunto por esas insignificancias y usted, que no hace lo mismo, pero que ha tomado nota de ellas, vuelve a tener una conversación con el detenido. A su aire, como le parezca. A ver si consigue ajustar un poco más la secuencia de acontecimientos de esa noche. ¿Le parece bien?

—Eso está hecho —el inspector apagó el cigarrillo en el cenicero y lo cogió al levantarse—. Voy a vaciarlo y lavarlo, por el olor a ceniza —explicó mientras salía por la puerta. Mariana se limitó a hacer un gesto de resignación con la cabeza.

Juanín García de Marco creía en el sistema de seducción por agotamiento. Mariana lo soportó en recuerdo de sus atenciones para integrarla en la vida de G..., pero su cuota de agradecimiento estaba a punto de agotarse. Esa misma tarde lo encontró al salir del Juzgado dispuesto a invitarla a cenar en un restaurante de las afueras que acababa de descubrir. Ella pensó que cualquier día se le emparejaría corriendo por la playa del paseo, de tan pegajoso como era. Cierto que corría a primerísima hora de la mañana y eso difícilmente iba a entrar en los planes de su primo, pero no lo descartaba. Mariana solía trabajar hasta bien avanzada la tarde porque tenía la costumbre de no dejarse aplastar por los asuntos pendientes, de manera que, por lo general, al término de su jornada laboral no le quedaba otra que regresar a casa, prepararse una cena ligera y leer o escuchar música acompañándose de un par de whiskies con soda. La noche anterior, muy satisfactoria por otra parte, no durmió en casa y llegó al Juzgado falta de sueño. Como norma, prefería salir sólo los fines de semana, aunque recientemente las salidas se habían hecho más frecuentes y la lectura o la audición de música, más esporádicas.

La culpa la tenía Jaime Yago quien, al contrario de Juanín, no había perdido ni un minuto en el acecho. La verdad es que en cuanto lo vio supo lo que iba a suceder entre los dos porque se conocía bien. En alguna ocasión anterior su amiga Carmen, la que fuera su secretaria de Juzgado en su primer destino, le había reprochado su atracción por ese tipo de hombre y Mariana le daba toda la razón. El problema era que le costaba resistirse. Incluso pensaba que ellos lo advertían en seguida, por lo que la manera de evitarlos no podía ser otra que la de no llegar a conocerlos; pero se buscaban, era un problema de campos magnéticos: aunque los separase una multitud terminaban por encontrarse y atraerse. Al fin y al cabo —se consolaba con íntima satisfacción— otras personas pierden la cabeza por motivos peores, como el dinero o el poder.

Juanín era previsible y aburrido; no tenía mala estampa visto de lejos, pero apenas se aproximaba, cualquier asomo de encanto desaparecía fagocitado por una especie de insistencia en todo lo ininteresante y lo trivial de la vida. En grupo era soportable, pero a solas resultaba un machaca; en los tiempos de adolescencia de Mariana se los denominaba con toda propiedad *moscones*. Y Jaime era lo contrario: tenía el don de comunicar actividad, juego, vida. Era un guapo acostumbrado a imponerse y a imponer su figura allí donde aparecía aunque en lo tocante a capacidad intelectual, carecía de todo mérito; pero Mariana no se había acercado a él para hablar de novela del XIX o de la música romántica sino por otra razón bien distinta. Mariana había llegado a la conclusión de que las relaciones dependen de lo que uno busca en ellas; si quieres una amiga para ir al cine, no le exijas más que esa clase de compañía; si la quieres como confidente, sé muy selectiva y elige bien; si dudas de la firmeza de una persona, no confíes en su lealtad, pero si te divierte, diviértete con ella. La diversión era algo que no podía asociar con Juanín. Esa tarde salía muy cansada y no tuvo reflejos para encontrar una buena excusa ni fuerzas para cortar por lo sano, así que, resignada, aceptó la cita con tal de quitárselo de en medio. Luego, ya en su casa y ante la perspectiva de tener que volver a vestirse para salir, lo lamentó. Y se hizo el propósito de regresar apenas cenada.

Cuando sonó el telefonillo del portal hubo de ponerse enérgica para impedir que Juanín subiera al piso. Después, mientras le hacía esperar, aún dio dos vueltas por la casa, apuró el whisky con el que había tratado de darse ánimos, buscó su gabardina porque afuera estaba lloviendo, recogió las llaves y el bolso y pensó en lo distinto que habría sido todo de haber quedado con Jaime Yago, que fue lo que hizo la noche anterior.

A la mañana siguiente, Mariana seguía arrastrando cansancio a pesar de no haber vuelto tarde a casa, pero se sobrepuso y llegó a tiempo a la cita con el fiscal. Éste entendió las razones de la Juez para continuar la instrucción a pesar de la confesión obtenida. Mariana quería ordenar la secuencia de los hechos sin ninguna duda y le quedaban al menos dos: una, los movimientos de las tres personas vivas que estaban en la casa y, dos, el análisis de las ropas ensangrentadas. No acababa de entender la abundancia de sangre en la ropa de Covadonga.

—Es verdad que se arrojó sobre su marido, según cuenta su padre, al verlo tendido y degollado, pero ¿cómo se empapó de sangre? Estaba boca abajo.

—Es posible que, en realidad, cayera sobre el charco que se había ido extendiendo —arguyó el fiscal.

—Sí, eso es cierto. Ahora bien: al recogerla Casio, evidentemente impregnó la ropa de éste; pero Casio debería tener salpicaduras de sangre en su propia ropa, consecuencia lógica del ataque a Cristóbal. Si se le corta la carótida a alguien de un solo tajo, la sangre debería de alcanzar al que golpea, aunque no tanto como si tajases de frente. Pero resulta que lo que aparece en la ropa de

Casio son grandes manchas, no salpicaduras. Tendríamos que pensar que se refrotó en la sangre él mismo, lo cual es absurdo.

—Puede ser que quedasen ocultas bajo la segunda capa; apenas medió tiempo entre el crimen y la aparición de la hija, según creo. En cualquier caso la autoría es inobjetable tras la declaración del imputado.

—Estoy de acuerdo, pero insisto en dejarlo todo bien cosido. Será cuestión de una semana a lo sumo. Aún necesito interrogar a un par de personas —adujo Mariana.

El fiscal se mostró conforme. Era unos pocos años más joven que ella, de trato correcto y le gustaba realmente su oficio. Mariana le apreciaba porque desde el principio demostró ser un buen colaborador, combativo y resolutivo.

—Me parece bien, no cuesta nada atar todos los cabos que están a la vista; y le diré más: me gusta ese espíritu —dijo al despedirse.

En realidad a quien quería interrogar era a la niña, pero no sabía cómo ni en qué momento. Aparte de ella, en la lista estaba Vicky, la presunta amante de Casio Fernández. Y necesitaba trazar mejor el perfil de maltratador de Cristóbal, lo que no es nada fácil —se dijo— porque las huellas que deja el maltrato psicológico no son tan evidentes como las físicas. A lo cual se añadía la circunstancia de que bien poco ayudaba el retraimiento de Covadonga, apenas sin testigos de su propia vida. Para que alguien decida matar —se decía— ha de haber un motivo muy grave: el acto de Casio era un acto tan meditado como desesperado, lo que exigía la contrapartida de un maltrato verdaderamente insoportable y Mariana quería corroborar que esta condición era cierta de toda certeza.

Su primo Juanín, que, como Jaime Yago, pertenecía a ese círculo más bien amplio de hombres de una misma generación y ciudad que si no son amigos íntimos sí se cruzan y encuentran muy a menudo, no pudo aportarle ninguna información relevante. El mismo Jaime Yago tampoco sabía gran cosa de Cristóbal aparte de la que procede del trato superficial, pero hizo un comentario que no dejó de llamarle la atención.

—Mira, yo no me meto en la vida de los demás. Si se ocupa o no de su mujer es cosa suya, sea para lo que sea. Lo que sí te diré es que algo tenía en la cabeza porque no hace mucho me preguntó quién, en esta ciudad, sabía de la vida de su suegro. Estaba muy interesado. Muy interesado. Me pareció raro y te aseguro que ese interés escondía una intención. Lo que no sé es lo que buscaba, pero era un interés que llevaba mar de fondo.

¿Acaso Cristóbal se olía que Casio estaba al tanto de su comportamiento con Covadonga? ¿Era un interés defensivo... u ofensivo? Lo segundo parecía descartable porque el crimen no fue el resultado de una pelea sino una ejecución; ahora bien: ¿temía o sospechaba Cristóbal la venganza de Casio por el maltrato de su hija? ¿Le cogió Casio por sorpresa o la conversación que mantuvieron aquella noche y que acabó en tragedia no fue más que un prolegómeno del asesinato? Y en ese caso, ¿cómo es que Cristóbal fue tan confiado que ni llegó a protegerse del golpe? Nunca se hubiera hecho estas preguntas de no ser por el comentario de Jaime. Cristóbal quería saber algo de la vida de Casio. ¿Qué?

Por un instante sus pensamientos volaron hacia Jaime Yago y sintió que la llegada a la ciudad de G... le había traído suerte. Le gustaba su estilo dominante, su aire inconfundible de soltero libertino de mediana edad, su agresividad masculina, que en el territorio de lo sexual se atemperaba bien con un modo bruscamente acogedor al que ella era sensible, su indiferencia hacia todo lo que no fuera disfrutar de la vida, su inclinación hacia el exceso... y todo ello vivido desde la perspectiva del combate, porque ella sí era combativa y no se dejaba dominar. Le encantaba su agresividad dominante, pero se diría que era por el hecho de ponerla a prueba, no por el de soportarla. Por eso su relación era también agresiva además de parigual y en la agresividad había un punto de encuentro donde la excitación y la descarga la llevaban al límite de su satisfacción. Hacía mucho tiempo que no se sentía tan entregada y tan dueña de sí misma a la vez.

Cuando ya algunas imágenes de sus encuentros tan recientes se visualizaban en su ensoñación, despertó al punto y volvió a sus preocupaciones del día. Aún sentía en los labios, sin embargo, la sonrisa de reconocimiento con que había acompañado esas imágenes antes de desvanecerse en su mente; y una especie de placentera benignidad con sus emociones, por lo que hubo de hacer un esfuerzo de concentración para regresar a la realidad de su labor de Juez.

El primer paso fue localizar al inspector Alameda, que estaba desaparecido y siguió desaparecido. Necesitaba encontrar a la tal Vicky. Después telefoneó a la casa de Covadonga, pero de nuevo la vieja criada anunció que la señora no se encontraba en condiciones de mantener una conversación. Desesperada, se preguntó cómo era posible que careciera de recursos para obtener la información que necesitaba y ya se empezaba a plantear el envío de citaciones en regla, estuvieran los afectados en el estado físico o anímico que estuviesen, cuando se le ocurrió la idea de telefonear a Ana Piles, el único de los partícipes del drama con el que se había sentido en cercanía.

Ana se había instalado en casa de sus padres no a gusto sino por lo inevitable de la situación. No estaba en la casa familiar, pero la localizó en su teléfono móvil. Iba camino de la casa de Covadonga con la intención de visitar a la niña. De hecho dedicaba mucho más tiempo a la niña que a su familia. Mariana intuyó que el acceso a la niña lo conseguiría por intermedio suyo aunque debía darse prisa porque Ana sólo disponía de un corto tiempo de permiso. El padre le había sugerido que pidiera un mes sin sueldo, que él lo cubriría con creces, pero Ana era de su estilo: nada de caridades, cada cual su vida. Si prolongaba el permiso, sería por su cuenta y por decisión propia.

Mariana no podía separarse del despacho esa mañana, pero acordó con Ana que después del almuerzo se encontrarían en la playa. El extremo este de la playa estaba bastante cerca de la casa y de nuevo lucía un día templado y despejado, por lo que bajar a jugar con la niña a primera hora de la tarde se le antojaba prometedor si el tiempo no variaba. Quizás allí pudiera sonsacarle algo de lo que estaba buscando.

A la hora del almuerzo el inspector Alameda seguía sin aparecer, lo que empezó a irritar a Mariana. Sin otra opción, salió a comer a una pizzería cercana donde le propusieron un plato de *linguini* a las setas y aceite aromatizado con trufa blanca. Acostumbrada a salir del paso por las prisas y la incomodidad de almorzar a solas, se quedó de una pieza ante la oferta y en seguida empezó a pensar que quizá era justamente lo que necesitaba para recuperar el ánimo. Al menos en su enunciado el plato resultaba tentador, por lo que se animó a pedir también una copa de *chianti*.

—¿De dónde sacan ustedes las setas en esta época?

—Son setas de primavera, setas de San Jorge, como se las llama. Antes utilizábamos las deshidratadas, fuera de temporada, pero no son lo mismo. Estas que yo le ofrezco tienen todo el aroma y el sabor, ya verá cómo acompañan a la pasta. Y el toque del aceite...

—No sabía yo que preparasen platos tan escogidos.

—Claro que sí, éste es un restaurante de verdadera cocina italiana. Pero, claro, los clientes ven «italiano» y sólo piensan en pizza industrial o en espagueti *pommodoro*, ¿comprende? ¿Quizá le apetecería —dijo el jefe animándose— una *focaccia* con jamón de Parma, aceite de oliva virgen y un punto de pimienta negra? Una exquisitez. Sólo nos la piden los buenos clientes. Le podemos preparar una pieza pequeña, individual.

Mariana, cada vez más sorprendida y complacida, aceptó la *focaccia*. También pidió el periódico, porque había decidido almorzar placenteramente y sin prisas.

El inspector Alameda se presentó de improviso en el restaurante italiano, depositó su inseparable gorra en la mesa y tomó asiento tras pedir permiso con un gesto sobrante, pues evidentemente pensaba sentarse de todos modos. Mariana ni se tomó la molestia de asentir. Por un momento concibió la esperanza de que se despojase del sempiterno abrigo, porque sentía gran curiosidad por saber qué vestía debajo, pero fue una falsa alarma; lo que en realidad ejecutaba era un complicado movimiento por el que acabó de extraer un sobre de plástico transparente de los que se usan para guardar pruebas y que contenía un trapo oscuro cuidadosamente doblado.

—¿Sabe lo que es esto? —preguntó.

Mariana negó con la cabeza. Era un pedazo de tela irreconocible, una especie de retal. En los ojos de Alameda brilló una lucecita de suficiencia.

—Este trapo —empezó a decir— lo encontré en el cobertizo de la casa de los Piles. Estaba a un lado, como tantos otros objetos tirados que había por allí. No habría reparado en él de no haber vuelto, pero esta vez lo vi —hizo una pausa, para acentuar el énfasis—. Como el resto de objetos, no tenía interés, ¿quién iba a fijarse en él?

El cobertizo sólo se usó de manera extraordinaria para darle a Cristóbal Piles el golpe de gracia y de todo lo que había por allí el asesino sólo tomó la hacheta... y este pedazo de tela.

Miró con gesto de profunda satisfacción a Mariana durante unos segundos antes de continuar con su exposición. Estaba disfrutando.

—Pero así como todo, aunque desordenado, estaba, por decirlo aprisa, en su sitio, del trapo me llamó la atención que parecía arrojado sin más ni más y se me ocurrió cogerlo y —alzó el dedo índice con afectación— se me ocurrió utilizar antes los guantes de látex y —volvió a alzar el dedo— mira por dónde el susodicho trapo estaba contaminado de sangre; una pizca de sangre de la víctima —precisó.

Mariana cambió su gesto de cómica atención por otro de verdadero interés.

—¿Cómo llegó la sangre y por qué a este trapo? Ésa es la pregunta —prosiguió animadamente Alameda.

—Para la que usted, tal como va de lanzado, ya tiene una respuesta —se apresuró a añadir Mariana.

—No exactamente —precisó enfático el inspector—, pero sí una teoría. Yo creo que este trapo sirvió para limpiar el mango de la hacheta; no la hoja —precisó— sino el mango. ¿Qué le dice a usted eso?

—¿Que alguien lo limpió? —dijo Mariana con su mejor cara de inocencia.

—Hecho. Pero ¿quién y por qué? Para el quién disponemos de Casio Fernández Valle. El porqué es más complicado. Sin embargo, lo más interesante de todo es un segundo porqué: ¿por qué no limpió el filo, sino sólo el mango?

Mariana cambió de cara y dirigió al inspector un mudo gesto de reconocimiento. Mantuvo la mirada sobre la prueba, pensativa, y al cabo de unos momentos la cruzó con la del otro.

—¿Mató a Cristóbal y limpió el mango para borrar sus huellas? —preguntó.

—Ahora viene lo bueno —respondió el inspector—. Recordará usted que en el mango aparecieron huellas de la hija y del padre.

—Entonces... Eso quiere decir que las limpió Casio tras cometer el crimen, tiró el trapo, del cual se olvidó...

—Estaba arrumbado, sería fácil olvidarlo con la precipitación si no se lo buscaba expresamente —apuntó el inspector.

—... La hija, al caer sobre su marido muerto, cogió la hacheta, probablemente en pleno shock y Casio se la quitó de la mano —la duda silenció su voz—. No —rectificó—, ésa no es la secuencia lógica.

—No —corroboró Alameda.

Se hizo un largo silencio sobre la mesa.

—Hay otra posibilidad —dijo por fin Mariana—: Que Casio cogiera la hacheta con el trapo para no dejar huellas y tirase así el golpe. No creo que en ese momento estuviera contando con la posibilidad de entregarse. Luego arroja el trapo entre los trastos amontonados y lo olvida y después, en la confusión, hija y padre vuelven a tocarla y... ahí quedan las huellas.

—Es lo más sensato. Lo explica todo —el inspector lo dijo sin convicción alguna.

—Pero nos falta algo —añadió Mariana, que lo percibió.

—Hay que tener en cuenta —siguió diciendo al cabo de un momento— que a partir de ese paso es cuando se ocupa de la hija y la nieta, recoge la ropa, intenta poner un poco de orden en el salón, va de acá para allá, limpia la sangre del suelo con bastante impericia, trata de dar a todo un aspecto de normalidad, quizá todavía piensa que la agresión pueda achacarse a un agente externo: un vagabundo, un atracador... Y la edad y el agotamiento le juegan la mala pasada de dormirlo en la butaca cuando se sienta para serenarse un poco.

—Sin embargo, confesó en seguida.

—Es un hombre inteligente y con mundo. Contaba con ser descubierto: él mismo nos dijo que a su edad disponía presumiblemente de pocos años más de vida. En realidad, decidió hacer un trabajo para ahorrárselo a su hija el día de mañana y para despejar el futuro de su nieta.

—Menudo despeje —comentó sardónico el inspector.

—Para él, lo era. No pensaba eludir la culpa sino sólo en la mejor manera de dejar el asunto resuelto. No pensaba huir, tampoco. Sería importante dilucidar si lo mató en un arrebato o con toda frialdad, porque pensarlo, lo tenía pensado.

Les habían traído unos cafés que bebieron en silencio.

—De todos modos... —empezó a decir Mariana.

—Sí, a mí tampoco me gusta —terminó el inspector.

—Quizá debería atender a la primera sugerencia del fiscal y dar el caso por cerrado. Tengo la sensación, como usted dijo el otro día, muy groseramente, es cierto —puntualizó—, de que nos la estamos cogiendo con papel de fumar.

—Si hay algo que me fastidia —rezongó el inspector— es tomar café sin fumar. ¿Puedo?

—Puede, puede usted. Ya llegará el día en que lo prohíban en todas partes así que aprovéchese ahora. Por norma, yo procuro que no se fume en mi despacho porque el olor se acumula y es un olor que me molesta, pero aquí es cosa de los dueños del negocio y es un espacio grande, así que no me importa, pero no me eche el humo a la cara.

—Me obliga usted a fumar de costadillo. No resulta muy lucido, pero si no hay otro remedio...

Victoria o Vicky era una mujer de unos cincuenta años, castigada por la vida, aunque debió de haber sido bastante guapa. De hecho, a su edad lo era aún. Había algo a la vez patético y tierno en su modo de pintarse y arreglarse, una resistencia al deterioro semejante a la de esas mansiones que, habiendo perdido el esplendor, lo sustituyen por la tenacidad del recuerdo, que es como el alma de lo que fueron y que persiste incluso en las carencias. Cuando la mujer se sentó al otro lado de la mesa, Mariana dedujo en seguida que, si no lo era ahora, había sido una mujer de vida airada y la contempló con interés. ¿Una mujer redimida, quizá? ¿Por el propio Casio? Le creía capaz. El lado ponderado, construido y patriarcal de este último sugería el grado de comprensión necesario para hacerlo. Victoria miraba al frente, pero no a la Juez sino a su mesa, como si los papeles que veía distribuidos por su superficie fueran a revelarle las intenciones de la Juez al citarla. Cuando empezó a hablar mostró una voz ligeramente enronquecida y el lado fantasioso de Mariana imaginó noches en vela, tabaco y alcohol. No era sólo una vaga simpatía, también sentía curiosidad por aquella mujer.

Su relación con Casio databa ya de cuatro años atrás. Es decir, que Casio anduvo tres años presumiblemente viviendo solo desde la boda de su hija hasta que conoció a Vicky. Y según testimonio de la mujer, no tuvo una relación fija, o visiblemente fija, desde que enviudó hasta que se encontró con ella. Su pareja hasta entonces fue, en realidad, su hija Cova desde los diez años y la vida sexual la realizó fuera de casa o viajando por el mundo, que es lo que comportaba su trabajo. Pero cuando la hija marchó de casa, ésta se le debió de hacer enorme, razón por la cual la cedió a ella, que se instaló allí con su marido, y él buscó y encontró el apartamento que actualmente habitaba, al pie del Barrio Antiguo. En opinión de Vicky, no era hombre de pareja en casa.

—¿Cree usted que, si no hubiera enviudado, habría acabado por separarse de su esposa? —preguntó Mariana, picada por la curiosidad.

Victoria se encogió de hombros. El detalle no pasó desapercibido a Mariana. Cada uno de los dos vivía en su casa. Vicky en uno de los barrios nuevos. Las suyas eran vidas independientes y quizá Casio había encontrado en Vicky a su pareja ideal en la medida en que sin convivir bajo el mismo techo ni —suponía, al menos por parte de él— necesidad de guardar fidelidad, estaban juntos física y afectivamente. En todo caso, a Vicky no parecía interesarle la cuestión que Mariana acababa de plantearle. Según hablaban, iba creciendo en Mariana la sensación de que la relación entre Casio y Vicky tenía un aire peculiar, algo indefinible y, no se atrevía a confesárselo abiertamente, turbador.

La noche del crimen, Victoria estuvo esperando a Casio por los alrededores de su casa. Aunque esa noche no se habían citado, ella acudió a buscarlo sin avisar y no lo encontró, por lo que decidió esperar; primero en un bar que frecuentaban a veces y que estaba a pocos metros de la casa, después paseando por la calle arriba y abajo. Finalmente, regresó a su piso y se metió en la cama bastante enojada. En todo este tiempo trató de localizar a Casio por el teléfono móvil sin resultado; según el operador se hallaba fuera de servicio.

—¿Llegó a hablar con él al día siguiente?

No llegó a hablar. En realidad no se enteró de nada de lo que había ocurrido hasta que vio la noticia por televisión a la hora del almuerzo. En un primer momento no supo qué hacer. Esa misma mañana continuó telefoneando a Casio y al comprobar que el teléfono seguía desconectado se alarmó tanto que pensó en acudir a la policía. Ella no tenía idea de que hubiese ido a visitar a su hija y a su yerno aquella noche. Mariana se preguntó perpleja cómo era posible que habiendo planeado con tanto cuidado el acto que iba a cometer dejase al descubierto el flanco de Vicky. ¿O lo habría hecho deliberadamente? Pero ¿con qué propósito? Esa noche, en efecto, no se habían citado, pero tampoco habían hecho lo contrario. Según Vicky era frecuente que ella acudiese a su casa y salieran a cenar o a dar una vuelta y luego se quedara allí a pasar la noche; la cita previa no era un requisito indispensable entre los dos. Casio no tenía grandes compromisos de amistad; la única excepción era Vicky, por tanto era la única persona de quien hubiera podido suponer que empezaría a buscarlo, si no aquella noche, al día siguiente; y, sin embargo, mantuvo su móvil apagado. Bien: es cierto que cuando uno mata a alguien lo que más le preocupa no es que puedan llamarle por teléfono; sin embargo, cuando planea quedarse solo para ejecutar ese acto, procura ponerse al abrigo de cualquier interrupción posible.

Mientras mantenía el interrogatorio, una segunda línea de pensamiento fluctuaba dentro de ella. Se preguntaba qué clase de relación unía a Victoria con Casio, es decir, aparte de la obvia. Entre uno y otra había una diferencia de casi un cuarto de siglo. Además, parecía evidente que el dominante era él: la idea de convivir sin atarse procedía de Casio sin lugar a dudas y Vicky transigía sabiendo que nunca darían un paso más allá de ese límite. Quien afectaba mayor libertad era él, pues las citas las marcaba a conveniencia, independientemente de que hicieran planes sobre la marcha. Era cierto que Vicky, a estas alturas de su vida, ya no iba a encontrar un pretendiente para casarse; sin embargo daba también la impresión de estar bajo el dominio de Casio, un dominio del que no se desprendía calor o entusiasmo sino algo más cercano a una agradecida resignación. En otras palabras: no parecía encontrarse ni bien ni mal con Casio, lo suyo estaba más cerca del cansancio de una vida ajetreada y de un confort confiable que debía de compensarle del trato de una persona tan egocéntrica como Casio Fernández. Porque tras los modales educados y la temperancia de éste se escondía unególatra dedicado fundamentalmente a su propio bienestar. Todo lo que tenía de atractivo y educado lo tenía de turbador. Tras su apariencia, Mariana detectaba un inquietante mar de fondo. Lo detectaba por experiencia propia: conocía muy bien el origen de semejante atracción.

—¿Qué opinión tenía el señor Fernández de su yerno?

La sonrisa con que Victoria acogió esta pregunta puso en guardia a Mariana. No era una sonrisa despectiva, tampoco maliciosa, era más bien un gesto dedicado a ella, un gesto que venía a decir: «¿Es que aún no te has dado cuenta, alma cándida?». Mariana intuyó rápidamente que tras esa sonrisa había, además de un desprecio de clase, toda una información.

—Se llevaban bien —contestó la otra.

—Le agradecería que fuera explícita. ¿Quiere que le repita la pregunta?

—Se llevaban bien —insistió Vicky—. Eran tal para cual. ¿Ya me entiende usted, no? Aunque, eso se lo digo yo, Casio es un señor.

Mariana intentó superar su desconcierto mientras pensaba a toda prisa. ¿Qué le estaba diciendo en realidad?

—Hasta donde yo puedo saber —empezó a decir—, y lo que puedo saber es poco porque hasta el pasado fin de semana yo no tenía ni idea de quiénes eran el señor Fernández y el señor Piles, el primero detestaba al segundo porque se comportaba inadecuadamente con su hija.

Había tratado de evitar la palabra *maltratador* pero al punto se percató de su error. Vicky soltó una risa seca, corta y estridente y luego la miró con ojos desafiantes. Era la primera vez que veía en ella no a la persona desvencijada y de vuelta de todo que había entrado por la puerta sino a una mujer dispuesta a herir, una mujer que se revolvía sobre su propia condición para asestar un rápido zarpazo, como el gato acomodaticio cuando revela de pronto su condición de felino.

—Esa pobre infeliz era la mandada del otro —dijo por fin dirigiéndole una mirada entre significativa y burlona— pero ella ya venía de estar acostumbrada.

—Era una mujer sumisa, sí.

—¡Ja, sumisa! —saltó Vicky reacomodándose en la silla—. Vaya a saber una.

La perplejidad de Mariana aumentó. Empezó a preguntarse quién estaba jugando con quién, si ella tratando de cercar a la otra con unas preguntas bien elegidas y emitidas en el momento que consideraba adecuado o la otra jugando con respuestas que contenían oscuridades en lugar de claridades. Lo peor para Mariana era que no acababa de saber por dónde iban los tiros; estaba desorientada y temía mostrarlo y concederle aún mayor ventaja a su oponente; porque, en efecto, tal y como se desarrollaba el interrogatorio, Vicky se estaba saliendo con la suya: escapar por la tangente, pero desconcertándole a ella. Y eso era lo más inquietante. ¿Por qué se escurría de ese modo, con esa punta de malicia?

—¿No es cierto que era una mujer de carácter apocado? —preguntó cautelosa.

Vicky descruzó y volvió a cruzar las piernas. Llevaba una falda corta y estrecha y Mariana no dejó de advertir esa estudiada provocación que las mujeres de vida dudosa convierten en natural.

—Sí, era apocada —admitió Vicky como con desgana—. La clásica señora que traga con todo. De todas maneras yo la conozco más bien de oídas.

—¿Alguna vez ha ido usted a la casa de Cristóbal y Cova?

—Una vez... O dos, no me acuerdo. Acompañaba a Casio y, sí, vi a Cova, pero casi ni hablamos.

—Era bastante joven —siguió aventurando Mariana, nada convencida por la respuesta anterior—. Era bastante joven cuando se casó y no había salido de casa, según tengo entendido.

—Ahí está el intríngulis —replicó Vicky.

De nuevo Mariana advirtió un doble sentido en el comentario de la otra, pero no alcanzó a ver su intención.

—Está bien —Mariana decidió dejar de pisar terreno resbaladizo—, dígamelo de una vez: ¿le consta a usted que su marido la maltrataba?

—Yo eso no lo he visto, pero me consta por Casio.

Empezó a preguntarse quién había dirigido esta deriva de la conversación, si ella o Victoria; ya no conseguía recordar qué es lo que había dado pie a que tomara este camino.

—¿Tanto como para que Casio decidiera matarlo? ¿Se lo esperaba usted? ¿Era previsible de alguna manera?

—No —contestó Vicky con gesto serio—. No me lo esperaba. La verdad es que me he quedado de muestra cuando me he enterado. Yo creí que todo eso ya estaba superado.

—¿El qué, lo del maltrato?

—Todo —contestó Vicky lacónicamente, casi como hablando consigo misma. Había vuelto al estado anterior; el felino daba paso de nuevo al gato doméstico.

Mariana desistió de seguir con el interrogatorio. Estaba segura de que durante el mismo había tocado uno o dos de esos botones que abren puertas bien disimuladas, pero necesitaba recapacitar sobre lo hablado. Afortunadamente la citación a Vicky había sido oficial y el secretario había recogido en acta el interrogatorio y haría firmar a la deponente, lo cual le permitiría volver sobre ello con más calma y la cabeza más despejada. Sí, volvería sobre ello porque ahí había algo que ahora se le escapaba. Pero en ese momento tuvo la pesada sensación de que la instrucción no avanzaba, que estaba empantanada y mientras tanto corrían los días sin progreso evidente. No había descubierto nada que añadir a la primera impresión y a la inmediata confesión de Casio Fernández; nada determinante, nada que permitiera pensar que tenía sentido su preocupación por atar bien todos los cabos sueltos. A fin de cuentas, ¿merecían esos cabos la atención que les estaba dedicando?

Entonces recordó que había dejado plantada a Ana con su sobrina Cecilia en la playa.

«¿Será verdad que me gustan los macarras, como dice Carmen?», se preguntó Mariana acodada en la barra del club La Bruja mientras cambiaba unas palabras con el encargado del local. No era el tipo de local que le conviniese a ella, pero Jaime lo consideraba su cuartel general desde la caída de la tarde, razón por la cual se había citado con él allí en ocasiones anteriores. El encargado era un tipo joven y fuerte con el pelo cortado a cepillo, un brillante en la oreja izquierda, todo vestido de negro con camiseta de manga corta y pantalón ajustado. Un macarra, pensó al sonreírle mientras trabajaba con el vaso mezclador. El tipo, desde luego, no ocultaba su interés por ella y a ella casi le divertía el juego por entretener la espera. Debido a la reciente influencia de Jaime se había acostumbrado a tomar un dry martini a esa hora y el encargado se lo preparaba personalmente.

Mariana se preguntó en qué consistiría el trabajo de Jaime porque aún no había conseguido averiguarlo. No era un asunto de trascendencia entre ellos, al menos por su parte, pero había empezado a sentir curiosidad. Cristóbal Piles, por ejemplo, que pertenecía al mismo tipo, aunque menos guapo y con otra planta, al menos pudo justificar sus ingresos como concesionario de una conocida marca de automóviles en la región, independientemente del dinero de familia que manejase. Jaime debía de tener dinero de familia, o al menos eso sugería su aspecto, aunque bien pudiera ser que se hallase ante el último vástago de una historia de dilapidación de patrimonio familiar; sin embargo, sus idas y venidas, su constante ir de un lado a otro, su trajín telefónico y el don de gentes acompañado del abuso de copas apuntaban más bien a una especie de relaciones públicas que vivía de golpes de dinero obtenidos a salto de mata. Allí, en la barra del club La Bruja, ella había conocido, de pasada y siempre de la mano de Jaime, a esa clase de gente que mete y saca su dinero o el de los demás en negocios de moda que son flor de temporada. De hecho no le hacía mucha gracia el local precisamente por eso dada su condición de Juez: no eran las mejores compañías para ser vista con ellas; por no mencionar el aire de dudosa intimidad que se creaba a la noche, después de la cena.

«Todos estos sitios son así —le dijo Jaime la primera vez—. El Juez Navales, buen amigo mío —según él, todo el mundo era amigo suyo—, viene a menudo y no por eso sufre su reputación. No te la cojas con papel de fumar, belleza», terminó diciendo mientras Mariana pensaba en la facilidad con que se usaba esa expresión en G...

El encargado estaba dispuesto a entablar conversación, pero Mariana no. «Una cosa es que me vayan los macarras —se dijo— y otra que les tenga que dar cancha a todos». Jaime tenía algo de macarra, ese aire prepotente quizá, pero si lo era, era de otra especie, protegido por la arrogancia y el estilo de la buena cuna. Quizá el toque macarra se lo daba su extraño modo de ganarse la vida y los ambientes que por esta razón se veía obligado a frecuentar. O puede —se dijo— que sea más preciso decir que *le gusta* frecuentar. Volvió a echar una ojeada al encargado, que se mantenía aparte, pero atento, y decidió que el adjetivo que le convenía a Jaime no era el de *macarra*: en realidad lo que mostraba —y tenía que reconocer que eso afilaba su atractivo— era un punto canalla realmente arrebatador. De hecho, lo suyo había sido un flechazo; puro sexo, pero flechazo.

Este reconocimiento le impacientó aún más. El mismo local, con sus luces indirectas, las paredes enteladas, los butacones mullidos, la espesa moqueta, la barra acolchada y la música de fondo recreaba una atmósfera de concupiscente densidad. Poco a poco el local se había ido llenando, grupos de hombres sobre todo y algunas mujeres con ellos. El encargado, aunque atento al servicio, no le quitaba ojo de encima. Algunos de los hombres de los grupos masculinos tampoco.

Pero Jaime se retrasaba y eso le producía fastidio. Pensó que estar sentada a la barra tomando su dry martini en solitario le daba un aire procaz, lo cual le incomodaba también. Sin embargo, no podía hacer nada y el local, a esa hora, resultaba agradable; salir a la calle a esperar era aún más inconveniente. Aunque ya no fumaba, echó de menos un cigarrillo con el que entretener las manos; estuvo a punto de pedirle uno al encargado y se contuvo. Por un momento le atacó la sensación de que cualquier cosa o ademán que hiciera no haría sino empeorar su situación. Entonces se abrió la puerta una vez más y apareció Jaime Yago acompañado de dos desconocidos. No le importó, con tal de verlo aparecer.

Mariana se despojó del chándal y lo tiró en el asiento trasero del coche. Estaba orvallando y pensó que era preferible recibir el agua sobre la piel que cargar con el peso de la ropa mojada. Allí mismo, protegida por la lluvia que empañaba las ventanillas, se calzó un pantalón de deporte que guardaba para los días más calurosos y se dejó puesta la camiseta sin mangas que llevaba debajo. Luego echó a correr, cruzó la calzada, remontó la acera del Paseo Marítimo hasta el extremo oeste de la playa y tomó la escalinata para descender a la arena.

Las diminutas gotas de agua golpeando como minúsculos alfilerazos sobre la piel le produjeron una impresión estimulante aunque en seguida se dio cuenta de que había cometido el error de no coger un gorro impermeable, pero siguió corriendo. Pensó que volvería a casa a ducharse y lavarse la cabeza. Esa mañana quería acudir de nuevo a la casa de Covadonga, no sólo por ver si había mejorado su estado anímico y podía hablar con ella sino también por ver a la niña. La niña le preocupaba. Había intentado contárselo a Jaime Yago la noche anterior y desistió en cuanto comprobó que era absolutamente insensible a ello, lo cual le produjo una cierta desazón.

La verdad era que, aunque no salía con Jaime para poder hablar de los problemas de la condición humana, eso no quitaba el que hubiera agradecido un poco de atención. En todo caso, a medida que las consecuencias del desastre familiar se iban asentando en el escenario humano que les correspondía, la inquietud de Mariana por el estado emocional y personal de la niña aumentaba progresivamente.

Por la playa apenas si se veía a un par de corredores más. También había un tipo con chubasquero caminando pausadamente mientras un perrillo correteaba a su alrededor; más adelante una neblina acuosa lo difuminaba todo. Mariana corría a buen ritmo pensando que llegaría a un punto de humedad que le obligaría a retirarse si no quería coger un buen resfriado. Al cabo de diez minutos, el pantalón se le empezó a pegar a los muslos. La camiseta, como era ceñida, simplemente se le pegó aún más al torso. A pesar de ello corría agradecida, aliviada de toda preocupación, con la refrescante sensación de hallarse en un óptimo estado de salud. Poco a poco se fue concentrando en la carrera y dejó de pensar en cualquier cosa. Decidió correr media hora al menos, algo más si podía resistir con el agua escurriéndole por todo el cuerpo. La lluvia amenazaba con hacerse más intensa en cualquier momento.

Cuando regresó al coche, se cambió al abrigo de miradas indiscretas. La ropa estaba empapada, incluyendo la ropa interior, por lo que tuvo que quedarse directamente desnuda bajo el chándal. Nada más arrancar el coche, empezó a llover fuerte. Una vez en casa se duchó y lavó la cabeza concienzudamente, disfrutando del agua caliente hasta que el vaho emuló a la neblina de la playa. Luego se preparó un desayuno vigorizante mientras hojeaba el periódico, se vistió para soportar un día de cielo encapotado y agua constante y volvió a salir a la calle, camino del Juzgado.

El inspector Alameda estaba sentado en un banco del vestíbulo principal fumando un cigarrillo. Mariana se preguntó si el sempiterno abrigo sería impermeable; olía a humedad. Se quitó la gorra al verla aparecer y se puso en pie trabajosamente.

—¿Le ocurre a usted algo?

—Nada. La cosa del reúma.

—No sabía que estaba aquejado de reúma, ya lo siento.

—Sólo cuando llueve. En realidad no es reúma, es una especie de anquilosamiento muscular por la humedad. Se pasa en seguida.

—Ah.

La acompañó hasta el despacho mientras ella se preguntaba qué sería lo que le había llevado allí tan temprano.

—He estado estudiando el asunto... el crimen, quiero decir —empezó—, y me parece que la cosa se está poniendo del color de la hormiga.

—¡Qué me dice, si lo tenía bien claro!

—Alto ahí; yo nunca he dicho que lo tuviera claro sino que parecía claro. Ahora —miró en busca de un cenicero donde apagar su colilla— estoy cambiando de opinión. Los hechos son los hechos. No le quiero adelantar nada, pero cada vez me parece más raro lo que nos cuenta el señor Fernández.

—Vaya por Dios —exclamó Mariana mientras extraía de uno de los cajones de su mesa el cenicero—. Si le oye el fiscal le va a dar un ataque.

—Sí, sí —refunfuñó el inspector—. Usted tómelo a guasa. Algo me dice que va a tener más trabajo del que se esperaba.

—¿Por ejemplo...?

—Por ejemplo: repare usted en el detalle de las huellas halladas en el mango de la hacheta, en el trapo que encontramos con restos de sangre y en las iniciales, esto es una novedad, de la camisa que llevaba el señor Fernández.

—Sí, llevaba sus iniciales bordadas, me acuerdo bien. C. F.

—No señora, no eran C. F.; eran C. P. Tengo la camisa.

—No es relevante —dijo Mariana—. Su camisa original debió de ir a la lavadora junto con la ropa de su hija y su nieta.

—Pues hay que tener cuajo para ponerse una camisa del muerto después de haberlo liquidado.

—Ya —dijo pensativamente Mariana—. La verdad es que está muy oscuro el paso del tiempo durante esa noche. Casio no solamente recoge a las mujeres y las acuesta sino que limpia lo que puede, se olvida de lavar la ropa manchada de sangre, se pone una camisa de su yerno y se queda dormido en la butaca hasta el amanecer —Mariana siempre volvía a hacer este repaso insistente.

—Se olvida de algo: el mango de la hacheta. Lo limpian, suponemos, antes de matar al señor Piles y después aparecen dos clases de huellas, las de la hija y las del padre. ¿Para qué lo limpiaron?

—Para que se viesen bien las huellas. Es una explicación absurda, pero es la única que tiene sentido por sí misma. Ahora bien, como acto es un despropósito.

—Todo esto me huele a chamusquina.

—Poco más podemos hacer, inspector. Yo ya he terminado mi ronda de conversaciones y no veo qué más puedo sacar en limpio. Hay zonas oscuras, en efecto, pero siempre las hay hasta en los casos más claros, sobre todo si te pones a hurgar en la vida de unos y otros. Creo que hablaré hoy con el fiscal y si no tiene ninguna prueba que proponer, cierro la instrucción.

—Supongo que es lo que hay que hacer —dijo el inspector torciendo la nariz como un verdadero roedor—, pero en cuanto al señor Fernández...

—No le gusta, ¿verdad?

—No. Qué quiere que le diga. No me gusta. Además, hay demasiadas preguntas pendientes de contestación.

La noticia saltó en plena noche. Mariana ya dormía cuando sonó el teléfono.

—Señora Juez, le habla el inspector Alameda. Perdone que le llame a estas horas, pero el asunto es de gravedad: Covadonga Fernández ha intentado suicidarse. La encontró la vieja criada, que ahora se queda en la casa también por la noche, y la han llevado al hospital. No ha muerto, pero está en coma profundo, parece que irreversible. Voy para allá.

Mariana sintió cómo el corazón le golpeaba en el pecho.

—Yo también voy. ¿Puede recogerme? —en medio de su nerviosismo se coló el recuerdo de las características de conducción del inspector y reculó—. Mejor no, mejor voy yo por mi cuenta para... para tener más libertad de movimiento. ¿En qué hospital está?

—La Paloma —contestó lacónicamente el inspector.

—Muy bien. Allí nos encontramos.

Se vistió con prisa y apenas si trató de componerse ante el espejo. Sentía un malestar general del cuerpo que no lograba localizar ni atribuir, salvo por la aparición de una oquedad en el estómago de la que parecía irradiar toda la perturbación que padecía. Bajó a la calle, localizó su coche y lo puso en marcha. Y, en ese momento, una imagen inundó su mente.

—¡Dios mío! ¡La niña!

Sin pensarlo dos veces, torció por la primera calle que pudo y se dirigió hacia el Paseo Marítimo. Por la amplia calzada apenas transitaban automóviles, así que condujo rápido y atenta a las bocacalles. Cuando llegó al final, cruzó el puente, enfiló la carretera que llevaba a la Colonia del Molino y se detuvo ante la primera casa. Mientras caminaba hacia la puerta, telefoneó al inspector Alameda.

La vieja criada tardó en abrir. La casa estaba a oscuras salvo la luz de la escalera y Angelina presentaba todo el aspecto de un fantasma surgiendo de las sombras.

—¿Está aquí la niña? —susurró Mariana.

—Sí, señorita. La tengo acostada.

—¿Se ha enterado de algo?

—A su madre no la ha visto.

—Ya. Pero ¿se ha enterado de algo?

—Con los nervios, ¿sabe usted?, me descuidé y la niña se despertó, pero no ha visto a su madre desmayada.

—¿Avisó usted a la policía?

—No sabía qué hacer, señorita, como no están ni don Cristóbal, que en paz descanse, ni don Casio...

—¿Llamó a la policía sí o no?

—Llamé al médico y en la confusión se despertó la niña, pero no vio a la madre.

—Ya lo sé, ya lo he entendido, Angelina. ¿Vino el médico?

—Sí, pero él me dijo que llamase a la policía mientras llegaba.

—Escuche, Angelina: ¿cómo se dio cuenta de que a la señora le ocurría algo?

—Porque me acerqué a su dormitorio para cambiarle el agua.

—Y entonces se dio cuenta.

—Sí, señorita.

—O sea, que la vio tendida en la cama y fue consciente de lo que le estaba ocurriendo.

—Ay, yo no sé, señorita. Yo creo que ella no quería hacer nada malo.

—¿Quiere usted decir: matarse?

—Sí, señorita.

Mariana reflexionó. Se sentía repentinamente agotada.

—Dígame, Angelina, cuando usted llegó al dormitorio, ¿cómo estaba la señora?

—Estaba como muerta.

—¿No se movía?

—Nada. Como muerta.

—¿Le dijo algo el doctor?

—El doctor llegó más tarde que la policía. El policía vio a la señora y pidió una ambulancia a todo correr. El médico llegó al mismo tiempo que la ambulancia y se la llevaron en cuanto le echó la vista encima. Ay, Dios mío, y yo aquí sola con la pobre niña.

—¿Ha llamado a alguien de la familia?

—A los padres de don Cristóbal, pero no hablé con ellos sino con la señorita Ana. Cuando llamó usted creí que era ella.

—Está bien, váyase a su cuarto y tómese una tila o alguna infusión; y no se preocupe —añadió— que yo me quedo aquí hasta que venga Ana.

—Muchas gracias, señorita —Angelina echó a andar hacia la cocina, pero se volvió hacia Mariana antes de desaparecer—. ¿Quiere usted que le prepare otra infusión o un café?

—No, gracias, Angelina. Muchas gracias. Ande, prepárese la suya y vuelva a su cuarto a descansar un poco.

Cuando la vieja criada se perdió en la cocina, lamentó no haberle pedido una manzanilla o un poleo para ella. Lo necesitaba. Algo que le sentase el estómago.

Mariana subió las escaleras con cuidado para evitar que las maderas chirriasen. Avanzó hacia el cuarto de la pequeña Cecilia. La puerta estaba ligeramente entreabierta y asomó la cabeza con tiento, sujetando la hoja de la puerta con la mano. La empujó poco a poco, sigilosamente, y se coló en la habitación. Estaba en penumbra a causa de la luz de la luna que penetraba por la ventana, por lo que pudo orientarse sin dificultad. Abajo se escuchaban ruidos apagados y de pronto sonó la kettel donde se hervía el agua. El ruido del vapor escapando, aunque atenuado por la distancia, la inmovilizó. Al cabo de unos segundos se animó a avanzar hacia la cama. La niña dormía boca arriba respirando por la boca y se entretuvo en contemplar el pequeño bulto envuelto en sombras.

—Pobrecita —susurró—. Pobrecita.

Sintió que se le llenaban los ojos de lágrimas.

Había una sillita infantil cerca del lecho y encogiéndose se sentó en ella mientras buscaba su pañuelo llorando en silencio. Hizo un poco de ruido al revolver en el bolso. El pequeño bulto se estremeció y volvió a quedar quieto. Mariana no se dio cuenta al principio, pero al cabo de un rato, cuando se hubo secado y meditaba apesadumbrada sobre el destino de la niña, le dio un vuelco el corazón. En el silencio y la inmovilidad absoluta, la niña la estaba mirando. Lo supo al distinguir en la oscuridad sus ojos grises abiertos de par en par; los distinguió grises porque a la luz de la luna tenían un brillo acerado. Una manecita asomaba por encima del embozo, como un saludo.

III. Caso abierto

La ciudad de G... fue en su antigüedad un castro prerromano asentado sobre un promontorio o cerro conocido actualmente con el nombre de Alto del Cerro, que figura en los viejos mapas como una especie de ariete que se adentra en el mar abriendo a derecha e izquierda lo que hoy son, respectivamente, la playa del paseo y la playa del Oeste. Tras romanizarse las gentes, la ciudad se asentó sobre el istmo y se rodeó de gruesas murallas defensivas. Después de diversas vicisitudes históricas por las que llegó a estar bajo el poder visigótico y más tarde árabe, la ciudad decayó ante el empuje de la cercana Vetusta y de la más lejana ciudad de León, pero su puerto siguió activo aunque con tráfico restringido, pues hasta el siglo XIII no se le concedió la carta-puebla que le autorizaba a organizarse por sí misma y establecer los recursos necesarios para su desarrollo económico y social; sin embargo, siguió siendo una ciudad periférica. Sólo a finales del siglo XVIII comenzó por fin a emerger con entidad propia, pero, pese a que el rey autorizó al puerto a comerciar con las colonias de ultramar, su aislamiento geográfico, político y cultural la empequeñeció ante puertos vecinos como La Coruña o Santander. Por fin, en el último cuarto del siglo se concluyeron las obras de la carretera que la enlaza con Castilla y Madrid, lo que provocó un auge del comercio, y ya en la segunda mitad del siglo XIX comenzaron a sentarse las bases del desarrollo urbano e industrial que convertiría la villa en una verdadera ciudad. La construcción de un nuevo puerto, la progresiva industrialización y la inauguración de la línea férrea Madrid-G... fueron elementos sobresalientes de este nuevo salto adelante. Tras la guerra civil española, la ciudad se rodeó de un cinturón de talleres, naves industriales y astilleros que, con la minería del carbón, transformaron el paisaje urbano y social de la ciudad, multiplicando por tres su población. A finales del siglo XX, la ciudad de G... se había convertido en la segunda ciudad en importancia de toda la costa cantábrica. Ahora era una ciudad próspera, cuidada, turística, dotada de puerto deportivo, pesquero y comercial, nuevas playas, abierta al mar, con una considerable mejora del tejido urbano: calles peatonales, parques y lugares de ocio, museos, rehabilitaciones de edificios y, en general, una excelente red de accesos. G... formaba parte destacada de la positiva transformación y modernización experimentada por las ciudades de provincias en la España del período que comenzó en el año de 1977 con las primeras elecciones democráticas tras la muerte del dictador, ciudades que ahora parecían entrar en el mundo contemporáneo, liberadas de su tradicional ensimismamiento y de su pacata ranciedad.

Ésta era la ciudad a la que Mariana de Marco había llegado como Juez de Primera Instancia e Instrucción a principios del año 1999. Cuando surgió la oportunidad del concurso de traslados, no lo dudó. Su destino anterior se le había hecho pequeño y estaba deseando dar el salto de una villa como aquella de la que provenía a una verdadera ciudad. Desde el primer momento se sintió a gusto en G... porque era una ciudad tranquila, acogedora, del tamaño justo, ideal para caminar por ella. Y además estaba el mar, al que se asomaba abiertamente a lo largo de una extensa y generosa línea de costa. Nunca había estado antes en G..., excepción hecha de aquella noche de pernocta juvenil y otra posterior y fugaz, sin embargo sabía de ella por medio del capitán López, de la Guardia Civil, que había sido un estrecho colaborador suyo en la etapa anterior y cuya hermana residía allí. Y no se arrepentía de haber venido; muy al contrario, estaba convencida de que había sido un golpe de suerte.

A la mañana siguiente, temprano, sentada en la sala de espera del hospital de La Paloma, Mariana de Marco apoyó la cabeza en la pared, cerró los ojos y suspiró. Tuvo que hacer un esfuerzo para convencerse a sí misma de que la situación no se le estaba yendo de las manos. Covadonga Fernández había decidido suicidarse. ¿Por qué? Incomprensible. La mujer abatida que ella había conocido poco antes era una mujer disminuida y deprimida, pero no una suicida. ¿Por qué lo sabía? Porque en ningún momento dejó resquicio alguno a pensar que podría tomar una decisión así, sobre todo estando la niña de por medio. Pero si, por un exceso de celo pesquisidor, se animara a pensar en una mano ajena... no podía pensar en otra persona que la vieja criada, lo que era un disparate. ¿Quién iba a querer envenenar a Covadonga y por qué? ¿Para qué? ¿Y por qué su intuición le movía a desconfiar del suicidio? Ahora bien, una dosis como esa de barbitúricos no se toma sin conocimiento de lo que se está haciendo. Lo cual la devolvía a la tesis del suicidio, que se resistía a aceptar aunque para sostener semejante convicción sólo dispusiera, de momento, de sus impresiones personales. Por más vueltas que le daba no conseguía salir del atolladero: era imposible y había sucedido. Ahora estaba en coma y, desgraciadamente, los médicos se mostraban muy pesimistas y nada convencidos de que pudiera salir adelante, aunque mantenía sus constantes vitales.

Sin saber qué hacer, sin ganas de continuar con una instrucción que se estaba convirtiendo en el relato despiadado de la destrucción de una familia, Mariana se limitaba a estar allí, en la sala de espera, sola. Nadie había venido a interesarse por la mujer. Ni amigos, ni los padres de su marido, ni Ana Piles, de quien Mariana hubiera esperado un gesto. Nadie. Tampoco la hermana monja de Casio, que parecía haberse refugiado en lo más hondo del convento, ni la otra hermana, que seguía en Canarias, aduciendo el peso de su extensa familia isleña.

«El defecto más grande de la vida —pensó Mariana— es su incapacidad de conmoverse, su indiferencia perfecta; es su defecto único y total. Ni siquiera es cruel, o dañina, u ofensiva, no, ni mucho menos amable o risueña. Unas veces parece inclinarse de un lado y otras del otro, pero en realidad su rumbo es recto, ciego y sordo y nada de lo que nos sucede le afecta en su comportamiento. Es al revés, somos nosotros los que al ir embarcados en ella sufrimos alteraciones, emociones, daño y alegría, placer y dolor. La vida es el agua de un río alrededor del cual amamos y sufrimos con nuestra condición mortal a cuestas. Unos lo navegan y otros se establecen en las orillas del río porque el agua es, justamente, la fuente de la vida. El agua pasa y nosotros con ella, pero el agua carece de conciencia, de sentimientos grandes y pequeños, de intención y de final: ésa es su inhumana perfección, su perfecta indiferencia. Y nosotros somos criaturas del azar, como esa pobre niña, Cecilia, una inocente. Es cierto que todo niño tiene que construir su propia historia, tan cierto como que ninguno de ellos es responsable de lo que de malo o de bueno le sucede en ese inicio de su camino por la vida en el que, sin embargo, se está moldeando su figura y su destino. A la vida le importa bien poco la inocencia, pero resulta atroz comprender que es el azar, con la aquiescencia muda y distante de la vida, quien se ceba en la inocencia como el depredador con su víctima, del mismo modo que vemos suceder a menudo esos documentos visuales de la vida animal que muestran a la leona adulta devorando a la cría de antílope. Apenas nacidas, las criaturas inocentes comienzan a percibir el miedo y la pérdida junto con el amor y la dulzura, pero los ingredientes mezclan mal en el desamparo y hay que aprender a elegir y a defenderse tan pronto... ¿Qué vida se dispone a construir la pequeña Cecilia si ya está siendo zarandeada como el cervato por los terribles cazadores que le han dado alcance? El padre muerto, la madre en coma, el abuelo asesino. ¿Cuál es la expectativa de esa niña?».

Mariana se cubrió la cara con las manos, desconsolada y abrumada. Luego respiró hondo y contuvo las lágrimas, que ya estaban asomando. Acto seguido, como si deseara romper con la emoción a flor de piel, se levantó y anduvo por la sala. Luego se dirigió a la habitación donde reposaba Covadonga. La visión de la mujer, sola y entubada, no le ayudó a mejorar su estado anímico. Se detuvo al pie de la cama y la contempló desolada. No sentía pena ni tristeza, sólo desolación. «Habiendo vivido en el silencio —se dijo pensando en Cova—, ahora el silencio se ha apoderado de ella para siempre. ¿Cuál habrá sido la historia de esta mujer? —se preguntó—. ¿Qué clase de infancia tuvo que vivir para acabar siendo la especie de trapo humano en que se había convertido en las manos de Cristóbal Piles?». No se le había ocurrido hasta ahora pensar en ella como niña aun teniendo a la vista el ejemplo de Cecilia. Y en cuanto a ésta, ¿qué cosas habría visto en aquella casa torcida? Si su información era cierta, aunque ahora ya dudaba de todo, la niña adoraba al padre y, sin duda, amaba a su madre aunque fuera tan distinta, quizá porque comprendiera y asumiera su debilidad. Un niño ama a quien le protege, ¿protegería Covadonga a su hija como una madre ha de hacerlo pareciendo incapaz de protegerse a sí misma? Ella estaba segura de que era así. Preguntas, preguntas, preguntas. Demasiadas preguntas, como dijo el inspector Alameda. Mariana se encontraba en la extraña situación de tener un caso prácticamente cerrado entre manos y estar afectada de una profunda sensación de inseguridad. Cada hora que pasaba le parecía que la realidad se volvía más turbia y que había un algo detrás de toda esta historia, un plano inquietante en el que se movía una vaga representación fantasmal semioculta, una representación que pugnaba por colocarse delante de la realidad de los hechos para contar una historia distinta.

Era como la imagen de la casa. En su primera visita, el día en que acudió al atestado, le pareció una casa descuidada, sin más. En la segunda visita, cuando fue a interrogar a Covadonga, la sensación ominosa de casa que se ha torcido y comprimido por el efecto de una atmósfera rancia y sombría la envolvió de manera evidente. En su primera vida fue un hotel de indiano. Después, en plena guerra civil, lo adquirió un oscuro personaje, un alemán salido de no se sabe dónde, que la habitó permanentemente desde el año 45 y a quien se la compró Casio Fernández Valle a mediados de los años sesenta. Al parecer hizo obras en ella porque encontró una extraña decoración que prefirió borrar y, de paso, redistribuyó habitaciones. Esa fue la única vez que se tocó la casa y desde entonces hasta la actualidad fue adquiriendo ese aire de descuido que mostraba ahora y que indicaba que sólo se habían ocupado de ella lo imprescindible para que no se viniera abajo. La verdad es que producía una sensación extraña, pues tanto Cristóbal como Covadonga eran personas con suficientes medios como para permitirse tener la casa perfectamente atendida; por lo tanto, sólo cabía conjeturar que, por alguna razón a primera vista incomprensible, ninguno de los dos le tenía aprecio ni consideraba el confort y la estética como un bien principal.

Y así es como la sensación percibida por Mariana de que en todo este caso había una realidad presente en primer plano y una representación fantasmal y desquiciada que sólo se dejaba ver en forma de sombras indiscernibles en segundo plano, la sensación de extrañeza y opresión que encerraba la casa por dentro y de abandono y decrepitud por fuera (manchas de humedad marcadas por el tiempo, tejado plagado de hierbas, pérdida de color...) creaba en su conjunto esa imagen de torcimiento que tanto le impresionó al visitarla por segunda vez. Lo que, de nuevo, le devolvía a Cecilia. ¿Qué clase de vida de hogar podía hacer esa niña allí? Cecilia había visto demasiado en muy pocos días; había visto de golpe lo que a cualquier adulto quizá le lleve toda una vida recopilar y entender y ella lo estaba interiorizando con seis años de edad. Lo estridente era la dura emoción con la que se manifestaba al exterior que ninguno de los dos, padre y madre, quería vivir en aquella casa; uno se escapaba de ella cuanto podía y la otra la ignoraba desde dentro; y mientras tanto, la casa seguía estando habitada sólo porque en algún lugar había que poner el cuarto de la niña. Todo lo cual era insoportable y, sobre todo, era injusto.

«Pero aquí —pensó Mariana— entraba otra vez la vida, esa vida fría y distante que ni se digna a mirarnos a nosotros los humanos». Ella se había dicho: «Esto es injusto». «¿Qué es injusto? —se preguntó a continuación—. La Justicia es un acuerdo entre los hombres, no una propiedad de la vida. En ese caso, ¿por qué hablamos de que la vida es justa o injusta? ¿Qué tiene ella que ver con un concepto que le es ajeno por completo?». Y, sin embargo, Mariana, pensando en la situación de Cecilia, había dicho: «Esto es injusto». ¿Qué es lo que quería decir, en realidad? Entonces lo vio con claridad: quería decir que era una situación que se debería corregir, que se debería poder corregir. La Justicia era un acuerdo para discernir, pero también para corregir; lo mismo que la educación. Mariana creía en el esfuerzo y en la educación como normas de conducta y como forja de un carácter. No era algo aprendido en clase sino por sí misma, la conclusión que se hallaba detrás de su propia figura y de su propia conciencia. «Los modos de llegar a estas conclusiones son tan inesperados e incluso azarosos —se dijo— que a menudo una se siente tentada de creer en el destino cuando no hay otro destino que nuestra propia voluntad. Sí —continuó luego—. Eso díselo al niño que nace en una aldea africana o en el corazón de la calle en América Latina.

»Y, sin embargo, elegimos. Siempre elegimos. También se elige no elegir. También nos encontramos a veces en la disyuntiva de elegir entre la peste y el cólera. Pero elegimos, aunque —se dijo cansinamente— estos pensamientos me están acercando a la discusión entre Agamenón y su porquero que con tanta retranca —recordó— expuso en su día Antonio Machado».

La corriente de pensamientos se cortó al aparecer en la sala de espera el inspector Alameda. Por el gesto malicioso de su cara, Mariana comprendió de inmediato que algo extraordinario sucedía y se puso en pie.

—Creo que será mejor que se siente —dijo el inspector acompañándose con una explícita indicación del brazo— porque le traigo un titular de primera página.

Mariana no reprimió un gesto de impaciencia.

—No se ponga teatral, inspector, y dígame lo que sea.

—Muy bien, ahí va, yo se lo advertí —se veía a las claras que estaba disfrutando, lo que impacientó aún más a la Juez—. El señor Casio Fernández Valle se declara inocente.

Mariana abrió los ojos de par en par.

—¿Cómo dice usted?

—Lo que oye: que Casio Fernández Valle se declara inocente.

—Pero, pero... —tartamudeó Mariana— eso no es posible. Firmó una declaración explícita punto por punto.

—Se retracta —el inspector hizo una pausa que exasperó a Mariana. ¿Por qué ese modo de decir las cosas? ¿Estaba disfrutando con su desconcierto?

—Escúcheme, inspector —le advirtió—, hábleme con orden y claridad o usted y yo vamos a tener un problema.

—Hecho —se plegó el inspector—. Casio Fernández lo plantea así: fue Covadonga quien mató a su marido. Yo la he encubierto hasta la desgracia que ha sucedido hoy, en que ya no tiene sentido seguir haciéndolo. Punto final.

Mariana, estupefacta, ni siquiera reparó en el aire de reto de la contestación anterior. Ahora sí se sentó, como si la hubieran golpeado, y permaneció muda durante el lapso de un minuto al menos. Todo le daba vueltas. Habría esperado cualquier noticia excepto ésta. Su perplejidad era absoluta.

A primera hora de la tarde Casio Fernández Valle compareció ante la Juez De Marco. En los últimos ocho días su labor de instrucción se había ido dilatando a causa, sobre todo, de las vistas que tenía pendientes, de las diligencias a practicar y, en general, del trabajo acumulado de otros casos. De hecho, ella habría citado a Casio Fernández nada más regresar apresuradamente del hospital, pero la primera vista empezaba a las diez y luego la mañana se dilató al punto de darle apenas tiempo a tomar un bocado antes de enfrentarse al nuevo interrogatorio. El imputado venía directamente de prisión, pero su aspecto era atildado, sereno y hasta un punto gallardo a pesar de la edad y del lugar de donde procedía. Alguien se había estado ocupando de él en estos días y pensó inmediatamente en Vicky.

El imputado tomó asiento a una indicación de la Juez. Estaban presentes el secretario, el letrado y el fiscal.

—Señor Fernández Valle —empezó la Juez—, comparece usted a petición propia en relación con la muerte del señor Cristóbal Piles de la que usted se declaró culpable único, lo que consta en el acta... firmada por usted en fecha... Si entiendo bien, la causa de esta segunda comparecencia es la de establecer una declaración de inocencia respecto del mismo caso. ¿Puede usted explicar la razón por la que ahora se declara inocente de la muerte del señor Cristóbal Piles?

—Señoría —Casio Fernández Valle se pasó la mano por el pelo y después colocó ambas manos en el codo de los brazos del sillón que ocupaba frente a la mesa de la Juez a la vez que se erguía recto contra el respaldo—, comprendo que debe de resultar difícil de entender este giro tan brusco en el caso, pero es la situación la que ha cambiado con la desgraciada... —titubeó— decisión de mi hija Covadonga. Aunque no he podido verla, se me ha comunicado que se encuentra en un coma irreversible y en ese caso me veo obligado, aunque a mi pesar por lo que eso supone para la memoria de mi hija, a declararme inocente de un crimen cuya culpabilidad confieso haber asumido con el exclusivo objeto de protegerla a ella.

—Si no recuerdo mal, señor Fernández —interrumpió la Juez—, ésa fue la misma razón que arguyó para declararse culpable.

—Tiene usted toda la razón —reconoció el imputado—. Declaro solemnemente que mi hija Covadonga Fernández fue la única autora de la muerte de su marido y que yo, como padre, decidí voluntaria y conscientemente encubrirla presentándome ante usted como autor del crimen.

—Es usted también consciente, entiendo, de que esa actuación es una simulación de delito.

—Lo soy, señoría, y asumo mi responsabilidad.

—Muy bien —Mariana consultó con la mirada al fiscal que se la devolvió con una leve negación de cabeza—. Puede usted proceder a relatar los hechos...

La deposición de Casio Fernández Valle fue prolija y contundente. Según sus palabras, se había puesto previamente de acuerdo con su yerno en acudir a visitarle después de la cena y llegó a su casa cerca de la medianoche. Entró en la casa con su propia llave, que conservaba, sabiendo que era esperado. Tenía pendiente un asunto de asesoramiento que le había solicitado la víctima y confiaba en que su hija y su nieta estuvieran ya durmiendo para poder charlar tranquilamente, tal y como su yerno le había pedido esa misma mañana. El cuadro que encontró a su llegada fue bien distinto de lo esperado: no halló a Cristóbal en la sala donde le buscó primero y, en cambio, halló la puerta trasera de la casa abierta y, al avanzar hacia ella, descubrió a su hija en el cobertizo sentada junto al cadáver de su esposo. Estaba toda manchada de sangre y tenía un hacha en su regazo. El cadáver yacía tendido de espaldas, por lo que por un momento llegó a pensar que se trataba de un atracador, pero de inmediato comprobó horrorizado que era su yerno quien yacía en el suelo. Apenas llegó hasta su hija comprobó que se encontraba bajo los efectos de un ataque de histeria y tras intentar calmarla la tomó en brazos y se la llevó adentro de la casa. La dejó junto a la escalera, mientras buscaba dónde dejar la ropa manchada y al regresar por ella descubrió a su nieta abrazada a ella. Allí mismo, junto a la cocina, les quitó el camisón y su propia camisa ensangrentada por el contacto, echó la ropa a un lado y subió con ambas al piso alto. Las depositó juntas en la cama de matrimonio, pues no se atrevía a separarlas, sobre todo por la niña, que parecía muy asustada y sólo se le ocurrió dormirlas (a la niña una gota de Tranxilium pediátrico) y acompañarlas hasta que éste hizo efecto. Después buscó una camisa nueva en el armario del dormitorio y volvió abajo a tratar de ordenar el desarreglo y pensar antes de decidir nada. Entonces fue cuando concibió la idea de asumir él el crimen. Preparó la sala de modo que quedara a la vista que él y su yerno habían estado tomando unas cervezas, limpió como pudo las huellas de sangre que le parecieron delatoras, aunque luego se dio cuenta de que sería inútil. Por suerte había dejado su chaqueta tirada en el salón al advertir lo que había en el cobertizo y pudo abrigarse y salir de nuevo al exterior. Tomó deliberadamente el hacha para imprimir sus huellas en el mango y, en efecto, no se durmió, como había declarado la primera vez, sino que estuvo bebiendo, fumando y cavilando (e incluso haciéndose un sándwich en la cocina) mientras repasaba una y otra vez el plan que había maquinado. Sólo temía que su hija, al despertar, confesara el crimen, aunque había previsto en tal caso advertir a la policía que ella no sabría lo que decía a causa de su estado de shock mientras buscaba el modo de hacerle llegar el mensaje de que se mantuviera callada ocurriera lo que ocurriese, al menos hasta que pudieran hablar, en lo que confiaba. Ése fue el único tormento que le acució estando en la celda, pues salió hacia la comisaría sin poder contactar con ella; pero, afortunadamente, ella no habló. El fiscal interrumpió la declaración en ese momento para preguntarle si al fin consiguió transmitir a su hija el mensaje y por qué medio, a lo que el imputado respondió que no; ni el fiscal ni la Juez le creyeron, pero dejaron el asunto para más adelante. Al fin, a la primera luz del día, telefoneó a la Comisaría con el plan meticulosamente ensayado. El resto ya era conocido por todos los presentes.

Durante la declaración estuvo sereno, habló lentamente y con propiedad, no se contradijo y mantuvo su apostura de viejo *gentleman farmer* sin apenas variarla, lo que no dejó de admirar a la Juez.

—Volvemos a empezar —le dijo al fiscal mientras recogía su cartera y su abrigo.

Sola en casa, Mariana entró en la ducha, se lavó la cabeza, se envolvió en su albornoz, se secó el pelo, preparó un whisky con soda mientras escuchaba en su reproductor de CD la sonata n.º 3 de Chopin en el piano de Nikita Magaloff y llamó a Jaime Yago para salir esa noche advirtiéndole que no aceptaría un no por respuesta. Era viernes y sólo le interesaba entregarse al placer y el olvido hasta el lunes siguiente, en el que habría de enfrentar el ineludible embrollo en que había desembocado el terrible asesinato de Cristóbal Piles. Cuando las últimas novedades aparecieran en la prensa y convirtieran el crimen en un asunto sensacional, ella se convertiría a su vez en la persona más popular de G..., lo cual le hacía muy, pero que muy poca gracia. Quería trabajar tranquila, sin prisas ni agobios precisamente por lo agobiado que era el asunto. En cuanto la prensa empezara a hacer cábalas no se libraría de esa curiosidad pública que habría de señalarla como el punto de referencia de todas las conversaciones, en especial de las que le afectaban directamente, por el trato con amigos, conocidos, vecinos...

Mientras se relajaba tendida en el sofá, sonó el teléfono. Estaba pensando si a Jaime Yago le interesaría alguna música aparte de la de baile, si sería capaz de llevarle a un concierto, si conocería alguno de los museos de la ciudad, en fin, si sería sensible a alguna clase de manifestación cultural, cuando sonó el teléfono y era su amiga Carmen para recriminarle su silencio de dos semanas. Solían llamarse todos los fines de semana, pero, en efecto, el último estaba metida de lleno en el caso Piles y el anterior estuvo dedicada a Jaime Yago porque había sido justo el que pasó íntegramente con él por primera vez, aunque ya se habían encamado previamente. De manera que estuvo un buen rato contándole las peripecias del asesinato hasta que Carmen, que la conocía bien, le preguntó con estudiada intención si no había ocurrido algo más en ese lapso de tiempo y se vio obligada a confesar la verdad (lo que estaba deseando) de su reciente relación con Jaime.

—Mira que me lo sospechaba —dijo.

—¿Por qué? ¿Eres adivina?

—No. Tú eres transparente.

Mariana rió.

—¿Tanto se me notaba?

—Dime, ¿cómo es?

—Es... alto, buen tipo, divertido...

—O sea, un guaperas.

—Sí, pero muy interesante.

—Ya. No me digas. Te has vuelto a liar con uno de esos que te gustan a ti. Un cachas.

—No, perdona. Es otra cosa. Es un tipo elegante, de buen aspecto.

—Quieres decir que no es un macarra...

—¡Y dale con los macarras!

—... ni un gamba de playa. Bueno, algo es algo. ¿Edad?

—Vaya... como yo.

—O sea que te lleva tres o cuatro años por lo menos. ¿Pelo?

—¿Cómo pelo? Pelo bien.

—¿Peinado para atrás? ¿Ensortijado en el cogote?

—Largo, pero poco; muy bien cortado siempre.

—Ay, madre. ¿Camisa desabrochada y cadena de oro al cuello?

—No, ahí has pinchado. Una cadena de piel trenzada en la muñeca.

—Joder, Mariana. Es que no escarmientas.

Mariana se echó a reír.

—Carmen, cómo te quiero; menos mal que me has llamado. Que conste que te iba a llamar yo. Te echaba de menos.

—Bueno, menos coba. ¿Por qué será que te gusta siempre cierto tipo de hombres?

—No lo sé. ¿Qué clase de hombres?

—Pues eso: guapos y machistas, simpáticos y egocéntricos, de esos que están sólo a ver por dónde la meten.

—Oye, no seas ordinaria.

—¡Huy, ordinaria! ¡Ordinaria como la vida misma! Pero tú debes de tener por ahí escondido un trauma importante.

—¿Y qué si me gustan?

—Pues que tiene mucho peligro esa clase de gente. Sobre todo para ti.

—Perdona, pero yo me sé defender muy bien si llega el caso.

—Estás desorientada.

—No estoy desorientada, estoy sola —la voz de Mariana se crispó—. Sola. Tengo cuarenta y cuatro años y las cosas no son fáciles. No sé qué voy a hacer conmigo —siguió un silencio.

—Oye que yo...

—Yo, Carmen, lo que empiezo a creer es que tengo vocación de tirada.

—No digas tonterías; si tú ya la corriste. ¿Cómo vas a caer en eso?

—Sí, pero me gustó.

—¡Anda ya!

—Que sí; lo que pasa es que cuando te hastías no hay quien lo soporte, pero al cabo del tiempo...

—Vuelven los fantasmas.

—Vuelven las ganas, que es peor, y no te parece tan mal aquello. O te parece mal, pero de otra manera.

—Bueno, no es que eso sea tan grave; al fin y al cabo, ¿a quién le amarga un dulce? Lo que yo digo es que podías variar de sujeto, ¿no? Lo que me preocupa es esa fijación.

—¿Por los chicos malos, como tú los llamas?

—¿Y ese primo tuyo no te puede presentar gente?

—Sí, así conocí a Jaime.

—¡Toma! La primera en la frente. Y el primo ¿qué tal está?

—Oye, sí, qué pegajoso.

—Pues ten cuidado, que son los peores.

—Dímelo a mí, que me acosté con él.

—¿Cómo?

—Un día. Un día. Sólo un día. Por pesado. Salió fatal.

—¡Madre mía!

—Para el carro, Carmen, que no eres mi confesor.

—Por Dios, Mariana, me estás asustando.

—Ya, no me lo digas a mí. Pero ¿qué quieres que haga? ¿Que me meta a monja?

—Yo sólo te digo que pienses en tu posición, porque de cara a la gente, y en una ciudad donde todo el mundo se conoce, todo se acaba sabiendo; de cara a los demás, el conquistador es él y tú la conquistada. Él va detrás de todas y tú no, tú buscas otra cosa; pero esa diferencia no la van a considerar y a ti te van a mirar de manera muy distinta que a él porque eres mujer y Juez.

—Vale, pues de perdidos al río —dijo Mariana con firmeza.

—¿Sabes lo que te digo? —explotó Carmen—. Que el próximo fin de semana dejo aquí a Teodoro y me planto en G...

Cuando colgó el teléfono, Mariana se sintió invadida por un fuerte malestar. Por un momento estuvo a punto de anular su cita y quedarse en casa con el whisky y la música, a su viejo estilo, pero al cabo de unos minutos recapacitó, se puso en pie y se dirigió a su cuarto a vestirse para la noche.

El fin de semana de Mariana navegó, en lo personal, entre la euforia y el desaliento. El domingo por la mañana salió de casa de Jaime Yago a primera hora dejándolo dormido, paseó por la ciudad semidesierta, compró el periódico, el pan y un postre de hojaldre y se metió en su casa a ducharse y holgazanear. En el desayuno (un largo y tranquilo desayuno de domingo: zumo, té con leche, pan tostado con aceite y una pieza de fruta) solía dedicarse a leer los periódicos con la calma de la que no disponía el resto de la semana. Siempre comenzaba con la columna de Manuel Vicent, porque le gustaba empezar el día en alto y le llenaba el domingo de imágenes en las que la realidad cristalizaba en una especie de clarividencia entre lírica, cívica y panteísta. Sin embargo, a media mañana se le empezó a encoger el ánimo. Echaba de menos a Carmen porque había sido no sólo su confidente y su amiga leal de los últimos años sino el contrapeso de sí misma, con su impetuosa sinceridad. Echaba de menos esa sinceridad y la confianza con que se expresaba con ella; y al echarla de menos, hurgaba en una carencia que le resultaba dolorosa: el rotundo vacío personal en su relación con Jaime. No se entendía con él por razones intelectuales, evidentemente, pero sí que esperaba más del afecto que debe acompañar a toda relación: una receptividad complementaria del placer físico; y no la hallaba; es más, sabía bien que no la encontraría nunca en él. No era un presentimiento sino una convicción. Es verdad que no se puede tener todo en la vida, aunque sí que se puede aspirar siempre a más. Sin embargo, en este caso era cuestión de lucidez darse cuenta de que los límites estaban marcados. Quizá tuviera que ver con esta sensación de domingo el brusquísimo giro que diera el caso Piles, que la había dejado a la intemperie, aquejada de una desazón que ya desde tiempo atrás no recordaba, una especie de inseguridad desalentada, una vaga zozobra que la devolviera a los momentos más frágiles de su existencia, aquellos que afectaron no sólo a su estructura personal sino también a su confianza profesional; los años del divorcio y la pérdida del bufete, la indecisión laboral, la vorágine de los días mezclados con sus noches...

Almorzó sola, sin ganas, y luego salió a correr. Era un día gris que tenía la lluvia en la punta de los dedos y la gente se refugiaba en las cafeterías o caminaba apresurada por la calle, pero, siempre fieles, unos cuantos corredores y paseantes, perros incluidos, se distribuían a pesar de todo por la playa del paseo. Mariana corrió con ganas de echar afuera su pesadumbre y poco a poco fue recuperando el ánimo, a medida que oxigenaba los pulmones. Era un día templado y lamentó no llevar bajo la ropa su bañador para echarse a nadar porque, al cabo de los años pasados ante el Cantábrico, había perdido el miedo a bañarse en el mar cualquiera que fuese la temperatura del agua. Al llegar al roquedal que daba término a la playa por el extremo este, se detuvo y volvió en sentido contrario, esta vez caminando. Pensó en la pequeña Cecilia. Ana Piles estaría ocupada con ella desde el viernes. Al menos la niña estaba con alguien más que con la vieja criada, que no parecía de natural afectuoso ni persona de recursos. Pero a partir del lunes, ¿qué pasaría con ella? Seguramente la reclamaría su abuelo si lo dejaban en libertad, tendría que hablar con el fiscal sobre este último punto. Lo más llamativo era la actitud de los abuelos Piles. ¡Resultaba tan extraño que no se hubieran volcado con ella!... De no ser por Ana, y tampoco ésta iba a dedicarle el fin de semana completo, la niña se habría quedado sola en la casa, esa casa que cada día se le antojaba más y más siniestra a Mariana en su imaginación. De pronto sintió un escalofrío y se percató de que estaba detenida y hablando interiormente consigo misma, casi en la orilla. Miró al mar y respiró hondo hasta tres veces; luego brincó hacia delante, como si acabara de tomar una decisión, y empezó a correr de nuevo.

El lunes a primera hora, nada más llegar a su despacho, la Juez De Marco pidió al secretario que citase con carácter de urgencia a la amante de Casio, Vicky. Antes de salir de su casa ya había telefoneado al inspector Alameda y éste la estaba esperando cuando llegó, apoyado en el quicio de la puerta, con su gorra y su abrigo. Cuando la vio avanzar taconeando apresuradamente por el pasillo, pensó: «Hay que ver lo buena que está esta mujer»; y de inmediato, mientras alzaba inconscientemente los hombros: «Para qué querrá tacones con lo alta que es ya de por sí». Luego se apartó quitándose la gorra para dejarla pasar y entró tras ella, no sin remolonear para apreciarla también por detrás. El secretario, que había acudido presto a la llamada de la Juez, salió a toda prisa del despacho con la citación en la mano.

—Inspector —empezó a decir la Juez en cuanto hubo extendido sus útiles de trabajo sobre la mesa—, ¿ha leído usted la declaración de Casio Fernández Valle?

—Sí, señora; la he leído.

—¿Qué opina usted?

—Lo primero que tengo que recordarle es el asunto de las huellas —al ver la Juez la actitud del inspector echándose mano al bolsillo del abrigo, del que no se desprendía ni a sol ni a sombra, ni a cubierto ni a la intemperie, abrió el cajón de la mesa, extrajo el cenicero y lo colocó firmemente ante los ojos del otro, sobre la mesa; el inspector percibió en ese golpe de firmeza una mezcla de represión y comprensión que le hizo sonreír con afabilidad—. La verdad es que desde el principio me llamó la atención que las huellas del señor Fernández en el mango de la hacheta aparecieran sobreimpresas a las de su hija. Eso me hizo preguntarme si no sería la hija quien primero manejó el arma homicida. Pero ahora que él ha cambiado su versión y como yo soy desconfiado por naturaleza, no dejo de preguntarme por qué limpiaron antes el arma. ¿La limpió la hija antes de asestar el golpe mortal a su marido? Vale: ¿qué pretendía con ello? Quizá usted tenga una respuesta porque, lo que es a mí, no se me ocurre ninguna. Segundo punto —anunció después de tomarse unos segundos de respiro—, ¿quiere eso decir que, una vez descubierto el crimen por él y acostadas las dos mujeres, se dedicó a preparar el escenario, empezando por dejar sus huellas en el mango? ¿O acaso olvidó que, al retirar la hacheta de la mano de su hija, quedaron sus huellas también impresas? Puede ser, en medio de todo ese lío; pero también es cierto que se tomó su tiempo, exactamente hasta el amanecer, y dispuso de un amplio margen para repasar todos los detalles. Tercero: ¿cuándo llegó él a la casa exactamente? Ahora sabemos que de conversación en la sala tomando unas cervezas, nada de nada; pero ¿cuándo llegó? ¿No es mucha casualidad que aparezca así por las buenas justo cuando se acaba de cometer el crimen?

—Lo había citado su yerno —arguyó de primeras la Juez afrontando, abrumada por la inesperada verborrea del otro, la última pregunta—. Lo que no sabemos es por qué lo citó en realidad, pero tenía que ser un asunto serio, serio y privado, porque la cita era a solas, con las otras dos ocupantes de la casa ya en la cama. Todo lo que sabemos es que quedaron para hablar de algo que desconocemos porque Casio Fernández ha evitado mencionarlo. Lo cual me reafirma en la idea de que antes de tomar cualquier medida hay que volver a hablar con él.

—Ya, y entonces la hija elige justo esa hora para liquidar a su marido —comentó el inspector con cierto retintín, yendo a lo suyo.

—Oiga, inspector, por ahí no vamos a ninguna parte. Ese tipo de lucubraciones pueden extenderse hasta el infinito, todo es cuestión de proponérselo, pero nos ayudan más bien poco, así que atengámonos a los hechos.

—Pues dicho lo dicho —continuó el inspector—, mi conclusión es que puede usted soltar al detenido si le parece bien. La casa ha sido revisada centímetro a centímetro y no nos va a decir nada más. La hija está en coma y tampoco. ¿Qué puede modificar él saliendo de la cárcel? Nada. Déjelo libre.

La Juez había decretado inicialmente prisión provisional sin fianza, además de secreto de sumario.

—Puedo dejarlo en libertad provisional con fianza, si el fiscal no se opone. Yo tampoco veo ahora razón para mantenerlo en prisión y, desde luego, no parece probable que se fugue. Pero antes quiero que pase usted de nuevo por la casa y revise minuciosamente las pertenencias personales de Covadonga. Cartas, notas, un diario si tuviera... cualquier cosa de ese tipo.

—Hecho. ¿Ordenador? —propuso el inspector impaciente—. Al parecer usaba mucho el ordenador de su casa porque el padre le había enseñado a manejarlo. Ella actuó de secretaria suya desde joven y cuando aparecieron los ordenadores, él, que debía de estar al loro en todo y que lo usaba personalmente, le puso al día para mejorar su rendimiento. En fin —suspiró—, ¿ropa también?

—Todo —ordenó la Juez—. Confisque todo lo que crea necesario, aunque parezca irrelevante, antes de que Casio entre en la casa. No está de más tomar toda clase de precauciones —confiaba enteramente en su habilidad para husmear hasta en el más escondido rincón de cualquier escenario—. Y en cuanto al ordenador, me parece buena idea. Puede usted llevárselo a dependencias policiales y que un técnico le saque las tripas porque quizá encuentre algo de interés en él. Por cierto, no se olvide de buscar el origen de los diversos medicamentos que se encontraron en el cuarto de baño de Covadonga Fernández. Es urgente saber lo que pudo haberla matado para despejar todas las dudas, aunque me temo que se trata de un caso claro de suicidio, sí —concluyó con pesar.

—A sus órdenes —el inspector apagó el cigarrillo, cogió su gorra y se deslizó hacia la puerta como un verdadero roedor en pos de su queso. Ella se quedó mirando con reparo la colilla aplastada y humeante.

El nombre completo de Vicky era el de María Victoria Laparte, cincuenta y dos años, nacida en un pueblo de la comarca de El Bierzo. Tal y como suponía Mariana, tenía a sus espaldas una vida un tanto agitada aunque en G... se ocupaba de atender una tienda de modas que provenía de un protector ya fallecido gracias al cual podía llevar ahora una vida corriente y alejada de los tropiezos y sobresaltos de su pasado. Su relación con Casio Fernández, que ella se resistía a concretar, era sin duda una relación abierta en la cual la parte dependiente, o al menos amoldable, era ella y Casio la parte autosuficiente. La imagen que ofrecía Vicky ahora era la de una persona de vida ordenada, casi rutinaria, una amante segura y tranquila para un Casio que, pese a su buena estampa, debía de estar ya de retirada aunque no aparentase los años que llevaba encima. Pero ella no lograba disimular el recelo que le provocaba la Juez; estaba un tanto tensa y escondía algo que Mariana podía detectar, mas no reconocer.

Vicky no había tenido inconveniente en explicar en términos generales su relación con Casio en el interrogatorio anterior, lo que facilitaba las cosas. Lo primero que Mariana hizo fue volver sobre la noche del crimen y la cita de Casio con su yerno.

—¿Insiste usted en que esa noche no estaba citada con el señor Fernández?

La mujer asintió con la cabeza.

—Eso es algo —empezó a decir Mariana descuidadamente— que me llama la atención, que sin cita previa usted pasara a recogerle y que, al comprobar que no estaba en su casa o que no quería abrirle la puerta se quedase rondando por allí... ¿Cuánto tiempo me dijo que estuvo?

—No me acuerdo. Creo que le dije que estuve esperando y cuando vi que no aparecía ni había luz en su casa, me fui a la cama.

—Sí, es verdad. Bastante enfadada, me dijo usted. Pero ¿puede calcular el tiempo? ¿Y la hora a la que regresó a su casa?

—No sé, puede que media hora más o menos.

—¿A qué hora llegó?

—Suelo ir a buscarle a eso de las ocho y media o las nueve.

—¿Y esa noche? —insistió Mariana.

—Ponga usted las nueve.

—En vista de lo cual —prosiguió la Juez—, usted se da la vuelta a las nueve y media y llega a su casa... ¿a las diez?

—Sí, eso es. Comí algo y me metí en la cama.

—¿Le sucede a menudo?

—¿El qué? ¿Lo de acercarme sin cita o lo de no estar en su casa?

—Las dos cosas. Usted tiene teléfono móvil.

—Sí, pero no me contestaba. Me acerqué porque me apetecía, después de cerrar la tienda fui a tomar un café a una cafetería que hay al lado y, ya estando allí, me apeteció ir a verle. Lo de no estar en casa... en fin, a veces sucede, sí.

—Es raro, ¿verdad? —la Juez la miró con fijeza.

—¿El qué? —la mujer pareció retroceder en la silla; fue un ademán mínimo, pero a Mariana no le pasó desapercibido.

—Parece como si la relación entre ustedes dependiera de la suerte, de la oportunidad de encontrarse, ¿no?

Vicky se revolvió en la silla.

—No. Normalmente quedamos.

—Ah. Eso es lo que me llama la atención. Que esa noche en la que, según el señor Fernández, tenía una cita con su yerno, a usted se le ocurra ir al azar a buscarlo. Ustedes se ven muy a menudo e imagino que debe de estar bastante al tanto de sus pasos, aunque él sea muy independiente.

—Él no me dice todo lo que hace.

—Ya, pero esa noche era jueves, el fin de semana estaba a la vista... es normal que se citasen. Hoy en día los jueves ya son día de salida con mucha frecuencia. Verá usted, me gustaría que fuese sincera conmigo porque yo creo que él le advirtió de que esa noche no contaba con usted e incluso creo que usted estuvo rondando su casa mucho más tiempo del que confiesa haber estado porque... ¿porque le intrigaba la cita de él, quizá?

La mujer apretó primero los dientes y luego, ante la mirada inquisitiva, pero cordial de Mariana, se ablandó.

—Sí, es verdad, me dijo que esa noche no podíamos salir.

—No le dijo por qué y eso le picó, ¿verdad? El señor Fernández era independiente, sí, no misterioso.

—Me extrañó, es verdad —lo dijo a media voz, como rehuyendo a Mariana.

—Y entonces decidió acercarse a la casa de su yerno recorriendo todo el paseo de punta a cabo —concluyó Mariana con gesto terminante.

Vicky se agarró a ambos brazos de la silla ahogando un grito de sorpresa.

—¿Cómo lo sabe?

—Porque era evidente. ¿Le encontró usted?

Apenas repuesta del sobresalto, Vicky se tomó unos segundos para contestar.

—Sí... No... Me encontró él a mí. Yo estaba adelantada, o sea, no estaba delante de la casa sino en el cruce de la calle y me vio de lejos y no me pude esconder. Yo...

—¿Qué hora sería? ¿Las diez? ¿Las once?

—Lo que tardé en llegar. No miré la hora. Las diez y media, puede. O las once.

—¿Qué ocurrió después?

—Se puso furioso. Me hizo dar la vuelta y caminamos un buen rato hasta encontrar un taxi y me mandó a casa. Yo sólo quería que me explicase y a pesar de todo me dijo que estaba citado con su yerno, que era un asunto de familia y que yo no pintaba nada allí. Creí que me iba a pegar.

—¿Lo ha hecho alguna vez?

—No. Nunca —se encogió ante la mirada de Mariana—. O sea, quiero decir, con la intención de atacarme —la mujer se atribuló aún más—. Ya sabe usted, con maldad.

—No, no sé —cortó enérgica Mariana—. Explíquemelo.

—Es que... —la mujer estaba verdaderamente turbada—. Ya sabe, en las relaciones, o sea, en la cama, a veces... Pero consentido, ¿sabe?, por gusto...

—Déjelo —cortó Mariana—. Su relación con él no es de mi incumbencia. En esas cuestiones cada uno tiene sus propios intereses y yo ahí no juzgo. Sigamos, pues. Él la mete en el taxi y se vuelve a casa de su yerno.

—Supongo que sí. Yo estaba tan avergonzada que ni miré atrás.

—Bien. ¿Qué hora sería? ¿Las once y media?

—Sí. Puede. Eso sería.

Mariana se quedó en silencio, meditando. En el rostro de Vicky aún se pintaba la sorpresa por el modo en que le había sacado la información. El silencio le vino bien para calmarse y reacomodarse en la silla.

—Tendría que haberme dicho todo esto la primera vez que hablamos usted y yo.

—Tenía miedo. No sabía nada de él. No sabía si iba a perjudicarle.

—Y a la mañana siguiente, cuando se enteró del crimen, no se debió quedar sólo preocupada como me dijo entonces, sino mucho peor, ¿no es así? Pensó que él lo había matado esa misma noche, ¿verdad?

—Estaba muy asustada.

Mariana se quedó contemplando a Vicky y volvió a sentir una vaga simpatía hacia ella. No creía que estuviese implicada en el asesinato aunque era consciente de que en su interés por hacerla hablar había forzado mucho sus respuestas y, en cierto modo, las había dirigido a un fin concreto que estaba en su mente desde antes. Pensó también en los gustos eróticos de Casio y ella. Sin duda, en lo que ella había dicho a medias, el activo era él y la pasiva era ella, pero el gusto bien podía ser compartido. Quizá, debido a su edad, Casio buscaba otros alicientes compensatorios. En todo caso, era muy cierto que en ese terreno primaba la intimidad, pero no dejó de sentir un punto de curiosidad por los escarceos de la pareja. Y aparte de eso, las piezas empezaban a encajar mucho mejor. ¿Por qué diablos no se dio cuenta del estado en que se encontraba Covadonga? En ningún momento —se reconoció francamente—, en ningún momento llegó a pensar que ella pudiera haber matado a su marido; y tampoco que fuera a cometer suicidio, aunque esto último quizá entrase dentro de lo posible en un cuadro depresivo de alta intensidad, si es que había llegado a ello. Pero no; ella amaba a su niña, nunca la dejaría sola.

—Una última pregunta: ¿por qué se puso usted sarcástica cuando le pregunté si Covadonga era sumisa con su marido?

—¿Yo? ¿Yo hice eso? —se quedó pensando aunque Mariana sospechó que sólo trataba de ganar tiempo—. Lo que quería decir es que le gustaba, ¿sabe?, que no era para tenerle pena. Bueno —reculó al ver el gesto adusto de Mariana—, eso es lo que me parece a mí; de fijo, no sé nada, ya me entiende usted.

¿Qué sería lo que cambió dentro de Covadonga para pasar de ser una mujer sometida y sin la menor autoestima a convertirse en una asesina despiadada? Porque el crimen era particularmente brutal y sangriento, propio de una persona decidida y sin escrúpulos. La tendencia natural a aceptar lo que una tiene ante los ojos es un condicionante permanente en toda investigación. Deberíamos estar advertidos, vacunados contra esta clase de reacciones inmediatas, pero la fuerza de lo que aparece ante los ojos es tan poderosa que muchas veces deslumbra y no deja ver la realidad. Ahora se hacía necesario volver a reconstruir la historia de Covadonga Fernández para saber cómo llegó a matar y a matarse. Lo cierto es que no tenían otra prueba acusatoria que la segunda declaración del padre. El suicidio sugería autoinculpación, pero era sólo una sugerencia que también podía interpretarse de otras maneras.

Un crimen brutal, por otra parte, también podría deberse a un estado de enajenación o de desesperación, lo que admitía la brutalidad, pero no la frialdad ni el crimen despiadado. Mariana cerró los ojos para concentrarse y pensar más desahogadamente. La vida de Cova no tuvo que ser nada fácil: huérfana de madre a los diez años, permaneció junto al padre hasta su boda; Casio Fernández Valle, un hombre atractivo, joven y muy viajero por razón de su trabajo, no era precisamente el modelo de padre atento y dedicado; sin duda debió de querer mucho a la niña, pero de ella se ocupó el servicio, especialmente Angelina, que la siguió a su nuevo hogar de casada aunque esta vez sólo como asistenta por horas. Lo que afectara al espíritu de Cova quizá se lo pudiera explicar la vieja criada, no el padre. En todo caso, la evidencia era el estado de infelicidad, el miedo a vivir, la necesidad de sometimiento de Cova. La niña callada y tímida se lo guardó dentro, aprendió a sobrevivir sin llamar la atención y, para colmo de desastres, acabó cayendo en manos de un maltratador. Era cierto que nunca recibió daños corporales, castigo físico. La opinión de los médicos que la habían recogido tras el desgraciado asunto del suicidio no dejaba lugar a dudas, lo que coincidía con la información de que el maltrato fue de otro orden; fue psicológico: más refinado y más destructor que el físico. Quizá Jaime Yago pudiera aportar algún dato significativo sobre su amigo Cristóbal; de hecho ya le había preguntado sin llegar a obtener información de importancia porque se evadió del interrogatorio respondiendo con estudiada vaguedad y haciendo tan sólo consideraciones generales, pero si él no tenía por qué saber nada del asunto en concreto, bien podría darle pistas acerca del carácter y el comportamiento de Cristóbal, todo era cuestión de insistir con un poco de destreza.

En verdad, la reconcentrada e irresoluta Cova era la víctima perfecta para un maltratador. Lo curioso es que su padre no se percatara de esta posibilidad. Casio parecía hombre inteligente y cultivado; no un intelectual, desde luego, pero sí una persona dotada de buena cabeza. Debió de haber previsto lo que podía ocurrir o realmente estaba en la luna, muy lejos de tener influencia sobre su hija. La entregó en matrimonio sin pensar en más. ¿Quién se decidió a dar el paso, ella o Cristóbal? Sin duda Cristóbal. ¿Qué parte tuvo en esa decisión Cova? O bien ella tomó, aunque fuera por una breve temporada, las riendas de su vida o bien fue Casio el que entregó su mano y ella se limitó a aceptar. En este último caso, ¿pretendía quitársela de encima, librarse de una paternidad que ya consideraba clausurada? Era evidente que Casio se consideraba un hombre libre, no sujeto a ataduras de ninguna clase y que vivía así con todas sus consecuencias. Lo que vino después pertenecía a la más estricta observancia del matrimonio tradicional: una hija, la pequeña Cecilia; era tan cumplido el hecho que casi cabía pensar si no se casarían de penalti, como se dice en español de calle. La verdad es que podría ser una explicación: Cristóbal sale con la chica, la embaraza y las convenciones obligan a la boda. Esta actitud ya no circulaba como moneda corriente, al menos en las grandes ciudades, pero G... no lo era tanto como para proteger a sus habitantes con el anonimato. En fin, siempre podía echar cuentas a ver qué salía.

Mariana empezó a considerar la posibilidad de reinterrogar a los miembros de la familia Piles. El padre parecía receptivo; con la hija, Ana, se entendía mejor por la cosa de la edad. El hueso era Ana María, la madre, esa gallina feroz dispuesta a proteger a su hijo incluso del gallo del corral y no digamos ya de intrusas como Mariana. Las insinuaciones de Joaquín acerca de la mala crianza del hijo y la dureza excesiva con la hija le daban pie a pensar que, efectivamente, tuvo que ser la madre la principal responsable de la malicia del hijo, esa malicia egoísta e insolidaria propia del consentido. El padre mantenía el tipo a duras penas y la hija los detestaba a ambos aunque por distintas razones, pues era perceptible una suerte de compasión por su progenitor, al que mudamente reprochaba su blandura y su indefensión. «Debe de ser muy duro —pensó Mariana— ver cómo te echan de casa», porque eso fue el internamiento de Ana; la alejaron con la excusa de que era una niña indomable y la realidad, que ella debió de percibir con esa fuerza de convicción que sólo un adolescente sabe sufrir, es que la abandonaron en manos de terceros, unos terceros seguramente tanto o más faltos de compasión y de comprensión que los padres, para poder dedicarse al niño, a Cristóbal, al tesoro de la casa. Mariana también hubiera odiado a su padre en ese momento si le hubieran hecho algo así aunque, en su caso, el martillo fue el padre por su dura y rígida mentalidad de español castizo; en cambio, la madre hizo con ella de parachoques y solía recogerla por detrás del conflicto para restañar las heridas, siempre morales, nunca físicas; su padre jamás se hubiera permitido ponerle la mano encima.

De repente Mariana sacudió la cabeza al percatarse de que se encontraba en su despacho y ante su mesa y con muchos asuntos que despachar de cara a las vistas que había señalado para el día siguiente. Se preguntó si el caso Piles le estaría absorbiendo en exceso; al fin y al cabo, por más que no fuera corriente un caso de asesinato tampoco se trataba de perder la cabeza por él. Pero sí, le intrigaba, le interesaba enormemente, quería hacer una instrucción perfecta. ¿No quería ella acabar algún día como titular de un Juzgado de lo penal? Este caso no lo iba a juzgar ella, por supuesto, pero en cierto modo era una concurrencia de lo más atrayente con un delito penal, una ocasión estupenda no tanto para lucirse hacia fuera, que también, sino, sobre todo, para lucirse ante sí misma.

Antes de ponerse a resolver su trabajo pendiente tomó la decisión de volver a interrogar por separado a los tres miembros de la familia Piles. Si los citaba a un interrogatorio formal conseguiría intimidarlos; quizá su primer error fue llevar a cabo los primeros interrogatorios de manera informal; los citó en su despacho, sí, pero sin la formalidad conveniente. Ahora, el radical cambio de rumbo de la investigación exigía cambiar de procedimiento. El error —reconoció con fastidio— provino de la declaración inicial de Casio Fernández. Era una confesión tan clara, tan sin fisuras, que se confió. Pensó que sólo quedaban pequeños flecos por coser. Lo que más le molestaba era, además del tiempo perdido, su propia pasividad, la pachorra con que se había tomado el asunto. Como era una perfeccionista se sentía doblemente pesarosa, casi humillada. ¿Qué iba a pensar de ella el inspector, con ese permanente punto de guasa pintado en su inquieto rostro de roedor? ¿Qué diría el fiscal, quien le manifestó su confianza e incluso dejó a su arbitrio la decisión de prolongar la instrucción para cerrarla (y ahora se avergonzaba de haberlo dicho así) sin dejar un cabo suelto? «¡Valiente pretenciosa!», pensaría el fiscal ahora.

Era intolerable, intolerable, intolerable y en este momento se odiaba por su presunción.

«Está visto que una nunca aprende; por más patas que meta, nunca aprende», se reprochó airadamente. Sentía un placer malsano en recriminarse de esa manera porque, en realidad, se estaba desahogando. Todavía mantuvo esta actitud durante unos minutos, puesta en pie y paseando agitada por la habitación; luego se paró en medio del despacho.

—Muy bien —dijo en voz alta, hablándose con energía y decisión—. Ya has echado a los demonios fuera. Ahora toca ponerse a trabajar.

Llamó al secretario para dictar las órdenes de comparecencia de los Piles. Pidió que advirtieran a Angelina, la criada, de que esa misma tarde se pasaría por la casa para hablar con ella y con la niña. Habló con el fiscal sobre la conveniencia de dejar en libertad con cargos por encubrimiento y simulación de delito a Casio Fernández Valle y finalmente se comunicó con el inspector Alameda para transmitirle el acuerdo de registro e incautación de pruebas de las propiedades personales de Covadonga Fernández que considerase necesarias para la investigación. Y hecho todo esto, se sentó por fin a la mesa para ocuparse del resto de asuntos que tenía entre manos.

La primera noticia de importancia vino por vía del inspector Alameda. Había dado con la farmacia donde Covadonga compraba habitualmente sus medicamentos.

—No me felicite porque no ha sido cosa mía. La farmacéutica se puso en contacto con nosotros. El asunto es el siguiente: Covadonga, que, como sabe, se automedicaba, acudía siempre a la farmacia que está al final del paseo. Lo que le ha dejado en coma es una mezcla de Stilnox, que es un barbitúrico de nuevo cuño que ella tomaba, y uno un poco más complicado, el Halción 0.5; este medicamento, una benzodiacepina, se vende bajo prescripción médica, pero a veces, como ella es clienta, si necesitaba algo con prisas se lo daban con la promesa de que trajera la receta al día siguiente, cosa que siempre cumplió. Esta vez la farmacéutica se quedó un poco mosca, y con razón. Para que usted se haga una idea, bastan tres pastillas de cada para mandarte al otro mundo; pero, como era clienta habitual y siempre bajo receta, tampoco se alarmó. Luego, hoy, al enterarse de la noticia se le cayó el alma a los pies y, por fortuna, decidió llamar a la Comisaría para poder comunicar el retraso. Estaba muy preocupada, naturalmente, por dispensar el medicamento sin receta, pero, en fin, le he prometido hacer la vista gorda. O sea: que se suicidó sin lugar a dudas. Ahí tiene usted la intención.

A la hora del almuerzo, su primo Juanín se presentó de improviso en el Juzgado. Traía consigo la intención de invitar a comer a Mariana y, ante su sorpresa, ésta aceptó aunque exigiendo, condición sine qua non, la absoluta prohibición de hablar de sexo y todo lo relativo a ello. Juanín, que a pesar de los pesares aún abrigaba esperanzas de repetir el único y no especialmente brillante encuentro que tuvieron un mes atrás, aceptó con entera resignación, convencido finalmente de que la insistencia no volvería a ser su aliada. Además, ella le obligó a invitarla en alguna de las sidrerías dedicadas al buen marisco.

Se acercaron dando un paseo. La barra estaba muy animada, pero prefirieron pasar de largo y entrar directamente al comedor, que aparecía muy tranquilo con sólo un par de mesas ocupadas. Eligieron una que quedaba a la izquierda, más recogida, y Mariana tomó asiento de cara a la puerta. Mientras leía la carta observó a un grupo de cuatro en una mesa de esquina que quedaba en diagonal con la suya. En seguida captó una mirada. Luego se empeñó en la lectura de los platos del menú y tras un examen atento se decidió por los oricios gratinados y el mero. Uno de los hombres de la otra mesa, que gesticulaba vivamente al hablar y lucía un bigote muy poblado, empezó a cambiar alguna mirada con ella; tenía una expresión franca y una mirada penetrante y un punto burlona. Juanín se percató en seguida del tonteo y se dio la vuelta, de una manera que él consideraba discreta y que no pasó inadvertida a nadie, para mirar atrás. Mariana sonrió y reclamó su atención. Éste hizo un gesto feo.

—¿Qué pasa? Me estaba timando con ese tío, sí. ¿Es que no puedo? —dijo del mejor humor.

—¿Quién, el del bigote? —preguntó; y añadió, volviéndose a ella—: ¿Sabes quién es?

—No. ¿Le conoces?

—Se llama Juan Cueto Alas. Es muy conocido aquí. Es escritor.

—No me digas —comentó divertida Mariana.

Tenía previsto sonsacar a su primo acerca de Casio y de Cristóbal y con esa intención había aceptado el almuerzo. Necesitaba saber más de ambos y aunque dudaba de la perspicacia de Juanín confiaba en eso que se llama el conocimiento paisano.

—Los dos eran gente sana —dijo—. Gente normal, cada uno en su estilo. Casio era como más serio, quizá por la edad y por ese porte de hombre importante. Cristóbal era más juerguista, más dicharachero y se entendía bien con todo el mundo.

—¿Casio no?

—Casio era más... más señor, ¿me entiendes? No se permitía confianzas, pero era hombre de buen trato. Cristóbal era mucho más abierto, más expansivo. Bromista.

—¿Y su mujer?

—Bueno, la tenía ahí; no se le veía mucho con ella. Así entre nosotros, es que era bastante sosa. Ya te dije que eran como el blanco y el negro. Un contraste.

—Tengo entendido que no la trataba nada bien.

—Yo más bien creo que no la trataba ni poco ni mucho. La verdad es que eran una pareja bien extraña. Él le ponía los cuernos, si es lo que quieres saber.

—Lo que quiero saber es si la maltrataba.

—¿Cristóbal? Pero ¿qué dices? O sea, si consideras maltrato el tenerla ahí arrumbada, entonces sí. Pero a ella no le debía de importar mucho, se quedaba en su casa y hacía su vida.

—No tenía amigas.

—No. Si ya te digo que era rara. No me extraña que Cristóbal no la hiciera ni caso. Oye, ¿tú entiendes por qué le ha matado su suegro? Por cierto que creo que ella está en el hospital. Lo que le faltaba a esa familia...

—O sea que tú crees que no había nada entre suegro y yerno, que se llevaban bien.

—Hombre, bien... Yo creo que se toleraban. Desde luego, no eran amigos.

—¿Alguno de los dos era violento?

—No sé. Lo normal. En principio, no, aunque hay gente que si le pones el trapo rojo delante, se arranca. Yo no los conocía tan a fondo como para poder decirte así, con seguridad, sí o no.

Los de la mesa de la esquina se pusieron en pie. Aún charlaban entre sí, camino de la puerta, cuando Mariana volvió a encontrarse con la mirada del otro, que le sonrió con un gesto espontáneo de despedida y ella hizo lo propio con una graciosa inclinación de cabeza. Luego desaparecieron tras la puerta.

—Tú es que no perdonas... —empezó a decir Juanín.

—¡Chist! —le advirtió Mariana—. Prohibido hablar de esos temas.

Juanín guardó un silencio ofendido.

—Es decir —continuó ella retomando el hilo de la conversación—, que según tú descartamos una pelea entre los dos porque no parece que hubiera motivo... aunque si lo hubiera —aventuró— se habrían pegado.

—Vaya, como todo el mundo, pero no era lo suyo. O sea, que no eran tan agresivos, ninguno de los dos.

—Pues aquí —aventuró Mariana consciente de que faltaba a la verdad de los hechos— se ve que llegaron a un punto sin retorno y se enfrentaron a muerte.

—Uno nunca sabe qué es lo que hay detrás de las apariencias. A mí todavía me cuesta creerlo. Si me dijeras que no se hablaban, que se ignoraban, vale, lo acepto. Lo que pasa es que ésa no es razón para irse a muerte el uno por el otro, la verdad. Se me ponen los pelos de punta cada vez que lo pienso.

—Algo debía de haber entre ellos —volvió a mentir Mariana.

—Yo es que no sé cómo ha sido. ¿De verdad le agredió con un hacha?

—¿Eso se dice? Bueno, yo no puedo hablar mucho del asunto. Dejémoslo en que lo mató.

Pensó que aún no había corrido la noticia del intento de suicidio de Cova sino sólo de su internamiento; en cuanto se supiera, la ciudad iba a ponerse en ebullición. Lo que le desconcertaba es que nadie, y su primo se lo estaba corroborando como uno más, se explicaba un asesinato tan inesperado como incomprensible. De modo que cuando se supiera que la autora era Covadonga y no su padre la conmoción social desbordaría todos los cauces de comprensión de la gente.

—Por cierto, y para tu información —dijo Mariana de pronto—, cruzar miradas lo hacemos todos, hombres y mujeres y sólo significa eso en las personas sanas. Así que no me atribuyas a mí tus bajos deseos.

—Oye, que yo no he dicho...

—No. Lo has representado, que es peor.

A la salida del restaurante telefoneó para pedir un taxi porque no se sentía con ánimo de recorrer todo el Paseo Marítimo hasta la otra punta, allí donde empezaba la Colonia del Molino. Juanín se ofreció a acompañarla, pero no le apeteció seguir en su compañía y menos aún hasta el lugar adonde se dirigía. Se despidieron y ella le dio al taxista la dirección de la casa de Cova. Durante el trayecto, Mariana se encontró a solas con su propio disgusto. Aunque lo disimulara, el fiscal estaba molesto y ella lo sabía. Le irritaba sobre todo la confianza que había puesto en sí misma, convencida de que el caso se resolvía con la confesión de Casio; y le escocía de modo especial la prepotencia que había demostrado precisamente ante el fiscal dando por hecho que, al considerar franca la instrucción, quiso adornarse con una dedicación a los detalles circunstanciales con los cuales rematar un trabajo que quería no ya irreprochable sino, además, esplendente. En cambio, se hallaba en la penosa situación de rectificar y empezar de nuevo porque se había perdido, aturdida como un chorlito, en su propia complacencia. Mariana era demasiado orgullosa para soportar lo que imaginaba ser las reticencias del fiscal y eso la tenía del peor humor, consigo misma y con todo el que se acercara a ella.

El taxi la dejó ante la cancela abierta del jardín. Soplaba un viento noroeste procedente de Galicia, frío, húmedo y desabrido que la acompañó hasta la puerta. Angelina acudió en seguida y, nada más verla, el desánimo se apoderó de Mariana. ¿Para qué iba a interrogarla de nuevo si ella se fue mucho antes de que Casio llegara a la casa la noche de autos?

—Como estaban los dos en casa, el matrimonio —precisó la criada—, me dejaron ir ya al caer la tarde, con todo recogido y la cena hecha.

—¿Usted no notó nada especial entre ellos dos?

—¿Qué quiere usted que le diga? Estaban como siempre. Se hablaban poco.

—¿No estaban preocupados, inquietos?...

—El señor, sí, ahora que usted lo dice. No paraba quieto. Y ella... Ella lo miraba todo el rato, como con recelo.

—A ver, Angelina, piénselo con detenimiento. ¿Era un día como todos los días?

—La verdad es que no. Ocurría algo, pero yo no sé qué sería.

La niña estaba en la parte de atrás del jardín y Mariana sufrió un sobresalto al verla rondando delante del cobertizo. La puerta de éste seguía abierta y atascada en tierra y, evidentemente, las huellas del horrible suceso habían desaparecido. La niña sujetaba en su brazo izquierdo una muñeca que parecía desvanecida y saltaba sobre una pierna mientras canturreaba algo ininteligible. De repente se inclinaba hacia el suelo, tomaba algo con los dedos y, tras observarlo, lo dejaba caer con ademán indiferente, lo cual le hizo pensar que buscaba algo. Estaba ante el umbral y el interior del cobertizo no parecía interesarle, aunque de cuando en cuando ponía su mirada en él.

—Cecilia —llamó quedamente Mariana.

La niña volvió la cara.

—Hola —aventuró Mariana—. ¿Te acuerdas de mí?

La niña afirmó con la cabeza y, tras un momento de duda, se volvió enteramente hacia Mariana y abandonó su juego.

—He venido a hablar contigo. ¿Quieres?

La niña encogió los hombros, pero no era un gesto de rechazo.

—¿Estabas buscando algo? —preguntó Mariana.

—Sí —la niña estaba frente a ella con la muñeca abrazada a su pecho.

—¿Quieres que te ayude?

—Vale.

Mariana llegó hasta la niña y se acuclilló junto a ella.

—¿Qué estamos buscando? —preguntó.

—La piedra de mi papá.

—Ah, la piedra de tu papá. Y ¿cómo sabemos cuál es, de entre todas las que hay aquí por el suelo?

—Porque tiene una cara pintada; es la cara del señor Sonrisa.

—Vaya, vaya... La cara del señor Sonrisa —Mariana esperó.

—Mi papá la tiró —dijo al fin la niña.

—¡Mecachis! —exclamó cariñosamente Mariana—. Así que debió de caer por aquí —hizo una pausa sin apartar los ojos de la niña—. Y ¿cómo sabes que cayó por aquí? A lo mejor está dentro de casa, o en tu cuarto.

—No. La tiró por la ventana y se fue muy enfadado. Luego papá se cayó aquí porque ya era de noche y estaba oscuro —dijo volviendo medio cuerpo para señalar la entrada del cobertizo.

—Ah, ya lo entiendo. Papá se fue y luego volvió y se puso a buscar la piedra, pero estaba oscuro y se cayó y la piedrita se quedó perdida por el suelo.

Cecilia asintió con la cabeza.

—Pero tú estabas dormida.

Cecilia volvió a asentir.

—¿Estaba solo tu papá?

La niña negó con la cabeza.

—Bueno, y... ¿quién le estaba ayudando a levantarse?

—El abuelo —hizo una pausa—. Entonces mi mamá vino corriendo y me manchó el camisón porque mi papá tenía sangre y el abuelo le ha llevado al médico para curarle. Y mi mamá se ha puesto malita y la han llevado con mi papá.

—Eso es. Ahora hay que esperar a que los curen. Dime una cosa, Cecilia, ¿te dio miedo la sangre?

Cecilia se encogió de hombros. Mariana le sonrió con un gesto de complicidad.

—Pero el abuelo —aventuró Mariana— primero os llevó a la cama a ti y a tu mamá.

—Sí.

—¿Y te dio una medicina?

—Sí. Y a mamá también, pero yo no lloré.

—Bueno, ¿sabes una cosa? Ahora vamos a buscar la piedra del señor Sonrisa tú y yo, a ver si la encontramos;

pero si no la encontramos, como tu papá está todavía un poco malito y le tienen que curar más, yo te compraré otra piedra y te la traigo para que juegues con ella, ¿vale?

La niña asintió con la cabeza y luego cogió la mano de Mariana cuando ésta se la ofreció.

—Dime una cosa —dijo Mariana mientras las dos miraban atentamente al suelo—. ¿Por qué bajaste a ver a tu papá?

—Porque yo estaba dormida y me desperté y quería pedirle perdón.

—Ah, así que te despertaste y bajaste a buscar a tu papá para ver si ya no estaba enfadado contigo.

—Sí.

—Y tú, ¿sabes por qué se cayó?

—Porque estaba enfadado conmigo.

Mariana volvió a acuclillarse junto a la niña y la abrazó por la cintura.

—¡Qué tontería! —exclamó—. Seguro que se cayó porque estaba buscando tu piedra para llevártela a tu cuarto y que te la encontrases por la mañana al despertarte.

Cecilia miró afectuosamente a Mariana y le puso su pequeño brazo en la cintura. Las dos se quedaron allí quietas, sintiendo el abrazo.

Angelina apareció a la puerta trasera de la casa. La niña dejó caer el brazo y se la quedó mirando.

—Ha venido la señorita Ana —anunció.

—Te gusta tu tía Ana, ¿verdad? —preguntó Mariana a Cecilia.

La niña asintió con la cabeza.

—Huy, qué poquito es eso —protestó Mariana—. La tienes que querer más, que viene a buscarte para jugar contigo.

—Vale —dijo la niña.

Ana Piles apareció en el umbral de la puerta trasera por la que se había retirado Angelina. Mariana se acercó a ella y al fingir que la besaba le dijo al oído:

—La niña cree que su padre está reponiéndose en el hospital.

Ana hizo un gesto cómplice y en seguida se inclinó hacia Cecilia.

—Os dejo —anunció Mariana—. Por cierto, Ana, quiero volver a hablar contigo, pero te llamo yo —se echó el bolso al hombro y besó a la niña—. ¿Todo va bien? —dijo a modo de despedida.

—Todo va —respondió Ana.

Mariana salió de la casa caminando y pensando. Se dirigía al Juzgado, donde estaba citada con el fiscal para decidir sobre la puesta en libertad de Casio Fernández, sumida en un mar de dudas.

«Así que, finalmente, la niña bajó sola y se encontró con la escena del cobertizo —iba diciéndose—. Algo (golpes, voces, llantos...) la tuvo que despertar, aparte de su propia sensibilidad. Estaba claro que el abuelo evitó que comprendiera lo que apareció ante sus ojos y que además se hizo con la situación; lo que no debió de resultar nada fácil teniendo en cuenta el estado en que se encontraba su hija; pero Casio tendrá que explicar unas cuantas cosas antes de salir a la calle». Lo que ahora le preocupaba sobre todo era la historia de Covadonga. Era una mujer acostumbrada a medicarse y a tomar antidepresivos, somníferos y, en fin, toda esa parafernalia propia de gente en su estado, por lo que su relación con ellos era una relación de enferma, no de suicida. ¿Qué la empujó a intoxicarse ahora, justo ahora? Y previo a eso estaba presente la pregunta que la obsesionaba desde el comienzo del caso: ¿qué experiencias de la vida la convirtieron en la persona hundida y sometida que había llegado a ser? ¿Qué la empuja a matar, primero, y a abandonar a su hija después?; porque ese crimen la mete en la cárcel, la separa de la niña. Y aún peor: ¿qué te induce a cometer suicidio, que es como dejar a la niña sola, cuando tu padre ha cargado voluntariamente con la culpa? La primera respuesta que se viene a la cabeza es: remordimientos.

«¿Remordimientos? No. No y no. No cuadra. No creo que, llegada al extremo de matar, los remordimientos la empujen a abandonar este mundo. Por muy hundida psicológicamente que estuviera, el acto de matar requiere tal esfuerzo, energía y violencia sobre sí misma que me cuesta creer que pueda ir seguido de una dejación total. Lo incomprensible es el suicidio, no el crimen. Covadonga no abandonaría jamás a la niña. Es más: sospecho que no mató por defenderse a sí misma sino por proteger a la niña. El abuelo lo entendió así y por ello asumió la culpa. La idea de que al ver a su padre en prisión no tolerase ese sacrificio y se derrumbara no se sostiene. Tampoco que ella revelase la verdad y cargara con la culpa, pero antes habría hecho esto último que suicidarse, que era el final absoluto; la niña seguía siendo el eje de todo: no la abandonaría nunca. Por eso había aceptado la propuesta de su padre, por la niña. Lo más probable es que, antes de darle un tranquilizante, algo recuperada, el padre lo pactase con ella.» En realidad, Mariana estaba dando por hecho que el hombre durmió a ambas a la vez, pero no tuvo por qué ser así: dispuso de toda la noche para convencer a su hija y llegar al acuerdo de presentarse él como autor del crimen.

Llegada a este punto, Mariana admitió que se sentía perdida. El intento de suicidio de Covadonga era incomprensible, sí, salvo por causa de un más que improbable caso de enajenación mental tan repentino como invasivo. No le quedaba otra que esperar un milagro: que ella saliera del coma. La impresión de los médicos no avalaba esta posibilidad. Ahora tenía entre manos un asesinato sin causa explícita, un supuesto suicidio objetivamente no demostrable, una homicida imputable solamente por el testimonio de su padre y en estado de coma y un caso abierto y varado por la ley de las circunstancias.

El fiscal se iba a poner muy contento cuando se lo explicase...

El fiscal se tomó las cosas con la misma calma que se las venía tomando desde el principio. Ciertamente el caso había dado un vuelco espectacular y lamentaba el tiempo perdido, pero era hombre práctico. Aunque tendía a creer en la rectificación de Casio Fernández Valle por ser la explicación más lógica, su obligación —dijo— era no darla aún por definitiva. Al mismo tiempo, la instrucción entraba en punto muerto ante el estado físico de Covadonga Fernández. Salvo que la Policía Judicial consiguiera pruebas suficientes en una u otra dirección, su opinión era favorable a sobreseer provisionalmente la causa. Mariana se resistía a dejar de investigar, pero el fiscal le hizo ver que su interés podía estar yendo más allá del marco estrictamente jurídico para entrar en el terreno de la implicación emocional. Era cierto: el destino de Covadonga Fernández le afectaba en lo personal. No quedaba otra que permanecer a la espera. En cuanto a Casio Fernández, convinieron en que no había riesgo de fuga y no tenía sentido mantenerlo en prisión, por lo que se acordó la libertad con cargos con la obligación de personarse quincenalmente en Comisaría hasta nueva orden. Y así fue como el asesinato de Cristóbal Piles empezó a dejar de ser la presencia dominante en las tertulias de la ciudad para acabar disipándose meses después como niebla al sol.

—Hay que reconocer —decía el inspector Alameda a la Juez, a la puerta de los Juzgados— que la segunda versión de los hechos que contó Casio Fernández tiene toda la pinta de ser la verdad. Recuerde usted también el asunto de las huellas: las del padre estaban sobreimpresas a las de la hija, señal de que le quitó la hacheta de las manos. Lo que me gustaría saber es por qué ella limpió la hacheta. ¿La buscó y la preparó ese mismo día? Eso significaría premeditación, es un aspecto interesante. En fin —concluyó— todo lo que usted me pidió que requisara lo he dejado en su despacho. Por cierto, he echado un vistazo al ordenador de la casa, por encima, porque a mí esos trastos no me gustan mucho, pero, como ya sabemos, ella era de esas que se automedicaban...

—Es —interrumpió Mariana—. Todavía vive.

—Hecho: vive. Claro que como si no, pero vive.

—¿Cómo se automedica una en un ordenador?

—Consultando una página web.

—Una página web.

—No se lo creerá usted, pero esto del ordenador es un mundo de locos. Nunca jamás ha habido tanto chalado suelto gracias al ordenador. Hay gente que, por lo visto, enseña su hígado enfermo para que lo vea todo el mundo, por ejemplo. Entre unos y otros el mundo se ha llenado de charlatanes; antes los tenían que aguantar en casa y ahora dan la lata en los cinco continentes.

—Eso es lo que yo llamo un análisis científico del creciente fenómeno informático —dijo Mariana con sorna.

—Bueno, ríase usted, pero así es como yo lo veo.

—Eh, no se me enfade, Alameda, que yo le estimo en lo que vale y usted lo sabe. En fin —suspiró cambiando de tema—, que además de todo lo que llevaba encima, Cova también se automedicaba. Es lo que se llama una vida completa. Bueno, quizá por ahí pueda explicarse ese estado de abulia, o de postración, que la tenía sometida a sí misma tanto como a su propio marido. Dios mío: ¿es posible vivir así? La verdad es que es para entender que decidiera morir si no fuera porque defendía a su niña. Pero yo, al final, me inclinaría por la tesis del suicidio porque, si una se lo piensa bien... ¡qué perspectiva!

—Si viera usted cómo vive la gente en general... no se asombraría de nada. En cuanto uno levanta un poco el pico de la alfombra, encuentra de todo debajo, se lo digo yo, que estoy en el pastel.

—¿En el pastel de los bajos fondos?

—De los bajos, de los medios y de los altos. Uno, que vale para todo.

—Y que lo diga. Es usted un buen profesional, Alameda, aprovecho para decírselo.

—Pues vaya un momento que ha elegido, cuando se ha ido todo al carajo, con perdón por la expresión.

—¿Al carajo? No lo veo yo así —de pronto, el carácter luchador de la Juez empezó a abrirse paso entre sus sentimientos—. Vamos a dar un repaso a todo lo que sabemos... y a lo que no sabemos, porque estoy convencida de que aún no hemos enfocado el asunto correctamente. Pero lo haremos, Alameda, lo haremos.

—¿A ti te consta fehacientemente, Juanín, y a vosotros —dijo dirigiéndose a la pareja que los acompañaba—, que Cristóbal Piles fuera un maltratador?

—Yo ya te he dicho... —empezó Juanín.

—Yo creo de cierto —le interrumpió la mujer— que no había nada de maltrato físico, porque de eso quedan señales y nunca se las vi a Cova.

—¿Y psicológico?

—¡Pero si no le hacía ni caso! —respondió al pronto la otra—. Claro que... si eso es maltrato psicológico, entonces sí.

Estaban los cuatro en un viejo café del paseo de Jovellanos charlando a la caída de la tarde, antes de irse a cenar de tapas. Era un hermoso paseo de planta rectangular al que desembocaban varias calles laterales debido a su extensión, ajardinado y arbolado y abierto en su mitad a la izquierda para albergar una fuente escoltada por altísimas palmeras y una plaza llamada de los Patos que se adornaba con una pérgola cubierta de azulejos y que daba a la fachada de una iglesia muy airosa de estilo gótico; en total, un espacio excelente para pasear y sacar a los niños y un cruce de caminos en el corazón de la ciudad vieja. El café Noriega, un centro de reunión tradicional de la sociedad biempensante de G..., era un enorme salón de estilo *art nouveau* convenientemente repulido, con mesas de mármol entre unos bancos corridos de madera acolchados y airosas sillas Thonet, que lucía una barra clásica con reposapiés, brazo de madera y encimera de granito. Ofrecía grandes ventanales a la calle, coronados por unas pequeñas vidrieras emplomadas o espejos y fotografías de época colgados de las paredes (lo que permitía charlar y curiosear a partes iguales) y ocupaba toda la esquina del edificio. Como la temperatura era demasiado fresca a esas horas, no había nadie sentado en la terraza habilitada en la acera, imagen del desamparo, pero el interior, en cambio, era un ir y venir de camareros con sus bandejas sorteando habilidosamente las decenas de mesas en torno a las cuales se manifestaba una confortable, y un tanto escandalosa, ebullición de cuerpos y voces.

—A mí me parece —intervino el hombre— que el padre, o sea, Casio, se lo tomaba por la tremenda y que la única culpable de lo que le pasaba era ella.

—Hombre, la única... —dijo la mujer.

—Vale: la principal —rectificó el hombre—. Cristóbal era muy egoísta y muy a lo suyo, estamos de acuerdo; pero también te digo otra cosa: Cova era una triste y una abúlica desde que la conocemos; y ya *entonces* vivía con su padre.

—Eso es verdad —aprobó Juanín.

—¿Y la niña?

—Ella a la niña la quería con locura; ella era todo lo que tenía; afectivamente, quiero decir —respondió con viveza la mujer.

—Eso —comentó con calculada lentitud Mariana— es lo que hace medio incomprensible la posibilidad de un suicidio, como se está diciendo por ahí... —la noticia del suicidio ya había corrido por la ciudad y estaba en boca de todos.

—Tienes toda la razón —dijo la mujer—. Yo no lo acabo de entender.

—Tuvo que ser un repente —intervino Juanín—, un ataque de depresión, o de locura. Un repente, sí —se quedó pensativo.

—Nines —dijo el hombre refiriéndose a su pareja— dice que era... bueno, no sé cómo decirlo... adicta a ciertos medicamentos.

—¿Ah, sí? ¿A cuáles? —preguntó Mariana.

—O sea, no es que fuera drogadicta —dijo Nines— que es lo que parece que ha dado a entender éste, sino que se medicaba mucho, cosas inocuas, nada fuerte; era como una salida, un desahogo...

—En fin —dijo Mariana—, un desahogo... que la ha dejado en coma.

—Sí, eso es lo raro. Yo sé que tomaba somníferos y todo eso, pero, la verdad, que se metiera un lote de pastillas en el cuerpo... no lo entiendo. Si fuera un asesinato sí que lo entendería, pero un suicidio, la verdad...

Mariana cogió la idea al vuelo.

—Un asesinato —dijo con un humor no exento de sarcasmo—. Ciertamente se corresponde mejor con los hechos; el único problema es encontrar un asesino adecuado —agregó con tono de chanza—. Por ahora, me parece preferible hablar de accidentes. Ni suicidio ni asesinato. Y hablando de todo, ¿qué tal se llevaba ella con la familia de su marido?

—Ni se llevaba ni se dejaba de llevar —dijo Nines—. Se veían y eso, por la niña sobre todo, pero no puede decirse que hicieran vida de familia. Yo creo que a ellos no les gustaba mucho su nuera, pero lo disimulaban.

—Te equivocas —terció su compañero—. Al padre, a Joaquín, no le caía mal. La compadecía más bien, pero no le caía mal y tenía detalles con ella: era agradable, procuraba animarla, se interesaba... No sé, cosas así. La madre, en cambio —ahora cambió de tono, subrayando sus palabras con intención—, era otra cosa. Cova era la que le había quitado a su niño y, para más inri, ni siquiera tenía el pedigrí que ella habría exigido de haber podido elegir nuera. La madre estaba frita con Cova y Cova lo notaba. Por eso Joaquín se mostraba amable, porque tiene buen carácter, y Cristóbal, en cambio, pasaba de ella. En realidad es que Cova no aportaba nada.

—O no la dejaban aportar —apuntó Nines.

—Eso también —dijo Juanín, que no conseguía meter baza.

—Llámalo equis —dijo el hombre—. Acordaos además de la hija, la hermana de Cristóbal, que salió por pies de casa en muy mal plan y, excepto a su padre, a los otros dos les importó una mierda; ¡qué digo les importó! Respiraron cuando ella se fue. Ahí el único que acusó el golpe fue el padre.

—¿Y Cova y Ana? —preguntó Mariana. No había nada, pensó, como una ciudad de tamaño medio para enterarte de la vida y milagros de la gente.

—Pues ahora que lo dices... yo creo que no se llevaban ni bien ni mal y Ana se marchó de casa antes de que se casaran Cristóbal y Cova. No sé qué decirte. Tampoco creo que se vieran mucho cuando Ana empezó a volver de tarde en tarde.

—Estaba recordando —dijo Juanín—, porque yo entonces todavía no me había separado de mi mujer, que sí que conocía a Ana Piles; por ella sé que Ana visitaba a la niña siempre que venía. Nada, una visita un rato y se acabó; quizá entonces intimara algo con Cova.

—No creo —dijo Nines— pero sí que es verdad que iba a ver a la niña.

—¿Qué tal se llevaba con su hermano?

—Lo imprescindible. Ella estaba resentida y a él le importaba un pito. Es que hay que ver los mimos al hijo y las distancias con la hija. A él le consentían todo, bueno, su madre; a ella, la pobre, no le pasaba una.

—La madre —quiso confirmar Mariana.

—Claro, la madre. El padre era el único lazo afectivo. El padre y su sobrina. Por eso se iba a los dos días de llegar. Yo creo que no soportaba el ambiente de familia. Al final, como veréis, siempre se joden los más infelices: Cova, Joaquín y la propia Ana, que es la única que tuvo arrestos para escapar.

—Cierto —meditó Mariana—. Muy cierto.

Una y otra vez las noticias acumuladas confirmaban los hechos, una insistencia que justificaba su intención de no seguir más por ese camino, cuyo canal de información estaba agotado.

A la mañana siguiente Mariana se fue a correr por el otro lado del Alto del Cerro, desde el puerto deportivo hasta la playa del Oeste. Apuró el trayecto llegando a la punta de la escollera y regresó por el mismo camino a su casa. Volvió a ritmo, aunque no le gustaba correr por el casco urbano porque no le parecía propio de una Juez callejear en mallas y camiseta, pero tampoco le apetecía sacar el coche para desplazamientos cortos; en realidad, prefería ir a pie por la ciudad siempre que fuera posible. Al entrar en el portal confirmó sus temores tras recibir la mirada que le echó el vecino del piso de abajo del suyo, aunque fuera una mirada más lasciva que reprobatoria. Con la vecina del último habría ocurrido lo contrario, pero afortunadamente ésa no bajaba a la calle hasta que finalizaba el primer culebrón de la mañana. Entró en casa a todo correr y se desnudó en el cuarto de baño. Mientras aguardaba el agua caliente se vio en el espejo y hubo de reconocer con indisimulada satisfacción que el vecino tenía sus razones para echar esas miradas, aunque él nunca vería lo que estaba viendo ella. Unos días antes había estado hablando con dos de sus nuevas amigas sobre el *topless* en la playa y las tres estaban por la labor de quitarse el complejo y hacerlo, siempre y cuando pasaran antes por el cirujano. La disyuntiva era ver si se trataba de corregir los efectos de la ley de la gravedad o dejar que la ley imperase. Ahora, después de observarse detenidamente, pensó que aún podía aplazar la decisión sin ofender a nadie, aparte de que era bastante reacia al bisturí.

Cuando el vapor de agua empezó a nublar el espejo se metió bajo la ducha. Al poco rato, con la piel ardiente, cerró el agua caliente y se masajeó vigorosamente el cuerpo para combatir el golpe de agua fría final, como tenía por costumbre. Sin embargo, tuvo que empezar a secarse con la toalla camino del dormitorio porque el cuarto de baño parecía una sauna. Diez minutos más tarde estaba de nuevo en la calle con el paraguas en una mano y la cartera en la otra. El día amenazaba lluvia. A pesar de la prisa que llevaba, se detuvo en el bar que había dos manzanas más allá de su casa para tomar un desayuno apresurado. El desayuno sólo era un remanso de paz con tiempo por delante, y prensa, los fines de semana, en su casa.

El primer problema del día se le planteó nada más atravesar la puerta de su despacho. El abogado de Casio Fernández Valle, al tener noticia de que éste iba a ser puesto en libertad, solicitaba a la Juez en nombre de su cliente que le concediera la custodia de su nieta Cecilia al estar la madre imposibilitada de atenderla y ocuparse de ella. «Todavía no está en la calle y ya ha empezado a moverse», se dijo Mariana. Pero el asunto se fue complicando a lo largo de la mañana debido a que los otros abuelos, los Piles, solicitaban igualmente la tutela. Evidentemente alguien tenía que hacerse cargo de la niña, que estaba en manos de la criada, Angelina, por expreso deseo de la Juez y con la aquiescencia de las dos familias tras el intento de suicidio de Cova. Ahora resultaba sorprendente la coincidencia, si bien ella sospechaba que no era mera coincidencia, en la intención de hacerse cargo de la niña. Mariana era consciente de que una Juez no debe dejarse llevar por impresiones subjetivas sino atenerse a los hechos y aplicar lo que la ley dicta; eso era lo correcto. Sucede, sin embargo, que una Juez tampoco puede ser ajena a las circunstancias que rodean la vida de una persona afectada por un delito y que hay un margen que conjuga el respeto estricto a la ley con la interpretación de la misma. La ley no tiene dos caras, el ser humano sí. En la medida en que ella estaba obligada a velar por la seguridad y la conveniencia de la menor, su decisión debía atenerse a esa norma de conducta y de ahí nacía el problema: ni una familia ni la otra, a juzgar por lo que la investigación estaba descubriendo, resultaban fiables. Incluso el mero hecho de que ahora se la disputasen alimentaba aún más su prevención. La vida que podía ofrecerle su abuelo Casio, aunque fuera provisional, no le parecía conveniente: un hombre ya mayor, solo o, más complicado aún, con una amiga de dudosa reputación. En cuanto a los Piles, ésta sería quizá la opción más adecuada, pero sentía una clara prevención ante la sorprendente facilidad con la que aceptaron que la niña quedase en la casa vacía de sus padres al cuidado de la vieja criada, es decir, el hecho de que no se volcaran con ella inmediatamente de conocer el suicidio de la madre. «Es posible —se dijo— que la idea de meter a una niña en casa, una niña traumatizada además, les resultase fatigosa en sí y por lo que tenía de trastorno de vida en dos personas ya mayores, pero fuera como fuese, decía bien poco de la disposición de ambos a ofrecer a la niña lo que en ese momento necesitaba con urgencia: afecto y acogida». De ambos males, el mal menor seguían siendo los abuelos Piles porque la imagen de la niña y la criada recogidas como náufragos en la vieja casa iba contra el sentido común, pero Mariana se resistía.

En realidad, se resistía contra la evidencia. Tuvo que admitir que la suya era una reacción más bien infantil, la del niño que no acepta que las cosas hayan sucedido y se aferra a un imposible, el retorno del tiempo, con toda la fiereza de su cerrazón. El problema no era el de confirmar que las dos opciones eran negativas sino el de decidir cuál de las dos opciones era la más viable porque no había ninguna más. Una tercera, entregar la niña a los Servicios Sociales para obviar las opciones anteriores, era un solemne disparate, pues ni había base ni la tutela del Estado garantizaba una atención mejor de la que ofrecían las otras dos.

Posiblemente la petición de custodia nacía en Casio del conocimiento de que los Piles la habían pedido, lo cual convertía a la niña en objeto de disputa. Cada familia tirando de un brazo para quedársela y la niña en medio gritando de dolor: ésa era la tremebunda imagen que se ofreció a su imaginación. No; estaba claro que tendría que adoptar una decisión con la mayor urgencia posible. Sólo entonces, entre la prisa y la excitación por llegar a una solución, se le ocurrió ésta: se la entregaría a los Piles porque allí estaba, al menos de momento, Ana Piles, que era el único miembro de la familia que en verdad se había ocupado de visitar diariamente a la niña; de hecho, prolongaba su estancia en G... por ella. Mariana sabía que Ana tendría que volver a Zaragoza pronto o tarde y rezó para que fuera más bien tarde, pero en todo caso, era el movimiento más sensato de todos los que podía realizar. Al fin y al cabo, no dejaba de ser provisional esta tutela y siempre habría tiempo de ver cómo evolucionaban las cosas.

De repente una luz titiló en la mente de Mariana y se apagó de inmediato, pero la había captado. ¿Por qué los suegros de Cova no manifestaban ningún afecto hacia ella? Era evidente el despego de Ana María Piles y no se molestaba en ocultarlo; lo que resultaba más sorprendente era esa cierta distancia con que la trataba Joaquín. Le habían hablado con preocupación de la niña; le habían manifestado su interés por la tutela... Entonces ¿por qué no se acercaban a verla? No tenían nada mejor que hacer en todo el día, posiblemente. Ana María, porque adoraba a su hijo y Cova era la mujer que se lo había arrebatado, podía tener un motivo; ridículo, pero motivo. Joaquín, en cambio, no debería de tener excusa alguna; luego había otra razón que a Mariana se le escapaba. ¿Una razón compartida por el matrimonio? Eso añadía combustible al activo rencor de Ana María. Al fin y al cabo Cova era la madre de su nieta y si querían trato con la nieta no les bastaba con su hijo sino que necesitaban la complicidad de la madre. Cristóbal les llevaba a la niña de vez en cuando, cierto, pero suele ser la madre quien menudea más ese tipo de visitas. ¿Tampoco le caían bien a Covadonga sus suegros? ¿A cuento de qué venían, entonces, ese rencor y esa distancia que parecían manifestarle a ella? Eso tendría que averiguarlo por una vía indirecta. Algo le decía que ése era un dato importante para deshacer alguno de los nudos que ocultaban los motivos del crimen. Pero también podría ocurrir que Joaquín fuese, pura y simplemente, el clásico varón español educado a la severa y al que le cuesta manifestar sus sentimientos, de afecto en este caso, como bien lo demostraba la relación con su hija Ana.

—Hombre, Alameda, ¿qué se cuenta usted de nuevo? —dijo la Juez De Marco al descubrir al inspector en la antesala del Juzgado. Habían terminado las vistas de esa mañana y la Juez se lo encontró allí mismo al salir de su despacho. Alameda jugueteaba con un cigarrillo sin decidirse a encenderlo. Vestía su inseparable abrigo a pesar de la buena temperatura ambiente y se destocó al ver aparecer a la Juez.

—Ya ve, pasaba por aquí —comentó lacónico.
—¿Tenemos alguna nueva noticia?
—Nada. La mujer sigue en coma. Pinta mal la cosa.
—Pobrecilla —dijo Mariana.
—Tengo entendido que ha firmado usted la libertad del señor Fernández Valle.
—Así es. ¿Por?
—Nada, nada; no es de mi incumbencia.
—Pero no le gusta.
—Pues no. No me gusta.
—Lo tiene usted enfilado, inspector, no me lo niegue.
—Instinto policial —dijo con sorna el otro.
—No se admite como prueba —concluyó la Juez con buen humor—. ¿Le apetece una cerveza?

—Bueno —el inspector se encogió de hombros—. Vamos aquí, al Vagón.

El Vagón de Carga era un bar estrecho y profundo, una especie de túnel con una barra muy larga a la izquierda que concluía en los servicios y el almacén, y una ristra de mesas puestas en fila india, a la derecha. La pared que acogía las mesas estaba llena de fotografías de tema ferroviario y la de la izquierda de estanterías de botellas entre las que colgaban banderines de distintos equipos de fútbol nacionales y extranjeros. El centro exacto de la pared lo ocupaba una gran fotografía a color, enmarcada, de la plantilla completa del Sporting F. C., coronada por un gran banderín lleno de firmas ilegibles.

—A ver, Ramón —reclamó el inspector—, un quinto y un vaso de clarete, pitando.

—Buenos días, señora Juez —saludó el orondo propietario del bar secándose las manos con satisfacción en un trapo de cocina que en seguida se echó al hombro—. ¿Un clarete?

—¿No se lo he dicho yo? —replicó el inspector con acritud.

La barra estaba llena y el vocerío que inundaba el túnel era un castigo. La televisión, colgada a media altura, emitía programación local; sólo era seguida por dos viejos sentados bajo ella en la última mesa, pero contribuía a elevar el volumen de sonido del interior del local.

—Tengo que reconocerle —dijo la Juez alzando la voz— que estoy muy decepcionada con todo este asunto.

—No me extraña. Al final se va a quedar en nada.

—No se puede probar una cosa sin la contraria, es desesperante. Yo creo —añadió con humor— que me voy a dar a la bebida para olvidar.

—Por cierto —el inspector compuso un gesto confidencial—. Ya sé que me meto donde no me llaman, pero el que avisa no es traidor. Me han soplado que va usted de vez en cuando por el club La Bruja.

—Sí, ¿qué pasa?

—Pues... que no es un sitio muy recomendable. Se lo digo —se apresuró a añadir el inspector— con todo el respeto y como un amigo que la aprecia.

—Vaya —Mariana pareció ligeramente desconcertada—. Yo... se lo agradezco en lo que vale, inspector. ¿Puedo...? —se detuvo un segundo—. ¿Puedo preguntar por qué?

—Va gente poco clara, no sé si me entiende usted...

—Ya —contestó Mariana con gesto preocupado.

—¿Sabes que el club La Bruja tiene mala fama? —preguntó con intención Mariana a Jaime. Estaban sentados a una mesa del bar minimalista de tapas donde ella solía quedar citada con sus escasas amistades para picar algo o concentrarse antes de salir a cenar. Era la hora del almuerzo y habían decidido quedarse allí a comer, para variar.

—Claro que sí, uno de los de peor fama de la ciudad. ¿Te disgusta?

—No, me va el morbo —contestó Mariana con una sonrisa—. Pero me pregunto si es un lugar adecuado para un Juez.

—Todo depende del Juez. También lo visita un colega tuyo. Y abogados.

—Dime con quién andas...

—Conmigo. ¿Te parece poco? ¿O es peligroso para tu dignidad?

—No lo sé. Puede —le dirigió una mirada provocativa—. ¿No te parece que mi dignidad ya está por los suelos saliendo contigo?

—Sí, es verdad, te has ganado cierta fama de fresca en poco tiempo.

—No me digas. ¿Entre quién?

—Bueno, ya sabes, la gente habla.

—Anda, deja de decir tonterías y pide algo para comer, que tengo mucho trabajo.

—Pero esta noche trabajas conmigo —dijo él, insinuante.

—Mira que eres macarra.

—Chulo, puede ser; pero macarra... —Jaime se acercó a ella y la besó en la boca; ella respondió al beso. Luego apartó la cara con cierta brusquedad—. ¿Qué pasa? ¿No te ha gustado?

—No es eso, perdona. Es que estoy muy preocupada con la niña pequeña de los Piles. La hija de Cristóbal —explicó.

—¿Qué le ocurre?

—¿Cómo que qué le ocurre? —preguntó Mariana desconcertada—. ¿Pero es que no te has enterado?

—No. ¿Le ha pasado algo a ella también?

—¡Joder! —saltó Mariana—. ¿Matan a su padre, se intenta suicidar su madre y queda en coma y tú me preguntas que qué le ha pasado?

—Oye, oye, conmigo no te pongas así, que yo todo eso ya lo sé. Sólo te he preguntado.

Mariana lo fulminó con la mirada.

—Está bien —dijo Jaime Yago alzando las manos—. No sabía yo que tenías tan mal carácter. Si tienes ganas de armar la bronca, vale, la armas y cuando termines, me avisas... Lo que yo no voy a ser es tu *sparring*, preciosa.

Mariana apretó los dientes y esperó. Trataba de controlar sus emociones antes de hablar. Los dos se observaban cara a cara sin bajar la vista, directamente a los ojos.

—De acuerdo —dijo ella al fin—. No te voy a armar la bronca, como tú dices. No es justo. Pero quiero que sepas que me alarma mucho tu indiferencia por el estado de la niña... y lo que eso significa.

—No es mi hija; no tengo que ocuparme de ella. Está tan mal como mucha gente, no hay que hacer un drama de eso. Es un asunto de su familia, que lo arreglen ellos.

—No me entiendes.

—Pues no lo entiendo, pero ése no es mi rollo, lo de la responsabilidad y todo eso. Tú te sientes responsable. Yo no. Cada uno se organiza su vida a su manera. Yo te acepto como eres, ¿no? Pues tú lo mismo.

Mariana respiró hondo.

—Muy bien. Está todo claro. No volveremos a hablar de esto —dijo para concluir.

De repente le pareció que el mundo estaba en sombras. Jaime Yago le tomó la mano con una sonrisa. «Ya está —pensó—. Todo arreglado, ¿no?». La bandeja de tostas llegó en ese momento a la mesa y empezó a comer, sin ganas, para no tener que hablar.

Por la tarde del mismo día repasó algunos asuntos, distraída, hasta que ordenó y guardó todo y salió a la calle. Quería ir a visitar a Cecilia, pero no se sentía con ánimos. Sin dirección concreta, echó a andar y la querencia la llevó al mar. Estuvo un rato acodada sobre la barandilla de forja del paseo, mirando la pleamar que llegaba hasta la misma base del muro; luego se fue desplazando hacia el edificio de la antigua pescadería municipal y se internó en la Plaza Mayor. Su primera intención fue la de dejarse llevar hacia el Barrio Antiguo y luego callejear por él hasta la Punta Liquerique que protegía el puerto, pero en lugar de tomar esa dirección, retrocedió impulsivamente hacia las termas romanas y echó a andar por el camino que arrancaba por detrás de la Iglesia de San Justo. Cuando sobrepasó el Club de Regatas siguió hacia la izquierda. Todo el camino era una cuesta muy pronunciada que conducía al Alto del Cerro, el airoso promontorio que dio origen a la ciudad y que separaba las dos bahías. Desde él se disponía de una panorámica de G... y, sobre todo, de una panorámica del mar Cantábrico como pocas veces se puede contemplar. Toda la superficie de esa parte final, que fue en su tiempo un fortín cuya traza había sido conservada y cubierta de césped, le daba un encanto muy especial porque extendía una hermosa explanada en cuesta por la que tierra, mar y cielo se apoderaban del espacio y lo atrapaban con esa bella fuerza que sólo los elementos de la Naturaleza son capaces de convocar. Era un cerro de suave pendiente verde, cuidada y urbanizada como paseo siguiendo la distribución del viejo fortín, que coronaba suavemente el alto, por lo que lo llamaron Alto del Cerro. Mariana lo consideraba un lugar de paz y energía reunidas y esa doble sensación le atraía como un imán cada vez que se acercaba al pie del Alto, un imán que la impelía a subir y coronarlo, como estaba haciendo ahora, apurando la última rampa. Una vez arriba le esperaba un escenario que, siendo de reciente trazado, parecía provenir de la antigua magia. Allí, en lo más alto, como un formidable titán ante el fin de la tierra firme, se levanta una escultura de cemento fuerte y esbelta, recta y curva, grávida y aérea a la vez, de proporciones admirables, a cuyo pie quien se acerca siente su protección, pero que a la distancia se convierte, dentro del escenario de la generosa explanada abierta a un mar sin límites, en un elogio del horizonte y un milagro del hombre.

Al pie de la enorme escultura había unos diminutos seres humanos fotografiándose, pero Mariana no se decidió a acercarse sino que prefirió contemplar el promontorio ante el mar a través de la presencia de aquel gigante. La opresión que le causara la conversación con Jaime Yago en el bar de tapas había desaparecido e incluso el propio Jaime le parecía de pronto un ser insignificante. Así pues, allí permaneció un buen rato, dejándose llevar por el ambiente y por sus propias sensaciones, sin pensar en nada concreto, como dejándose atravesar por una brisa que aliviara y despejara su mente y su corazón. Después, lentamente, se decidió a bajar por el otro lado hasta la Punta Liquerique, cruzar a pie la amplia calzada que bordeaba el puerto y, si le daba tiempo —pensó—, acercarse a la librería Paradiso (la librería más abigarrada que conociera nunca, toda llena de libros tentadores, apretados en las estanterías a punto de estallar, en las mesas, en los cajones, por el suelo si era necesario, en una generosísima apoteosis del libro. Era un lugar más seguro que la mejor preparada de las bibliotecas porque en él, allí donde hubiera una grieta u orificio que apenas dejara paso a un ratón, había encajado también un libro, por lo que bien podía decirse que era el único espacio del mundo convertido en recinto estanco con tan insospechado material aislante). Quería buscar una novela de las que a ella le gustaban, más bien decimonónica y repleta de emociones, personajes y sentimientos.

Una hora después regresaba a casa con el ánimo reconfortado y un ejemplar de *Cuento de viejas*, de Arnold Bennett bajo el brazo. Había leído en una entrevista con un escritor contemporáneo, cuyo conocimiento acerca de la elección de clásicos de la novela victoriana y postvictoriana le llamó la atención, que era la obra ideal para que un recalcitrante lector de novela del XIX, y eso era ella, se adentrase con una mezcla de nostalgia y expectación en la novela del siglo XX; aunque ese privilegio ella se lo otorgaba sin el menor género de dudas a la obra de Joseph Conrad.

IV. Demasiadas mentiras

Casio Fernández Valle estaba más delgado tras su estancia en prisión. Eso le pareció a Mariana cuando, una vez obtenida su libertad, acudió al despacho de la Juez a solicitud de ésta. Pese a su delgadez presentaba un aspecto excelente después de pasar por su casa para dormir sin prisas, afeitarse, ducharse y vestirse según costumbre; una normalidad recuperada tras doce días de cárcel. Apareció sonriente y tranquilo, sin resto de mal humor, sin acritud, de nuevo convertido en el *gentleman farmer* habituado a manejar cualquier situación con el negligente descuido propio de una persona segura de sí misma. Mariana estaba al tanto de que los últimos días empezó a mostrar síntomas de nerviosismo e irritación, exigió ciertas prebendas (un teléfono móvil, ropa a capricho, alimentos específicos, medicinas que no venían a cuento...), la mayor parte de ellas contrarias al régimen carcelario, por lo que su humor fue empeorando progresivamente. Mariana habría esperado que mostrase mayor resistencia y contención, pero —se dijo— a veces los duros se quiebran como ramas secas y los blandos, en cambio, se doblan como juncos. Finalmente, estaba ante ella recompuesto como el Casio Fernández Valle que todos reconocían y saludaban en las calles de la ciudad.

El inspector Alameda la tuvo al tanto de los primeros pasos del recién excarcelado: acudió a recogerlo en coche su novia, Vicky, se acercaron a ver a la pequeña Cecilia, entraron en una cafetería más tarde para, supuestamente, desayunar (el inspector se mantuvo en su coche, a la expectativa), acudieron luego a la casa de él y reapareció solo. De ahí al despacho de su abogado (de donde provenía la petición formal de custodia de su nieta), al banco, al encuentro con algunos amigos en el club La Bruja (¿también él era asiduo?) donde bebió con evidente satisfacción un whisky con hielo (el inspector, una cerveza) y de allí salió con otros dos hacia un restaurante del puerto deportivo donde permaneció hasta la hora de acudir al despacho de la Juez De Marco. Y allí lo tenía frente a ella, con las manos cruzadas sobre el regazo, recto en su silla, vestido con pantalón de pana de raya impecable, camisa blanca abierta, chaqueta de mezclilla y unos viejos zapatos ingleses de cordones con suela de goma. Los últimos doce días se habían borrado de su rostro y de su aspecto general.

«Así pues, ha solicitado la custodia de la niña, aunque sólo ha pasado a verla lo imprescindible», se dijo Mariana. Éste era un punto llamativo. El otro era la aparente indiferencia con que había asumido el intento de suicidio de su hija Cova. Tan sólo hubo una mención a ella al agradecerle el pésame y nada más. Al fin y al cabo, aunque su asunción del crimen fue voluntaria, de algún modo su hija le había exonerado con su acto suicida y, sin embargo, en su actitud no había ni desconsuelo ni gratitud. «Un hombre frío», pensó Mariana. ¿Quizá esa frialdad había contribuido a modelar el carácter inafectivo, tímido, sumiso de Cova? No debió de resultar fácil la convivencia con aquel padre viudo y distante. Sin embargo, consideró, Casio no era inexpresivo sino al contrario: un hombre atento, acostumbrado al trato con los demás en la vida y en los negocios, un viajante curtido en la representación de la conservera, un tipo que, por su trabajo, sabría alternar la exigencia y la cordialidad. A veces esta clase de caracteres son mudos y tiránicos en su casa, pero lo que el olfato de Mariana sentía flotar en aquella familia era ese olor rancio del desafecto que con el tiempo se acaba depositando en la casa, como el recuerdo de un penetrante vaho de coliflor hervida. Ésa era la marca que desdecía a sus ojos de la apostura del hombre que tenía delante.

—Comprendo —estaba diciendo el hombre— que mi declaración de culpabilidad no le dejaba a usted más opción que actuar como lo hizo, así que no tiene por qué excusarse. Me han tratado bien y usted ha sido muy atenta y comprensiva. Pero le confieso que ahora me siento como liberado de un gran peso, un peso que no calibré bien aunque no me arrepiento de lo que hice.

—Se hace lo que sea por salvar a un hijo —aceptó la Juez—. Su actitud, de todos modos, es extraordinaria y nos ha desconcertado doblemente. Lo triste de todo esto es el intento de suicidio de su hija, un suceso lamentable en cualquier caso. ¿Ha ido usted ya a verla? —Mariana sabía que no era así.

—No, aún no —contestó el hombre gravemente, cubriéndose la cara con una mano—. Aún tengo que mentalizarme. Vea usted, no me lo acabo de creer. De hecho, aún tengo esperanza. ¿Cree usted...? —retiró la mano del rostro y la miró con un destello de ansiedad en los ojos—. ¿Cree usted que se recuperará algún día?

Mariana negó con la cabeza.

—Mi impresión es que no, aunque nunca se sabe. Los médicos, desde luego, no confían en ello.

Los ojos de Casio recuperaron el frío brillo acerado habitual en él. Era una mirada muy peculiar que sólo se replegaba, pero sin perder su fondo inquietante, cuando sonreía a su interlocutor. Mariana hubo de reconocer, sin embargo, que en ella residía una parte importante de su atractivo. ¿O era algo más cercano al vértigo que a la atracción propiamente dicha?

—Sí, tengo que pasar a verla, aunque he de decir que me impone mucho esa presencia muerta del coma, créame —dijo el hombre—. No es que yo sea supersticioso ante la muerte, pero eso de contemplar a un muerto en vida me produce una incomodidad tan grande...

—Es una experiencia traumática, ciertamente —comentó la Juez.

Se produjo un silencio.

—¿Me permite una pregunta curiosa? —dijo Mariana de pronto.

—Por supuesto.

—¿Cuándo decidió usted asumir el asesinato de su yerno?

—Me pregunta usted en qué momento —dijo Casio; Mariana asintió con la cabeza—. Si quiere que le diga la verdad, no me acuerdo bien. Para mí que fue al quedarme solo, después de acostarlas.

—Cuando el escenario se serenó —apuntó ella.

—Dice usted bien: el escenario. Estuve arreglando y limpiando el escenario y sólo cuando me senté en el salón, agotado, creo que con un whisky o un coñac en la mano, fue cuando empezó a tomar forma la idea. Al fin y al cabo, como ya le dije a usted, a mi edad importa poco una condena. No soy yo sino mi hija y mi nieta quienes tienen la vida por delante... pero el peso de la culpa pudo con mi hija —ahora parecía consternado por este último pensamiento, que lo desvió del hilo inicial de la conversación. Mariana esperó en silencio a que se repusiera—. En fin: ¿qué miedo puedo tener, a mi edad, a una condena? Ni siquiera creo que llegase a cumplirla en la cárcel. Además, el tiempo desgasta, quién sabe si de aquí a mañana yo...

—No sea usted agorero. Ni tiene que cumplir condena, ni tiene tan mala salud como para estar en el alero de la muerte, señor Fernández. Las cosas han salido así y eso es una desgracia para todos ustedes. Ahora lo importante es la niña que, como usted dice, tiene la vida por delante. Yo, que soy una antigua —empezó a decir mientras Casio Fernández se erguía en la silla dispuesto a escucharla—, sigo creyendo en la inocencia de los niños. Si usted se fija, verá que todos los niños son iguales en cualquier lugar del mundo, no hay diferencias entre ellos en la primera infancia, sean indios, beduinos nómadas o canadienses; es la educación lo que los diferencia para asimilarlos a cada cultura, a cada sociedad. Piense en el juego: todos los niños del mundo juegan igual. La educación es, en realidad, una doma; necesaria, pero doma. Cada cultura los asimila a sus valores, creencias y modos de vida y ahí empiezan las diferencias e incluso las hostilidades; pero en principio... Por eso amamos a los niños, porque son la representación viva del juego y de la libertad, de la inocencia, antes de que la doma empiece a hacer su efecto.

—Y del egoísmo —intervino Casio—, no lo olvide usted.

—¿Egoísmo? No tienen conciencia de eso hasta una edad, así que no es egoísmo. Si le parece lo podemos llamar yoísmo. A menudo pienso que la educación, ese mito de los ilustrados, no es más que un doblegamiento inevitable. No —hizo al pronto un gesto de protesta—, no piense ni por un minuto que soy medio anarquista. Lo que le estoy diciendo es por pura nostalgia, nostalgia de la inocencia y horror a la corrupción de la inocencia. En términos jurídicos la inocencia es otra cosa bien distinta. Yo me refiero a la primera, la mítica, la utópica que sólo es utópica durante unos pocos primeros años de nuestra existencia. En fin —dijo como regresando a la realidad—, me estoy poniendo insoportable, así que mejor lo dejamos.

—¿Por qué? Yo lo encuentro muy interesante.

—No lo creo —dijo Mariana sin intención—. Quisiera volver a donde empezamos, si no le importa, antes de despedirnos.

—Por supuesto que no.

—Así pues, se queda usted solo, bien entrada la noche, en el salón, tomando una copa para relajarse; tiene a sus espaldas, al otro lado de la puerta de atrás, el cadáver de su yerno tendido en el suelo del cobertizo, su hija y su nieta recogidas en el mismo lecho, la ropa sucia de sangre en la lavadora... que, por cierto, ¿por qué no la pone en marcha?

—No me importaba lavarla porque no creo que la sangre desaparezca; lo que quería era dejarlo todo recogido, no sé si me entiende.

—Perfectamente. Sigo: todo en orden y, en ese momento de paz, empieza a tomar forma en su mente la idea de salvar a su hija.

—Así fue, más o menos.

—Hay que tener una extraordinaria sangre fría para pensar y actuar así.

—Supongo. Uno no es consciente de ello en esos momentos.

—Lo natural sería, puestos a poner orden, llamar a la policía cuanto antes.

—Ya, pero yo estaba elaborando un plan.

—Con el cadáver medio a la intemperie y, a pesar de todo, en un estado de tensión nada fácil de contener.

—Nada fácil —corroboró el hombre. Mariana se admiró de su serenidad a lo largo de la conversación que estaban manteniendo.

—Y una vez que madura el plan...

—Me quedo dormido —Casio se incorporó hacia delante en la silla—. Ya sé que eso le puede parecer increíble, pero fue así.

—Ah, no, no. Eso es lo que me parece más creíble, lo de quedarse dormido.

—¿De veras? —un punto de recelo se dibujó en el rostro del otro.

—Sí, de veras. Es la conclusión más natural tras soportar un estado de nervios como el que se tuvo que generar en usted. No es eso lo que me llama la atención sino esa aparente tranquilidad con que parece usted actuar, según su relato. No me malinterprete —dijo al ver el gesto de rechazo del hombre—, no le estoy reprochando nada; sólo me admiro de su reacción, que me parece... no sé cómo llamarla... ¿inexplicable?, ¿improcedente? Dígame, ¿cuándo descargó usted todo lo que se tuvo que acumular en su interior durante el tiempo que duró la tragedia?

—Durmiendo, supongo —contestó Casio impasible.

—Sí —comentó Mariana como si hablara para sí—, ahí falta algo entre medias y ese algo es la descarga, pero, en fin, el ser humano nunca deja de sorprendernos. Quizá a usted le bastó el sueño para descargar y relajarse. ¿Durmió mucho tiempo?

—Hasta poco antes de llamar a la Comisaría.

—¿No se despertó en ningún momento? ¿Inquieto, quizá, por la suerte de las dos mujeres en el piso de arriba?

—¿Por qué? Estaban dormidas.

—Ah, es cierto.

Se produjo otro silencio.

—¿Desea usted algo más? —preguntó Casio adelantando el cuerpo hacia la mesa.

—¿Eh? No. No —pareció salir de un sueño—. Nada más, muchas gracias. Espero no haberle hecho perder el tiempo. ¿Se va a pasar ahora por el hospital?

—Sí, probablemente. Hay que hacerlo, ¿no? Me cuesta, lo reconozco.

—También le espera su nieta.

—Ya he hablado con Angelina. Está bien. Por cierto, ¿qué hay de la custodia que ha solicitado mi abogado?

—La custodia —hizo una pausa—. Bien. Tengo que considerar todos los aspectos del asunto. Supongo que usted sabe que también la han solicitado los abuelos maternos.

—¡Pero sería un disparate dársela a ellos! Todo el mundo sabe que no la quieren.

—¿Ah, no? ¿Y por qué?

—Por la madre, por mi hija.

—¿Cómo que por su hija? ¿Por causa de Cova, quiere usted decir?

—Claro. ¿No lo sabe usted?

—No.

—Ah, cierto, usted es nueva aquí. Bien... Cómo decírselo... En pocas palabras: mi hija estaba embarazada de Cristóbal cuando se casaron; es lo que se conoce vulgarmente como casarse de penalti. Mi consuegra, que es una mujer muy mirada para eso de las normas sociales, no se lo ha perdonado nunca. Esa infeliz cree que Covadonga enredó a su hijo quedándose preñada para obligarlo a casarse, cuando lo cierto es que Cristóbal, que se las daba de picha brava y no lo era ni por el forro, no tomó la menor precaución. Eso de pescar marido así es cosa del pasado: hoy, que los condones los expenden en máquinas como el tabaco, la culpa es del niñato que no tiene cuidado. A mí no me gustaba un pelo esa boda, porque conozco a mi hija y sabía quién era Cristóbal y estaba claro que eso no iba a funcionar, pero se empeñó y se puso tan cabezota que no hubo quien la sacara de ahí.

—Por curiosidad, ¿usted cree que su hija se enamoró de él?

—A saber. Uno se cree lo que se quiere creer.

—¿Cree usted que su hija hubiera funcionado con alguien?

Casio levantó la cabeza y miró a la Juez con una extraña atención.

—¿Qué quiere usted decir?

—La verdad es que todo el mundo, empezando por usted, tiene una imagen tan negativa de Covadonga que me pregunto si habría sobre la tierra algún hombre capaz de entenderse con ella o estaba condenada a la soltería o al sometimiento.

—Pues claro que habría alguien; no se pueden pedir peras al olmo, pero con un hombre normal y tranquilo seguro que se hubiera arreglado.

—O sea, con un panoli.

—¿Y por qué no? —dijo Casio desafiante—. A mí me interesa la felicidad de mi hija, así que ¿qué tanto me da si se entiende con un panoli? Ella no era mujer de muchas luces ni tenía carácter, pero era dulce y buena chica. Con eso basta y sobra.

—Posiblemente —murmuró Mariana—. En fin, señor Fernández Valle, sólo quería conocer su opinión sobre todo este desgraciado asunto, sus intenciones respecto de su nieta y, bueno, ya ha visto, su opinión sobre su hija. Le agradezco la información que me da acerca del rechazo que manifiestan los Piles por Covadonga y comprobaré si también se extiende a la niña. Tomaré una decisión en breve. Entre tanto considero que su vieja criada se ocupa suficientemente de ella y, hasta donde llega mi conocimiento, usted ha estado atento en todo instante a proveerlas a las dos de lo necesario. Lo que le pido es que la visite a menudo mientras yo tomo la decisión porque la niña está necesitada de personas a las que pueda reconocer. ¿Ha ido ya a verla?

—Sí, esta mañana he pasado por la casa un momento —Mariana ocultó un gesto de extrañeza.

—Por cierto, quería preguntarle: ¿Cecilia tiene confianza con su amiga Vicky?

Casio contrajo los músculos de la cara.

—¿Qué tiene que ver Vicky en esto?

—Oh, nada. Solamente es curiosidad por mi parte. ¿Ustedes se tratan mucho, no es así?

—Cierto, pero no afecta en nada a la niña. No es una relación estable, si se refiere a eso. De todos modos, yo ya soy mayor para hacer mi vida y para saber lo que tengo que hacer.

—No lo dudo —dijo Mariana—. No le estaba dando lecciones, solamente quería informarme. Debo hacerlo. Es mi trabajo. Esté usted a mi disposición por si le necesito y no olvide presentarse en Comisaría en los plazos señalados. Eso es todo. Buenas tardes y que disfrute usted de su libertad.

—Muchas gracias —respondió Casio con un punto de sorna mientras le estrechaba la mano que ella le tendió.

«Evidentemente —se dijo Mariana— el de Covadonga no fue un matrimonio por amor. No hace falta ser un lince para llegar a esa conclusión. Lo que me hace pensar en otro motivo: escapar de casa. Ahora bien, si deseaba salir de casa hasta el punto de llegar a formalizar una relación que o no existía como tal (y en la que se coló un embarazo imprevisto) o estaba tocada del ala cuando se planteó legalizarla, ¿qué clase de relación tenía con su padre? No cabe duda de que Casio no debía de ser el mejor padre para atender la crianza de una niña que se queda huérfana a los diez años, muy sensibilizada por la pérdida de la madre». Casio no le había parecido persona cariñosa en ningún momento; el adjetivo *cariñoso* era inaplicable en su caso. Respondía una vez más a ese tipo de hombre que no deja traslucir sus emociones con facilidad, que rechaza instintivamente las manifestaciones de afecto y que se mantiene siempre en el umbral de la cordialidad y el buen trato sin llegar a traspasarlo. Todo lo cual significaba para Covadonga una sola cosa: soledad.

Es verdad que estaba haciendo conjeturas, pero con la íntima convicción de su verdad. La vida en casa con un padre viajero y distante tuvo que llegar a un momento de crisis y la salida de la crisis pudo ser el matrimonio con Cristóbal. En cuanto al misterioso y más bien anodino Cristóbal: ¿por qué se casaría con ella? El perfil recibido por Mariana era el de un falso jovial, un sinsustancia que se las daba de conquistador atrapado por el compromiso de un embarazo indeseado. Quizá no fuera más que otra víctima de la constancia biempensante de su madre y no tuvo valor para enfrentarse a la situación más que al modo tradicional. Quizá hubo una presión muy dura, amenazante incluso, por parte de Casio, aunque en su última conversación él no hiciera referencia alguna a esta posibilidad. Lo evidente es que se casaron y la convivencia afectiva debió de durar lo que duró la atracción sexual. Era una ejemplar representación del matrimonio como institución de la que dos personas cuelgan su vida como se cuelga la ropa al llegar a casa: nadie se divorcia de un armario ropero.

De manera que un buen día, resumamos otra vez, Covadonga no puede más (o se siente amenazada por algo que desconocemos) y mata a su marido. El padre distante, pero responsable y cumplidor, trata de cubrirla y la hija, no pudiendo soportar la doble culpa (por la muerte del marido y por la condena a la que se somete voluntariamente el padre) escapa a su farmacia habitual, adquiere un frasco de Halción 0.5 con engaño, lo mezcla con el Stilnox que tiene en casa y pone fin a sus días. Ahora viene la pregunta clave: ¿a qué grado de desesperación tiene que llegar una madre (que, a su vez, ha sufrido tanto por la pérdida de la suya) como para dejar a su hija sola en este mundo en manos de un padre (para la niña, abuelo) que es el origen de su vida de soledad y, en parte y por lo mismo, de su desesperación final? Aquí es donde Mariana se atascaba de continuo. Porque Covadonga podría haber optado por seguir el camino de Ana Piles: cuando ésta vio claro que en su casa era la preterida y no pudo soportarlo, salió a buscarse la vida. Es verdad que a ella la enviaron a un internado, acto que significaba en realidad una expulsión consentida de la casa paterna; eso debió de acicatear su deseo de independencia y reaccionó. Cova (tendría que confirmarlo) no estudió más allá del bachillerato y disponía de menor formación, aparte de la que adquiriera siendo una especie de secretaria de su padre, y menores defensas que Ana, lo cual no es motivo de incapacidad para una persona decidida. El problema de Cova era la terrible falta de autoestima en que se había criado y a la que Casio, desde luego, no fue receptivo. Pensándolo bien, Casio ni debió de oler el problema; con toda su buena presencia y buen tono, a Mariana cada día que pasaba se le parecía más a un pedazo de madera; bien tallada, buena madera, pero madera.

Ahora quedaba por dilucidar el futuro de la niña. Un estremecimiento recorrió su cuerpo al pensar en ella. Parecía que, como en los cuentos, un hada mala que no fuera invitada al bautizo la hubiese conjurado con una maldición desde el principio: un hogar difícil, una madre sometida y neurótica, un padre arbitrario, unos abuelos distantes (no lo sabía en el caso de Casio, aunque lo daba por cierto) y una casa descuidada y poco acogedora era todo su mundo. No la habían puesto al cuidado de una guardería sino de una criada y empezaba a ir a un colegio en el que tenía que iniciar su socialización con evidente retraso. De lo que, al parecer, sí se ocupaba Cova era de traerla y llevarla y ayudarle a hacer sus primeros deberes, posiblemente los momentos más felices y estimulantes de la niña junto con la atención que la madre le dedicara en casa, quizá no mucha, o no la debida, teniendo en cuenta su deprimente estado de ánimo habitual, pero seguro que suficiente. Por todo ello se le hacía aún más cuesta arriba entender que Cova abandonase a su hija de modo tan radical (ella, que había sufrido la ausencia de su propia madre) con la decisión de quitarse la vida. En cierto modo, bien podía decirse que, al hacerlo, también se la quitaba en parte a su hija.

Mariana reconoció que se sentía terriblemente implicada en la decisión por la custodia de la niña. No era la mejor actitud porque un Juez no debe implicarse emocionalmente en ningún asunto sobre el que venga obligado a pronunciarse. La imagen de la niña desvalida le afectaba; y, para peor, a medida que iba entrando más en el asunto, más afectada se iba sintiendo, más acentuado le parecía el desvalimiento. De ahí a dejarse invadir por consideraciones ajenas a la justeza de los hechos no había más que uno o dos pasos.

Si por el momento —pensó en seguida— Cecilia no parecía sentirse mal con Angelina, la vieja criada que, ante el cariz de los acontecimientos, se había vuelto más tierna y apegada a la niña, no costaba nada esperar un día o dos a tomar la decisión. La niña seguía en el hogar paterno por decisión de Mariana y, además, tenía el apoyo de su tía Ana, que ahora la recogía del colegio diariamente para llevarla a casa y quedarse jugando con ella. De no haber sabido lo que ya sabía acerca de las dos familias, su cometido hubiera sido bastante más sencillo, pero ahora, con el peso de la información reunida en torno al caso, se sentía atrapada y, cuanto más pensaba en ello, debatiéndose dentro de una malla que no hallaba modo de romper.

Al día siguiente, Carmen Fernández telefoneó a Mariana para anunciarle que viajaba a G... a pasar con ella el fin de semana.

—¿Qué vas a hacer con Teodoro? —preguntó Mariana.

—Teodoro es el hombre completo —contestó su amiga—. Se queda aquí más feliz que una perdiz, aprovecha para arreglar todos los desperfectos de la casa, se va a comer y cenar con sus amigos y a lo mejor va el domingo a G... para ver el partido del Sporting, recogerme y llevarme a casa. Está encantado de la vida y matamos dos pájaros de un tiro.

Mariana ahogó un gesto de impotencia aunque estaba sola en casa.

—¿Por qué no me encontraré yo —protestó a su amiga— un hombre decente?

—Porque te va el morbo, qué quieres que te diga. Yo siempre he pensado que como te dediques al Penal, te acabas encamando con algún delincuente, con lo que te gusta ese morbo.

—Carmen, a ver si mides lo que dices.

—Tienes razón, perdona. Pero reconoce que estás un poco descolocada con respecto a los hombres.

—Mira, Carmen, menos simplezas. Lo que ocurre es que mujeres interesantes, hay muchas, pero hombres interesantes casi no quedan, o no quedan libres.

—Eso sí que es verdad. En fin, que yo voy el sábado por la mañana y nos dedicamos a pasarlo bien, así que dale el bote a tu novio.

—De tu parte —dijo Mariana y colgó. La llegada de Carmen le estimuló porque, si bien en G... había empezado a hacer amistades, una relación como la que mantenía con Carmen era otra cosa. Aunque se telefoneaban a menudo, echaba de menos la confianza y la complicidad de su ex secretaria de Juzgado.

Lo que resultó un golpe de sorpresa fue el comienzo de la conversación que la Juez mantuvo con los abuelos Piles en su intención de decidir con las mayores garantías posibles la custodia y tutela de la pequeña Cecilia Piles. Desde el principio resultó evidente que, aunque lo disimulara poniéndose por detrás de su esposo, Ana María no parecía muy entusiasmada con la acogida de la niña y que sólo la insistencia de Joaquín, su esposo, le empujaba a aceptarlo aunque a regañadientes. La sorpresa asomó cuando Ana María vino a insinuar en el transcurso de la conversación que parecía más hija de Covadonga que de Cristóbal. A Joaquín se le cambió el color de la cara al escucharlo.

—Mujer, no digas barbaridades. La niña es tan hija de la una como del otro. Estamos sacando las cosas de quicio, como si la pobre niña no tuviera suficiente con lo que ha pasado estos días.

—Señora —intervino Mariana conteniendo a duras penas su irritación—, si tiene usted alguna prueba de lo que está diciendo le conmino a que me la haga saber sin más dilación porque es un asunto de extrema gravedad.

—¡Claro que no tengo ninguna prueba! —saltó Ana María—. ¡Como si una madre necesitara pruebas para saber lo que tiene que saber! Yo es que no sé de dónde ha podido salir la niña tan diferente a nosotros. Son cosas que una siente, no hay nada que probar.

Joaquín dirigió una mirada de exculpación a la Juez antes de empezar a hablar.

—Ana María —dijo con un enfado mal contenido—, por mucho que quieras defender a nuestro hijo, que en paz descanse, no tienes derecho a ofender a otras personas de la manera que lo estás haciendo. Haz el favor —su tono de firmeza aumentó— de comportarte como corresponde a una persona de tu educación y de tu condición. ¡Y basta ya de insinuaciones sin fundamento!

«Si ahora —pensó Mariana entre admirada y excitada— le levantase las faldas y le pusiera el culo como un tomate, habría tomado el mando para los restos». A Joaquín se le subieron los colores después de este exceso, pero evidentemente se hizo con la situación porque su esposa se limitó a volver la cara con un gesto a medio camino entre la vergüenza y el reproche. «De todos modos —se dijo Mariana—, ese "*ya* basta" denuncia que no debe de ser la primera vez que lo insinúa. ¿De dónde habrá sacado semejante idea? ¿Lo habría comentado, incluso, en vida de su hijo? Ahí hay un hilo del que tirar».

—Bien —rompió el silencio Mariana—, la razón por la que les he citado a ustedes esta tarde —en realidad los había citado por la mañana, pero luego pensó que no sería prudente que se cruzasen en el Juzgado con Casio Fernández Valle— es la de recabar datos para decidir sobre su petición de custodia de la niña Cecilia Piles; pero antes de seguir adelante y tras lo que acabo de escuchar, necesito que me confirmen que, en efecto, desean solicitar la custodia de la niña y están dispuestos a hacerse cargo de ella, en caso de que se la conceda, con todas sus consecuencias, pues adquieren plena responsabilidad sobre esa persona.

—Por supuesto que sí, señoría —se adelantó a contestar Joaquín—. La niña necesita un verdadero hogar y eso es lo que podemos ofrecerle —no le pasó desapercibida a Mariana la velada reprobación a la figura del otro abuelo que contenían sus palabras.

—Díganme ustedes —prosiguió la Juez, que no quitaba ojo a las reacciones de Ana María Piles—, su hija, Ana, ¿va a volver a vivir con ustedes o, al menos, aquí, en G...?

—No tengo la menor idea de sus planes —se apresuró a contestar Ana María con un deje dolido en la voz—. Nunca nos consulta nada.

—Nuestra hija Ana —terció Joaquín— es de carácter muy independiente. Pero no, no creo que se venga a vivir a G..., al menos en un futuro inmediato. A nosotros nos gustaría mucho, naturalmente. De todos modos —prosiguió— ella no tiene nada que ver en el asunto que estamos tratando.

«Eso te crees tú», pensó Mariana.

—Anita —intervino Ana María— es muy suya, pero muy buena chica. Habrá visto usted cómo se ha ocupado estos días de su sobrina. Es cosa de familia.

—De hecho —advirtió Mariana—, por eso les preguntaba. La presencia de su hija Ana sería también un factor muy positivo para la niña y, por lo tanto, a considerar dentro de la resolución que debo tomar.

—¿Es que está considerando usted la posibilidad de dar a la niña a su abuelo materno?

—Y ¿por qué no? —preguntó Mariana, una pizca desafiante.

—Pero eso... Eso es... —a Ana María se le atropellaron las palabras en la boca—. ¡Eso es inaudito! —exclamó al fin—. Un hombre como él... Un... un viudo que se encama con una pelandusca y... y todo eso delante de la niña sin el menor pudor... ¡Por favor! ¿Adónde vamos a llegar?

—Yo llegaré a la solución que me parezca la más adecuada —declaró Mariana tranquilamente—. Usted, no sé adónde quiere llegar con su actitud.

—Ana María —intervino de nuevo Joaquín—, te recuerdo que estamos hablando con una Juez que es la que tiene que juzgar. Haz el favor de callarte y dejarme hablar. ¿Qué va a pensar de nosotros si seguimos discutiendo con ella de esta manera?

—Ustedes pueden discutir conmigo todo lo que deseen —dijo Mariana, que empezaba a encontrar estimulante la situación a la que estaban llegando—, sin ningún problema. Yo sólo estoy buscando información y me interesa todo lo que puedan decirme y, por supuesto, todo cuanto crean conveniente discutir. Están en su derecho. Esto tampoco es un interrogatorio formal sino un encuentro relajado para conocerles mejor —«Y a fe que lo estoy consiguiendo», pensó Mariana con regocijo.

—Comprendemos su interés —Joaquín tomó decididamente la palabra— y se lo agradecemos. Es natural que procure informarse. Lo único que quiero es que queden en claro dos cosas: la primera, que nuestra nieta es nuestra ilusión y, tal y como están las cosas, nadie la va a cuidar como nosotros. La segunda, que disponemos de un hogar y una situación económica, por no hablar de nuestra posición social, que es lo que Cecilia necesita para empezar a olvidar todo este desastre e iniciar una vida nueva —tomó aire antes de seguir hablando—. También quiero decirle que no pretendemos alejarla de su otro abuelo y, como es natural, estamos dispuestos a pactar con él un régimen de visitas porque no es bueno que la niña corte con él, que es también su familia. Yo confío, señoría, en que usted tomará una decisión justa y no le oculto el deseo de que nos favorezca a nosotros, pero aceptaremos lo que decida con el mayor respeto.

—Muchas gracias —respondió Mariana sorprendida por la cuidada y pulida exposición de Joaquín, que evidentemente buscaba congraciarse con ella—. Créame que tendré muy en cuenta sus palabras y se las agradezco en lo que valen.

La reunión se disolvió en medio de una competición de frases corteses a las que Ana María se limitó a asentir con menor sentimiento que conveniencia.

El fiscal Andrade llegaba en el momento en que los señores Piles abandonaban el despacho de la Juez De Marco. Se saludaron a la puerta y la Juez encargó una botella de agua mineral y dos vasos después de hacerle pasar adentro.

—Ésos eran los abuelos maternos, ¿verdad? —comentó el fiscal.

—En busca de la guarda y custodia, sí. Necesitaré tu informe para tutelar los derechos de la menor.

—¿Qué tal te ha ido con ellos?

—Tengo la intención de hablar con su hija. La elección no es fácil. El abuelo Casio no me acaba de convencer aunque manifieste verdadero interés, pero la abuela materna me provoca escalofríos.

—Casio ha mostrado una notable capacidad de sacrificio por su hija —arguyó el fiscal—. Es un punto a su favor.

—Sí, es cierto, pero mi intuición me dice que no debo juzgarlo sólo por eso.

—Ah, la intuición femenina...

Se encontraban de pie junto a la mesa de trabajo de la Juez; ella le indicó con la mano una de las dos sillas donde solía sentar a sus visitantes y ocupó la contigua, de manera que ambos quedaron frente a frente al mismo lado de la mesa, el de los interrogados.

—¿Vamos a aceptar por fin la teoría del suicidio? —preguntó al cabo de unos instantes.

—No parece haber duda —respondió el fiscal—. La interfecta salió a la calle, compró el Halción en la farmacia, regresó, lo mezcló con el Stilnox y se tomó la dosis mortal. De no ser por la criada habría muerto aunque, para el caso, peor es el estado en que se encuentra. No ha dejado nada: un papel, una exculpación... nada; pero la intención es evidente. ¿Qué otra alternativa ves tú?

—Ninguna. Sólo me sorprende. Me sorprende extraordinariamente. Pero por mucho que la lógica no se adecue con el acto, reconozco que no hallo otra explicación. Aceptaremos el suicidio y la autoría de la muerte de su marido. El suicidio —añadió— es determinante. Sin él, yo habría dudado algo más acerca de la autoría del crimen —el fiscal reparó en la sombra de duda que latía bajo la clara afirmación de la Juez.

—Supongamos por un momento... —propuso con su mejor voluntad—, es una suposición especulativa —advirtió—, supongamos que el intento de suicidio de Covadonga no es tal. Como no cabe la presunción de descuido al ingerir la medicina, tendríamos que considerarlo como un nuevo crimen. Bien: ¿cuál sería el móvil?

Mariana extendió las piernas y echó la cabeza atrás.

—Ocultar algo, sin duda.

—¿Ocultar qué?

—No es fácil llegar a una conclusión. En primer lugar, estaría relacionado con el anterior asesinato de su marido, es decir, se trataría de ocultar algo acerca de ese primer crimen con un segundo crimen.

—En tal caso, el primer crimen se queda sin autor; a no ser que la primera declaración de Casio Fernández fuera la verdadera, a saber: que él sí mató a su yerno. Ahora bien: él no pudo matar a su hija porque se encontraba encarcelado.

—Sin contar —añadió Mariana tras un segundo de reflexión— con que si es duro matar al yerno, no te quiero decir matar a la hija.

—Y lo que es más: ¿qué móvil podría haberle inducido a cometer ambos crímenes?

—Pues no nos queda más que un autor anónimo; la clásica historia del ladrón que entra a robar y, cuando está en plena faena, se encuentra con el propietario de la casa.

—¿A robar qué? ¿Aperos de jardín?

—Lo que fuera; no tuvo por qué suceder todo en el cobertizo.

—No. No se sostiene.

Ambos se quedaron en silencio.

De pronto sonó el teléfono móvil de Mariana. Ella contestó mecánicamente, porque tenía la cabeza puesta en la conversación, y al instante sus ojos se avivaron, miró al fiscal y se levantó de la silla; tras hacerle una seña para que aguardase, salió del despacho.

—No, no quiero quedar en el club La Bruja. No me gusta.

—...

—Podemos elegir otro lugar o nos citamos directamente en el restaurante.

—...

—Perdona, Jaime, estoy en una reunión muy importante. En el club, ni hablar. Busca un sitio normal y mándame un mensaje por móvil, ¿de acuerdo? Anda, hasta luego.

Con el teléfono cerrado en la mano, se detuvo, sin hacer ademán de entrar, ante la puerta de su despacho. Sentía un vago malestar y una oprimente sensación de vacío en el pecho; o quizá no fuera vacío sino una forma negativa de ansiedad. Miró el teléfono como esperando una respuesta o una explicación, cerró los ojos, se llevó los dedos pulgar y anular de la otra mano a los párpados como si quisiera borrar algo de ellos y acto seguido abrió la puerta y entró de nuevo en el despacho.

—Disculpa. ¿Estábamos...?

—En un callejón sin salida —dijo el fiscal—. Un caso que parece resuelto y que ofrece el pequeño inconveniente de que hay que procesar a una persona que se encuentra en coma. Un coma irreversible —precisó.

—Pues no me queda otra que completar la instrucción y enviarla al Juzgado correspondiente porque tampoco queda ya mucho por investigar —reconoció Mariana—. De todas formas voy a hablar de nuevo con el inspector de la Policía Judicial por si ha conseguido algo. Le encargué que revisara a fondo las pertenencias de Covadonga Fernández, pero temo que no hallemos nada significativo.

—Nunca se sabe —dijo el fiscal levantándose—. En todo caso, no disponemos de mucho margen de maniobra. Quizá lo más cuerdo, en efecto, sea cerrar la instrucción en cuanto termines la investigación. En fin, si hay algo nuevo, ya me lo comunicarás.

—Descuida —Mariana lo acompañó hasta la puerta en el mismo momento en que el teléfono móvil sonaba de nuevo.

—Qué pesadez —murmuró mientras se despedía del fiscal con un gesto; luego se dio vuelta y entró de nuevo en su despacho abriendo el móvil—. Alameda —exclamó sorprendida al leer la pantalla—, ¿alguna nueva noticia?

—...

—Muy interesante. No sé si nos dice algo nuevo, pero tenemos que verlo.

—...

—De acuerdo. ¿Viene para acá?

—...

—Aquí le espero.

Al quedarse sola, la sensación de extrañeza regresó. Era algo semejante a un hueco interior a la vez que una premonición sujeta a ese grado de incomodidad que se manifiesta a través de la inseguridad y la desazón aunque no necesariamente en tal orden, quizá al revés: desazón primero e inseguridad consecuente. En cierto modo le recordaba a aquella incomodidad con su cuerpo que debía soportar ante la inminencia de un examen en la Facultad, los exámenes orales en concreto; también se parecía a la pérdida de algo cercano, físicamente cercano como, por ejemplo, la pérdida de interés de aquel delegado de Derecho que de pronto dejó de hablarle y durante varias semanas ella lo veía pasar de largo con una pena en el cuerpo que la dejaba indefensa. Tenía que ver con Jaime Yago, sin duda, esta sensación que la invadía de pronto. Las últimas veces que se vieron recordó aquel texto que denominaba a la experiencia postcoito «la muerte pequeña», una experiencia o vivencia o mera sensación que, según le explicaron entonces, solamente afectaba al género masculino. Lo recordó porque sí era cierto que le disgustaba el modo en que Jaime se alejaba de ella al concluir el acto; más que un alejamiento físico era una desconexión, como si lo que acababa de suceder se cerrara sobre sí mismo una vez sucedido y un inquietante espacio neutro lo sucediera en el tiempo. A ella le encantaba seguir unida en el abrazo, en la caricia, al otro cuerpo, recibiendo y emitiendo una sucesión de efluvios y estímulos puramente emotivos que poco a poco se iban relajando voluptuosamente hasta desvanecerse. Era esa lenta dejación lo que para ella cerraba verdaderamente el acto y no la sola consumación. Eran los que ella llamaba «los minutos felices» los que la dejaron plena y definitivamente satisfecha en algunas ocasiones.

Al quedarse sola en el despacho, pues, la sensación de extrañeza regresó y con ella una preocupación. En realidad Mariana sólo aspiraba a entenderse con Jaime en el plano físico y así se lo había explicado a sí misma con toda claridad. No esperaba otra cosa. Lo que descubría de pronto era, por así decirlo, la insuficiencia de esa aspiración. No es que esperase más de él y eso le causara frustración alguna, sino que en su propia vida deseaba algo más que una relación como la que mantenía con Jaime. En otras palabras: necesitaba una relación más completa, más íntima en lo personal también y mucho más confiada.

Sabía bien que no la encontraría en Jaime y aunque ésta no era una razón para temer nada o pensar en la ruptura (y no lo haría mientras durase el deseo) lo que sí temía era que el espectro de la necesidad verdadera, de lo que ella consideraba una auténtica correspondencia amorosa, empezase a rondarla porque, poco a poco, socavaría sin contrapartida alguna lo que hasta el momento era una placentera relación física que no quería dejar de disfrutar. Constreñida a una soledad personal y amorosa desde que iniciara su andadura como Juez por las circunstancias que rodearon esa decisión y esa etapa de su vida (en contraste con su vida anterior tras los años que inmediatamente siguieron a la separación y el posterior divorcio) ahora se daba bien cuenta de que estaba entrando en una fase de plenitud sexual real que no quería limitar en base a expectativas más o menos fantasiosas. La pérdida de su vida laboral como abogado penalista y el abandono del bufete en manos de su ex marido y los otros dos socios a consecuencia de la separación no sólo fue una catástrofe en lo profesional sino también en lo personal, pues, aturdida por el rencor, confundió frecuentemente la libertad personal con el desorden y el ejercicio del derecho con la improvisación y la prisa. Si no perdió prestigio fue por su talento de luchadora nata, pero el esfuerzo para sobreponerse a una vida agotadora le acabó pasando factura.

Justamente por ello, por hallarse en una situación de plenitud y serenidad, no estaba dispuesta a admitir que sombra alguna oscureciese lo que estaba siendo una aventura tan placentera como sencilla. Lo que Carmen Fernández, sin duda con toda la razón, pudiera reprocharle respecto de ella le traía sin cuidado a causa del carácter mismo de la relación. En la vida, pensaba Mariana, lo más importante es la armonía y, en su caso, la connivencia entre lo que se puede dar y lo que se puede pedir. Ahí es donde se entendía con Jaime y eso es lo que no entendía su amiga. O quizá sí, pero le costaba aceptarlo. Carmen era más bien clásica y de moral estricta y, sin embargo, era una mujer que había salido adelante por sus propios medios y con un carácter y una fuerza que ya los quisiera para mí, pensaba Mariana. En realidad, la línea de resistencia con la vida la prueba cada una a lo largo de la misma; a Carmen le había tocado nacer y criarse en un pequeño pueblo y estudiar en la capital de la provincia mientras que Mariana se crió en una familia de la burguesía madrileña acomodada y, quiérase o no, el grado de flexibilidad social y moral de cada una había seguido un camino distinto. Sin embargo, en lo esencial, en lo profundo de la amistad eran muy pocas las barreras que existían entre ambas. Por eso iba a despachar a Jaime durante el fin de semana para recibir a Carmen.

No tenía ninguna esperanza de que Carmen congeniase con Jaime. Sin embargo, temía que su amiga tratase de influirla negativamente. No lo temía porque su poder de convicción fuera irresistible, que no lo era y mucho menos en este caso, sino porque la llegada coincidía con esa sensación difusa de malestar, esa ala de mal fario que le había rozado al pasar volando tan velozmente por su lado que no le dio tiempo a verla aunque la había sentido y esa sensación era más fuerte que si hubiera puesto sus ojos en la huidiza forma amenazante. Era la sombra de un presagio y por un instante se le encogió el alma en el pecho. Pero todo iba bien; la relación era satisfactoria, libre y abierta, apasionada y sin otro compromiso que el de disfrutarla sin reservas. ¿Qué podría arruinar...? Con un gesto alejó los malos pensamientos. Lo único que en verdad la inquietaba era la intuición, que presumía certera, de que el presagio nunca es gratuito ni improcedente; lo que tenía que hacer, pues, era localizar el origen del temor oscuro que se estaba extendiendo por sus emociones, sacarlo a la luz y destruirlo.

—Todo antes que dejarse aplastar por el peso de la melancolía —dijo en voz alta, sola, en pie y aún con el móvil en la mano, en mitad de su despacho.

El inspector Alameda apareció al cabo del rato con un disquete en la mano. Llegaba tarareando algo entre dientes y con una media sonrisa que le hizo pensar a Mariana que, en realidad, le traía algo interesante. Se descubrió al acercarse a ella y lo invitó a entrar al despacho; luego cerró la puerta, se dirigió al cajón donde guardaba el cenicero y lo puso encima de la mesa. El inspector puso el disquete sobre la misma mesa, como un trueque, le envió un guiño de agradecimiento y se acomodó en la silla.

—Inspector...

—Dígame.

—¿Alguna vez se desprende usted del abrigo?

—Sí. En la playa —contestó lacónicamente el inspector.

Trató de imaginarse al inspector en bañador, pero no pudo.

—Bueno, al grano. ¿Qué novedades me ofrece?

El inspector sacó un cigarrillo, lo encendió, aspiró satisfecho el humo y señaló el disquete que estaba sobre la mesa.

—Han estado estudiando el contenido de ese ordenador. Teníamos la esperanza de encontrar algo personal, alguna especie de diario o así, cosas íntimas. No es que yo sea un cotilla —se excusó—, sino que buscábamos claves, claves personales.

—¿Y bien?

—Nada por ahí. Debía de ser tan reconcentrada que se lo guardaba todo. No hay rastro de diario, ni confesiones; ni tampoco papeles o cartas o cuadernos o, en fin, algo escrito de propia mano. Lo que fuera su vida lo encerró dentro de su cuerpo y se tragó la llave; pero...

Dejó la conjunción adversativa en el aire con un reclamo de expectación.

—¿Pero? —insistió Mariana, siguiéndole el juego.

—El mismo día en que se suicidó tiene una entrada en una web. La consultaba a menudo según se deduce del historial. Me han dicho que entre algunas personas se ha puesto de moda a pesar de que esto no ha hecho más que empezar y, por lo visto, no hay mucha gente que se dedique a consultarlas, pero las de los hipocondríacos son las más visitadas. Ésta es una web de automedicación. La hemos estado estudiando y me recuerda a esos clubs de fanáticos que están todo el día contándose sus dolencias. No me extrañaría que un día existiese uno de suicidas para animarse los unos a los otros. En fin, ya sabe usted adónde estamos llegando con la gracia esta del ordenador. Total, que es una página web en la que se transmiten experiencias y recomendaciones, se cuentan síntomas, se aconsejan tratamientos y medicinas... Yo creo que el Colegio de Médicos o el Ministerio del Interior o Sanidad o alguien debería tomar cartas en el asunto aunque, claro, no es cosa mía dar consejos a nadie; pero yo...

Mariana se dijo que el inspector presentaba un inusual ataque verborreico y que eso sólo podía significar que, efectivamente, se estaba dando importancia porque, teniendo algo que ofrecer, deseaba hacerlo valer.

—Por favor, inspector, trate de concentrarse.

El hombre dio una calada a su cigarrillo, frunció luego los labios y se reacomodó en la silla antes de empezar a hablar de nuevo.

—Hecho. Hemos repasado a conciencia la página, que tiene la tira de entradas, y me he detenido especialmente en secciones como antidepresivos, insomnio, abulia, angustia, etcétera. En fin, pensando que por ahí tuvo que moverse. Habría sido un éxito dar con algo que nos permitiera pensar que lo consultó para saber qué buscaba esa mañana. Es una web para hipocondríacos en la que escribe todo el que quiere y no queda rastro, las adiciones o comentarios son anónimos salvo que alguien prefiera identificarse. De hecho, incluso utilizan pseudónimos o claves para localizarse o dejarse mensajes y recomendaciones. Lo que yo buscaba, en resumidas cuentas, era una información errónea que hubiera dado pie a una equivocación fatal. Esto de la informática es la leche, cada cual hace y dice lo que le da la gana sin la menor responsabilidad. Es una confusión.

—Pero, inspector, no sabiendo qué buscar pueden ustedes estar semanas leyendo esa web. No creo que por ahí vaya a salir nada. ¿No quedan rastros de la consulta en el ordenador?

—Sí, pero sólo de la entrada en la página. A lo mejor un técnico es capaz de precisar adónde dirigió en concreto su consulta, pero sospecho que no va a ser posible debido al anonimato. Lo que sí parece claro es que consultó la página, que ella estaba muy mal psíquicamente, muy tocada, tal y como la vimos nosotros, y que pudo necesitar un medicamento más fuerte, lo consultó o recibió respuesta... No es casualidad que ese mismo día saliera a por un envase de Halción 0.5 a la farmacia, se lo tomara además de lo otro y acabara como acabó.

—Y eso —preguntó Mariana confusa— ¿adónde nos lleva?

—Nos lleva a la posibilidad de que no se trate de un suicidio sino de un accidente, lo cual afecta y mucho a su instrucción.

Mariana le miró entre perpleja y disgustada.

—O sea, que como no tenía suficiente con lo que tengo entre manos, ahora viene usted a abrirme otra puerta para mayor confusión. A este paso —añadió— esta instrucción la acabaremos el día del Juicio Final.

El inspector se la quedó mirando en silencio.

—Su idea del accidente es factible —prosiguió Mariana—, lo reconozco. Es más, nunca pensamos en ello, lo cual es un tanto fastidioso. Ahora bien, por ahí no se avanza, no resuelve nada, pues seguimos teniendo un crimen por aclarar; todo lo más, puede arrojar aún alguna sombra de sospecha sobre un desconocido imprudente o un bromista con mente criminal y no despeja la que envuelve a Covadonga. Estamos peor que antes. Al fiscal le va a dar un ataque si le cuento que voy a tratar de avanzar también por esta nueva línea de investigación.

—Pues lo que me ronda la cabeza es aún más jodido, con perdón.

—¿Hay más? —preguntó Mariana consternada.

—Verá usted... —el inspector Alameda titubeó—. Es algo que queda de la investigación, es... sólo una idea o, mejor dicho, una coincidencia.

—Inspector —atajó Mariana—, yo no creo mucho en las coincidencias porque ése es un camino que puede conducir directamente a la locura; se empieza y no se acaba nunca, siempre hay un más allá de. La imaginación es una cosa buena si se utiliza con medida, para dispararla ya están los novelistas.

—Cierto, cierto —dijo el otro, conciliador—. Créame usted que no pretendo salirme del tiesto. Es sólo una idea, dos hechos se cruzan por el mismo camino y, ¡zas!, salta la idea. Yo creo que mejor me callo.

—No —afirmó Mariana—. Ahora ya no. Usted diga lo que tenga que decir y ya juzgaré yo si tiene sentido.

—Hecho. Allá va: ha habido en España otros tres casos de sobredosis por la misma mezcla: Halción 0.5 y Stilnox.

La Juez se lo quedó mirando fijamente.

—¿Está usted seguro de lo que dice?

—Información fidedigna. Puede usted comprobarla.

—Eso, además de ser una casualidad más, abonaría la tesis del accidente.

—Es una casualidad, en efecto.

—No sé qué pensar —dijo ella, meditativa—. De ahí no se puede colegir nada, salvo que pudiéramos comprobar que en esos tres casos todos tienen ordenador y se consultó la misma web. Y aun así no dejaría de ser una casualidad.

—En la web, hasta donde yo he llegado, no aparece dato alguno al respecto. Hemos ido a buscar por el medicamento y tampoco aparece. Pero ¿y si lo han borrado? Por lo visto se puede borrar. Qué sé yo... al descubrir el error... o al descubrir la consecuencia de semejante gracia.

—Además —siguió reflexionando la Juez—, tendríamos que aceptar que una mano negra ha colgado de la web un error deliberado con intención de matar. Pero ¿quién y por qué y a gente tan distinta? Porque son de diversos puntos del país, ¿no?

—Por supuesto. Si fueran todos de aquí se lo habría hecho notar.

—Da igual. Eran personas desconocidas entre sí.

—Quizá no fuera una mano negra, como usted dice, sino el irresponsable o el bromista a los que se refería antes.

—O un descerebrado —concluyó la Juez—. Sea quien fuere tuvo que conocer el riesgo que entrañaba su gamberrada. No. No. Me cuesta creerlo —parecía estar hablando consigo misma—. Es imposible. Y sin embargo... Tres posibles suicidios más coincidentes... —caviló—, y tampoco hay hoy tanta gente que posea un ordenador...

Ambos se mantuvieron en silencio durante unos momentos.

—Supongamos que la víctima era Covadonga y que los otros tres son lo que se llama efectos colaterales. También pudo ser la víctima cualquiera de las otras y Covadonga un efecto colateral —aclaró—, pero de momento es la única a la que conocemos. Bien, fantaseando un poco nos preguntamos: ¿quién podría desear su muerte? Vamos a suponer que se trata de un error deliberado con intención de matar. Quedan excluidos de inmediato su padre, porque llevaba siete días en la cárcel, y también el marido, fallecido. A la casa sólo se acercó Ana Piles y en la casa sólo estaba Angelina, que no creo que sepa manejar un ordenador. Por otra parte, no está claro que Ana, tan alejada, pudiera conocer la debilidad de Cova por esa web. Dígame: las muertes por sobredosis de las que me habla ¿ocurrieron todas el mismo día?

—No lo sé, supongo que no, pero estarían cerca; lo voy a comprobar porque ha sido sólo con este intento de suicidio cuando se han cruzado los datos y ha saltado a la vista la coincidencia.

—Bien. Localice los días en que sucedió cada una de ellas. Nos daría una pista acerca del momento a partir del cual estuvo colgado el error; en el supuesto de que exista. Esto me recuerda a esas investigaciones de la Física Teórica, que una vez que se adquiere la convicción de que algo *tiene que* existir teóricamente, hay que experimentar hasta dar con ello para demostrarlo en la práctica.

—Ahora mismo me ocupo —repuso el otro.

—Otra cosa, inspector: ni una palabra a nadie de lo que se ha hablado aquí. No tengo el menor interés en ser considerada una loca fantasiosa, que es lo que me faltaba. Partimos de la base de que la coincidencia lo único que revela es una coincidencia en el error; y eso, en el caso de existir éste, lo cual dudo que podamos probar aunque hubiese existido, así que imagínese el camino que llevamos. La verdad es que ni yo misma me creo lo que le estoy diciendo. No hay constancia alguna de que el hipotético error del que estamos hablando haya existido. ¿Ve usted adónde lleva la imaginación desatada por un cúmulo de casualidades?

—Sí, me temo que es una vía muerta —admitió el inspector.

—Este caso es cada vez más oscuro. Y cada vez que hablo con alguien se me oscurece más. Además tengo la sensación de que existe una verdad más sencilla por debajo de todo esto, pero todos mienten, hay demasiadas mentiras en este asunto. ¿Pudo haber algún testigo externo el día del asesinato? Vicky estuvo cerca de la casa la tarde fatídica, ¿volvió a rondar por la noche?; hablaremos con ella. Preguntaremos a Angelina: ¿pudo acercarse alguien más antes de irse ella?, ¿se fue realmente a la hora que dijo?, ¿y los Piles? Lo malo es que ninguno de ellos me casa con la figura del asesino que estamos buscando.

—Excepto Casio y Covadonga.

—Piense un poco, Alameda: si fue Covadonga, estamos ante un crimen seguido de suicidio. Si fue Casio, lo único que tiene a favor de su candidatura es su confesión inicial. Yo creo que, de haber sido él, habría cuidado un poco más los detalles; es un tipo centrado, veterano y con suficiente sangre fría. La verdad es que se encontró con el asesinato ya cometido, improvisó una salida, se lo echó a la espalda y sólo el sentido de la culpa de la hija, que se suicida, lo liberó de ese tremendo compromiso que se había autoimpuesto. Finalmente, Alameda, la opción real es la hija. Lo que tengo que certificar para cerrar la instrucción es que se trató de un crimen seguido de suicidio. Y, por último, lo de las otras tres muertes es pura especulación, pasto de publicaciones sensacionalistas como mucho. La verdad es que si es así está demasiado claro para habernos dado la lata que nos está dando.

No: tenemos que pensar que Covadonga es un efecto colateral. Pero, entonces, la coincidencia es diabólica. ¿No podemos olvidarnos de las coincidencias? ¡Qué desesperación, madre mía!

—Usted no abona la tesis del suicidio, le recuerdo —dijo el inspector.

—¡Por Dios, Alameda, no me martirice! Esto son arenas movedizas: cada vez nos hundimos más en ellas.

Al día siguiente Mariana salió a correr muy temprano con la intención de disponer de tiempo para regresar a su casa, cambiarse y visitar a Cecilia antes de acudir al Juzgado. La noche anterior durmió en casa de Jaime y hubo de levantarse con el alba para ir en busca de su vestimenta de sport, de manera que acabó recorriendo media ciudad varias veces hasta que al fin, harta de carreras, sacó el coche y se dirigió a la casa del crimen. Pensaba en ella como la «casa del crimen» y al darle ese nombre le corría un espasmo de ansiedad por el cuerpo pensando en la niña. Le parecía cruel dejarla allí y era evidente que no podía dejar pasar un día más sin tomar una decisión. El informe del fiscal, imprescindible por tratarse de tutelar los derechos de una menor, estaría sobre su mesa al final de la mañana a más tardar y entonces iba a decidir de una vez por todas a quién concedía la guarda y custodia y la patria potestad sobre Cecilia; la concesión tendría necesariamente un carácter temporal debido a que la madre aún se encontraba con vida, pero ya no era posible retrasarlo más y sus dudas, en lugar de disminuir, aumentaban. La dificultad provenía en el fondo, y ella lo sabía bien, de una intuición: la de que todos estaban mintiendo, que una cadena de mentiras sustentaba el orden de sus vidas y la mentira no era el lugar adecuado para criar a una niña. Si tan sólo pudiera levantar el velo de la mentira sabría elegir, pues nadie es perfecto y la perfección no es exigible. Pero las sombras de la mentira amparaban verdades que podrían ser terriblemente dañinas y Mariana no disponía de medio alguno para descubrirlas y valorar sus efectos. Tendría que elegir a ciegas y eso la desesperaba.

Lo había hablado con Jaime la noche anterior y él quedó tan desconcertado cuando Mariana le comentó sus dudas que, en un principio, se preguntó si no se estaría comportando como una mujer comida por los escrúpulos. Para Jaime el único dilema era, en todo caso, elegir entre dos clases de hogares: el de un viudo o el de una pareja entrada en años y la respuesta era igualmente clara: el viudo era el padre de la madre y eso le otorgaba el derecho, pero teniendo en cuenta que un niño es un serio problema para un hombre solo, lo adecuado sería entregarlo a la pareja. En el cuidado de un niño, la mujer es la única garantía y la cuidadora natural; y, a falta de madre, buena era la abuela. Ningún hombre, concluyó, puede ocuparse él solo de una criatura. Ni puede ni debe porque su cuidado es de otra clase.

«Mal empezamos», pensó Mariana cuando llegaron a ese punto. De haber tenido diez años menos, habría entrado en una furiosa discusión sobre roles masculinos y femeninos, pero a estas alturas de la vida no iba a meter el pie en ese hoyo. Por lo mismo, se vio de repente a sí misma cerrando con toda naturalidad la puerta a una forma de entendimiento que le hubiera apetecido y comprendió que la verdadera madurez era contraria a los deseos equivocados; aquél no era camino para transitar juntos y Mariana regresó a la fórmula cínica, pero bien compadecida con la realidad, de buscar en las relaciones solamente los puntos de contacto. Quizás, la única vez en su vida que exigió y entregó plenamente todas sus ilusiones fue en su matrimonio y durante un plazo de tiempo el sueño se cumplió. Después lo intentó alguna otra vez, sí, más llevada por el despecho o la amargura de la derrota que por la esperanza y tuvo que aprender rápido a no compadecerse, a saber qué y cómo elegir, a recortar espejismos en favor de las realidades, al cinismo. Entre cínica y estoica prefirió ser cínica porque esta actitud se encontraba más cerca del placer, lo que no le impidió vivir casi como una monja desde que entró en la magistratura. Pero ahora, allí, en compañía de Jaime, el cinismo rendía sus frutos. Es decir, siempre que no plantease cuestiones como la de la custodia de Cecilia Piles, por ejemplo, cuestiones que la devolviesen a sus referentes morales y se viera obligada a sacrificar el cinismo a la ética personal. Esta especie de convivencia incorporal entre un Jekyll sensual y un severo Hyde era una estrategia de supervivencia perfectamente armada, por más que en el fondo de su corazón y de su pensamiento anhelara convertirlos en un solo yo.

Iba tan abstraída en sus pensamientos que pasó de largo la carretera que conducía a la Colonia y tuvo que seguir adelante durante un buen trecho a lo largo de la avenida que bordeaba la playa de grava y rocas que sucedía a la del paseo a partir de la desembocadura del río Viejo. Condujo hasta la rotonda del Pery, giró junto al conjunto escultórico de chapas de metal que empezaban a corroerse hermosamente a la intemperie para dar la vuelta, tomar el sentido contrario y volver a recuperar la desviación de la carretera a cuyo principio se encontraba la «casa del crimen».

Angelina no estaba sola en la casa. La pequeña Cecilia se encontraba acatarrada. Mariana subió a buscarla a su cuarto, donde la halló bien abrigada y con la punta de la naricilla escocida. La niña la reconoció y sonrió al verla. Mariana estuvo un rato jugando con ella y preguntándole por los peluches extendidos sobre la cama.

—¿Cuándo va a venir mi mamá? —preguntó la niña de pronto.

—En cuanto se cure. Va a tardar un poco todavía. Dime una cosa, ¿te gustaría esperar a mamá en casa de los abuelos Joaquín y Ana María?

La niña bajó la cabeza.

—¿Te gustaría?

La niña permaneció callada y miró a un lado como si rehuyera la respuesta.

—¿Y con tu abuelo Casio?

La niña frunció el ceño, pero no contestó.

—Entonces ¿prefieres quedarte aquí con Angelina?

—Yo quiero ir con mi mamá y con mi papá.

—¿Y la tía Ana? ¿Te gusta la tía Ana?

La niña asintió con la cabeza.

—Pobrecita mi niña —dijo Mariana muy cariñosamente—. Te vamos a cuidar mucho, preciosa, como te cuidaba tu mamá, hasta que ella pueda venir a estar contigo.

Cecilia empezó a hacer pucheros.

—Mi mami lloraba y me cogió muy fuerte y me manchó de sangre —dijo de pronto con la voz entrecortada.

Mariana la tomó entre sus brazos y la meció para consolarla.

—No llores, preciosa. No pasa nada; tranquila, tranquila...

La niña le echó a su vez los brazos al cuello y se consolaron mutuamente. Angelina apareció a la puerta de la habitación.

—Qué pena da, señorita, esta pobrina —dijo dirigiéndose a Mariana—. Está todo el día como de mantequilla.

—Es natural, Angelina, con lo que ha pasado la infeliz. Voy a quedarme un rato con ella y luego quiero hablar un momento con usted antes de irme.

—Como usted guste, señorita.

Al final, Mariana consiguió alegrar a Cecilia y le costó irse porque la niña trataba de retenerla a toda costa.

Afortunadamente esa mañana no tenía juicios, por lo que podía flexibilizar un tanto su horario, pero a la hora de despedirse le costó tanto esfuerzo desprenderse de la niña como a la niña de ella.

—Hay una cosa, Angelina —dijo Mariana ya en la puerta de la calle, mientras hacía guiños jocosos a Cecilia como despedida—, que quería preguntarle. ¿Alguna vez ha visto usted en esta casa a una señora llamada Victoria Laparte?

—¿La señora Vicky?

—Sí... esa misma —contestó levemente sorprendida Mariana.

—Sí, señorita. Estando yo en la casa habrá venido dos o tres veces, siempre acompañando a don Casio.

—¿Y la noche...? —miró hacia la niña e hizo un guiño de inteligencia.

—No; esa noche, no; por lo menos hasta que yo marché.

—¿Se conocían ella y la señora?

—De vista. Ya le digo que sólo venía acompañando a don Casio. ¡Ay, espere...!

Mariana miró con atención a la criada.

—¿Sí?

—Ahora que lo dice usted, sí que vino; vino dos veces a ver a la niña por encargo del abuelo, que estaba en la cárcel. Me dijo que venía de ver al abuelo en la cárcel y que don Casio le había encargado que viera a la niña para contarle luego cómo estaba. El pobre don Casio, imagínese usted; y la segunda vez, que seguía encerrado, sin saber nada de la nieta y con la hija medio muerta.

—¿Estuvo usted con ella en todo momento?

—No, todo el tiempo, no. Yo la dejé con la niña y al rato vino a despedirse.

—O sea que estuvieron a solas un rato.

—Un rato nada más, yo subí a buscarla en seguida, no se crea usted, en cuanto terminé con la cocina. La señora no se llevaba con la señora Vicky, ¿sabe usted?

—¿Y cómo deja usted a la niña con una desconocida?

—Es que no era una desconocida y venía de parte de don Casio.

Mariana hizo un gesto de desaliento y renunció a darle explicaciones.

—Así que se quedó por ahí arriba campando a sus anchas —dijo.

De inmediato advirtió el gesto hostil y ofendido de la vieja criada, pero hizo caso omiso de él.

—Supongo que no ha vuelto más.

—No, señorita. Ayer vino don Casio, pero vino solo.

«Así que Vicky miente más que habla —pensó Mariana mientras se dirigía a su coche—. No sólo se resistió a decirme que esa noche se había acercado a la casa y que se encontró con Casio sino que, después de haber confesado lo anterior, ahora resulta que volvió a la casa después del suicidio de Covadonga y ella sola además, enviada por Casio quién sabe con qué intención. En fin, lo mismo este hombre tiene sentimientos». ¿Fue ésa la única vez que visitó a Casio en prisión? Era lo siguiente que tenía que averiguar.

El inspector Alameda se acercó al Juzgado esa misma mañana. Habían estado investigando de nuevo el ordenador de mesa de Cristóbal y Covadonga sin encontrar otro rastro de su entrada en la web que no fuera la referencia guardada en el historial. El inspector siempre desconfiaba de la capacidad del aparato de ponerse en marcha por los chirridos del módem externo al conectarse y asistía circunspecto a las manipulaciones del técnico. De haber dispuesto del pseudónimo que usaba ella —dijo el técnico— quizá habría podido avanzar, pero sin él resultaba de todo punto imposible. Aunque por un momento barajaron la posibilidad de conectar con los supuestos ordenadores de las otras tres personas fallecidas por la misma causa, al final desistió, convencido en parte por un ataque de fatalismo y en parte por lo complicado del operativo que requería y que sólo se fundaba en una simple hipótesis.

—Yo creo —le estaba diciendo Mariana— que hay algo bastante oscuro en la actuación de nuestra amiga Vicky. Fue un par de veces a la casa, una estando Covadonga viva y la otra con Covadonga en el hospital. ¿Por qué visitó a la niña el día siguiente al suicidio de Covadonga?

—Al intento de suicidio, querrá usted decir.

—Oiga, inspector, ¿se puede saber a qué viene esa quisquillosería? Usted me ha entendido perfectamente, ¿no?

—Perdone. En cuanto a su pregunta: no tengo ni idea.

—No se me ocurre el porqué. Quizá sea cierto que fue por encargo de Casio a comprobar cómo se encontraba la niña —dejó caer ese comentario en busca de una respuesta.

—Quizá —respondió el inspector.

—¿Pero...?

—Pero es una posibilidad para contentar a tontos. ¡Claro que no! Tiene usted toda la razón: ella fue allí por algo y me pica la curiosidad tanto como a usted. ¿Quiere que me encargue de ella?

Mariana se echó a reír.

—Ésa es una frase de sicario.

—Uno, que tiene la querencia.

Mariana sacó el cenicero del cajón y lo puso ante el inspector. Sin decir palabra, éste inclinó la cabeza con gesto de reconocimiento y procedió a extraer el paquete de cigarrillos del bolsillo de su abrigo.

—Esto es lo que yo pienso —empezó a decir mientras el inspector encendía su cigarrillo con parsimonia—. Uno: no hay razón alguna para pensar en una visita espontánea de Vicky a la casa. Dos: del testimonio de la criada se desprende que solamente se interesó por la niña. Tres: las dos se encuentran solas en casa, por lo que Vicky puede recorrerla a voluntad mientras Angelina permanece en la cocina o en la planta baja haciendo lo que sea; no consta que subiera a echar un ojo a la actividad de Vicky. Cuatro: en la primera visita quizá se cruzó con Cova; en la segunda, la niña no se hace eco de esa visita, lo cual tiene su lógica desde el punto de vista infantil; tendría que haberle preguntado expresamente por ello; ¿o es que no se dedicó a la niña? Cinco: en todo caso, se va muy pronto...

—Lo cual abona la idea de que fue una visita por encargo de Casio y nada más —interrumpió el inspector.

—Exacto. Ahora bien: ¿por qué demonios le importa tanto a Casio el estado de la niña? ¿Hay algo más? Su imagen de padre que arropa a su hija por encima de todo le pone al margen de toda sospecha con respecto al crimen, pues lo único que hace es encubrir a su hija y estar dispuesto a pagar por algo que no ha hecho... Hasta que se descubre el pastel. Yo qué sé: imaginemos por un momento que en la casa hubiera alguna carta, una anotación, un apunte en el ordenador, que no lo hay porque lo ha revisado usted... Es decir, algo que no desea que se sepa. Incluso algo que no tiene que ver con el crimen, algo personal, comprometedor...

—Eso sólo nos lo puede explicar la propia Vicky. Él no hablará. Y ella... Bueno, ella tampoco debe de ser fácil de intimidar.

—Guarda bien lo que sabe, pero es a ella a quien primero hay que probar a sacar la información. Suponiendo que no estemos una vez más elevando lo accesorio a fundamental.

—Hay que apretarle las clavijas.

—Pero eso nos da nada más que una pieza del rompecabezas, inspector, y no la más importante. Es un asunto intrigante, pero lateral. No nos engañemos: lo que de verdad nos importa es dejar negro sobre blanco que se ha tratado de un suicidio y que ella cometió el crimen. Entonces será cuando pueda cerrar la instrucción, enviarla al Juzgado que corresponda y que ahí decidan qué sentencia dictar y qué hacer si posteriormente Covadonga acaba saliendo del coma, por improbable que sea.

—En cuyo caso insiste usted en que sería culpable y tendría que afrontar la pena que le corresponde.

—Sí; qué historia más dura, de todas maneras.

—Y que lo diga usted.

—Muy bien, inspector. Nos ponemos en marcha. Usted va a por Vicky y yo me dedico a la familia Piles para ver cómo termino esta historia de la tutela y custodia de la niña.

La Juez De Marco consiguió localizar a Ana Piles a media tarde.

—Veo que estás muy ocupada aunque sea lejos del trabajo —comentó.

—Ya he consumido el permiso y tengo que enviar unas cosas mientras vuelvo porque están a tope. Además, este mediodía he tenido que ir a la radio.

—¿Trabajas en casa de tus padres?

—No, estoy con unos colegas, que me hacen un hueco. En casa de mis padres no hay nada, ni medios ni ambiente.

—Entiendo. Bien, yo quería comentar contigo un par de cosas. La primera es que después del desgraciado suceso que tiene a Cova en coma hay que hacer algo con la niña. El abuelo materno ha solicitado la guarda y custodia y tus padres han hecho lo mismo. En principio, ambos tienen derecho a la tutela de la niña mientras no se resuelva de un modo u otro la situación de la madre. Tú has estado —prosiguió— visitando a Cecilia todos estos días, llevándola al colegio y trayéndola luego y te estás portando estupendamente con ella, así que me interesa mucho saber tu opinión al respecto. Yo no conozco el ambiente de la casa de tus padres y me vendría muy bien saber qué piensas del hecho de que la niña vaya a vivir con ellos.

—Mira, no sé qué decirte. Yo me imagino que tendrá que ser así porque no se la vas a dar al otro abuelo, que es viudo y más bien raro y que dudo de que vaya a ocuparse de la niña como hay que hacerlo; pero, francamente, a mí no me preguntes por el ambiente de casa porque yo me tuve que ir de ella para poder respirar un poco, ¿comprendes?

—Las circunstancias cambian y la gente también cambia con la edad —contestó Mariana—. Tus padres ya no son los que te trataron a ti cuando niña; ahora tendrían que ejercer de abuelos y ya sabes que los padres suelen ser mucho más condescendientes y tolerantes cuando sus hijos los convierten en abuelos.

—Si tú lo dices... Yo, desde luego, lo dudo. Puede que mi padre, que siempre ha sido el más blando, se comporte como un abuelo clásico, pero mi madre es genio y figura. Ésa no cambia ni de casualidad. Pero, bueno, ¿adónde va a ir la niña, si no?

—¿Y tú? —aventuró Mariana.

—¿Yo? —dijo Ana con un aspaviento—. ¿Yo con la niña? ¡Tú estás chiflada! ¿Qué voy a hacer yo con una niña en Zaragoza?

—Tranquila, no te sulfures. No he dicho que te lleves a la niña a Zaragoza. Yo he visto que le tienes cariño y te has ocupado de ella y que ella te lo tiene a ti y me preguntaba si, a lo mejor, te venías a trabajar aquí y te quedabas cerca de ella. Ése sería un factor muy positivo. Al fin y al cabo, tú, como periodista, puedes trabajar en la prensa autonómica lo mismo que en Zaragoza; o en la radio, o en la televisión local.

—Oye, no me vengas con bromas. Yo estoy en Zaragoza o en cualquier otro sitio que no sea éste para estar bien alejada de mi familia porque la única manera que tengo de llevarme con ellos es estar lo suficientemente lejos como para que me entren ganas de venir a verlos de vez en cuando. Mi madre es un sargento de caballería que no tiene otra misión en la vida que mandar a todo el que se le ponga por delante, incluido mi padre. O especialmente a mi padre —rectificó—. No creo que haya que estudiar Psicología para entenderlo: un marido que traga, un hijo al que su madre le pide que sea el hombre de la casa y lo convierte en un niño mimado y una chica que es la enemiga de clase y a la que hay que someter para ahogar las frustraciones. ¿Qué cuadro, no? Y todavía quieres que me venga aquí a vivir con ellos y a ocuparme de la niña; o sea —añadió con sorna—, a defender a la niña.

—Pobre criatura —comentó con un suspiro Mariana.

—Oye, la vida es la vida. Esa niña se las tendrá que arreglar como me las arreglé yo y como se las arregla tanta gente. Por lo menos gente que no ha tenido la suerte de tener unos padres como los que has debido de tener tú...

—Para el carro —interrumpió secamente Mariana—. Aquí estamos hablando de tu familia única y exclusivamente en la medida que, como Juez, tengo el deber y la obligación de informarme sobre ella para decidir sobre el otorgamiento de la guarda y custodia y patria potestad de una menor. Mi familia y yo no tenemos nada que ver con ello, ni a ti te tiene que importar lo más mínimo. Así que, por favor, atente a lo que estamos hablando.

—Vale —dijo la otra—. Pues te digo lo que te he dicho: si se queda con mis padres se las tendrá que arreglar por su cuenta. Lo mejor será que se arrime a mi padre, a ver si hay suerte.

—O sea —dijo lentamente Mariana—, que será inútil que te lo proponga a ti; a ti sola, quiero decir, sin el auxilio de tus padres.

—Oye, mira, te voy a ser muy sincera aunque duela decirlo: yo tengo mi vida. Me la he buscado y me ha costado un huevo. No tienes ni idea de lo que fue, primero, el internado, o sea, que te digan que no te quieren ver y te manden lejos de casa, y luego buscarse un sitio y un curro para sobrevivir. Lo he conseguido, ¿sabes? Lo he conseguido con un esfuerzo de narices, con un par de ovarios, y te aseguro que no lo voy a echar a rodar para ponerme en plan salvavidas con una niña que me mandará a tomar por saco en cuanto cumpla quince años. Me he ganado mi vida y es mía, no quiero que se meta nadie en medio.

—¿Y si un día te quedas embarazada por accidente? —preguntó Mariana ocultando con esfuerzo su indignación.

—Pues abortar, que lo tengas claro. Yo tendré una hija cuando me sienta preparada, con pareja o sin pareja, pero será una decisión mía, no algo que me echen encima, que ya me han echado bastante y bien que he pagado por ello.

—No puedo estar más en desacuerdo con esa actitud, aunque la entienda; te lo digo con pesar —contestó Mariana—, y algún día, y perdona que me ponga en plan mujer madura con experiencia de la vida, que ya me imagino que te repatea, algún día descubrirás que también te tendrías que haber desembarazado de ese rencor que llevas metido en el cuerpo. La sabiduría no va por ese camino, créeme.

—Pues sí que me importa mucho a mí la sabiduría, que es una cosa de viejos. Cuando sea vieja ya me las arreglaré para cultivarla, pero ahora tengo que ocuparme de vivir y eso no lo puedo hacer con una cría colgando de la espalda. Yo te entiendo —añadió—, que conste; no vayas a pensar que soy gilipollas; entiendo muy bien lo que dices; lo que pasa es que todavía no me ha llegado la hora de ser como tú pretendes que sea. Ésta es mi vida, me la he ganado y tengo derecho a disfrutarla como me parezca.

—Una cosa es tu vida y otra es *la* vida —subrayó Mariana—, y la vida se ocupa de darnos grandes sorpresas. Nos guste o no, la nuestra está dentro de la general y la general es el ser más frío que te puedes echar a la cara, ni cuenta contigo ni le importas un pito; ella transcurre a su aire sin atenerse a conceptos como justicia, libertad, autonomía y cosas así porque eso es de cada uno; y cada uno se sube a ella donde le toca y navega como puede; pero lo que le llega, le llega de frente e inesperadamente, así que no te confíes, no confíes tanto en disfrutar tu vida porque *la* vida será la que se encargue de ponerte en tu sitio, te guste o no.

—Eso habrá que verlo —contestó Ana.

—Eso será lo que veas —respondió Mariana.

Siguió un largo e incómodo silencio, como si cada una de ellas se hubiera quedado encerrada en sus propios pensamientos.

—Oye —empezó a decir Ana—, a ver si me entiendes. No quiero que pienses que soy una egoísta que sólo piensa en lo suyo y se olvida de los demás. No es eso. Lo que tienes que entender es que yo no me puedo jugar ahora mi vida por un accidente; que si yo estuviera dispuesta a tener una hija, la tendría, pero resulta que no estoy dispuesta y por eso no la tengo; a quienes les corresponde hacerse cargo de la niña es a mis padres, no a mí. Tengo derecho a vivir mi vida.

—No te lo discuto —respondió Mariana con voz cansada—, pero respecto a tu afirmación, insisto: ¿qué pasaría si un día te quedases embarazada *por accidente*?

—Que abortaría, así de claro. Si no es una hija deseada, abortaría.

—Ahí está la cosa. Lo que aquí sucede, en cambio, es que la niña *ya está*. En la vida hay que hacer frente a lo que te gusta y a lo que no te gusta. Hacer frente... o zafarse. Yo estoy acostumbrada a soportar las frustraciones tanto como los éxitos. Es un problema de convicciones personales y, por lo que veo, las tuyas y las mías no coinciden.

—Ya lo veo.

—Pero no te olvides —dijo Mariana como despedida— que las convicciones o la falta de ellas serán las que guíen tu vida y mejor será para ti, para tu calidad de vida personal, como se dice ahora, que estén guiadas por la generosidad y no por la cicatería.

—Vale. Tomo nota —respondió Ana.

Mariana salió detrás de ella y se fue a su casa dispuesta a dormir para olvidar.

De repente llovía y estaba en la calle. Ella sabía conducir bien con lluvia, pero estaba triste y la visión de la calle a través del parabrisas empapado y el vaivén de las escobillas arrastrando el agua de un lado le producía una especie de inseguridad espacial que no contribuía en nada a mejorar su estado de ánimo. El cristal delantero del coche era ahora una especie de lente deformante del tráfico y del tránsito y a través de él percibía la ciudad como una aguada gris y húmeda que le producía pequeños escalofríos, esa incomodidad del cuerpo que le hace encogerse a una bajo la ropa con sensación de desvalimiento.

La lluvia se convirtió repentinamente en aguacero y las gotas empezaron a repiquetear sobre la chapa del coche. Eran como los pinchazos de la arena en la cara y en las piernas al correr por la playa un día de fuerte viento, sólo que ahora las oía repicando sin parar sobre su cabeza; un ruido que significaba a la vez gratitud y temor.

Estaba en una calle ancha y se encontró con un velo de agua gris que le ocultaba el mar y los edificios. Todos los automóviles llevaban las luces cortas encendidas y entre las ráfagas de lluvia, el siseo de los neumáticos sobre el asfalto empapado y los propios reflejos distorsionados de los faros, le pareció que entraba en un mundo desviado donde las reglas de uso se difuminaban y la obligaban a repentizar sobre los escasos metros de visibilidad que se abrían delante de ella. Estuvo en un tris de parar el coche y aguardar a que cediera la violencia del agua sobre la calzada, pero no había lugar y en esa indecisión se pasó de bocacalle y se vio obligada a seguir adelante por encima de sus deseos, como empujada por una riada dominante que le imposibilitaba toda escapatoria inmediata. El tráfico se desvió al llegar a una zona más abierta y pensó que la empujaría hasta el puerto y la echaría al mar; entonces destellaron frente a ella unas luces rojas que reconoció de repente y, por reflejo, dio un brusco giro de volante y se encontró de pronto bajando por la rampa de entrada de un aparcamiento subterráneo.

Afortunadamente llevaba un paraguas en el asiento trasero, por lo que al salir al exterior pudo protegerse en alguna medida de la tromba de agua mientras trataba de alcanzar la acera donde titilaban las luces rojas divisadas en medio del diluvio que lo empapaba todo y le corría por la cara cegándola. La potente luz del semáforo empezó a brillar intermitente en verde y el viento la empujó a cruzar la calle y la llevó en un vuelo, sin que pudiera ofrecer resistencia, hasta las mismas luces, que bordeaban una puerta oval de madera.

Dentro del local la recibió una atmósfera de serenidad. Había poca gente y entre el sonido de las conversaciones, la suave música de fondo, la luz tenue y el cálido acolchado de las butacas, la moqueta, las paredes enteladas e incluso la misma barra de madera rematada en cuero, le pareció que la humedad se desprendía gratamente de su cuerpo y se evaporaba entre los efluvios de aquel ambiente acogedor.

Se encaramó a uno de los taburetes de la barra, en el extremo opuesto al de un grupo que charlaba animadamente. No conocía a nadie de los que estaban allí y casi todas las mesas se encontraban vacías. Las voces del grupo las percibía como una melopea ascendente y descendente y le pareció que, al compás, la miraban a ella haciendo comentarios entre sí, volvían la cabeza y reían cómplices y volvían a mirar y a reír, aunque, evidentemente, conversaban.

A pesar de ello, Mariana se sentía protegida en el recinto y alejada del diluvio exterior, por lo que pidió un dry martini al camarero, que se ocupó de preparárselo personalmente; éste, que sin duda haraganeaba a causa de la escasa concurrencia, se quedó merodeando alrededor de ella, del otro lado de la barra, quizá dispuesto a entablar conversación, pero Mariana, tras cambiar unas amables palabras, se volvió de cara al salón dándole la espalda y con la vista fija en la puerta, como si a través de ella pudiera controlar el desarrollo del temporal.

Al cabo de unos minutos se dio cuenta de que alguien la observaba, concretamente lo sintió en las piernas. Se miró porque vestía el clásico traje sastre que usaba para ir al Juzgado que, sin embargo, era de un llamativo color verde cuajado de reflejos; encaramada al taburete, con las piernas cruzadas y la falda subida descubriendo los muslos, esa parte de su cuerpo estaba actuando como reclamo de los pocos y difusos elementos masculinos que se encontraban en el local, donde además era la única mujer, lo que le producía una extraña sensación de placer y nerviosismo a la vez. En un primer golpe de vista no acertó a saber de dónde provenía la mirada que se imponía a todas las demás, la que le hacía sentir así. Era obvio que los de la barra la observaban disimuladamente, con rápidas miradas cortas mientras seguían hablando, como queriendo hacerle saber que estaban allí, que la habían visto y que estaban dispuestos; pero había algo más, otra mirada, muy fija, muy delatora, que era la que habría sentido con energía sobre sus piernas cruzadas al aire, erguida en el taburete.

El hombre estaba allí, en un rincón al fondo, en la zona más penumbrosa, sentado a una mesa con aspecto reconcentrado y un vaso vacío ante él. Su silueta se recortaba en la sombra y Mariana, una vez que lo hubo localizado, sintió la natural intriga porque notó que el hombre, inmóvil en su silencio meditativo, no le quitaba ojo, aunque no podía ver su cara. Tanto sabía lo que estaba mirando que descruzó y volvió a cruzar las piernas en una actitud que no era lasciva ni nada parecido, pero sí retadora. Luego se volvió de cara a la barra y fijó sus ojos en el espejo de la pared de enfrente, un espejo largo y estrecho coronado por una repisa llena de botellas. Ahora podía mirar sin ser observada y quiso saber algo más de la figura del rincón. El camarero, atento a sus movimientos, dudaba si acercarse y Mariana tomó un sorbo de su copa ignorándole. De pronto le invadió una corazonada y se volvió despacio, con un ademán casual y rápido, para volver a mirarlo. Estaba retirado y en sombra y una imagen cruzó su mente como un chispazo: *el hombre oscuro*. ¿Por qué? Volvió a mirar a través del espejo con atención y supo que lo conocía. Pero si era así, ¿por qué ese sobresalto que se alojó en su pecho como un golpe seco de ansiedad?

¿Quién era él? ¿Qué hacía allí solo? ¿Acaso había optado por refugiarse del temporal como ella? Estuvo a punto de volverse en su dirección otra vez, pero no pudo porque una fuerza invencible se lo impedía. De cara a la barra apoyó el brazo en el reborde de cuero e intentó distraerse. Se encontraba ante un dilema: ni deseaba entablar conversación con el encargado o los otros hombres, que la observaban expectantes, ni quería contacto alguno con el desconocido de la esquina y en cierto modo podía decir que estaba atrapada entre ambos porque el temporal le cerraba la salida natural, salvo que aceptara salir a enfrentarlo a riesgo de empaparse de agua de los pies a la cabeza.

Volvió a observar al hombre por medio del espejo, pero seguía escondido en aquel rincón de incertidumbre. El espejo se había oscurecido también y sólo lo reflejaba a él. ¿Se había percatado de quién era la propietaria de las piernas o en su fijación no pretendía reconocerla? No hay hombre que, atraído por una parte de un cuerpo femenino, no calibre inmediatamente el resto, de modo que sí, tendría que haberla reconocido. En ese caso, ¿qué significaban la distancia y la mudez que mantenía? No había cambiado de postura desde que lo vio por primera vez: sentado, retirado, pensativo. Ahora bien: si la había reconocido, ¿por qué no se acercaba o, al menos, le hacía una seña desde el momento en que se supo localizado? Consideró la posibilidad de que no la hubiera reconocido, estando como estaba casi siempre en escorzo con respecto a él y desechó la explicación por imposible. También consideró la posibilidad de que, en realidad, ni siquiera estuviese mirándola; por lo mismo, no se atrevió a acercarse o hacerle una señal de reconocimiento, por si no era él y el que fuera la tomaba por lo que no era. Sabía quién era, pero no lo conocía, era tan extraño... Y había algo más también: con la duda convivía un fuerte deseo de aproximarse a él, un deseo incomprensible donde se mezclaban el rechazo y la expectación. En cualquier caso, la distancia que marcaba le resultó extraña. Parecía como si una forma de inercia lo atase al sillón. De repente, en el espejo, le vio extraer un cigarrillo del paquete que tenía ante sí en la mesa, junto a su copa, y al percibir su rostro iluminado por el instantáneo resplandor de la llama de la cerilla sólo pudo apreciar luces y sombras de un rostro incompleto. ¿Quién era? ¿La despreciaba, acaso? ¿O la estaba retando?

—¿Quiere que le diga al señor que está usted aquí? —la voz del camarero susurró casi en su oído la pregunta, de manera insinuante, y Mariana se sobresaltó.

—¿Cómo dice usted?

—Que si desea que avise al señor de que se encuentra usted aquí —dijo el camarero incorporándose sobre la barra. Ella le miró severamente comprendiendo que había captado sus miradas hacia el hombre sentado.

—¿Por qué tendría usted que decirle nada de mí? —preguntó con dureza.

—Ah... —el hombre titubeó—. Disculpe. Creí que se conocían ustedes.

—No es asunto suyo —dijo ella—. Quisiera terminar tranquilamente mi copa —añadió con una mirada expresiva. El camarero se retiró, reticente.

Así que la había visto, aunque seguía sin moverse de su butaca ni demostrar reconocimiento. ¿Quién era? Se limitaba a mirar, con una fijeza tan constante que Mariana pensó si, en realidad, no la estaba mirando a ella sino que tenía simplemente los ojos puestos en sus piernas, como alelado o como ausente, sumido en sus pensamientos, mirando sin ver, colocando la mirada en el objeto de su atención sin más motivo que dejarla allí, anclada, para poder rumiar aquello en lo que tuviera ocupada su mente. Poco a poco empezó a sentir que la respiración le faltaba, que tenía un tapón en el pecho y debía hacer un verdadero esfuerzo para seguir respirando.

Trató de imaginar lo que pasaba por la mente del otro y, como si se tratara de una transferencia emocional, vio lo que él estaba viendo; lo vio a través de una sensación de calor que subió por sus piernas haciendo que las cerrara instintivamente a pesar de tenerlas cruzadas; primero lo sintió como un golpe, como si él la odiara; de pronto, aquel hombre, inmóvil en su rincón, se introducía en ella haciéndole saber que la aborrecía con el mismo esfuerzo contenido con que la deseaba y ese odio amoroso estuvo a punto de desequilibrarla, presa de mareo; por un momento se aferró a la barra. Sentía fiebre y aversión y volvió a respirar con dificultad. Conocía esa clase de acaloro, que venía de una especie de vergüenza alojada muy hondo en la memoria, inesperada, aguda como un cruel remordimiento y que le atraía irresistiblemente. La llamada era igual que un cuchillo que, al entrar en la carne, genera calor y luego, ya dentro, provoca un frío mortal, antesala del dolor.

Comprendió que lo mejor sería abandonar el local de inmediato, sin apurar su bebida, a pesar de la lluvia. Entonces descubrió que estaba sola: todos los hombres habían desaparecido y el local se oscurecía por momentos. La oscuridad también le producía calor. Llamó al camarero para pagar la cuenta, que también había desaparecido, pero escuchó la voz que provenía de la esquina donde fumaba el hombre:

—Está usted invitada.

Mariana se sobresaltó. ¿Por qué no lograba reconocerlo?

—No acepto invitaciones —dijo con un acento tan seco como despectivo.

Mientras tanto, la luz regresaba hendiendo la oscuridad, pero siempre tenue. Decidió que no volvería por aquel lugar intimidatorio. Lo había decidido ya antes, no sabía por qué, como lugar de cita habitual, pero esta ocasión lo sellaba definitivamente. Dejó un billete sobre la barra y la copa a medio beber y se apeó del taburete mientras recogía su bolso. El camarero reapareció de pronto para entregarle la gabardina y el paraguas por fuera de la barra. El grupo que se encontraba charlando al otro extremo suspendió un instante la conversación para observarla mientras se colocaba la gabardina, esta vez sin recato. Sin duda habían advertido el rechazo de Mariana a la invitación y les picaba la curiosidad. ¿Por qué reaparecían de nuevo?

Se detuvo apenas había dado dos pasos hacia la salida del local al descubrir que en el ínterin había entrado alguien más porque se veían nuevos clientes e incluso distinguió a dos mujeres entre ellos, pero no conocía a nadie y el sitio le parecía cada vez más intimidatorio. El tono medio de voz también había aumentado; todo eso lo percibió de pronto, como si hasta ese momento hubiera estado encerrada en una burbuja selectiva dentro del lugar, una burbuja que se hubiera cerrado y los hubiera recogido a los dos, al hombre oscuro y a ella, en una especie de suspensión del tiempo. Al salir volvió a mirar hacia el hombre oscuro llevada por un impulso invencible que no supo controlar, y el hombre continuaba allí aunque parecía mirar para otro lado, ignorándola.

Fue una mirada fugaz, sin darle una sola oportunidad de mostrar que antes había recibido la suya. Ni quería hablar ni se sentía con fuerza para enfrentarlo, sólo buscaba la salida; y de pronto, todo cuanto sucedía dejó de producirse al ralentí para reclamar un movimiento normal; con un último esfuerzo puso freno a la morbosa curiosidad que crecía en su cabeza a medida que se aproximaba a la salida. No dejaba de preguntarse también si su actitud no sería extremadamente ridícula e impropia de una mujer adulta. Pero la confusión dominaba sobre la lucidez; necesitaba la cabeza fría y por ello no quiso pensar en nada que no fuera abandonar el local. Nada más salir al exterior comprobó que la lluvia había cesado, aunque un viento frío la destempló. Apenas se abrió el semáforo echó a correr hacia el aparcamiento subterráneo y corrió escaleras abajo por la entrada de peatones, pero no había escaleras sino una rampa húmeda que pretendía engullirla, un descenso en tirabuzón, estrecho y deslizante por el que se precipitó con el corazón en la boca. También allí hacía frío.

Entonces despertó. Se había quedado dormida en el sofá del salón en una postura dolorosa de la que fue saliendo poco a poco hasta enderezarse. Al hacerlo descubrió la ventana abierta. Pero la imagen del hombre oscuro seguía en su cabeza. Quién sería. Por qué estaba en su mente. De dónde venía.

Una vez despierta, Mariana se bañó, como tenía por costumbre cuando deseaba sentirse como renacida, se puso el camisón, se echó una bata encima y cenó algo de fruta y un yogur. Luego buscó acomodo en el sofá, acompañada de un whisky con hielo y soda, trajo también consigo un libro y se preparó para leer. Hacía varios días que no abría un libro y se dijo que necesitaba lectura y paz, así que estuvo dudando entre un relato, *La marquesa de O...* y *Effie Briest*, de la que le habían hablado tanto, y se decidió por la primera. «Empecemos por el embarazo misterioso y ya llegaremos al adulterio», se dijo.

A pesar de sus deseos, no pasó de las primeras diez páginas. Otro asunto le rondaba la cabeza imponiéndose página a página a las escenas de la vida en la campiña inglesa. Desde que habló con Jaime Yago de su preocupación por la niña Cecilia, una definida sensación de malestar se había introducido en su espíritu. Recordó con cierta amargura la máxima de no pedir a la gente más de lo que te puede dar y se preguntaba sobre lo que le pedía a Jaime Yago. La conclusión era que, en realidad, nada excepto una forma de placer reservada exclusivamente a la intimidad del encuentro físico. Si no fuera más que eso no tendría razón para inquietarse, pero lo preocupante era que estaba empezando a prender en su ánimo una vivencia de vacío unida a la de placer. No había más que eso, pensó, y eso sólo se producía de una manera determinada en un tiempo concreto y fuera de él la soledad seguía imperando en su vida. En cierto modo, podía pensar que los frecuentes y apasionados encuentros con Jaime eran una compensación y lo cierto es que no era así, que el desequilibrio entre una aspiración, la compañía, y la otra, el placer, era grande; o, si no grande, el contraste entre ambas resultaba demasiado brusco y cortante. Era como vivir dos vidas, porque todo lo que Jaime Yago tenía de buen amante lo tenía de anodino o, más aún, de elemental y tópico, en cuanto a su personalidad. La misma reacción de hiriente indiferencia ante el problema de Cecilia, que revelaba un alma no sólo egoísta sino banal y plana, mostraba el escaso futuro de la relación; apenas se apagase el fuego, las cenizas se las llevaría la primera ventolera del Cantábrico. Su amiga Carmen se preocupaba, ya lo advirtió con claridad, por su prestigio y ella misma veía con la misma claridad que no parecía lo más adecuado, recién llegada a la ciudad, tomar fama de mujer rendida en los brazos de un seductor de provincias porque, además, su calidad de Juez añadía un toque especialmente morboso al asunto. Sin embargo, eso era algo que tenía bien meditado: si unas veces por una cosa y otras por otras debía andarse con tantos remilgos, acabaría viviendo como una monja seglar, lo que, no teniendo ni vocación ni fe, era un acto de masoquismo mucho más grave que la fama de mujer ligera. Esa preocupación por el qué dirán, tan española y tan actual aún en determinados ambientes, muchos más de los que asomaban en la superficie de la vida social, conducía a una especie de automutilación y de insania de efectos devastadores, aún más para el espíritu que para la carne. «Al fin y al cabo —pensó— tampoco mi vida consiste en pasar de una cama a otra, porque no hay nada que acabe hastiando más que la promiscuidad y sé de lo que hablo. Tengo todo el derecho del mundo a mantener una relación, y tanto mejor para mí si es un guapo como éste, que son los que me gustan por mi mala cabeza. Ya me alegraría a mí dar con un tipo con esa planta, pero muy cariñoso y con una mente digna de conocimiento; a mí y a cualquier mujer que se precie. No sé dónde leí una entrevista —recordó— con una actriz porno que decía que ella, para el sexo, prefería los chicos malos y para el amor los buenos. A mí —se dijo—, que no soy una Juez porno, lo que me gustaría es encontrar un chico bueno con pinta de malo».

Miró la hora aunque no tenía sueño, bebió de su copa y trató de volver a la lectura inútilmente. Al poco estaba de nuevo dándole vueltas a los mismos pensamientos; porque esa sensación de malestar era el preludio, lo presentía con ingrata claridad, de una ruptura quizá no muy lejana. Las ideas que le rondaban habían abierto una grieta sutil; y sus convicciones personales y morales, que hasta entonces estaban retenidas en favor del deseo de disfrutar de la vida sin complicaciones ni reparos, empezarían a hacer cuña a partir de este momento y poco a poco la grieta se iría abriendo y extendiendo hasta quebrar el asiento de su relación. Era así, pero decidió que ni sufriría por ello ni por ahora iba a dar pie a que el asunto se adelantase a costa de lucubraciones como ésta porque el *tempo* lo medía ella y estaba segura de que, cuando el final anunciado llegara, sería capaz de disolver ese vínculo sin otro daño que el derivado de un disgusto semejante a la pérdida de un regalo favorito.

Y llegando a esta conclusión después de un día tan arduo como el que había soportado, se dispuso a internarse por tercera vez en la novela que le aguardaba pacientemente abierta sobre su regazo.

Esa noche Mariana durmió bien y a la mañana siguiente, prescindiendo de su carrera habitual, se presentó en el Juzgado a primera hora con la intención de recabar el informe del fiscal y decidir sobre el destino de la niña Cecilia. Sin embargo, le aguardaba una sorpresa. Joaquín Piles había telefoneado solicitando una entrevista con ella con la mayor urgencia posible. Intrigada, mandó que le avisaran de que ya se encontraba en su despacho y le vinieron con la respuesta de que en diez minutos se presentaría allí. Un tanto inquieta, además de excitada por la curiosidad, aprovechó para salir a buscar un café, porque con la preocupación de llegar cuanto antes había olvidado desayunar, y ante la máquina de café encontró al inspector Alameda.

—Está usted en todas partes —le comentó jovialmente—. No me diga que viene usted aquí por mí.

El inspector, caballeroso, se destocó y le tendió la mano. Mariana se percató por primera vez de que el cabello le clareaba en la coronilla y el escaso pelo de esa parte lo peinaba hacia atrás con ayuda de alguna especie de gomina, sin duda para que la gorra no se lo levantase cada vez que se la quitaba, un rasgo de coquetería que le pareció conmovedor. Ella sabía que al inspector no le hacía mucha gracia tener que mirar hacia arriba para hablar con ella —«Con ella o con cualquier mujer», pensó— debido a su corta estatura, pero ahora, con una superior visión sobre la azotea del inspector, entendió mucho mejor su desagrado y el reconocimiento que le hacía al destocarse, lo que la conmovió por segunda vez.

—La verdad —dijo el inspector ofreciéndole el primer café que salió de la máquina— es que quería comentarle unas cuantas cosas acerca del caso Piles y, como me venía bien, decidí pasar por aquí a ver si tenía unos minutos.

—Para usted, siempre, inspector —una sonrisa casi imperceptible asomó a los labios del inspector—. Lo único que le pido es que aguarde un poco porque esta mañana he recibido una llamada de Joaquín Piles, que quería verme con toda urgencia y, bueno, estoy a punto de recibirle, así que mejor me espera usted y hablamos tranquilamente.

—Ah, conque el abuelo Piles tiene prisa. Vaya, vaya... —comentó ladinamente el inspector.

—¿Acaso sabe usted algo más que yo? —preguntó Mariana.

—No. No lo creo, pero tengo mis teorías. Sobre todo tengo la teoría, y ya lo dejé caer en días pasados, de que tras este caso de apariencia tan sencilla se esconde el mayor cúmulo de mentiras que este menda ha visto concentrarse en un solo asunto.

—Sí —respondió Mariana—. La verdad es que la llamada del señor Piles tiene pinta de contener una revelación; no sé de qué calibre.

—Grueso. Grueso calibre, se lo adelanto yo —terció el inspector—. Ya le digo que aquí hay mucha mierda enterrada, con perdón, y ya es hora de meter la pala.

—Está usted que lo tira con las metáforas —se chanceó Mariana.

El inspector se llevó la mano al bolsillo de su sempiterno abrigo y extrajo un libro que agitó ante ella.

—Antonio Machado —reconoció la Juez—. Me deja usted de una pieza.

—A ver si se ha creído que es usted la única que lee —dijo el otro con toda intención. En ese momento apareció frente a ellos Joaquín Piles y Mariana, haciendo un guiño cómplice al inspector como despedida momentánea, se llevó al recién llegado a su despacho. «Y éste —pensó mientras caminaba, refiriéndose al inspector—, ¿cómo sabe que yo soy una lectora empedernida?».

La Juez De Marco advirtió en seguida el nerviosismo de su interlocutor; que la visita le resultaba ingrata era tan evidente como su destemplado estado de ánimo, lo cual le hizo pensar que, fuera cual fuese la razón de su presencia en el Juzgado, no era por causa grata.

—Veamos qué es eso tan urgente que tiene que decirme —comenzó ella.

El hombre hizo un verdadero esfuerzo de voluntad para sobreponerse a lo que, a todas luces, le resultaba muy penoso.

—Verá usted, señoría —empezó a decir con voz entrecortada—. Lo que me trae aquí es relativo a... a la custodia de la niña...

—De su nieta —precisó la Juez, por tranquilizarle.

—Sí... No... —el titubeo alcanzó de lleno la línea de alerta de la Juez—. Verá usted —volvió a repetir el hombre—, de lo que se trata es... de que tenemos una información muy... Una noticia sorprendente que nos ha dejado conmocionados... Una noticia inesperada que...

—Veo que le está resultando muy difícil y quisiera ayudarle —la inquietud de la Juez estaba subiendo por momentos aunque, como estaba a ciegas, trató de acelerar la declaración de Joaquín Piles—. Vamos a ver: ¿dice usted que tiene que ver con su nieta?

—Sí —contestó el otro, repentinamente abrumado—. Es por la niña. Hoy hemos sabido, hoy a primera hora, que nuestro hijo había solicitado una prueba de paternidad —lo soltó de golpe y pareció que se libraba de una gran carga.

Quien ahora sintió un golpe al corazón fue la Juez, pero se rehízo de inmediato, si bien no logró ocultar su sorpresa.

—¿Eso es algo que se puede verificar? —preguntó.

—El médico de cabecera nuestro, de la familia quiero decir, ha hablado con nosotros. Vino anoche a nuestra casa porque tenía un problema de conciencia. Nuestro hijo le explicó que no debía decir nada a nadie, que era un asunto personal. No quiso darle explicaciones, sólo le dijo que quería hacer esa prueba y que le llevaría a la niña. El doctor no llegó a realizar la prueba completa y, naturalmente, guardó silencio, tal y como Cristóbal le había pedido; pero es de toda confianza, nos conoce desde hace años, y no sabía si romper la promesa y contárnoslo. Al final decidió contarlo porque en conciencia pensaba que tenía que hacerlo. Lo que no sé es si también lo sabía Covadonga y el doctor no puede confirmarlo —ahora el gesto del hombre era pesaroso. La Juez se levantó decidida, casi con violencia, salió del despacho y regresó al punto con el inspector Alameda.

—Haga usted el favor —dijo dirigiéndose a Joaquín— de comunicar al señor inspector todos los datos que corroboren fehacientemente su declaración. Hable con él y ahora proseguiremos usted y yo.

Mientras los dos hombres hablaban, Mariana se retiró al pasillo para rehacerse. ¿Qué era lo que estaba ocurriendo con aquel caso? Sin duda los estaba invadiendo una especie de locura malsana o la locura misma estaba formada por tal cúmulo de ocultaciones que se le hacía insuperable el esfuerzo por digerirlas. ¿Hasta cuándo iban a estar surgiendo mentiras? Todo cuanto había parecido ser el cuadro en que se desarrollaban inicialmente los acontecimientos, desde aquella mañana en la que llegó por primera vez a la «casa del crimen» para encontrar un penoso espectáculo de sangre y abatimiento, se estaba transformando por completo, como una pintura sobrepuesta a la primera la cual, al ir siendo descubierta, mostrara una escena bien distinta pintada por una mano siniestra.

¿Cristóbal Piles solicitando una prueba de paternidad? «Hay veces —se dijo— que la vida se retuerce como una culebra; que al poner el pie sobre ella parece enrabietarse consigo misma como si quisiera castigarnos causando miedo y repulsión a la vez». ¿A qué extremo habían llegado las cosas en esa pareja para que Cristóbal acabase solicitando una prueba de paternidad? ¿Acaso era un matrimonio forzado también por la mentira o se trataba de un acto de absoluta vileza por parte del marido? Recordaba muy bien el momento en que Casio Fernández Valle le reveló que su hija se había casado embarazada, pero dio a entender que su yerno estaba perfectamente al tanto de ese hecho, por lo que ahora se le hacía incomprensible que éste hubiera solicitado una prueba de paternidad, salvo que quisiera quebrar la escasa resistencia psíquica que le quedara a Covadonga.

Ahora bien: ¿para qué?, ¿con qué intención?, ¿era ésta la verdadera causa de la muerte de Cristóbal Piles?

El inspector Alameda salió al pasillo buscando a la Juez con la mirada; le hizo un gesto cómplice atracando significativamente las cejas y señalando al interior del despacho y se dirigió a la salida a cumplir con su cometido. La Juez entró de inmediato en su despacho con paso enérgico y se instaló decidida en su sillón. Su actitud acalorada y su gesto de desagrado cayeron sobre Joaquín Piles, que pareció encogerse al otro lado de la mesa.

—Bien, señor Piles. El inspector se ocupará de dar por cierto lo que usted me acaba de decir. No quiero saber nada más del asunto por el momento. Lo único que me interesa ahora es confirmar si mantienen ustedes su solicitud de tutela de la niña Cecilia Piles.

—Como usted comprenderá —empezó a decir el hombre con algún esfuerzo—, esta noticia altera un poco la situación, ya se lo puede imaginar...

—Yo no me imagino nada, señor Piles. Le he hecho una pregunta y quiero una respuesta. Eso es todo.

—Ya. Pues... Sí, en este caso creo que deberíamos esperar la confirmación...

—Le recuerdo que la niña lleva su apellido.

—Claro, claro, es cierto. Lo que ocurre es que si la niña no es de nuestra sangre... Quiero decir, si no es hija de Cristóbal, nosotros... Usted comprenderá...

—Le insisto: ni imagino ni comprendo porque eso no me compete. Lo único que me compete para el asunto que estamos tratando es si ustedes retiran o mantienen la solicitud de tutela —las palabras de la Juez sonaban secas; la repetición, exigente.

—Verá... Mi mujer...

—¿Habla usted por ella o en nombre de los dos?

—De los dos —dijo de manera casi inaudible.

—Hable más alto, por favor. Esta duda que usted manifiesta está pesando sobre mi decisión, como podrá comprender. Yo debo tener en cuenta las mejores condiciones para el cuidado y desarrollo de la niña y la actitud de ustedes, si bien la sustenta la razón que usted me expone, es también un elemento a tener en cuenta.

—Mire, yo tengo cariño a la niña, eso no se puede dudar, pero mi mujer se ha cerrado en banda...

—¿No debería haber venido ella también?

—Ella tiene prejuicios con la familia materna, ya me entenderá usted, y precisamente porque se trata del bien de la niña he considerado que ni era bueno que viniese ni creo que, dadas las circunstancias, fuera bueno que, al menos por ahora, la recogiéramos en nuestra casa.

—Es usted quien prefiere que ella no hable conmigo, ¿verdad?

El hombre asintió, como quien se libra de una carga.

—Muy bien —resumió la Juez—, así pues, retiran ustedes la petición independientemente del resultado de esa prueba de paternidad que el inspector está investigando en estos momentos.

—Sí, señora —dijo pesadamente Joaquín.

—Perfectamente. Tomo nota y así lo hago constar. Un momento —dijo al ver que Joaquín se incorporaba en su silla—, déjeme hacerle una pregunta a título particular y una vez aceptada su decisión: ¿cree usted en los lazos de la sangre por encima de los lazos del cariño?

Joaquín la miró a punto de llorar.

—Yo no, señoría, yo creo en ambas cosas —dijo con tristeza; y añadió—: Y usted lo sabe.

—Sí. Lo sé —contestó la Juez—. En fin —concluyó—, como usted dice, quizá sea lo mejor dadas las circunstancias. Puede irse.

Se quedó contemplando la salida del hombre con una mezcla de pesadumbre y rencor. «La vieja España —pensó—. "La España de cerrado y sacristía —recitó—, devota de Frascuelo y de María"...». Dejó escapar un suspiro mientras se frotaba bajo los ojos con el pulgar y el índice extendidos, como deseando alejar algo de sí, y luego llamó al secretario del Juzgado.

El inspector Alameda reapareció en un descanso de la Juez entre dos interrogatorios relativos a una causa distinta.

—La cosa está que arde —dijo nada más verla—. Todo lo que nos ha dicho es cierto, incluyendo que la prueba de paternidad no llegó a realizarse completa, sólo tiene la muestra del padre. Se iba a hacer completa a instancia de Cristóbal, pero no hubo tiempo porque murió antes. ¿Qué opina usted? —añadió con expresión triunfal.

—¿Que tenemos un móvil para el asesinato, quizá? —aventuró con una mezcla de complicidad y convicción la Juez.

—Ése es un punto de vista interesante —reconoció el inspector.

—No me parece motivo para que Covadonga decidiera matar a Cristóbal —dijo Mariana—. Ni siquiera aunque fuera cierto que Cecilia no era hija de ambos y le hubiese engatusado para casarse con él. ¿A estas alturas, después de tragar todo lo que ha tragado a lo largo de su vida, le iba a dar un arranque tan fuerte como para asesinar a su marido? Y además, ¿qué ganaba con ello?

—Pues tampoco veo yo razón para que lo hiciera el padre, Casio. El asunto, con ser serio, le implicaba menos a él que a ella —dijo Alameda. Mariana creyó advertir en su comentario una intención torcida.

—A ver, inspector, explíquese.

—Qué más quisiera. La verdad es que lo que podría haber sido un móvil se convierte de repente en un tapón. No veo la salida.

—A menos que... —la cara de Mariana cambió bruscamente de la perplejidad a la iluminación. El inspector siguió el gesto de la Juez adelantando la cara como si tratase de animarla a llegar a una conclusión. Por la cabeza de Mariana pasaron una serie de imágenes procedentes de la memoria, de las cuales una empezó a fijarse en su cerebro con especial insistencia. No lograba conectar esa imagen con el asunto que estaban discutiendo, pero su intuición le decía que si estaba allí, fija, terca, era porque cumplía una función dentro de sus pensamientos, una función reclamada por la conversación que estaban teniendo, lo que valía tanto como decir reclamada por la noticia que acababa de confirmarle el inspector. Sí, pero ¿por qué esa imagen?

—¿Tiene usted alguna idea? —oyó que le decía el inspector.

—Sí —dijo ella—. Sí —y al instante entendió lo que esa imagen le estaba diciendo—. Sí, inspector, claro que sí, claro que tengo una idea. Pero si tengo razón, nos vamos a volver locos para conseguir casarla con la realidad.

—¿Cree, como yo, que fue Casio Fernández Valle el verdadero asesino, pero no el único?

—¿Por qué lo cree usted? —preguntó ella abandonando bruscamente la imagen para volver a la realidad.

—Porque es lo más lógico. La hija le dice al padre lo que está ocurriendo, éste ve avecinarse el desastre y ambos deciden de común acuerdo acabar con la vida de Cristóbal antes de que se sepa nada. Él fue el ejecutor y ella la cómplice.

—Sí, pero el asunto se ha sabido —objetó Mariana—. Vea, si no, cómo lo sabemos nosotros.

—¿Quién piensa en eso a la hora de actuar? De hecho, actuaron contrarreloj; se les olvidaría borrar la pista que condujera al descubrimiento de que la prueba de paternidad ya estaba en marcha; o Covadonga, abrumada, olvidó anular la petición.

—Se lo habría recordado Casio, que siempre ha estado muy entero —adujo Mariana.

—No volvió a hablar con su hija, ¿cómo se lo iba a recordar? Quizá sólo conocían la intención de Cristóbal, pero no que ya la tenía en marcha.

El inspector se quedó pensativo.

—Puede ser —dijo al fin—. Puede ser.

—Pero no fue así —dijo Mariana.

—¿Cómo dice usted?

—Que no fue así, inspector. Vamos a tener que atar muchos cabos. Casi le diría que hay que empezar la investigación de nuevo, pero —alzó el dedo índice de manera admonitoria— ahora partiendo de un supuesto radicalmente distinto.

—A saber...

—A saber: que fue Casio y solamente Casio Fernández Valle, sin ayuda ni cómplices, el autor de los crímenes.

—¿*Los* crímenes? —exclamó el inspector estupefacto.

—Los crímenes —confirmó la Juez—. No me diga que no lo sospechaba.

—Quizá, pero me deja usted de una pieza —contestó el inspector—. ¿Llegamos por el mismo camino? Creo que no.

—¿Qué quiere usted que le diga? —respondió ella; en su expresión había un gesto chispeante, una luminosidad característica de quien sale a la luz después de atravesar, entre el desaliento, la confusión y la desesperanza, el largo túnel por el que venía caminando a tientas.

—La clave, inspector —empezó a decir Mariana—, no es el engaño a Cristóbal; eso es lo que nos ha despistado desde que sabemos lo de la prueba de paternidad. Es cierto que de ahí proviene todo, que es la llama que enciende la mecha, pero hemos apuntado en la mala dirección a la hora de buscar las conclusiones a que nos llevaba ese descubrimiento. Como le digo, el engaño con el que se atrapa y casa a Cristóbal no tiene fuerza suficiente como para justificar un crimen. Por mucho que tras ello estallase un escándalo, en todas las ciudades de este país hay escándalos como ése y, por mal trago que resulte ser, acaba siendo asumido, no genera crímenes a destajo. No, inspector —resumió Mariana—, ése no es motivo. El motivo ha de ser mucho más grave. Mucho más peligroso para el asesino, tanto que no duda en matar y que lo hace rápidamente, sin esperar un minuto.

Hizo una pausa. El inspector la miraba expectante aunque con un último toque de incredulidad en su mirada.

—Volvamos los ojos al eje de todo este drama: la niña.

—¿La niña?

—La niña, inspector. ¿De quién es hija esa niña? De Covadonga, naturalmente. Se puede ser hija de padre desconocido, pero es imposible ser hija de madre desconocida salvo caso de abandono; aunque, jurídicamente —divagó—, recordará usted que esa figura se aceptaba en tiempos del franquismo —el inspector puso cara de perplejidad—. Sí, era una aberración, pero así fue; ya se lo explicaré otro día. En fin, a lo que íbamos: piense en la niña. ¿No le recuerda a nadie?

El inspector negó con un gesto de cabeza.

—La mirada, inspector; la mirada de esa niña; los ojos de esa niña. Esos ojos grises, esa mirada de brillo un tanto acerado. No me diga que no la reconoce. Sé que nadie admitirá lo que voy a decirle, pero la prueba de paternidad lo demostrará. Tengo que hablar con el fiscal inmediatamente. Esa mirada, inspector, es la de Casio Fernández Valle —tomó aire y siguió hablando—. Venga a almorzar conmigo y estudiamos con calma el caso, que se acaba de poner aún más difícil. Invito yo.

V. Caso cerrado

El inspector Alameda, cuando se desembarazaba de su abrigo, como en esta ocasión en que se encontraba almorzando con la Juez De Marco en el restaurante italiano que ella había descubierto, aparecía aún más pequeño embutido en su traje de un color gris visón sorprendentemente adecuado al tono cobrizo de la corbata. La Juez no dejaba de echar furtivas ojeadas a su aspecto porque le parecía como la ocasión de contemplar en vivo a un crustáceo que se hubiera desprendido de su caparazón para colgarlo en el perchero situado a sus espaldas.

—Esto de verle a usted sin abrigo es un privilegio —comentó.

El inspector torció el gesto y luego sonrió.

—Hoy está usted de suerte —dijo por todo comentario.

A la Juez le faltó tiempo para empezar a comentar los descubrimientos de esa misma mañana.

—Verá, inspector —dijo Mariana—. Usted y yo estamos de acuerdo en centrar la autoría del crimen...

—Usted ha hablado de *los* crímenes —interrumpió Alameda.

—Ya llegaremos a eso —contestó Mariana—. De momento centrémonos en la muerte de Cristóbal Piles. Estamos de acuerdo, como le decía, en que quien tiene el móvil más claro para asesinar a Cristóbal es su suegro, Casio Fernández. Hasta ahora se trataba de una intuición que ninguno de los dos nos habíamos confesado; ahora, con lo que nos ha contado Joaquín Piles acerca de la prueba de paternidad, disponemos de un móvil muy poderoso, casi incuestionable diría yo, si se acepta mi tesis de que el verdadero padre de Cecilia Piles es su propio abuelo. Ahora bien —acalló con la mano el gesto de protesta del inspector—, en el supuesto de que mi idea sea cierta, y estoy casi segura de que la prueba de paternidad lo demostrará pronto o tarde, el panorama cambia radicalmente. Para empezar: en ese caso el verdadero maltratador de Covadonga no sería Cristóbal Piles sino que lo fue su padre, Casio, que es posible que la maltratara y abusara de ella desde que era niña, desde que quedó huérfana; o... —hizo un gesto de repulsa— o quién sabe si desde antes; quién sabe si la muerte de su esposa...

—Señoría —dijo disciplinadamente el inspector—, ¿no le parece que está fantaseando un poco?

—Ése es un privilegio femenino —contestó Mariana muy animada— que ustedes los hombres no disfrutan lo suficiente. Pero —continuó— no nos dispersemos. El resumen de la situación es el siguiente: Casio Fernández Valle es un sujeto altamente peligroso y manipulador, un verdadero canalla que abusa de su hija hasta el extremo de dejarla embarazada y que ve en la boda de la chica una ocasión de oro para librarse de un problema que hubiera tenido que afrontar de forma mucho más cruda. Se libra de la hija y, con el tiempo, prosigue tan tranquilo su vida con una ex prostituta hasta que un día descubre, del modo que sea, ya lo veremos, que su yerno desconfía de su paternidad y quiere poner las cosas en claro. Esto se convierte en una amenaza terrible, por lo que decide eliminarlo y urde una historia verdaderamente diabólica en la que él queda como un padre modélico que se sacrifica por su hija; pero hete aquí que la hija, por suerte para él, no soporta la situación y se suicida, lo que le permite declararse inocente y mostrar ante el mundo su abnegación. Y yo, que sé todo esto, no veo el modo de encausarle. Punto final.

—Si me lo permite, me gustaría corregirle algunas partes de su historia.

—Adelante —dijo la Juez con un deje de curiosidad en la voz.

—Yo, que soy mayor que usted, pienso peor de la gente que usted. Así que le voy a corregir en lo del suicidio. Usted habló antes de *los* crímenes y me pareció que eso estaba bien visto. No creo en suicidios tan convenientes. Si aceptamos que Casio es el asesino de su yerno tenemos que aceptar que lo es también de su hija.

—Le recuerdo que estaba en la cárcel cuando muere su hija. No nos conviene —añadió con fingido pesar—, pero era así.

—*Peccata minuta* —respondió el inspector—. Sigamos la lógica, si no le parece mal, y ya llegaremos a las demostraciones. Lo que yo quiero decir es que, llegados a este punto, hay que pensar en el crimen, en *los* crímenes —corrigió—, como una obra unitaria, un proyecto que lo engloba todo y en el que todo estaba previsto de antemano a partir del momento en que Casio descubre que Cristóbal va a solicitar una prueba de paternidad. ¿Que cómo lo descubre? —se preguntó retóricamente—, pues muy sencillo: el marido se lo debió de decir a Cova porque estoy seguro, conociendo al tipo, que no perdió ocasión de restregarle a ella por la cara su intención. Después, ella, angustiada, se lo dice al padre, por pura lógica. Entonces, a toda prisa porque es un hombre de recursos, Casio elabora un plan; y el plan tiene que incluir necesariamente la muerte de la hija o yo no sé a qué clase de canalla nos estamos enfrentando.

—Muy rebuscado, pero verosímil. La verdad es que éste es un asunto verdaderamente terrible —consideró la Juez con gesto grave y frunciendo el ceño—, pero vuelvo a recordarle que él estaba en la cárcel; ese *pequeño detalle* descarta su tesis.

—Un asunto terrible —repitió el inspector—. Fíjese que tiene que acudir a la «casa del crimen», como usted la llama, sacar a su yerno hasta el cobertizo y degollarlo; luego, enfrentarse a su hija que, probablemente estaba arriba, en su dormitorio, y dominar la crisis de histeria de ella y convencerla a la vez de que debe guardar silencio...

—Ahora veo —dijo la Juez, como siguiendo a la vez otra línea de pensamiento— lo que ocultaban las palabras de la niña. Ella dijo: «Mi mami lloraba y me cogió muy fuerte y estaba llena de sangre». Lo hemos tenido ante los ojos y no lo hemos visto; en realidad ahí estaba la clave. La niña se debió de despertar después de que la madre bajara, o quizá al tiempo, pero bajó la escalera más tarde, quizá por miedo, por inseguridad. Y la madre, que estaba llorando, al descubrir a la niña, se abalanzó hacia ella, que estaba al pie de la escalera, para que no viera lo que no debía ver, *para protegerla*. «Me cogió muy fuerte», dijo, ¿se da cuenta? Y la manchó con la sangre que venía del cuerpo de su esposo, al que antes se había abrazado espantada al encontrarlo tirado en tierra y descubrir lo que su padre había hecho.

—Hablamos de un monstruo, pero tiene sentido —consideró el inspector—. Lo malo es que el problema empieza ahora. De ser ciertas tanto mi tesis como la suya: ¿cómo se prueba todo eso? Y segundo punto: también la historia primera, la que dice que ella mató, el padre la encubrió y luego cometió suicidio, es tan verosímil como la otra. Al fin y al cabo, el asunto de la prueba de paternidad por ahora se fundamenta sólo en la palabra de un médico que tardó unos días en ponerlo en conocimiento de los padres de la víctima.

—Lo último no tiene tanta importancia —dijo la Juez—. Lo de la palabra del médico se resuelve solo; en cuanto probemos por vía de análisis lo que el médico afirma.

—Tenemos la hacheta. Él la limpió después de matar a Cristóbal, imprimió las huellas de ella en el mango y luego sobreimprimió las suyas como coartada; es la única explicación al absurdo del paño con sangre y el mango sin otras huellas que ésas; pero es sólo una hipótesis. La hija pudo habernos contado la verdad, pero no supo o no pudo... y quizá por eso está en muerte cerebral. Y no hay nada más. La niña no sabe lo que vio, no puede interpretarlo.

—Es un canalla de la peor especie —dijo Mariana—. Ahora comprendo el estado de obnubilación permanente de Covadonga. Quizá se la beneficiaba desde que quedó huérfana, quizá antes. Qué desgracia —murmuró desolada—. Qué desastre.

—Pues en estas condiciones ni siquiera puede usted volver a encarcelar a Casio Fernández. Desde el punto de vista jurídico, los motivos serían pura fantasía.

Mariana envolvió en el tenedor otra ristra de espaguetis, los alzó sobre el plato para volver a enrollarlos, se los llevó a la boca y los apartó con un gesto de rechazo.

—Están fríos —comentó.

De pronto, los ánimos también se habían enfriado.

¿Estaría realmente fantaseando? A poco que lo pensara, tanto una historia como la otra eran igual de extraordinarias. De hecho, la hipótesis que acababan de construir parecía aún más fantástica que la primera versión de los hechos, la que llevó a Casio Fernández a la cárcel y luego lo puso en libertad. Una vez pasada la exaltación, la realidad se abría camino con su tozudo paso común y poco a poco la imagen del abuelo monstruoso se desvanecía como un sueño del que acabaran de despertar. Mariana miró al inspector, que atacaba con estudiada concentración un pedazo de pastel de tiramisú (así como ella se había quedado con el plato de espaguetis olvidado y frío, él no había perdido ojo a la continuidad del almuerzo y en algún momento debió de pedir su postre, prescindiendo de ella).

De repente un aplastante cansancio invadió a Mariana por entero. Los dos se quedaron en silencio. El inspector continuó enfrascado en su tiramisú hasta que le dio fin. Entonces buscó, satisfecho, el paquete de tabaco, extrajo un cigarrillo, lo encendió y, recostándose en el respaldo de la silla, empezó a hablar.

—La única persona que puede decirnos la verdad está en coma profundo, así que tendremos que buscarla nosotros. Si nuestra primera hipótesis es cierta, necesitamos algo más que el hacha y el trapo de sangre. ¿Y cómo podemos probar que Casio mató a Covadonga? Ahí está toda la apuesta; o probamos eso o no hay caso, le cargamos el muerto a Covadonga y damos por bueno el suicidio.

—Y yo le entrego la niña a Casio, ¿no? El informe del fiscal irá en ese sentido y no puedo combatir su lógica con una hipótesis que le va a parecer un asunto de marcianos.

—A lo mejor no.

—Incluso aunque fuera receptivo, y Andrade es un tipo fino, no tiene mucho donde elegir. En Derecho las cosas hay que fundamentarlas, inspector, como usted sabe muy bien. Yo le diré —explicó tras una breve pausa para la reflexión— que estoy dispuesta a tragar con la versión de Cova como homicida de su marido y de sí misma si no hallamos nada que pueda demostrar lo contrario, pero a lo que no estoy dispuesta es a dejar a la niña en manos de ese cabrón pervertido. Así que tenemos que hacer algo, lo que sea, para evitarlo.

—Pues teniendo en cuenta que a ése no hay quien le saque nada, porque es de la especie de los duros cínicos, ya nos podemos poner las pilas. A ver: por el lado de la criada no hay mucha tela que cortar aunque podemos reinterrogarla a ver si salta algo nuevo. Los padres de Cristóbal, nada de nada, y la hija tampoco, salvo que ella sepa algo que no nos haya dicho; se puede probar a hablar de nuevo con ella. El médico recibirá el resultado del ADN de la víctima y está dispuesto a declarar, pero necesitamos el de la niña y, con todo, eso implica a Casio en un incesto, no en un crimen. Y lo único que se me ocurre para avanzar por algún lado sería que pudiéramos demostrar que Casio es el padre de la niña, en cuyo caso usted tendría base suficiente para denegarle la custodia. Pero, entonces, ¿adónde va la niña? ¿A los Servicios Sociales?

—Eso es.

—Pues es algo mejor que lo otro, pero no mucho.

De improviso, Mariana sintió una presencia a su lado.

—¡Jaime! —exclamó sorprendida—. ¿Qué haces tú por aquí?

—Sorpresa —respondió Jaime—. ¿Y tú?

Mariana le envió una mirada de advertencia.

—Mira, te presento al inspector Alameda, que está llevando conmigo el caso de Cristóbal Piles. Jaime Yago, un amigo.

—Mucho gusto, joven —dijo el inspector extendiendo su mano, pero sin levantarse de la silla.

Jaime se sentó a la mesa como territorio conquistado y Mariana volvió a mirarle con intención. Él pareció hacer caso omiso y se puso a buscar un camarero con la evidente pretensión de acompañarlos en el café.

—Estamos discutiendo detalles relativos al caso, así que si quieres que hablemos espera un momento en la barra o en otra mesa hasta que terminemos de despachar —dijo Mariana con tono neutro. Jaime miró a uno y otra, pareció reflexionar un momento y acto seguido se puso en pie.

—No es nada importante. Ya hablaremos luego. Buen provecho —dijo y se despidió no sin dejar caer un velado fastidio, un punto retador, sobre los dos contertulios. El inspector lo siguió con la mirada hasta que desapareció por la puerta.

—Menudo gilipollas —murmuró entre dientes.

Por primera vez, Mariana sintió miedo. ¿Qué es lo que debería hacer? ¿Cerrar el caso como suicidio y dejar caer la culpa sobre Covadonga, víctima de su propia infelicidad? ¿Tratar de inculpar a Casio y sacar a la luz la terrible historia de la verdadera paternidad de la niña? Pero eso era exponerla a un estigma espantoso, que la condicionaría de por vida convirtiéndola en la hija de un pecado nefando a los ojos del mundo. Esa información la marcaba para siempre y casi con seguridad la condenaba a ser una criatura aún más desventurada que su propia madre.

Si Covadonga pudiera elegir —se dijo— elegiría sin duda aparecer como autora del crimen antes de que se desvelara la verdadera procedencia de su hija. Ahora bien: ¿podía un Juez mentir a sabiendas para evitar un mal peor? ¿Podía un Juez inculpar a una inocente para proteger a otra inocente? Esto dejaría libre a su vez al verdadero asesino y quién sabe si éste no intentaría repetir con la niña lo sucedido con la madre. En cualquier caso tendría que impedir como fuera que la guarda y custodia cayera en sus manos, de lo cual no tenía la seguridad al ciento por ciento.

Le impresionaba la soledad de la niña y le dolía por ella, ajena del todo a su terrible destino. Una vida truncada de golpe, una vida que pasaba de un hogar con padre y madre en el que, pese a todas las dificultades inherentes a la relación, era querida. Una niña que se queda perdida en el espacio infinito con su peluche, tratando de crecer bajo una marca ignominiosa, tratando de entender qué le sucede antes de adentrarse en el rencor y la frustración y la rabia porque todo le ha sido arrebatado salvo el dolor que le aguarda por tener que pagar las culpas ajenas y el destino al que un hijo de puta la ha condenado desde antes de nacer...

Mariana empezó a llorar. Lloraba en silencio tratando de diluir la ira que la quemaba en las lágrimas que mojaban sus manos, con las que se había cubierto el rostro en un gesto de pena infinita. ¿Qué podía hacer ella? ¿Contribuir aún más a la desgracia? En aquel momento se daba cuenta cabal de que impartir Justicia era condenar a una inocente y le parecía un hecho monstruoso, una situación insoportable. Nunca hasta entonces había sospechado siquiera que un día pudiera llegar a encontrarse ante un asunto semejante. Pareciera como si de pronto la Justicia soltara el pañuelo que cubría sus ojos y agitase la balanza simbólica con una carcajada siniestra antes de dejarla caer al suelo porque una niña, una simple niña, acababa de desenmascararla. Por un momento volvió a su mente la imagen de la pequeña Cecilia contándole el juego del señor Sonrisa y una oleada de compasión le conmovió en lo más hondo y agudizó su llanto. Pobre niña. Pobrecita. Pobre niña.

Bien. El suyo era un dilema atroz que no quería plantearse y no tenía más remedio que hacerlo. Si escondía la verdad última, libraba al asesino y caería sobre su dignidad de Juez, es decir, sobre su idea de la Justicia y sobre su misma vocación. Si la revelaba para condenar al culpable, caería sobre su conciencia la maldición que sellaría la vida de Cecilia Piles. Pareciera como si la ocultación, como un ente maligno, se hubiera enseñoreado no sólo de la familia Fernández sino de todas las consecuencias de sus actos, incluyendo víctimas colaterales, tal ella misma en su función de Juez. Le tocaba elegir entre dos males, la peste y el cólera, sabiendo que ambos llevaban la muerte consigo.

«Quizá —se dijo— de no haber sido Juez no me encontraría en esta tesitura; quizá el oficio está por encima de mis cualidades o, mejor dicho, de mis convicciones; o quizá sólo está por encima de mi capacidad de soportar una presión moral como ésta o, simplemente, de mi propio carácter moralista, que me impide valerme en terrenos donde la moral es sólo un recuerdo y la realidad, en cambio, una evidencia de la ausencia de lo moral. La conciencia, entonces, se convierte en una medalla de plomo colgada al cuello de la que hay que desprenderse para tomar una decisión erguida. Así es como me siento, unida yo también a un destino ciego que se dispone a enviar a esa pobre niña a los infiernos. Ojalá que algún día, sea cual sea mi decisión, se apiade ella de mí como yo me apiado ahora de ella».

En la estación de autobuses hacía frío porque estaba abierta por sus dos extremos y corría un aire helado entre medias. De hecho, la estación era un pasaje entre dos edificios, del muro de uno de los cuales sobresalía, todo a lo largo, una cubierta entramada de piezas traslúcidas cada una del tamaño y forma de un ladrillo. Bajo ella se cobijaba la ancha acera que hacía las veces de sala de espera, delante de la planta baja del edificio, donde se ubicaban las oficinas, taquillas y otros servicios. El resto del pasaje quedaba a la intemperie, razón por la que las dársenas de partida y llegada de los autobuses se protegían con marquesinas. Cuando llovía, que solía ser a menudo, los viajeros se veían obligados a correr hacia el voladizo que cubría la ancha acera para protegerse. Allí se alineaban irregularmente unos bancos pegados al muro. Mariana de Marco, arrebujada en su abrigo, caminaba de un extremo a otro del pasaje para quitarse el frío de encima. Entre los servicios de la estación no figuraba un bar, por lo que los usuarios que venían a esperar a sus conocidos y familiares o a ponerse en ruta optaban por acercarse a una cafetería, situada al otro lado de la calle a la que desembocaba el pasaje por uno de sus extremos, desde la cual podía vigilarse la llegada y salida de los autobuses a través de sus grandes cristaleras. Afortunadamente no llovía y Mariana paseaba sin trabas, mirando la hora de vez en cuando, ya asomándose a la boca del pasaje por la que hacían su entrada los autobuses, ya en dirección opuesta, recorriendo la acera con las solapas del abrigo levantadas y cerrando la mano enguantada en torno al cuello para protegerse del aire cortante. Los autobuses entraban siempre por la misma boca y salían por el lado contrario, el que quedaba enfrente de la cafetería. Ahora, sólo un autobús de una línea local reposaba vacío junto a una dársena alejada; y el resto de calzadas de la estación estaban desiertas. La gente o deambulaba como Mariana con un vago gesto interrogante en la cara o se adormilaba en los bancos. Sólo una familia charlaba animadamente en un extremo de la acera, rodeando sus maletas con sus cuerpos. También había un curioso con una lata de refresco en la mano mirando encantado a su alrededor y otro que contemplaba el discreto espectáculo de la espera con gesto de suficiencia.

De repente un autobús embocó la entrada del pasaje y fue a situarse junto a la acera y, detrás, un segundo lo siguió para estacionarse en paralelo en la dársena contigua. Mariana se asomó a comprobar el letrero que lucía este último en el frontal y, satisfecha, comprobó que era el que aguardaba. Se encaminó hacia él y se quedó esperando. El conductor había saltado a la acera para proceder a entregar los equipajes extraídos del vientre del autobús mientras los pasajeros descendían trabajosamente por ese lado. En seguida vio a Carmen.

—Qué lata de viaje —comentó nada más besarse—. Todo el rato lloviendo sin parar y las ventanillas empañadas. No se veía nada.

Media hora más tarde estaban instaladas en el acogedor salón de la casa de Mariana ante un servicio de té completo.

—¿Así que no voy a conocer a tu galán? —preguntó Carmen con gesto descaradamente cándido.

—Le he despachado este fin de semana y está bastante mosqueado, si quieres que te diga la verdad. Es para protegerlo de ti, pero él no lo sabe; por eso está mosqueado.

—Oye, que yo no muerdo.

—Por si acaso.

Carmen había engordado un par de kilos quizá y se la veía contenta. Tenían nuevo Juez en San Pedro del Mar y se llevaban bien al parecer. El hueco afectivo que dejó Mariana de Marco en aquel Juzgado de Primera Instancia e Instrucción no se había llenado, pero las cosas rodaban tranquilas, la colonia seguía recibiendo a sus visitantes de verano o de fin de semana sin apreciables cambios, el pueblo seguía viviendo entre medias del trabajo de pescadores y restauradores y la construcción inmobiliaria iba a ritmo razonable, apurando el suelo edificable sin prisa, pero sin pausa.

—Y tú, ¿en qué estás metida, aparte de en amores? —preguntó Carmen.

—Olvídate de amores; es pura satisfacción sin trasfondo. Y no insistas, que hoy no vamos a hablar de eso. En cambio, te diré que tengo encima un buen lío, de esos en los que te echo de menos. Por cierto, ¿cómo vas con

Teodoro? Ésos sí que son amores; y bendecidos por la Iglesia.

—Muy bien, qué quieres que te diga. Ahora estoy como estuviste tú, esperando a ver si la cosa marcha, que marcha, y a pensar en la descendencia.

—Pues no lo pienses mucho no te vaya a ocurrir lo que a mí, que se me pasó el arroz.

—No. A ti lo que se te pasó fue el marido. Tú lo hiciste muy bien. Imagina que ahora tuvieras hijos llevándotelos de un destino a otro... Si no eras tú la que tenía que ir tras ellos.

—A lo mejor me iba bien. La soledad es muy dura, Carmen.

—A los hijos se los educa para que se vayan, no para que se queden, Mariana. Pero no nos pongamos emotivas y cuéntame cuál es ese lío en el que dices que estás metida.

Mariana le contó todo el caso Piles mientras servía el té.

—Así que la niña acabará en un centro de acogida —comentó pesarosa Carmen.

—Pues no lo sé. Depende también de lo capaz que sea Casio Fernández de seducir al fiscal. Es un tipo muy especial: cínico, frío y convincente.

—Madre mía, vaya historia. De verdad que tú te metes en unas...

—Es mi naturaleza, como le dijo el escorpión a la rana.

—Al menos tú sabes nadar.

La tarde declinaba y Mariana tuvo que encender las luces del salón. Había previsto salir a cenar con su amiga a Casa Víctor, porque Casa Zabala le iba a parecer demasiado sofisticado, pero de pronto, entre la gélida grisura que se vislumbraba al otro lado de la ventana, avisando ya la oscuridad, y un toque de pereza inexplicable (porque los viernes eran justamente lo contrario, un acicate para el noctambulismo), se quedó un tanto perpleja, preguntándose si no estaba echando de menos a Jaime Yago después de todo.

—Te encuentro distraída.

—Sí. No sé por qué.

—Si no te apetece salir, nos quedamos en casa —dijo Carmen. Mariana pensó en lo perspicaz que era su amiga y sonrió reconfortada.

—No. Salimos. Salimos. Es... Yo creo que es este maldito caso, que me tiene todo el día dándole vueltas para ver cómo puedo pillar a ese hijo de puta.

—Lo que pasa, Mariana, es que, por lo que me dices, el tinglado se te viene abajo con el suicidio de la hija. Te quedas sin testigo y sin testigo no tienes más que presunciones que, por muy bien argumentadas que estén, no prueban nada. Conseguirás echar una sombra de sospecha sobre ese tío, nada más; y me parece, por lo que cuentas, que el rechazo social que le pudiera caer encima de resultas le importa un pito. O quizás no, quizá lo del incesto...

—Lo del incesto le hará mella socialmente, pero tiene recursos y es frío como un pez.

—Tuvo que ser él quien matara a Covadonga. Pero eso es imposible.

—Tiene que ser posible. Escucha: en medio de aquel espanto, Covadonga se aferró a la niña. Temía por ella, quería protegerla y defenderla. Una madre en ese estado no se suicida y deja a la niña en manos de un tipo que no sólo la ha destrozado a ella sino que acaba de matar a su marido. Por favor...

—No puedes colocar la deducción por encima de la prueba, Mariana. Él estaba en la cárcel. No pudo hacerlo.

—¿Y si utilizó a alguien?

—¿A quién? ¿A esa amante que tiene? Pero me has dicho que la única vez que estuvo en la casa fue después del suicidio y sólo para interesarse por la niña a mandado de Casio..

—Ya. Lo sé. Pero si mi razón me dice que tengo razón, ha de existir algo que lo pruebe. Y luego... en fin, luego está la violencia ejercida sobre Cova. Éste es un tipo algo desviado, me parece a mí; lo intuyo por algo que se le escapó a Vicky sobre sus relaciones sexuales. Es extraño, ¿verdad? Puede que Cova tuviera relacionados el sexo y la violencia, el dolor. No me cabe duda de que lo sufrió y dependía de Casio de una manera atroz. Al menos, Vicky había sido una profesional.

—¿Extraño? —dijo Carmen—. Yo creo que es una anomalía mental, o sea, eso es lo que es. Él tiene que ser un chiflado.

—Ya, pero ella no se rebelaba —continuó Mariana—. A lo peor es que, de algún modo, le gustaba, ¿entiendes? Esa especie de esclavitud, por lo visto, es muy excitante para algunas personas.

—Mariana, que te conozco, no sigas por ahí.

—En serio, es inquietante. Me pregunto...

—Pero, vamos a ver, ¿por qué te interesa eso ahora?

—Bueno. Esa inclinación. La relación de placer y dolor es misteriosa. También es algo que está presente desde la antigüedad, se ha estudiado en Psicología. El masoquismo y el sadismo existen; y cosas peores, no te vayas a hacer de nuevas ahora. A mí me parece intrigante todo eso, está en la vida. Hay tantas cosas que desconocemos...

—No, si al final te va a ir la marcha a ti.

—De acuerdo. A ver si consigo alejarme de este asunto aunque sea un rato. Ya sueño con él. Lo que pasa, Carmen —dijo Mariana cambiando el tono—, es que no puedo sincerarme con nadie, porque soy la Juez que instruye el caso. Contigo es distinto: has sido mi secretaria de Juzgado y eres una amiga de fiar a la que puedo pedir consejo por razones obvias, además de profesionales. Mi único confidente es el inspector Alameda, pero, claro, es otro trato que contigo.

—Si no fuera porque te conozco, te diría que cerrases el caso y te dedicaras sólo a sacar a la niña de las garras del abuelo; tienes una tendencia natural a responsabilizarte de asuntos que no te corresponden y eso es tan malo como desentenderte; pero como te conozco, no pararás hasta que lo encauses. Y entonces tendrás que aceptar las consecuencias.

—¡Pero eso es horrible para la niña!

—Ya. Y tú ¿cómo lo vas a evitar? ¿Mintiendo? Por cierto, el tal Casio ¿es peligroso?

—Tú me dirás —respondió convincentemente Mariana, pensando que no podía, que no tenía derecho a hacer a su amiga partícipe de sus más dolorosos y oscuros pensamientos.

Ante la cena, olvidaron momentáneamente el caso Piles y se dedicaron a contarse su vida reciente desde el comienzo del año; aunque se hablaban por teléfono con alguna frecuencia, no habían vuelto a verse desde los días previos a las fiestas de la pasada Navidad, que Mariana celebró con su madre en Madrid y Carmen con Teodoro, más sus respectivas familias. Se citaron en San Pedro del Mar, pudieron pasar un par de días juntas y brindaron para atraer la buena fortuna al inminente traslado de Mariana a G...

El restaurante y bar Casa Víctor, situado en una calle estrecha que desembocaba en la plaza del Duque, antesala del puerto deportivo, se encontraba lleno como noche de viernes que era. Tanto en la barra de la entrada como en el comedor que seguía a continuación, el bullicio era considerable y las dos amigas tuvieron que abrirse paso con esfuerzo entre la clientela para alcanzar su mesa. Hombres y mujeres charlaban animadamente con esa soltura propia de quienes se encuentran alborozados y relajados ante un prometedor fin de semana.

La camarera se acercó a Mariana y le susurró unas palabras al oído a la vez que le indicaba la entrada al restaurante propiamente dicho con la cabeza. Mariana se excusó con su amiga y se dirigió al lugar indicado en el mismo momento en que el inspector Alameda se dejaba ver en la puerta del comedor, por delante de la animada concurrencia en torno a la barra. Mariana le recogió y ambos se perdieron entre el bullicio. Al rato, regresó a la mesa sola.

—¿Quién era ese tío tan raro? —preguntó Carmen.

—¿Verdad? ¿A que es igual que una de esas figuras de las novelas inglesas ilustradas para niños? Así como lo ves, pequeño, con su abrigo largo, la gorra de visera y esos bigotes parece un ratón-detective. Pues es un sabueso.

—No lo dudo, pero vaya cambio; con lo buen mozo que era el capitán López, ¿te acuerdas?

—Oye, que no hace tanto que he dejado Cantabria —protestó Mariana, y añadió para sus adentros: «Si tú supieras...».

—¿Y qué? ¿Alguna novedad?

—Sí. Estamos dando vueltas a un asunto de lo más extraño. ¿Sabes que ha habido tres suicidios más por el mismo método en los últimos días?

—¿Aquí en G...?

—No; en toda España. Dos de ellos justo antes y el tercero el mismo día que Covadonga. Total, cuatro suicidios idénticos en una semana.

—Sí que es raro.

—¿Otra casualidad? —se preguntó Mariana—. Este asunto está lleno de casualidades y coincidencias. De hecho no tenemos más que casualidades y coincidencias y así nos va al inspector y a mí.

—La vida es una pura sorpresa —comentó Carmen con melancólico estoicismo.

—Como bien sabes, yo no creo en las casualidades sino en la relación de las partes de un todo.

—No me digas que esos suicidios van a tener que ver con este caso.

—Yo sólo digo lo que he dicho: que no creo en las casualidades. Si cuatro personas deciden quitarse la vida en las mismas fechas y con un método tan extraño hay algo en común en todas ellas.

—El suicidio.

—Obvio. Yo me refiero a algo más, a un lazo que las une, no al resultado final, que es consecuencia del lazo. Los cuatro mueren por ingestión de dos medicamentos que se complementan para matar, uno nuevo y el otro, por lo visto, que están dejando de recetarlo.

—¿Tú leíste de pequeña los cuentos de Antoñita la Fantástica?

—Ríete, ríete. Ya veremos quién ríe la última.

—Escucha: me encantaría que resolvieras este caso, pero no lo eches todo a la imaginación.

—La imaginación imagina y yo busco luego las pruebas. Hacemos una buena pareja. ¿O ya no te acuerdas de los casos que llevo resueltos?

—No serán esas muertes las que te resuelvan éste; te lo digo yo.

—Imagínate —Mariana dejó vagar la mirada— a un médico loco, como en las películas de terror, que decide iniciar un experimento sobre sometimiento de voluntades y se dedica a inducir a la gente al suicidio para sentirse dueño de cuerpos y almas. Empieza a distribuir un medicamento de su invención entre personas que antes ha seleccionado minuciosamente por sus características, quizá comunes, quizá dispares... Mejor, dispares; eso le daría mayor sensación de poder. Empieza, como digo, a distribuir el medicamento y, en un orden preciso, las víctimas van cayendo sin apenas espacio de tiempo entre las muertes; todas casi seguidas. Se sentiría el rey del mundo, el misterioso rey del mundo que dispone a su antojo de las voluntades de los humanos y lo hace desde la sombra, lo que le proporciona un placer aún mayor...

—Como novelista de terror no eres muy original.

—No hay que ser original, hay que ser eficiente.

—Vale —aceptó Carmen, divertida—. Y ahora dime cómo distribuye el medicamento, porque, claro, el argumento parece fácil, pero cuando hay que justificar las cosas empiezan las complicaciones. Tú y yo sabemos mucho de eso, estamos en el oficio.

—Lo que importa es que el lector se lo crea, que te lo acepte. La verdad tiene poco que hacer en la literatura.

—Depende —contestó Carmen.

—Tú eres como Santo Tomás: si no lo veo, no lo creo.

—Natural.

—¿Así que quieres saber cómo distribuye el medicamento? Muy bien: lo hace por correo simultáneo.

—Anda ya. Eso será en las novelas inglesas que tú lees. El mundo ha cambiado mucho desde entonces.

—Pero lo que importa es que el cuento esté bien contado, no que sea cierto. Para la certidumbre está la vida, que de cierta no tiene más que su voluntad de existir a su aire. Recuerdo una novela de Wilkie Collins, *No Name*, «Sin nombre» —tradujo—. En ella hay una escena cumbre en la que todo depende de que una carta echada al correo llegue a su destino a la hora exacta. Y sucede. Ahora no podría ser porque el correo inglés, como los ferrocarriles, la sanidad pública y, en general, todo aquello sobre lo que puso la mano privatizadora la señora Thatcher, está manga por hombro. Pero te lo crees igual porque lo cuenta maravillosamente. No es la realidad, pero es «otra» realidad, como otro plano u otra dimensión, tan cierta para ti como la realidad tangible. Collins no quiere contarte la realidad, quiere contarte otra cosa, pero se vale de la realidad para ello. Es como mímesis y el resultado es el deseado.

—Me he perdido.

—Vale. Pues en eso consiste la literatura; no lo digo yo, lo dice gente más puesta que yo. Así que, como novelista, yo puedo hacer que el médico distribuya como te he dicho su medicamento y mi problema es conseguir que te lo creas. ¿Ves qué fácil?

—Muy fácil. Pues a ver cómo distribuyes lo que mató a esas cuatro almas, novelista.

—Era un ejemplo improvisado. Pero si me lo pienso, estoy segura de que podría convencerte.

—En fin —concluyó Carmen—. Una cosa es que yo te tenga mucho cariño y otra que te baile el agua así por las buenas. Tendrás que trabajar mucho para convencerme... y no lo conseguirás.

—Un autor inglés de novelas policíacas, del que yo sólo he leído una que me parece genial, decía que el testimonio artístico, como todo testimonio, es simplemente cuestión de selección. Si sabemos qué incluir y qué omitir, es posible probar lo que se quiera en términos totalmente convincentes.

—Y su novela te convenció.

—Sí. *El caso de los bombones envenenados*, la tenía mi madre. Era de lo más original, con un desarrollo muy ingenioso.

—Pero sé consecuente, Mariana: justamente lo que te está explicando es la trampa que utiliza para llevarte de la nariz durante todo el libro, hasta el desenlace. Eso no vale en un juicio ni en la vida en general. A ver: vida, por un lado; libros, por el otro. Cada cosa en su sitio, sin confundirlas.

—Supongamos —dijo Mariana de pronto— que en el suicidio de Cova hubiera habido una mano ajena. Es una suposición aceptable... Razonemos: ¿quién puede obligar a otra persona a suicidarse? ¿Y cómo?

—A lo mejor es sólo un trágico error, sin más —aventuró Carmen.

—No. No me satisface. Cova sería depresiva, pero no lela. Si al menos me dijeras que se trata de una receta falsificada...

—¿Por qué no? Una receta falsificada.

—No hubo tal; compró sin receta y quedó en llevarla más tarde; era su farmacia habitual. No hay receta...

Mariana se quedó mirando al vacío y pasaron unos segundos al cabo de los cuales Carmen vio cómo, de pronto, se avivaba la mirada de Mariana a la vez que su rostro experimentaba una alarmante transformación. Conocía ese gesto y lo que significaba, pero se quedó admirada al comprobar lo que se parecía a las estampitas con una santa en éxtasis.

—¿Te ocurre algo? —preguntó sorprendida.

—No. No me lo puedo creer. No puede ser... ¿O sí? —estaba diciéndose Mariana a media voz, sin atender a la pregunta de Carmen, como si hablara desde otro espacio mental—. Es... Es una idea... tan fantástica...

—Mariana: vuelve al planeta Tierra —rogó Carmen.

Pero Mariana se hallaba en plena iluminación y Carmen conocía muy bien las consecuencias.

A la mañana siguiente, después de una excitante noche de discusión entre ambas, Mariana salió a primera hora de su casa hacia su despacho dejando a Carmen dormir tranquilamente. Estuvo a punto de desviarse a la «casa del crimen» para visitar a Cecilia, que seguía con la vieja criada aunque —según ésta le contara en persona o por teléfono, pues Mariana no dejaba pasar día sin acercarse a la casa o interesarse por la niña— Ana siguió yendo a verla cada día y el abuelo Casio se había acercado en dos o tres ocasiones desde que obtuvo la libertad provisional. Pero Ana ya estaba de regreso en Zaragoza, consumido su tiempo extendido de licencia, y el fiscal le había comunicado ayer mismo que tenía listo su informe. El lunes próximo, pues, tendría que tomar la decisión.

Ya dentro de su coche optó por dirigirse primero a su despacho. Quería revisar los papeles del expediente del caso uno por uno, y esta vez sabiendo lo que buscaba, aunque la búsqueda, también lo temía, podría resultar infructuosa. En todo caso, estaba sobreexcitada; de hecho durmió irregularmente, despertando a ratos para retomar sus reflexiones donde las había dejado antes de caer en el sueño, y sólo la excitación evitaba que el cansancio hiciera presa en ella. En fin, después pasaría por la «casa del crimen» a ver a Cecilia.

La noche anterior, hablando con Carmen, se le había ocurrido una idea fantástica, inverosímil, pero cuya no radical imposibilidad hubo de aceptar Carmen, bien que a regañadientes. Ahora se trataba de volver a recorrer todo el trayecto paso por paso a través de los documentos por ver si se desprendía de ellos una información que abriera la fisura que esperaba en el muro de incertidumbre ante el que, hasta entonces, se había detenido. En realidad, se veía obligada a reconstruir el personaje de Casio y, a partir de ahí, todos sus movimientos hasta ayer mismo. En ellos tenía que estar la clave que le permitiera encausarle por doble asesinato. Sin embargo, era consciente de la debilidad de sus argumentos (impecables según ella, pero teóricos). Una de sus esperanzas era Vicky. Si ella hablase, con seguridad tendría algo parecido a una evidencia. El inspector Alameda era el encargado de hacerla hablar, según acordaron en una conversación telefónica posterior.

¿Conseguiría algo? «Para eso —le había dicho él— tendría usted que tener razón en sus sospechas». Y era cierto; se trataba sólo de una sospecha, desgraciadamente, pero, aparte de que son las sospechas las que a menudo acaban conduciendo a la evidencia, en el carácter de Mariana había, por encima de todos sus momentos de desánimo e incluso de desconcierto, una fuerza de voluntad semejante al «querer es poder» que nunca la abandonaba; pues, aunque ella reconociera los peligros del voluntarismo, a fin de cuentas y hasta ahora le había acabado sacando de las peores calamidades y fracasos.

Pero ¿cuál era la verdadera relación de Casio Fernández con Vicky? Conocerla le parecía imprescindible para dar salida a su sospecha. En este punto necesitaba la información que el inspector Alameda le llevaría esta misma mañana. Aunque no prestaba oídos a las murmuraciones, tampoco había dejado de escuchar ciertas referencias, provenientes sobre todo del círculo de Jaime Yago y el de su primo Juanín, acerca de aquella mujer. En primer lugar, a Mariana le había chocado desde un principio que un hombre con la apariencia y la prestancia de Casio Fernández Valle, un hombre de empresa viajado por medio mundo, bien asentado, con un indudable aspecto de persona centrada y de respeto en G..., tuviera una relación con una ex prostituta. No presumía Mariana de clasista y no hacía de menos a Vicky por su antiguo oficio, no; simplemente: no casaba con la imagen de Casio, eso era todo. Pero como era una relación cierta y sostenida, la pregunta se encaminaba en otra dirección: ¿por qué ella? A Casio Fernández no debían de faltarle señoras dispuestas a intimar con él, eso era evidente. También estaba a la vista que cuidaba su imagen; entonces, teniendo tantas puertas abiertas, ¿qué le llevaba a echarse en brazos de aquella mujer? Porque un lazo había entre ellos, eso era seguro: nadie con el carácter de Casio se ata a una mujer, cualquiera que sea, si no es por una razón poderosa. Mientras esperaba que se abriera el semáforo, que veía distorsionado a causa de las gotas de lluvia que corrían por el parabrisas, se preguntó qué le ofrecía Vicky que no tuvieran otras o, mejor dicho, que la singularizase sobre las otras. ¿Cuál habría sido la especialidad de Vicky?, se preguntó maliciosamente mientras levantaba el pie del embrague y presionaba el acelerador.

De pronto recordó un comentario de Vicky acerca del carácter de sus relaciones con Casio, algo relacionado con una sexualidad dura, y lo relacionó con la idea del maltrato. Si Casio había maltratado a su hija, y había abusado sexualmente de ella a lo largo de los años, no parecía raro que en su trato con Vicky hubiera indicios de sexo duro, según ella había dado a entender en aquella ocasión. ¿Sería ése el lazo que ataba a los dos amantes? ¿Sería la explicación de la extraña relación que unía a esa pareja disímil? Estaba tan absorbida por esta idea que pasó de largo la calle por la que debía girar y durante unos minutos tuvo que repensar, primero, y rehacer después, el camino que la llevara al Juzgado. Por fin, tras equivocarse de nuevo debido a las direcciones de las calles, enfiló instintivamente un pasaje que, para su sorpresa, le dio salida a aquella a la que se dirigía. Era un pasaje que hasta ahora había descuidado y que, sin embargo, desembocaba tan cerca del edificio de los Juzgados que sólo tuvo que avanzar unos metros para dar con el vado del aparcamiento subterráneo. Entonces, mientras se adentraba en él, pensó que algo así era lo que había acudido a su mente la noche anterior en el restaurante, cenando con Carmen; un atajo desconocido e imprevisible en el que se metió de cabeza por puro instinto. El instinto —reflexionó— es un fenómeno inexplicable que de un modo u otro ha de estar relacionado con algo que sabemos, pero que no sabemos reconocer.

Entró en el ascensor firmemente convencida de que ése era su caso y con la esperanza de que tan inesperado atajo le ayudase a desembocar en la solución a sus problemas con la misma repentina facilidad con que le había puesto a la puerta del Juzgado.

El inspector Alameda aguardaba ya en el vestíbulo central, embutido en su abrigo y con la gorra calada. Esta mañana parecía tener la nariz más afilada que nunca (quizá fuera efecto del frío matutino) lo que, unido a sus bigotes disparados a ambos lados y a su corta estatura, le daba un aspecto de ratón-detective más acentuado que de costumbre, aspecto que le pareció propio de una ilustración a tinta de algún libro infantil inglés. «Es más, yo creo —pensó Mariana— que Kenneth Grahame lo hubiera incorporado sin vacilar a su estupenda nómina de personajes». El inspector, que se apoyaba, en silencio y ligeramente encorvado, en la pared contigua a la mesa del guarda de seguridad, se irguió cuanto le fue posible y saludó a la Juez. Después, y de inmediato se dirigieron a su despacho.

El inspector había investigado minuciosamente a Vicky como le pidiera la Juez, para completar las informaciones que hasta ahora poseían sobre ella. Al parecer, había ejercido la prostitución, pero no en G..., donde no había rastros de ello, sino en otras ciudades de la cornisa cantábrica. Cuando la conoció Casio Fernández ya había dejado el oficio. Estuvo amancebada con un industrial leonés durante varios años y fue precisamente en León donde la conoció Casio, quien la compartió de manera irregular por unos meses con el industrial sin que éste lo supiera. Cuando el industrial murió, ella liquidó el piso que él le regalara y con el dinero y apoyada por Casio, se vino a vivir a G... donde había montado su tienda de modas, que era una tapadera personal pues, en realidad, la mantenía Casio Fernández o, al menos, le cubría alguna parte de sus gastos. Cada uno vivía en su casa aunque ella pernoctaba a menudo en la de Casio. Ahora tenía fama de mujer de vida ordenada y su relación sentimental parecía estable aunque independiente. Sin duda —informó el inspector— apoyaría a su hombre en cualquier circunstancia porque él era el dominante y la trataba más como a una querida estable y confiable que como a una novia para casarse.

—Es decir, que le cubriría en caso de necesidad —concretó Mariana con gesto afirmativo.

—Eso creo yo —confirmó el inspector—. Si tuvo necesidad de ella en este asunto, ella le respondió.

—Lo que no sabemos es si llegó a ese extremo —dijo Mariana—, si planeó en todo o en parte los crímenes con ella o si, simplemente, se limitó a pedir ayuda en un momento concreto sin especificarle más.

—Dudo mucho que planease nada con ella desde el principio. No porque ella no fuera capaz de participar —arguyó el inspector—, sino que él no la tiene en tanta consideración, me parece a mí. Apuesto a que sólo la metió en el ajo cuando el asunto estaba consumado. Eso, claro está, en el supuesto de que sus teorías de usted sean ciertas.

—Reconozco que mientras no logre probarlo, todo son fantasías.

—Bueno, de todos modos, no cuesta nada suponer. Si él la metió en el juego, no sabemos cómo. Yo estaría por creer que no, que sólo pediría ayuda en un momento concreto, pero si lo apoyó, ella sería cómplice necesaria porque él estaba en la cárcel. Recuerde que le fue a visitar a petición suya el mismo día del intento de suicidio de Covadonga. Ahí pudo recibir instrucciones.

—¿Usted cree que ella le quiere?

—Yo creo que es su tabla de salvación. Su fuerza es la fuerza del débil, que si es necesario se deja matar para evitar que maten a quien es su soporte, ¿me entiende? Ella lo que teme a estas alturas es perderlo a él; por que eso no ocurra hará, haría —rectificó— cualquier cosa.

—¿Incluido el crimen? —sondeó Mariana.

—Puede —contestó el inspector dubitativo—, pero lo dudo. Complicidad sí, a ciegas. Ejecución... no sé yo, no acabo de verla.

—¿Cree usted que si la sometemos a un interrogatorio en toda regla confesaría?

—Usted sabe bien que esas cosas son imprevisibles. Yo puedo decirle ahora que sí y luego encontrarnos con un muro o lo contrario, que no lo intentemos y resulte que estaba a punto de derrumbarse.

Mariana de Marco se quedó unos segundos en silencio, pensando.

—Muy bien. Vamos a repasar mi *fantástica* idea: Casio Fernández Valle decide matar a sangre fría a su yerno. La razón es contundente: Cristóbal estaba a punto de descubrir no sólo que no era el padre biológico de Cecilia sino que el verdadero padre era el propio Casio en incesto con su hija. Esto lo probaré por medio de

ADN. Además, significaba descubrir que la hija había sido maltratada por su padre durante mucho tiempo, que había abusado de ella y que ésa era la verdadera explicación de su carácter apocado y depresivo. Bien. Una vez consumado el plan, Covadonga, que era sumisa, pero no tonta, queda horrorizada al descubrir el crimen in situ y, muy probablemente, él se da cuenta de que ella, por vez primera, está dispuesta a reaccionar contra él, no por sí misma quizá, pero sí por proteger a su hija. En ese momento Casio improvisa o ejecuta su siniestro plan de hacer cargar con el muerto a Covadonga e imprime sus huellas en el mango limpio del hacha no sé cómo, pero seguro que aprovechándose de su confusión, para sobreimprimir luego las suyas. En el tiempo en que su hija y su nieta quedan dormidas maquina el modo de deshacerse de Covadonga; de ahí que tardase tanto en llamar a la policía. Entra en la página web de automedicación que ella frecuenta utilizando su clave de usuario, que sin duda conoce, adultera una información acerca del Halción o sugiere la combinación de éste con Stilnox y lo deja colgado en espera de que ella lo consulte; sabe que lo consultará, pues lo hace casi a diario. Todas las correcciones que se introducen en la página son anónimas, por lo que no corre riesgo alguno: una vez que su plan se haya cumplido, no tiene más que entrar y borrar lo que dejó. Sólo tuvo que aguardar unos días, angustiosos porque se iban alargando, a la espera de que Cova lo leyera y se *suicidase*.

—Pero ¿y si ella no lo localizaba? Aparte de que tendría que haber rastro en el ordenador de Covadonga —arguyó el inspector.

—Desgraciadamente, lo confiscamos después del suicidio. Vicky pudo borrar el historial y también retirar la información falsa. Si Casio le enseñó a manejarlo como hizo con su hija, y pudo hacerlo antes del crimen, Vicky sería capaz de cumplir con su misión. Yo insisto en que Casio era un previsor, incluso, creo, actuando contrarreloj. Estuvimos lentos. Claro que ¿quién se iba a imaginar...?

—Usted misma —dijo el inspector con cierta retranca.

—En cuanto a captar la atención de Cova, tuvo que haberla dirigido, quizá con una referencia conocida o un mensaje de aviso con su nombre en clave que la llevase a la información adulterada; un mensaje también fácil de eliminar a posteriori. Lo único que podría ayudarnos sería la demostración de que alguno de los otros tres hipocondríacos fallecidos leyó esa misma información adulterada durante el tiempo que ésta estuvo colgada. Probablemente, a Casio no se le ocurrió que otros pudieran leerlo y, en todo caso, sólo estuvo pendiente de la noticia que esperaba; una dependencia que, como le decía, debió de ser agónica hasta que le llegó la confirmación del suicidio de su hija. De hecho, mandó a Vicky a la «casa del crimen», antes, en la primera de las dos visitas que dijo Angelina que hizo, para indagar qué estaba ocurriendo. Y por ahí entra Vicky con la lección aprendida. En realidad son las otras tres muertes por suicidio aparente y la coincidencia con el Halción y el Stilnox las que me dan el primer indicio para tirar del hilo de esta *fantasía*, como me permito suponer que la considera usted.

—Sin embargo —dijo el inspector interrumpiendo la exposición de Mariana—, la posición de Casio es muy fuerte. ¿Cómo se puede probar lo que usted dice?

—Sin el concurso de Vicky, es tarea imposible —reconoció ella— aunque la coincidencia de suicidios por el mismo medicamento es un punto fuerte a favor de mi teoría. Pero eso no lo señala necesariamente a él.

—Ésa es la victoria de la coartada de Casio, si me permite que se lo diga. Yo no sé si su teoría es cierta. Puede que sí y puede que no —hizo una pausa—. Reconocerá que es un poco fantástica, pero —matizó al ver el gesto de contrariedad de Mariana— me atrae. Sí, me atrae, qué quiere que le diga. Lo que pasa es que no puedo agarrarme a ella así por las buenas, sin algo concreto que poner sobre la mesa. Hay una cosa que me gusta de usted —dijo dando un giro a la conversación— y es que no ha perdido la objetividad en ningún momento a pesar de que sus sentimientos se ve que se mueven claramente a favor de la niña y de su madre; por eso me tomo en serio lo que propone. Pero, la verdad, eso no hay quien lo sostenga. Usted nunca conseguirá hacer creíble una instrucción basada en semejantes argumentos; se lo digo yo, que llevo mucho tiempo en esto. Sin embargo, estoy dispuesto a ayudarla, es decir, a seguir buscando indicios en su favor. Lo malo es que el tiempo se acaba, que no puede seguir manteniendo la espera indefinidamente a ver si salta algo mientras tanto. O encontramos una vía por la que poder dar cuerpo a su teoría o tendrá que cerrar la instrucción y dejar al Juez al que corresponda el caso que tome las decisiones pertinentes. Esto —dijo para finalizar— ya no da mucho más de sí.

—Cierto —suspiró Mariana.

—¿Qué ha venido a hacer aquí, un sábado por la mañana? —preguntó el inspector sacando el paquete de cigarrillos del bolsillo de su abrigo. Mariana abrió el cajón de su mesa, extrajo el cenicero y lo colocó al alcance del inspector.

—Tengo la intención de revisar el expediente de pe a pa —contestó ella—. Quiero ver si se nos ha escapado algo, lo que sea, algo que pueda ayudarnos a encontrar un error que Casio haya podido cometer. No es posible que no aparezca un fallo, el crimen perfecto no existe.

—Ésa es su opinión —objetó el inspector—. Hay cantidad de asuntos no resueltos en la policía.

—Bien dicho: no resueltos. Eso es una cosa y el crimen perfecto, otra.

—Tanto da. El resultado es el mismo.

—El resultado, sí; el concepto, no. Pero da igual, no vamos a discutir eso ahora. Yo le agradezco mucho su colaboración, inspector; tengo que decirle que su comportamiento ha sido extraordinariamente colaborador y lo aprecio de verdad. Siento haberle hecho venir, porque no podemos progresar, pero de verdad que le agradezco mucho todo lo que ha hecho por ayudarme —a Mariana le pareció que el inspector recibía sus elogios con creciente incomodidad y se detuvo—. El lunes tengo que decidir sobre la custodia de la niña, no puedo retrasarlo más. Quizá nos veamos antes. En todo caso, si hay algo nuevo le tendré al tanto al menor indicio, por si le necesito. Y muchas gracias otra vez.

—Las que usted se merece —dijo el inspector a la sorprendida Mariana. ¿Le habría tocado el corazón, finalmente?—. Ahora, con su permiso, me apresto a desayunar, que no llevo más que un café bebido encima.

«Un café bebido», se admiró Mariana. ¿Cuánto tiempo hacía que no escuchaba esa expresión tan coloquial? Tanto como «café y cazalla», admitió, lo cual le remontaba a los viejos tiempos, cuando vivían en Aluche recién casados y cada mañana, al alba, entraba al bar que había junto a la estación de Metro para tomar el primer café de la mañana, antes de desayunar. «Café y cazalla» pedían los albañiles que iban al tajo. Era un emblema nacional, como el toro de Osborne o el bocadillo de caballa con pimiento morrón.

—O sea, que dejo tirado a mi marido y vengo a verte y tú te me escapas al trabajo en sábado y por la mañana —protestó cariñosamente Carmen, que salió a recibir a Mariana en cuanto la vio aparecer por la puerta. Ésta dejó las llaves, el abrigo y los guantes sobre la consola de la entrada frotándose las manos.

—Qué frío hace esta mañana —comentó—. ¿El nuestro no era un clima templado?

—Excepto cuando hay borrascas. ¿Quieres un café bien caliente? ¿O un caldo?

—Un caldo sería maravilloso —dijo Mariana con un brillo en los ojos—, pero a ver de dónde lo sacas.

—De tu nevera. Tienes consomé guardado, pero con la vida que llevas, ni te acuerdas.

—Es verdad —rió Mariana—. Qué apetecible un consomé ahora. Vaya, piensa que si no lo hubiese olvidado no podría tomarlo ahora.

—Tú siempre tan positiva —dijo Carmen encaminándose a la cocina—. ¿Qué? ¿Qué tal? ¿Has avanzado algo? —preguntó desde el fondo de la casa.

—Sólo en el plano teórico —contestó su amiga abriendo el periódico que trajo consigo—. Tendrías que conocer a Casio Fernández. No creo que haya un tipo tan frío y cínico, tan amoral como él en todo este mundo.

—Ya será menos. Acuérdate del guapo de Villamayor*, sin ir más lejos. Menudo pájaro.

Mariana se irguió como si hubiera recibido un alfilerazo y el periódico se le desmayó entre las manos. Así permaneció, pensativa, unos segundos.

—Hay un sitio aquí que me recuerda a aquel tipo.

—Un sitio de mala nota, seguro.

—Vaya, digamos que un club de noctámbulos, tampoco tan temible. Que conste que yo ya no voy por ahí, sólo alguna vez que me han citado o si me coge de paso y no hay otra cosa cerca.

—Ya —dijo Carmen—. Y casualmente lo frecuenta tu chico guapo, ¿no?

—Oye, no fastidies. Era el sitio donde me citaba a veces con Jaime y ahora ya no lo frecuento, punto final —dijo con brusquedad—. A lo que iba es a que hace poco me quedé frita en el sofá y tuve un sueño. Estando allí empecé a notar que me observaban y de repente creí reconocer a alguien. Estaba en un rincón, sentado a una mesa, medio escondido entre sombras. No hacía el menor gesto de reconocimiento, afortunadamente, pero te juro que me tenía clavada. No le veía bien; tampoco yo le miraba directamente; era un tipo raro, una presencia oscura, me decía yo medio preocupada; y me acabó poniendo nerviosa. No sé quién sería. Una situación así te deja en precario; no es amenazante, sino peor: es la pre-

---

* Vid. J. M. Guelbenzu. *La muerte viene de lejos.*

sencia de alguien que no sabes por dónde te va a salir, pero que te marca con el silencio. También podría haber sido una imagen de Casio, pero no. Y el caso es —dijo desviando la conversación— que Casio resulta encantador y educado cuando habla contigo; todo va bien hasta que, de pronto, te echa esa mirada heladora y entonces es cuando da miedo. Es un hombre atractivo, un tanto *gentry*... Un enigma, vamos.

—Es como el de Villamayor ya viejo, por lo que me cuentas. Espero que no te haya dado un tirón por él.

—Descuida —contestó apresuradamente Mariana—. Pero sí, tiene ese punto de malignidad que tenía el otro. ¿Qué curioso, no? Y no me digas que me van los guapos tenebrosos porque aquí arde Troya.

—No voy a castigarte, Mariana —sonó el timbre del microondas. Carmen abandonó su puesto en el vano, fue a la cocina y regresó con una taza de caldo humeante—. Bastante tuviste con el otro —dijo retomando su discurso— para que yo empiece ahora a meter el dedo en la herida. Ya es mala suerte que tengas que enfrentarte a otro criminal sin escrúpulos; y menos mal que éste es un enemigo desde el principio, porque la historia del otro te dolió lo tuyo.

—Demasiado —murmuró Mariana; luego permaneció en silencio, soplando meticulosamente sobre la superficie de la taza con gesto reconcentrado.

—O sea —dijo Carmen rompiendo la pausa—, un tío que estaba en un rincón en penumbra, mirándote y sin decir palabra.

—Ni la dijo. No hizo el menor ademán. Parecía una advertencia desde la oscuridad. El caso es que me sentí incómoda, así que dejé mi copa a medias y me fui. Eso fue todo, fin del sueño. Pero tengo esa imagen aquí metida —señaló su frente— como un mal presagio. En cuanto a Casio —volvió a derivar la conversación—, siempre tengo la sensación de que me está diciendo que nunca voy a atraparlo. También en eso me recordó al que tú dices. No pudimos probar asesinato, ¿te acuerdas? Sólo fue a juicio por suplantación de personalidad. Me pregunto... —dijo pensativa—, me pregunto qué tengo yo para que el mal me tiente; es como una atracción morbosa o como una llamada de, no sé...

Carmen la rodeó por detrás y le echó los brazos sobre los hombros con suma delicadeza para evitar que se desbordase la taza que sostenía entre las manos.

—Lo único que te sucede es que eres Juez y que es más fácil que te encuentres con gente así que siendo marinero en un barco que sale a la costera del bonito.

—No es eso y tú lo sabes. Mala gente hay por todas partes. Lo que yo tengo es una inclinación; como otros la tienen, no sé, a la tacañería. Me pregunto de dónde viene una tendencia así. ¿Es cosa de nacimiento, como el signo del zodíaco? ¿Es una maldición?

—Es una cochina casualidad y no le des más vueltas.

—A veces pienso que si logro condenar a uno de estos malignos me libraré del estigma. Pero no lo voy a conseguir: no hay quien encause a Casio Fernández. Me desespera dejar suelto a un criminal como él —se volvió decidida hacia su amiga—. Es un asesino, Carmen, tiene dos muertes ejecutadas sin compasión, a sangre fría, sobre sus espaldas, y se puede ir de rositas. No lo soporto, de verdad, no lo soporto. Al menos al otro lo encausamos, pero éste se va a casa sin que le toquen un pelo.

—¿Será la primera vez que ocurre? —dijo Carmen, conciliadora—. No te puedes echar la justicia del mundo a la espalda, Mariana; tú eres una Juez, no una redentora. Si no entiendes lo que te digo te vas a volver loca. Mírate bien: de un lado, estás furiosa porque no puedes echar el guante a Casio; de otro, estás desolada porque si se lo echas, pones a su nieta en la picota social. ¿A ti es que te gusta que te coja el toro?

—Es mi educación, Carmen. Es lo que decía Mao, aquel coñazo de *Libro Rojo*: quien una vez abre los ojos, nunca vuelve a dormir tranquilo.

—¿Y qué vas a hacer? ¿Pegarle un tiro a Casio? Mariana: te has dejado la piel en este caso, has llegado adonde nadie hubiera llegado en una instrucción, no puedes hacer más de lo que has hecho. Ésa es tu garantía personal. Lo demás no te pertenece.

—Lo sé —Mariana sacudió la cabeza, pesarosa—. Lo sé, Carmen. Es una manera de hablar. Tengo experiencia suficiente para saberlo. Es que no me resigno.

—Ni yo en tantas cosas. La vida no está a nuestra disposición, esperando que le digamos lo que tiene que hacer. Más bien es lo contrario, qué quieres que te diga.

—Dime que hace buen tiempo; que nos vamos a tomar nuestro bogavante con un buen albariño; que te encanta haber venido a verme... Esa clase de cosas.

—Me lo has quitado de la boca.

Mariana dejó su taza vacía en el plato y la depositó sobre la mesita de centro delante del sofá donde se sentaba. Giró la cabeza para hacer un guiño cómplice y sonriente a su amiga y consultó su reloj.

—No es mala hora para salir a pasear al sol, por fin ha aparecido —dijo mirando por la ventana. La luz, que había cambiado radicalmente, inundaba con alegre espíritu la habitación donde se encontraban. En el exterior se adivinaba un sol radiante y al frío batiéndose en retirada, de manera que las dos amigas, sin pensárselo más, se pusieron en marcha con el mejor de los ánimos.

Bajaban tranquilamente charlando por la calle San Bernardo, luego de atravesar el paseo de Jovellanos, cuando desembocaron en una plaza abierta conocida por el nombre del Parchís y se detuvieron ante el escaparate de una tienda de ropa para hombre de innegable estilo inglés que Mariana estudió con interés.

—¿Se viste aquí tu hombre? Le pega.

—No lo sé. A quien le va más este estilo de ropa es a Casio, mira por dónde. Si te das cuenta, en todos los puertos del norte de España hay siempre más de una tienda de ropa de genuino estilo británico. Influencias del comercio marítimo. También era por donde entraban los libros y las ideas. Moda y cultura por barco —concluyó satisfecha.

—O sea, que tu cínico asesino es un elegante.

—Se cuida, sí.

—Y digo yo, ¿será que la maldad compensa?

Habían seguido caminando y al llegar a la esquina se detuvieron. A la derecha podía verse la explanada del Náutico, casi al comienzo del paseo y el mar reluciendo al sol del mediodía. Mariana se detuvo ante la pregunta de su amiga.

—Eso he pensado yo muchas veces. No se trata de que el Mal o, mejor dicho, lo maligno de la naturaleza humana, resulte agradable o tentador; eso no me importa tanto. Lo que de verdad me impresiona es la génesis de esa malignidad en una persona; sobre todo pienso en los malvados inteligentes, educados, refinados incluso.

—El Poder —dijo Carmen sentenciosamente.

—No, más allá del Poder —rectificó Mariana—. Casio pertenece a esa clase de malvados que en el fondo de sí mismos, en su última instancia vital, guardan una frialdad que da miedo vislumbrar. Una no se enfrenta a ellos en términos de lucha porque siente que no es posible derrotarlos, que la lucha no tiene sentido porque siempre pueden retroceder un paso más allá de donde tú puedes acercarte a ellos, a ese yo interior de hielo que los mantiene con una firmeza sobrehumana, inderrotable. En cierto modo, la sensación que tengo con ellos es la de que no se les debe hacer frente de una manera convencional, como al resto de la gente sino que hay que destruirlos, eliminarlos. La derrota no existe para ellos sino la eliminación física. Y aun así, siempre me quedaría el temor de que les sobreviviera una especie de halo, no sé si me entiendes. Yo creo que ésa debe de ser una parte importante de su fascinación.

—No me parece a mí, no soy nada proclive —dijo Carmen.

—Yo tampoco. En el fondo —dijo Mariana como conclusión— me dan miedo. No es que por eso me vaya a achantar; es que me dan miedo, miedo real, miedo mental y físico. Y entonces, cuando me doy cuenta de eso, me doy cuenta también de que es como un vértigo, de que es la atracción del abismo. ¿Te acuerdas de aquella tentación de Cristo, cuando el Demonio le muestra el mundo y le dice: «Todo esto te daré si me adoras»? Eso es lo que yo siento cuando lo percibo. Rechazo y atracción.

—¿Eso te pasó con el tipejo de Villamayor?

—Algo así. Por eso me hace tan poca gracia que me digas que me gustan los chicos malos...

—Porque tengo razón —afirmó Carmen.

—Exacto. Porque tienes razón.

Estaban detenidas junto a la marquesina de la parada de autobuses urbanos y se quedaron en silencio. De pronto, Carmen levantó la cabeza y dijo:

—¡Santo Dios! ¿Qué es eso?

—Un Dios tremendo —contestó riendo Mariana.

Ante ella, en diagonal a donde se encontraban, encajada entre dos edificios, se elevaba una iglesia alta y enjuta como una espátula adornada o que lo parecía debido a la desproporción existente entre ella y un pedestal en forma de templo de columnas que le habían plantado encima como un pegote y sobre el que se alzaba la estatua de un Sagrado Corazón gigantesco al que la iglesia, sometida, venía a servir de simple peana. La estatua se elevaba a considerable altura por encima de los edificios circundantes, lo que obligaba a forzar en exceso el cuello para poder contemplarla.

—Es el Sagrado Corazón más despegado con que me haya topado nunca —confesó admirada Carmen—. Parece como si pasara de nosotros, los de aquí abajo.

—La llaman la Iglesiona.

—Pues deberían llamarlo el Supermán. Madre mía.

Siguieron andando por una vía corta que desembocaba en la calle Moriscos.

—¿De qué estábamos hablando? —preguntó Carmen, ya repuesta de su asombro.

—Del Bien y del Mal.
—Entonces lo dejamos.

Entraron en la calle Carrera. Éste era el paseo favorito de Mariana, una calle peatonal llena de comercios, una especie de calle Mayor de las de antes, por la que más pronto o más tarde acaba pasando toda la ciudad al cabo del día. La mayoría de los comercios eran modernos, pero había retazos de antes, como la esquina de la farmacia toda ella cubierta por azulejo de Talavera con leyenda que se adornaba con motivos de gusto renacentista (hojas de acanto, rocalla, tornapuntas, medallones...); el mismo azulejo usado para el cartel cerámico con el rótulo donde campeaba el nombre de la calle. Era ésta una calle ancha y acogedora donde al principio y al final se encontraban unas terrazas a cuyas mesas solía sentarse Mariana cuando terminaba sus compras para tomar un café o una copa de vino mientras miraba pasar a la gente. Esa mañana, gracias al sol, la calle invitaba a pasear, a recorrer las tiendas que les llamasen la atención a paso descuidado y, finalmente, a sentarse a tomar un aperitivo antes del almuerzo.

Y eso fue lo que hicieron.

Después del almuerzo, las dos amigas se dirigieron caminando desde el restaurante hasta el paseo de la playa a través del Barrio Antiguo. Una vez llegadas a él, se encontraban contemplando el mar desde lo alto de la gran escalera que accedía a la playa, con ánimo ya de volver a casa, cuando saltó el teléfono móvil de Mariana. El sol empezaba a debilitarse tras una primera avanzadilla de nubes que preludiaban la llegada de tropa más gruesa y la ligera brisa que hasta entonces las había acompañado mientras deambulaban junto al mar se estaba convirtiendo en una ventada ligeramente desabrida. Mariana sacó el teléfono del bolso y buscó el origen de la llamada.

—Mira tú, llama el inspector —comentó.

Se aplicó el aparato al oído.

—¿Qué hay de nuevo, inspector? Deme buenas noticias y no me estropee el día.

La animación que expresaba su rostro al empezar a hablar se fue tornando sombría a medida que escuchaba.

—¡Dios mío! —exclamó al fin. Siguió escuchando hasta el final y por último apagó el teléfono. Su cara reflejaba la más viva preocupación—. Dios mío —repitió ahora, en un murmullo.

—¿Qué sucede? —indagó Carmen—. ¿Ha ocurrido algo grave? ¿Covadonga? —aventuró—. ¿Ha muerto Covadonga?

Mariana negó con la cabeza antes de hablar.

—Es Vicky —dijo al fin—. El inspector no la encuentra por ninguna parte. No está en su casa y no se sabe nada de ella desde anoche.

—¿Se ha largado?

—Ojalá sea que se ha largado —dijo Mariana gravemente.

—¡Madre mía! —exclamó Carmen—. Ya sé lo que estás pensando.

Durante toda la tarde del sábado, Mariana estuvo pendiente de los pasos del inspector en busca de Vicky. Éste se acercó a su casa a última hora para informarle de que todas las pesquisas estaban resultando inútiles hasta el momento. Habían registrado el piso donde vivía ella, que seguía vacío, con el único resultado de comprobar que nada hacía pensar en un viaje precipitado porque cada cosa parecía estar en su sitio, incluyendo las maletas. Tampoco obtuvieron información útil de los vecinos, del portero o de los comercios que frecuentaba. En cuanto a Casio Fernández, se mostró tan sorprendido como la propia policía. Vicky Laparte parecía haberse, literalmente, evaporado. Mariana de Marco se negaba a creer en un viaje urgente o una desaparición fortuita.

—La gente no desaparece así, por las buenas —estaba diciendo Mariana—, sin dejar rastro.

—Hay que tener en cuenta —intervino Carmen, que se hallaba presente en la conversación— la lógica de una persona que vive sola y sin familia. Si decide irse no se lo cuenta a nadie, simplemente se va. Yo no lo veo raro. Raro será si no aparece en unos días.

—Es mucha casualidad. Además, al menos podría haberle dicho algo a Casio.

—Pero ¿no dices que vivían independientemente?

—Todo lo independientes que son dos amantes, Carmen. Lo suyo sería decirle algo a él; hoy día no cuesta nada hacer una llamada desde un móvil. Y se fue con lo puesto —dijo tras una pausa—. Con lo puesto. Nadie se pone en marcha por unos días sin equipaje, por escueto que sea. Mira: pensemos con lógica. Si es verdad que Vicky le hizo el favor que suponemos a Casio y Casio ve que, a pesar de todo, estamos sobre él como buitres y siendo la clase de hombre que es, pronto o tarde pensará que la fidelidad no existe o que es mejor no comprobar si existe; y entonces Vicky se habrá convertido en un peligro potencial para él. Y si Vicky, que no debe de ser tonta, ha pensado lo mismo, tendría que apresurarse a poner tierra por medio, que es lo mejor y que ojalá sea lo que ha hecho, conociendo al otro; por su bien y para mi mal, todo sea dicho.

—Eso no lo sabes. Su casa parece estar en orden, vale, pero nadie sabe cuál es el orden de su casa. Puede haber metido cuatro cosas en un maletín, ¿no? —dijo Carmen con acento dudoso.

El inspector Alameda observaba en silencio a ambas mujeres preguntándose qué pintaba él allí, si no le dejaban meter baza. Estaba de pie ante ellas, que se agitaban en el tresillo la una frente a la otra, sin haberse desprendido del abrigo y preguntándose si al menos le permitirían fumar.

—Con el permiso de ustedes... —empezó a decir.

Mariana pareció entonces caer en la cuenta de que el inspector se encontraba allí, ante ellas.

—Perdone, inspector. No le he ofrecido nada, es imperdonable. ¿O quiere un cenicero?

El inspector encadenó dos gestos como si fuera a hablar, uno por cada comentario de Mariana y al final optó por no decir nada y extraer del bolsillo su paquete de cigarrillos.

—Por favor, tome asiento. Ahora mismo le ofrezco una cerveza.

—Deja, que ya lo hago yo —dijo Carmen levantándose diligentemente de su asiento con rumbo a la cocina. El inspector y la Juez se quedaron solos.

—¿Usted qué opina, inspector?

—Yo —empezó a decir, tras encender su cigarrillo— ya sabe usted que soy poco amigo de las casualidades, pero esta desaparición me parece rara. No le digo yo que no pueda ser, digo que es rara —precisó—. Es rara porque no tiene sentido y es rara también porque, de tener usted razón en su juicio sobre el caso, sería la desaparición de una testigo muy importante. Sin embargo, permítame señalarle que estamos en un fin de semana. Que alguien desaparezca durante un fin de semana es bastante común; quiero decir —rectificó— que es justamente un motivo de confianza respecto de ella, un motivo que reduce considerablemente la preocupación.

—Es una testigo decisiva —argumentó Mariana—. Decisiva.

—Aquí tiene su cerveza —interrumpió Carmen, provista de una bandejita de plata con una botella descapsulada y un vaso. Acto seguido, recuperó su asiento.

—Sin embargo, lo aconsejable es esperar y ver —continuó diciendo el inspector—. Incluso me pregunto si no nos hemos precipitado en buscarla. Éste es un caso muy especial, muy enmarañado y muy falso desde el principio. Lo que empezó siendo un «asesinato piadoso», como usted lo calificó, fíjese en lo que se ha convertido. Es un caso muy feo y desagradable —concluyó—. Muy feo.

—Yo no tengo la menor duda acerca de mi versión del asunto —explicó Mariana—. No sé si Vicky estará viva, pero a medida que pase el tiempo el pronóstico será cada vez peor.

—¿No puede ser que el propio Casio la haya enviado fuera por unos días? —se preguntó Carmen—. Si no se fía de ella, es muy natural.

—Carmen, yo soy una experta en el alma de los malvados, como sabes bien, y te digo que si Casio tiene el menor temor a que Vicky le delate, no correrá el riesgo de enviarla fuera sino que actuará de una manera mucho más expeditiva.

—¿No estamos haciendo castillos en el aire? —preguntó el inspector volviendo a introducirse en la conversación—. Yo, señora Juez, respeto mucho su intuición y el supuesto que usted sostiene me parece brillante, pero ni podemos ni debemos dar un paso más hasta que...

—¿Hasta que aparezca tirada en un acantilado? —dijo con ácida ironía Mariana—. Al menos, inspector, confío en que seguirá buscándola. Eso no nos compromete a nada.

—Por supuesto. Ahora mismo estamos en ello.

—Me estoy acordando —dijo Mariana dirigiéndose a su amiga— de Casio y me pregunto si no debería tener un cara a cara con él, lo mismo en La Bruja, que es territorio suyo y se puede confiar.

—Lo dudo. E insisto en que no le recomiendo ese club a usted, aunque sé que lo ha visitado —dijo el inspector. Carmen la miró con una sonrisa triunfal.

—Vaya, veo que sigue usted al tanto de mi persona. Eso le protege a una.

—Soy policía y me entero de cosas; sólo eso.

—Muy bien. Pues a ver si se entera pronto de por dónde anda, si es que todavía anda —precisó con ironía—, Victoria Laparte.

Después de cenar y mantener una sobremesa en la que charlaron un poco de todo, Mariana tomó el camino del dormitorio, se metió en la cama y continuó con la lectura de *Cuento de viejas*, que no le duró mucho tiempo. Lo cierto era que tenía la cabeza en otra parte y no lograba concentrarse. Quizá no hubiera sido mala idea —pensó— haberse citado con Jaime Yago, mas no quería dejar a Carmen sola y tampoco le parecía prudente reunirlos; aparte de que la intención que le hubiese empujado a citarse con Jaime no admitía a terceros, se dijo maliciosamente.

En el fondo de su razón comprendía que la verdad por la que luchaba estaba perdida, pero en el fondo de su corazón sentía que debía luchar contra toda razón para llegar a la verdad. Eso le alegraba por Cecilia aunque tendría que pelear para alejarla de su abuelo sin sacar a colación el probable incesto. Sin embargo, se sentía impotente, no tanto por falta de energía y voluntad como por la inacción a la que le condenaba el curso de los acontecimientos.

La idea que volvía recurrentemente a su cabeza era la de tener un cara a cara con Casio Fernández Valle. Lo que empezó siendo una ocurrencia frívola en la corriente de una conversación iba tomando cuerpo poco a poco. ¿Qué podía lograr con ello? En principio, nada. Era de todo punto evidente que Casio no se traicionaría tras la formidable exhibición de cinismo y frialdad que venía protagonizando desde el día del primer asesinato. En realidad no buscaba una confesión sino, lo fue entendiendo a medida que pensaba en ello, una confrontación. Quizá sólo quería demostrarle que era tan fuerte como él, tan dura como él y, de ser necesario, tan fría como él. No buscaba amedrentarle o arrinconarle sino cruzar espadas para que el otro comprobase que si él era un criminal despiadado, tenía enfrente a una rival formidable. Es decir —se confesó—, no trataba de convencerle de nada sino de afirmarse ante él. ¿Acaso lo necesitaba para curarse del fracaso previsible de la imputación criminal? Reconoció que bien pudiera ser así, pero eso no mermaba su deseo de enfrentarlo cara a cara. Luchaba por ella, por Cecilia, por Covadonga muerta en vida y hasta por la pobre Vicky, cuyo cuerpo, estaba segura, yacía escondido sin vida en alguna parte no lejos de allí.

—¿Tú qué crees? —preguntó a Carmen al día siguiente, mientras ordenaba la mesa para el desayuno—. ¿Que encontraremos el cuerpo de Vicky o que no aparecerá jamás?

—Mujer, no seas agorera. Aguarda un poco.

—Mi idea —prosiguió Mariana— es que por fiel que fuera Vicky, un hombre como Casio no se fiaría nunca de ella si de eso dependiera su vida, como depende. Así que, en mi opinión, optó por deshacerse de ella para cerrar la única fisura que afectaba al escudo de seguridad que tan competentemente ha diseñado. Es un experto.

Carmen frunció las cejas con gesto de reproche.

—Lo sé, lo sé —continuó Mariana—. Ésta no es manera de llevar un caso y yo debería limitarme a instruir la causa, entregarla al Juzgado correspondiente y se acabó. Pero no puedo, Carmen. Ya no es cuestión de instinto o de intuición, no te vayas a creer; es pura especulación sobre un crimen cuyas características van dibujando poco a poco una trama y un autor. Sé muy bien que sólo puedo atenerme a los hechos; sé muy bien que carezco de pruebas que avalen mi presunción y eso es tanto como no tener nada, como montar una instrucción en el aire. ¿Qué hago, entonces? —se preguntó dirigiéndose a Carmen—. ¿Resuelvo sobre la apariencia de los hechos o me tiro a fondo hasta encontrar la verdad que esconden esos hechos? ¿Pongo a salvo a la niña y me trago un sapo?

—Es que no puedes probar nada, Mariana. Lo malo en ti, como Juez, es que tienes una imaginación desatada. Y déjame que te insista en otra cosa: no eres tú quien va a juzgar, tú sólo estás instruyendo. A lo peor sale toda la mierda luego, en el juicio. Deja que las aguas vayan por su cauce.

—Ah, ¿eso es malo? ¿Ahora resulta que tener imaginación es malo? ¿Cómo crees tú que se construyen las cosas importantes? ¿Con pruebas? ¿Le vas a exigir pruebas a Colón de que existían las Indias o a un científico de que existen los agujeros negros para aceptar que existen? No, Carmen: Colón imaginó las Indias sobre datos vagos y los agujeros negros siguen sin verse, pero existen y devoran galaxias.

—No irás a comparar —interrumpió Carmen.

—Pues sí, sí que voy a comparar; a escala, pero voy a comparar —dijo Mariana con cara de reproche—. Claro que voy a comparar.

—Vale —aceptó Carmen—. Me he pasado. Lo siento. Si en el fondo yo creo en ti más que en mi propia imaginación.

Mariana sonrió cariñosamente.

—Lo que pasa —continuó Carmen— es que me preocupo por ti. No sé si te das cuenta, pero tienes un ataque de ansiedad y lo malo de una situación así es que puedes tender a deformar los hechos. Entiéndeme —dijo al ver que se oscurecía de nuevo el rostro de su amiga—, no digo que seas tonta ni que veas lo que no hay, sino que la ansiedad puede acarrear prejuicios.

—Te entiendo. Pero ése es el riesgo. Buscando el acierto puedes caer en la arbitrariedad. De acuerdo. Pero, insisto, es el riesgo. Un riesgo decides correrlo o no correrlo, depende de lo que te vaya en el envite. Si me equivoco, no pasa nada: cierro la instrucción tal y como podría hacerlo ahora mismo y, encima, me libro de un fiscal que está hasta los pelos de tanta dilación.

—Y que va a empezar a desconfiar de ti... —advirtió Carmen.

—A cambio —prosiguió Mariana— intento hacer justicia. Sí —afirmó categóricamente al ver fruncir de nuevo las cejas a su amiga—, ya sé que no voy a juzgar yo este caso, no hace falta que me lo recuerdes una vez más, así que rectifico: intento poner en manos de la Justicia todos los elementos que han de permitir un juicio claro, recto, justo y eficiente. ¿Vale así?

Casio Fernández Valle entró en el despacho de la Juez De Marco y aunque venía de la luz a la sombra, porque Mariana mantenía el despacho en penumbra, no parpadeó. Estaba sola y el edificio de los Juzgados estaba vacío, con la casi sola excepción del guardia de seguridad que le franqueó la puerta y al que hubo de advertir de la llegada de Casio. Era domingo, lo que incitaba aún más a un perezoso despertar tras la noche de sábado. La sensación que le produjo el interior del edificio al entrar era de desangelamiento, de que algo no se encontraba en su lugar, casi de incomprensión; era como si caminara por un sueño, un frío sueño.

Mariana de Marco no se movió de su butaca y continuó observando a Casio en el umbral. Éste dirigió una mirada a su alrededor hasta acabar por ponerla en la Juez. Era evidente que la había fijado desde el mismo instante en que apareció en la puerta y que, de principio, le estaba enviando un mensaje de seguridad y dominio. De pronto se adelantó hacia ella, le hizo una ligera inclinación de cabeza, parecida a un gesto de cordial sorpresa, y llegó hasta la silla situada al otro lado de la mesa sin prisa. Mariana, que intuyó que se acercaría a besarla como saludo, lo evitó poniéndose en pie y tendiéndole la mano, lo cual le hizo sonreír, pero no titubeó al estrechársela. Después, ambos tomaron asiento. El guardia de seguridad cerró la puerta.

Mariana tenía ante sí una botella de agua mineral, que ofreció a su visitante.

—¿Resaca? —comentó él.

—No. Me gustan las bebidas blancas —respondió ella.

Casio rió y solicitó permiso para fumar. Mariana decidió concedérselo. Durante el tiempo en que sacaba su tabaco y encendía un cigarrillo se mantuvieron en silencio. Era el silencio tenso entre dos rivales que se observan. Tras expulsar morosamente la primera bocanada de humo, que siguió complaciente con la mirada, se dirigió a ella en actitud abierta.

—Muy bien. Usted dirá qué es lo que desea de mí.

Mariana sintió un vuelco en el corazón. La contienda comenzaba. De pronto, por su mente pasaron de manera relampagueante todas las preguntas que no se había hecho antes de la cita. ¿Para qué se citaba con él? ¿Por qué arriesgarse a ser sorprendida en un renuncio, a ser ridiculizada quizá por un hombre que casi la doblaba en edad y cuya veteranía, de repente, se agigantaba a sus ojos como una sombra que se agiganta en la pared por efecto de la luz? ¿De dónde venía esta ciega decisión de hablar cara a cara con quien había demostrado un perfecto y meticuloso dominio de sí mismo? ¿Acaso esperaba una confesión?, ¿algún resquicio donde colocar una cuña que acabase abriendo la madera de la que parecía estar hecho? En un instante comprendió la magnitud de su apuesta, la insignificancia de sus posibilidades y la amenaza a la que se estaba exponiendo y sintió vértigo, el vértigo de quien se encuentra de pronto ante un abismo imprevisto allí donde no tiene retroceso y se ve impelido a bordearlo mientras trata de no mirar abajo. En verdad no tenía nada, nada en que apoyarse. Era una estúpida que se disponía a hacer a un asesino el relato de su fechoría, ¿para qué? Sólo por el placer de arrojárselo a la cara. E iba a ser él quien se riera en la cara de ella, humillándola. Pero si había llegado hasta allí, tenía que seguir. Ahora bien, ¿era ésa la única razón que le empujaba hacia este encuentro? Y con la pregunta, un intenso miedo, miedo a sí misma, le recorrió el cuerpo de arriba abajo.

—Señor Fernández Valle —empezó a decir Mariana—, debo advertirle de principio que ésta es una conversación estrictamente privada y personal y que no hablo con usted como Juez. Nada de lo que aquí hablemos tiene valor alguno fuera de esta conversación. ¿Está claro? ¿Desea manifestar alguna precaución?

—Me intriga usted —dijo el otro, displicente.

—Lo que quiero explicarle es que tengo la convicción de que usted es el responsable de la muerte de su yerno Cristóbal Piles y del aparente suicidio de su hija Covadonga —Casio abrió los brazos con un irónico ademán de defensa, el cigarrillo humeando entre dos dedos de la mano derecha—. Mi opinión es que usted mató a su yerno, fue descubierto por su hija, las redujo a ella y a su nieta, que apareció inoportunamente en el escenario del crimen, y se dedicó a fabricar la historia que me relató el día en que hizo su confesión de culpa. Creo que usted indujo a su hija a cometer suicidio y prosiguió con el plan elaborado en la noche de autos declarándose inocente y manifestando que su inculpación se debió al deseo de proteger a su hija. Creo que utilizó a María Victoria Laparte como cómplice, después, para borrar las huellas de este segundo crimen. Y creo, finalmente, que usted está detrás de la desaparición repentina de esta última persona, de cuyo paradero no tengo noticia en estos momentos.

Casio Fernández exhibió una media sonrisa, fumó con calma y se retrepó un poco en el asiento antes de hablar.

—Perdone que le haga una pregunta un tanto peliculera, pero ¿lleva usted un micrófono oculto por casualidad?

—¿Lo lleva usted? —respondió ella.

—No. A mí me ha cacheado el vigilante que tiene ahí afuera. Sin embargo, reconocerá que yo debería cachearla a usted antes de seguir hablando. En el supuesto —añadió— de que acepte seguir hablando con usted.

—Y yo tendría que cachearle a usted, y el guarda de seguridad, que aparecerá de pronto en la puerta con un vaso que le he pedido antes, testificará que nos estuvimos metiendo mano en mi despacho un domingo a la hora del mediodía.

—Tiene usted razón —Casio rió—. No sería una buena idea... respecto de usted. A mí me encantaría. Y me daría mucho prestigio.

—Creo que he dejado bien claro al principio la condición *off the record* de este encuentro y, de ser cierta su absurda idea del micrófono, quedaría grabada como testimonio al igual que el resto de la conversación, así que no tiene nada que temer.

—Yo no temo nada. Eso es imaginación suya, señoría.

—Sí, es que soy muy imaginativa, me lo dicen a menudo últimamente. Pero llámeme señora De Marco. No está hablando con la Juez.

—Muy bien. Hable usted y yo la escucharé hasta que me parezca improcedente seguir con este encuentro.

—Su coartada o, digamos mejor, los elementos del caso que hablan en su favor están muy bien armados y en apariencia le exoneran a usted de toda sospecha. Pero hay un par de cosas que me llaman la atención. La primera de ellas es por qué limpió la hacheta antes de degollar a su yerno. La segunda, por qué echó la ropa ensangrentada en la lavadora y la dejó allí olvidada.

—Yo no limpié ninguna hacheta, señora, yo me limité a retirarla de la mano de mi hija y tirarla por allí cerca porque me impresionó mucho, aunque reconozco que fue una tontería hacerlo. En cuanto a la ropa, sí, la metí con intención de lavarla y luego me debí de olvidar de ella. Fue un acto reflejo.

—¿Fue antes o después de dormirlas?

—Fue antes, naturalmente. Les despojé de la ropa allí mismo, en el pasillo, la dejé en el suelo junto con la mía. Subí con ellas, las acosté y bajé a echar toda la ropa en la lavadora. Lo que pasa es que no sé cómo funciona una lavadora y por no ponerme a buscar por la casa el libro de instrucciones, la dejé allí y luego se me olvidó. Las circunstancias eran muy horribles y tenía que pensar.

—Y se puso una camisa de su yerno.

—En efecto. Veo que es usted muy observadora.

—¿En qué tenía que pensar?

—Bueno, qué quiere que le diga: en lo que había ocurrido, en qué hacer... En fin, es una pregunta superflua la suya.

—¿Cuál era su relación con su hija? Desde que quedó huérfana de madre.

—Ah. Bien. Buena. Una relación normal de padre e hija.

—Pero su hija era una persona... especial. Muy reconcentrada, muy asustada siempre, muy poco sociable...

—¿Asustada? Eso me sorprende. ¿De dónde lo ha sacado usted?

—Es una opinión general.

—E incierta —completó Casio—. Es verdad que mi hija era muy tímida, muy... apocada. Como tantas otras personas, no más. Lo fue siempre. Quizá la temprana muerte de su madre...

—Señor Fernández Valle, ahora está usted negando la evidencia. Su hija era una persona sometida y anormalmente retraída y falta de carácter. Lo fue cuando vivía con usted y lo siguió siendo con su marido. Mi pregunta es: ¿qué pasó entre ustedes, entre padre e hija, para que ella, una niña sana y normalmente constituida, acabara hecha un guiñapo?

—¿Le parece que terminemos aquí esta conversación? —dijo Casio con severidad.

Se oyeron unos golpes discretos en la puerta, el guarda de seguridad entró a la voz de «adelante» de Mariana con un par de vasos que dejó sobre la mesa de la Juez y se retiró silenciosamente.

—¿Acaso le he ofendido? ¿O me he salido de los límites pactados? —preguntó Mariana tras la interrupción.

—No, simplemente está haciendo unas insinuaciones que yo no puedo aceptar.

—Pero hemos acordado hablar. Yo no le pregunto desde mi imaginación sino desde la realidad de unas declaraciones contrastadas. Yo no pretendo acusarle, señor Fernández Valle, sino pedirle su ayuda para desentrañar un asunto razonablemente misterioso.

—Sus palabras tendrían credibilidad si antes no me hubiera acusado de cometer dos crímenes, señora De Marco.

—Tiene usted razón. ¿Podemos olvidarnos de la autoría de los crímenes y centrarnos en la relación padre-hija?

—No. No podemos. Ése es un asunto personal.

—Está bien. Volvamos a la autoría.

Se produjo un silencio, que ambos aprovecharon para beber.

—Malo es —Casio volvió a sonreír dejando su vaso sobre la mesa— que me acuse de matar a mi yerno, pero reconozca que acusarme de la muerte de mi hija estando yo en la cárcel es un verdadero despropósito.

—Excelente ocasión para volver a María Victoria Laparte.

—Vicky —corrigió Casio.

—Como usted quiera. Vicky. Ella le visitó a usted en la cárcel en dos ocasiones y de resultas de esas visitas apareció dos veces por casa de su hija. La primera, para transmitirle a usted noticias acerca del estado de Covadonga; la segunda, para borrar la visita de su hija a la página web que consultaba habitualmente.

—¿Visitaba asiduamente una página web? ¿Qué clase de página?

—Usted lo sabe muy bien. Una página de autoayuda médica, de automedicación.

—Le aseguro que es la primera noticia que tengo. El ordenador lo usamos sólo como un archivo o una máquina de escribir.

—Entiendo —dijo Mariana—. El caso es que una vez borrada del historial la visita clave y borrado el mensaje que dejó usted a su hija bajo nombre falso, no queda rastro de su intervención en el crimen. Su hija se ha suicidado oficialmente y usted puede liberarse de la carga de la culpa del asesinato de su yerno y, dolido —subrayó con sarcasmo Mariana—, se confiesa no autor sino encubridor del primer crimen, e inocente de ambos sucesos.

—Es verdad que usted es muy imaginativa —dijo Casio admirado.

—Y he aquí, señor Fernández Valle, que, casualmente, cuando yo encargo al inspector de la Policía Judicial que busque a Vicky para corroborar lo que acabo de decir acerca de su intervención en el crimen, ésta desaparece convenientemente, se esfuma, se volatiliza.

—Pero ustedes tendrían acceso al ordenador de mi hija.

—Estaba limpio. Lo debió de limpiar Vicky. Había otras entradas a la página, pero anteriores. Y aunque dimos con el camino, buscamos sin éxito el mensaje desaparecido. Quién iba a imaginar tamaña astucia en usted, que nos tenía engañados con su acto de nobleza paterna. Así que llegamos tarde. Pero no desvíe el rumbo de la conversación. Estábamos hablando del papel de Vicky.

—Que es otro disparate. Yo no sé dónde está, a mí tampoco me ha dejado recado.

—La noche de autos usted la encontró en las cercanías de la casa de su yerno.

De pronto el brillo acerado de los ojos de Casio se tornó amenazador.

—No me mire así, no soy su tipo como víctima. Yo me sé defender —nada más hablar, Mariana se asombró de su audacia y no pudo evitar un estremecimiento que quizá el otro advirtió.

—¿Cree usted que la estoy amenazando? —el rostro de Casio se relajó un tanto.

—Hablábamos de la noche de autos y de que usted se encontró con Vicky en las inmediaciones de la casa —continuó Mariana.

—Cierto. Me estaba buscando. Eso es una cosa que me fastidiaba de ella y una costumbre muy propia de las mujeres. Mejorando lo presente —añadió en seguida y Mariana pensó si no habría una burla escondida detrás de sus palabras—. Por lo visto, me fue a buscar y, al no encontrarme, pensó que quizá me hubiera acercado a casa de mi yerno, a mi antigua casa en realidad, porque sigue siendo mía —especificó—. Veo que está usted muy bien informada. Está haciendo un trabajo verdaderamente concienzudo. En fin, respecto a lo que usted me pregunta le contesto que sí, que la vi y la envié a su casa. No me gusta que me acosen.

—¿Para qué iba usted esa noche a ver a su yerno?

—¿Yo? Pues... de visita, en realidad. Hacía tiempo que no los veía —Mariana advirtió que la pregunta le había cogido desprevenido, que estaba improvisando, y atacó.

—¿No es más cierto que usted había advertido previamente a Vicky que esa noche no se verían, que ella se picó y acabó cerca de la casa de su yerno, donde usted la encontró y la obligó a volver en un taxi a su casa?

Casio Fernández se contrajo en la silla. Fue un movimiento casi imperceptible que Mariana tomó como un tocado, lo que le hizo a su vez adelantarse ligeramente, al acecho. Casio fingió, o eso interpretó ella, un suspiro de fastidio que le hizo ganar unos segundos antes de contestar.

—Muy bien. Enhorabuena. Me ha pillado usted. ¿Y bien? Es cierto que esa noche no quería quedar con ella porque iba a visitar a mi familia. Eso es todo. No hay nada sospechoso en ello, ¿verdad?

«Está nervioso —pensó Mariana—, pero no sé por qué; no sé qué teme».

—A eso íbamos. ¿Cuál era el motivo de su visita?

—¿El motivo? ¿Hay que tener un motivo para visitar a la familia?

—Eso le dijo usted a Vicky: motivos familiares. La verdad es otra. ¿O no le citó su yerno?

—Ah, sí —pareció aliviado—. Era una excusa, naturalmente, lo que le dije a Vicky. Las mujeres a veces no entienden las explicaciones más simples y ésas son las que acaban retorciendo. Seguro que pensó que yo tenía otra cita. Los celos...

Mariana comprendió que se le había escapado.

—Señor Fernández Valle, estoy firmemente convencida de que tengo razón en todo cuanto le he dicho. Naturalmente, no puedo darle a conocer los datos que yo poseo y que utilizaré adecuadamente, pero no le quepa duda de que demostraré la autoría de los crímenes y que usted tendrá que pagar por ello —pensó: «¿Se lo tragará? ¿Creerá que dispongo de las pruebas necesarias?».

—Yo lo que le deseo —contestó el otro sin inmutarse— es que usted dé fin a la instrucción y todo quede bien aclarado. Reconocerá usted que he soportado toda su imputación sin un mal gesto y con verdadero deseo de colaborar. A cambio, usted me ha tachado de criminal, de maleducar a mi hija...

—De maltratarla y abusar de ella —soltó de pronto Mariana, sin saber por qué lo hacía en realidad. El hombre cambió la cara y le dirigió una mirada fulminante. Acto seguido se puso en pie, con los puños apretados.

—Hasta aquí hemos llegado, señora De Marco. La he escuchado con paciencia, pero esta acusación es insoportable —estaba realmente irritado y resultaba intimidante—. Espero no tener el disgusto de volver a verla de nuevo.

—Las ciudades pequeñas, señor Fernández Valle, tienen un defecto: están llenas de ojos y oídos. Si se trata de maledicencia, yo no lo sé, pero es lo que se dice de usted. Incluso Vicky lo ha dado a entender.

—¿Vicky? —el rostro de Casio registró verdadera sorpresa.

—Digamos... que hablando de las relaciones entre ustedes dos dio a entender algunas preferencias sexuales por parte de usted.

Casio Fernández la miró detenidamente.

—Veo que pertenece usted al género de las morbosas. En otro momento habría merecido la pena profundizar en ello —se había suavizado su expresión, incluso dejaba entrever una atención nueva, distinta, hacia Mariana. O quizá se tratase de una provocación o de una sutil forma de agresión, pensó ella—. Es una lástima —siguió diciendo—, porque la verdad es que no creo que volvamos a vernos más y, desde luego, no en un Juzgado. A menos que usted desee otra cosa —añadió con deliberada intención de provocar a Mariana.

«Ha sido él —se dijo ella—. Está tan seguro porque sabe que no hay modo de encausarle. Esa convicción es la que le delata».

Casio seguía en pie y Mariana se levantó también. Él le tendió la mano y ella lo ignoró.

—Espero por mi bien que sea usted incapaz de probar nada de lo que su mente calenturienta ha construido. En cualquier caso, confío en que la instrucción se atenga a la realidad de los hechos y pueda encauzarla debidamente. En cuanto a sus fantásticas sospechas, confío en que se disipen como lo que son y no persista en probar lo improbable. No me alegraré de que lo consiga, pero en cualquier caso quiero que sepa que la admiro a usted. Es una mujer interesante e inteligente —se detuvo, inclinó la cabeza, sonrió entre dientes y añadió— y muy imaginativa también.

Mariana le acompañó hasta la puerta e hizo una seña al vigilante para que lo acompañase hasta la salida.

—Adiós, señor Fernández Valle. Nos volveremos a ver.

—Lo dudo, aunque en otras condiciones le confieso que me habría encantado tener la oportunidad de invitarla a cenar.

—La vida es así —respondió Mariana.

—Hubo un momento en que lo tuve a tiro, pero se escabulló —le estaba contando Mariana a Carmen—. Es frío como un pez. No se altera por nada. Sólo se enfureció cuando le acusé de abusar de su hija.

—Qué bruta eres, Mariana, en serio te lo digo. Si no te pone una demanda por difamación es porque no tenía testigos.

—La verdad —confesó Mariana con desesperanza— es que he metido la pata y me he dejado llevar; no creas que no lo siento.

—Pero ¿qué esperabas?, ¿una confesión?

—Esperaba que supiera que yo sé y eso le pusiera nervioso. Quería meterle una dosis de inseguridad.

—Pues según me cuentas su reacción, yo estaría por pensar que lo tuyo es, realmente, una fabulación.

—Te equivocas, Carmen. Yo creo que ahora está seriamente preocupado. Si no fuera porque el inspector Alameda se iba a reír de mí, le diría que siguiese sus pasos porque no es improbable que se acerque al lugar donde ha hecho desaparecer a Vicky, por asegurarse. De encontrar a Vicky todo sería más aceptable para todos: si es el cadáver porque, aparte de las pistas que pudiera aportar, dejaría en evidencia a Casio; y si es Vicky en persona y viva, aún hay alguna posibilidad de que confiese.

—Este caso te va a dejar zumbada —aseguró Carmen con preocupación.

Iban caminando por el paseo del puerto, en paralelo a la Dársena Vieja, camino de la Antigua Rula, ahora convertida en restaurante. Era un clásico lugar de paseo de la ciudad donde todo el mundo se cruzaba, especialmente si era domingo, como hoy. El cielo volvía a ser gris, ese color que llamaban «panza de burro» y que resulta de lo más desangelado, un techo de tristeza y murria bajo el que caminar requiere un esfuerzo de la voluntad o una necesidad de salir a la calle para no ahogarse en casa. Caminaban cogidas del brazo, como unas señoritas de los años cincuenta recorriendo la calle Mayor de su localidad a la espera de un cruce de miradas mientras caía la tarde. Al llegar al antepuerto se detuvieron como desorientadas y de consuno echaron a andar hacia la Punta Liquerique, prolongando el paseo. La tarde se agotaba y las luces de los pantalanes y de la línea de edificios de costa iluminaban un mar oscuro con reflejos luminosos que se adentraba en el puerto como si se adentrara en la ciudad.

—¿Te has dado cuenta de que parecemos dos solteronas de domingo? —dijo Mariana reprimiendo la risa.

—Es el día, que viene torcido —contestó Carmen—. A ver por qué no íbamos a pasearnos a nuestro aire por donde nos diera la gana.

—Sí, es el día —constató Mariana—. Parece mentira, con lo bonito que es todo esto y la desgana que se nos ha echado encima. Si al menos tuviéramos un poco de sol... Yo estoy empezando a sentir frío, ¿y tú?

—También es cuestión de hacer amistades. Tú acabas de empezar; espera a ver, dentro de unos meses. Si viene un buen verano...

Llegaron a la punta y volvieron sobre sus pasos. Aún era de día, pero tenían que acercarse a casa de Mariana para recoger la bolsa de viaje de Carmen. Luego la acompañaría a la estación de autobuses. Pensó con tristeza que el fin de semana se acababa, que no tenía en G... ninguna amiga como Carmen y se le vino encima un ataque de soledad que procuró disimular. Teodoro, finalmente, no se había acercado a ver al Sporting y temía el momento de hallarse en la estación, ese túnel abierto por el que se colaba el aire frío, esperando el autobús entre dos luces y el momento en que se dirían adiós, ella en el andén y Carmen en la ventanilla, Carmen con todo un trayecto bajo la oscuridad por delante y ella de vuelta a casa por las calles medio vacías, los ecos de las últimas voces del fin de semana resonando y la gente apresurándose empujada por el mal tiempo. Le entraron ganas de llorar y de pronto pensó en Cecilia, allá sola en la «casa del crimen» con la vieja criada y un futuro desolador y se contuvo. «En este mundo —se dijo— siempre hay alguien que está peor que tú».

El lunes amaneció un día tan plomizo y destemplado como lo había sido el domingo anterior. A primera hora de la mañana, Mariana de Marco se reunió con el fiscal Andrade para recibir el informe de este último sobre la guarda y custodia y tutela de la menor Cecilia Piles Fernández, el cual, como ella suponía, era favorable a la concesión a favor de Casio Fernández Valle una vez que los abuelos maternos renunciaran a ella. Mariana, que manifestó su disconformidad con alguna tibieza, no quiso alegar las verdaderas razones que la sostenían por temor a que el fiscal considerase demasiado atrevidas, o directamente fantásticas, sus conclusiones acerca de la muerte de Cristóbal Piles y del suicidio de Covadonga Fernández. Sin embargo, y aprovechando la retirada de los abuelos maternos, dejó entrever al fiscal que deseaba todavía un margen de tiempo antes de tomar la decisión definitiva y que antes volvería a hablar de nuevo con él, pues disponía de indicios preocupantes que aún no estaba en disposición de exponer. En realidad pretendía ganar tiempo, pero, si fuera necesario, estaba dispuesta a considerar la posibilidad de revelar al fiscal la intención de Cristóbal respecto a la prueba de paternidad, sólo la intención, para apoyar su rechazo a Casio. El fiscal, muy reticente, tuvo que escuchar una versión edulcorada y muy enredada de las sospechas de Mariana sobre la conveniencia de aceptar a Casio hasta que aceptó retener el informe por unos días, no sin declararse antes un tanto sorprendido por el exceso de celo de la Juez, en consideración a la confianza que le inspiraba su criterio profesional. De esta manera, la Juez pudo ganar el tiempo suficiente para tratar de utilizar la baza que le quedaba, si no para resolver el caso con arreglo a su convicción de culpabilidad, sí al menos para encontrar el modo de retirar a la niña de la influencia del abuelo sin llegar al fondo del asunto.

Finalmente, había tomado una decisión: intentaría probar la culpabilidad de Casio Fernández Valle; pero si no, no tendría más remedio que sacar a la luz el incesto para justificar la negación de la custodia a Casio, aunque intentaría que no trascendiese a la calle, pues a él no le convenía armar mucho ruido sobre ello. Entregársela a Casio era, en su opinión, una irresponsabilidad criminal, incluso aunque pasara a conocimiento público la terrible historia que marcaba a la niña.

La Juez De Marco, resuelta la mayor dificultad para su conciencia y sin querer volver a pensar más en ella por si se arrepentía, quedó sumida en sus pensamientos. Sentía la ausencia de Carmen como una dificultad añadida. Además, en su preocupación había olvidado desayunar, por lo que solicitó, aunque con desgana, que le subieran un café y una pieza de bollería. Seguía pensando en la niña, en su destino. Lo que debería de haber sido una infancia en familia, con las dificultades inevitables, pero infancia normal, atendida, bajo protección, desembocaba por arte de azar en una institución social y en inevitable ausencia de cariño privativo, personal y ausencia de hogar real, si no en el estigma ignominioso que decidiría su vida, un destino sellado un día de los muchos en los que su abuelo abusaba de su madre; y sí, no había que hablar sólo de abuso aunque Cova ya estuviera en su mayoría de edad, sino de esclavitud sexual. Lo cual le remitía a la noción de culpa; porque si ésta era aplicable, en distinto grado, a padre e hija, no lo era en absoluto a la pequeña Cecilia. La tormenta que la horrible situación había desatado se llevó por delante a la familia, pero el único pecio arrojado a la arena de mala manera y sin medios de subsistencia era la niña, que ahora tendría que enfrentarse a un futuro previsiblemente amargo, quizá insuperable.

Mariana reconoció que, por un momento, llegó a pensar en adoptar a la niña. No podía hacerlo, claro, en parte por su interferencia en el caso, pero, sobre todo, porque su vida era de lo más inadecuada para convertirse en madre de adopción, pero sentía la huella de ese pensamiento aún presente en su interior, como esos restos de archivo de un ordenador que nunca acaban de borrarse y de tarde en tarde ocasionan interferencias que irrumpen en medio de un trabajo o impiden momentáneamente la ejecución de una herramienta. «No tienes que echarte a las espaldas la justicia del mundo», le había dicho certeramente Carmen y ella reconocía esa certeza, pero en aquellas ocasiones en que la emoción por un dolor ajeno era superior a los dictados de su razón, aunque no se dejaba abatir por ello, lo sufría con el mismo daño. En realidad, el dolor que sentía en estos momentos era superior a la frustración que le ocasionaba su impotencia. Aceptar la victoria de Casio Fernández era mucho más hiriente que aceptar su propia derrota y en este punto veía de nuevo emerger ese resto de pensamiento que no acaba de borrarse de la memoria, esa apelación a la Justicia como si el concepto mismo de Justicia dependiera de ella, de la Juez De Marco y no de toda la sociedad compleja, no equitativa y, por supuesto, violenta de la que formaba parte. Sí, la suya se asemejaba a una visión superior y heroica de la Justicia y —se reprochó—, «¿Quién eres tú para pretender ser ejemplar, como lo eran los héroes de antaño? ¿Quién para erigirte en la encarnación de esa Justicia, como la Marianne convertida en símbolo de la República francesa?» El paso siguiente fue un acto de reconocimiento: en un mundo laico, democrático y peor organizado y estratificado de lo que debiera, semejantes figuras triunfales quedaban sustituidas por imágenes mucho más corrientes, cotidianas, «Gente que va y viene y que, como tú —se dijo—, bastante tienes con ser una Juez honesta y competente o cosa semejante». Y volvió a recordar aquella frase leída en algún libro, o revista, una entrevista quizá con algún psicólogo infantil..., «Cada niño tiene que construir necesariamente su propia historia».

Mariana se llevó la mano a la frente como si quisiera retener esa idea en su justo límite, en su verdad esencial. Y en esa postura, reclinada sobre la mesa, como una funcionaria rendida a los imponderables de su oficio, la encontró el sorprendido agente judicial que le traía unos papeles al despacho.

Agitó la cabeza como si se desprendiera de los malos pensamientos, agradeció el servicio y se prometió a sí misma, tras quedarse de nuevo sola, que intentaría conciliar mejor la humildad con la imaginación. «Al fin y al cabo —se dijo— pensar como la encarnación de la Justicia es un acto netamente narcisista e incluso —consideró— una peligrosa vía abierta a la intransigencia, que es lo que me faltaba a mí. De manera que lucharemos, sí, por más que la adversidad se empeñe en lo contrario, pero si ése es el desafío, lucharemos y no con cualquier arma sino con toda la artillería».

—Y he de decirte que la cárcel me parece poco para ti, Casio Fernández —exclamó creyendo que seguía sola.

Entonces reconoció al inspector Alameda en pie bajo el dintel de la puerta que el agente judicial dejara semiabierta al salir.

—La veo a usted dispuesta a todo —comentó el inspector mientras Mariana enrojecía. Nada podía exasperarla e intimidarla tanto a la vez como el haber sido sorprendida en esa pequeña expansión intimista de sus sentimientos—. No se apure, no he visto ni oído nada —siguió diciendo el inspector con un inevitable punto de compasión en sus palabras—. ¿Cómo ha ido la reunión con el fiscal?

—He ganado algo de tiempo, que para lo que me va a servir... —contestó ella con evidente desánimo.

—Tampoco yo tengo grandes noticias. Hemos estado indagando el paradero de Victoria Laparte sin resultado, pero sabemos algo más. Sabemos —agradeció el cenicero que la Juez extrajo del cajón de su mesa— que salió de su casa a la mañana temprano el sábado pasado. Lo sabemos por una vecina que salía a misa y dijo que la tal Vicky se fue andando hacia el centro. Ahí se le pierde la pista porque no hemos dado con nadie que la haya visto a partir de ese momento.

—¿Han buscado en el entorno de la casa de Casio?

—Sin resultado. La poca gente que hubiera podido reconocerla no la vio. Es como si se hubiera esfumado.

Tampoco da nadie razón de ningún movimiento de Casio durante el sábado; es más: no hay constancia de que pernoctara en su casa esa noche. En cambio, sí fue visto, él solo, llegando a su piso en la madrugada del domingo. Y hasta ahora.

—Estupendo. Vamos al desastre sin ahorrarnos ni un solo paso.

—La verdad es que nos hemos quedado sin testigos. Ni Vicky ni Covadonga. ¿Se ha solicitado ya la prueba de paternidad?

—No se va a solicitar por ahora. Pero ésa no es una prueba acusatoria sino circunstancial con respecto a los crímenes. La autoría de los crímenes es otra cuestión. En el mejor de los casos, la prueba sólo nos servirá para reafirmarnos en nuestra convicción acerca del incesto, que es un móvil. Es decir —apuntó—, si es que usted se apunta a creer en ella.

—La verdad es que me gustaría verla salir con bien de este asunto.

—Hombre, gracias, eso ya es un punto.

—Yo soy así —dijo Alameda con su sorna habitual. Sin embargo, Mariana le creyó. Luego se hizo un silencio. El inspector fumaba y Mariana se abstrajo.

Desde el fondo de su memoria llegaba una melodía. La escuchaba mentalmente con perfecta claridad, pero hasta que no pasaron unos segundos, no la reconoció. Fueron unos redobles de batería sobre los que se repetían insistentemente unos compases de piano. Se dejó llevar, feliz, porque sonaba a tiempos alegres de universidad y, de repente, cuando al recuerdo se añadió un toque de saxofón introduciendo de nuevo el tema melódico, supo lo que estaba escuchando: *Take Five*, por el cuarteto de Dave Brubeck. Era uno de los discos que se quedó su ex con la excusa de que era jazz, pero el disco era suyo, un regalo al final de una noche preciosa en la que celebraban la publicación del libro de un joven novelista que, evidentemente, se había enamorado de ella. No fue que le gustara el novelista, que era un tipo muy agradable, de mayor edad que ella, que había sido finalista del premio Biblioteca Breve unos cuantos años antes y que, razonablemente bebido y educado, por respeto a su marido se limitó a regalarle el disco con una atosigante, casi patosa insistencia. Esa pieza, que habría escuchado entre mil y dos mil veces, era tan estimulante que desataba en ella lo mejor de su carácter y de su voluntad y lo usó descaradamente como antídoto de cualquier desastre que le sobreviniera en aquellos años o de cualquier momento de euforia. Y ahora volvía de repente, por la memoria, y se dijo que lo necesitaba ya, que apenas despachara a Alameda se lanzaría sobre una tienda que conocía en Barcelona para localizarlo y encargarlo sin perder un minuto. Sí, porque lo necesitaba más de lo que nunca lo había necesitado.

Y con esa misma estimulante sensación, una idea se instaló de pronto en su cabeza, un intruso exigente y fascinante que reclamaba acción inmediata, que desbordaba de energía y decisión y que, lo entendió como a la luz de un relámpago, la invadía como una consecuencia del recuerdo de felicidad que vino con la música.

—La hija —estaba diciendo el inspector— es la única que podría inculpar a Casio, pero no puede hablar, no hablará nunca.

—Inspector —dijo de pronto con tal determinación que éste se sobresaltó y dejó caer la ceniza de su cigarrillo al suelo—, las noticias no son ésas. Ahora los médicos dicen que *puede* salir del coma. Y le diré otra cosa: tenemos un testigo; claro que tenemos un testigo; y, si no me equivoco, será quien condene a Casio Fernández.

—No me diga usted —contestó el inspector una vez repuesto—. ¿Puedo saber quién es ese testigo providencial... y desconocido?

—¿Desconocido? —en su voz había un toque triunfal, exultante—. De ninguna manera, inspector, de ninguna manera. Ha estado en todo momento ante nosotros, yo diría que deseando declarar y exigiendo nuestra ayuda, pero, claro, nos obcecamos tan a menudo por mirar en una sola dirección que acabamos por ponernos las orejeras nosotros solos. Especialmente en este caso, donde la principal distracción ha sido la propia ansiedad.

—¿Y bien? —volvió a preguntar el inspector.

—Ya veo que no se fía un pelo de esta Juez alocada. Debe de pensar que me ha dado el ataque de nervios, la crisis. Pero no, confíe en mí. ¿De verdad que no se imagina de quién estoy hablando?

—Se lo puedo jurar —dijo el inspector, medio impresionado por la convicción que emanaba de la Juez.

—Inspector, llevaré a Casio Fernández a la cárcel en nombre de su hija y, si todo sale tal y como espero, lo consideraré un acto de estricta venganza y un acto de estricta justicia. Yo conseguiré que ella lo inculpe.

—Pero, señoría... —en su estupor, el inspector Alameda acudió al tratamiento oficial, pero apenas pudo completar la frase, tal era su asombro—. Ella nunca saldrá del coma, no se haga ilusiones... —de pronto le cambió la cara—. ¿O sí? —el inspector se quedó pensando con un gesto de intensa concentración—. Si ella despertase...

—¿Sí? —dijo Mariana, solícita.

—Siempre puede ocurrir, ¿no le parece? No hay que perder la esperanza —concluyó.

La noticia de la salida del coma de Covadonga Fernández la retuvo la Juez de manera expeditiva. No debía trascender y no trascendió. La Juez De Marco temía —dijo— una reacción en cadena si la noticia salía afuera y por la seguridad de la enferma, que de todos modos se encontraba en una situación sumamente delicada; de manera que se limitó a comunicarlo a la familia directa, es decir, a Casio y le exigió silencio absoluto así como al personal del hospital que atendía a Covadonga. Fue muy a su pesar como se vio obligada a comunicárselo a Casio y cuando lo hizo aprovechó la ocasión para informarle de que el fiscal solicitaría una prueba de paternidad. Lo hizo por teléfono y la reacción de Casio fue muy violenta, la única ocasión en que Mariana le pudo ver fuera de sus casillas. La cubrió de improperios hasta el punto de que ella se vio obligada a cortar la comunicación no sin antes advertirle, si es que él pudo llegar a oírla, que, en caso de negarse a efectuar la prueba requerida y de acuerdo a derecho, se aceptaría la presunción de paternidad sin más dilación.

«Bien —se dijo—, al fin muestra este hombre su verdadera cara. Tanto temple y tanta prestancia no ha

servido para nada en cuanto se ha visto acorralado. ¿Se necesita mayor prueba para obtener una convicción moral de su culpa? Ahora vamos a ocuparnos de lo que sigue».
En cierto modo, se sentía en deuda con Covadonga y con su hija. Con Cova por su triste historia, por su desgraciada esclavitud y porque aquel gesto de defensa de su hija en mitad del horror quería decir que se merecía una ayuda que sólo Mariana podía ofrecerle en estos momentos; con Cecilia, porque no podía dejarla en manos de un destino más cruel aún del que ya de por sí le aguardaba. En la intención de Mariana había llegado la hora de ajustar las cuentas y cerrar el caso.

Covadonga yacía inmóvil, dormida, en la cama articulada de su habitación. La habitación estaba en penumbra, con la persiana echada, a través de cuyas lamas se filtraban delgadas líneas horizontales de luz atenuada. El gotero a un lado de la cama, conectado a una vía abierta en su brazo derecho, el respirador insertado en las ventanas de su nariz y la sonda eran los únicos signos de vida en la quietud, una quietud que llenaba el espacio con fantasmal presencia. El silencio era absoluto, roto tan sólo por las ocasionales voces de las enfermeras en el pasillo que sin duda ella, profundamente dormida, no escuchaba.

Un leve, casi imperceptible vuelo de los visillos que atenuaban aún más la luz proveniente de la persiana reveló que un golpe de aire había penetrado en el espacio estático. La puerta se abrió primero unos centímetros y, después, lentamente, dejó pasar la luminosidad del pasillo recortando en contraluz la figura de la visita silenciosa. La durmiente no se alteró ni pareció percibir la presencia de otra persona en la habitación, que cerró la puerta tras de sí con sumo tiento. Recuperado el estado de penumbra anterior, se deslizó rápidamente hacia la cama. Covadonga mostraba una respiración tranquila y regular y el visitante se inclinó sobre ella, como si quisiera medir el sonido que escapaba de su cuerpo al inhalar y exhalar. Estaba pálida y su rostro, consumido y sereno a pesar de todo, dejaba ver la huella de un padecimiento doloroso. Ante la presencia de su visitante, dormida, no reaccionó; evidentemente no lo advertía. El visitante se quedó quieto, mirándola, con los brazos caídos a lo largo del cuerpo como si evaluase su situación. Al cabo de unos minutos pareció salir de la contemplación y sus movimientos se hicieron precisos. Tomó entre sus manos el tubo del gotero y lo desconectó e inmediatamente hizo lo mismo con el respirador y colocó sus manos sobre la boca y nariz de la paciente. En ese instante, una sombra surgió del cuarto de baño y lo inmovilizó mientras la puerta se abría de golpe y otra figura, a la que siguieron otras dos más que se precipitaron sobre la enferma, se adelantó hacia el primer visitante, que estaba siendo esposado. En cuestión de segundos, el visitante fue sacado al pasillo, donde aguardaba la Juez De Marco.

—Señor Fernández Valle —dijo la Juez mirándole a los ojos con firmeza—, queda usted detenido por intento de homicidio con premeditación y alevosía de su hija Covadonga Fernández. Agente Rico, léale sus derechos, enciérrelo y espere mis órdenes.

Un segundo agente ayudó a Rico a llevarse al detenido, que pugnaba por revolverse hacia la Juez, pero sin decir una sola palabra, con los dientes apretados. Sin duda buscaba sus ojos y la Juez lo estuvo mirando hasta que desapareció por el recodo del pasillo.

—Muy bien, inspector —dijo ella volviéndose hacia el inspector Alameda—. Ya veo que ni para detener a un peligroso asesino triple se quita usted el abrigo. No sé si lo reconoceré un día que vaya a cuerpo.

—¿Triple? Aún no hemos encontrado a Vicky ni podido imputarle fehacientemente el primero de los crímenes. De no ser por este truco peliculero que se ha inventado usted, se nos habría escurrido entre las manos.

—Porque carecen ustedes de fe y de intuición y así no se puede ir por la vida en nombre de la ley. Hay que poner a trabajar a la imaginación, inspector. Por cierto —añadió—, muchas gracias; su idea y su puesta en escena han sido magníficas.

—Que eso lo diga una Juez... Espero que no lo oigan sus superiores, porque me da que a ellos les ha de hacer poca gracia semejante modus operandi —comentó con sarcasmo el inspector.

—Dígame, sinceramente, ¿cree usted que habríamos logrado atraparlo de otro modo?

—No lo sé. No puedo saberlo. Habríamos seguido detrás de Vicky hasta dar con ella o con su cadáver. Habríamos valorado la prueba de paternidad...

—Que ahora adquiere notable relevancia... —apostilló la Juez.

—... y yo creo que, pronto o tarde, se habría traicionado o habría entrado en contradicción. Sin prisa, pero sin pausa, ése es mi lema.

—Ya. Y mientras tanto, la niña en poder de ese... pedófilo, violador, asesino y no sé qué más.

—Estábamos revisando toda su vida —dijo el inspector— y por ahí iban a salir asuntos comprometedores, estoy seguro. Ya estaban saliendo, de hecho, indicios, informaciones que llevaban a otras informaciones... Es muy difícil el fingimiento al extremo al que lo había llevado él. El problema es que nadie da importancia a hechos significativos hasta que una luz distinta empieza a iluminar esos hechos de otra manera; entonces es cuando el trabajo de información empieza a dar sus frutos.

Mariana de Marco se ajustó el bolso al hombro y no contestó.

—Lo que pasa —continuó diciendo el inspector— es que usted nunca hubiera podido cerrar la instrucción de otra manera que aceptando de un modo u otro la tesis del suicidio y la consiguiente inculpación de Covadonga en la muerte de su marido. Con todas las cautelas, naturalmente, pero dejando fuera de cuadro a Casio Fernández. Y eso es algo que usted, si es que la conozco ya un poco, no estaba dispuesta a aceptar a ningún precio. Ya se lo dije al principio: usted me parece una persona valerosa e inteligente, pero no parece una Juez al uso. A lo mejor es que están cambiando los tiempos y yo no me entero. También el fiscal Andrade parece de otra pasta. En fin, que los veteranos nos vamos acercando pasito a pasito al retiro.

—Vamos, inspector, no diga eso. Por lo menos yo no quiero que me lo cambien a usted por ningún moderno. Usted es de confianza.

El inspector disimuló como pudo una media sonrisa bajo su bigote y siguió caminando junto a la Juez. Entonces se acordó de que aún llevaba la gorra puesta y se destocó y luego, como si pensara que la cosa ya no tenía remedio, volvió a cubrirse la cabeza.

—Hay que ver —estaba diciendo la Juez— la absoluta amoralidad de este individuo. Si llega a ser verdad que Covadonga había salido del coma, le habría cerrado por segunda vez las puertas de la vida. Aún no soy capaz de dar crédito a lo que he visto con mis propios ojos.

Cecilia Piles iría a una institución social. Ninguno de los Piles quiso saber nada de ella a pesar de no haberse practicado aún con ella y con Casio la prueba de paternidad; y aunque ésta confirmara lo que Mariana de Marco ya sabía, no dejaba de parecerle vergonzoso el repudio de que era objeto la niña. ¿Acaso los seis años en que la habían tratado como nieta podían borrarse de un plumazo ante una sospecha? Posiblemente, salvo por parte de su madre (y de su padre también, a juzgar por lo que dejaba entrever la niña) no obtuvo verdadero cariño de nadie. Incluso llegó a preguntarse si Cristóbal Piles habría sido capaz de desprenderse de su hija cuando se hubiesen conocido los resultados de la prueba de paternidad y prefirió pensar que no, que el afecto habría podido con el engaño. La niña era, en toda aquella horrible secuela de destrucción, el único ser que no había engañado a nadie. Ahora quedaba sumida en la más completa soledad, salvo que su madre se recuperara realmente del coma, suceso punto menos que imposible. Estuvo meditando la posibilidad de que el incesto no apareciera en su día en el juicio, pero el peso de la prueba sobre el móvil de Casio Fernández para cometer el primer asesinato era decisivo;

salvo que se decidieran a imputar ese crimen a Covadonga, sí, pero en ese caso era evidente que la defensa de Casio alegaría suicidio de Cova seguido de intento de muerte por compasión por parte de Casio y Covadonga moriría en su día como criminal. ¿Qué era lo peor para Cecilia: crecer con esto último o con la historia del incesto? El desamparo de la niña le dolía como si fuera propio. Reconocía que la situación de la niña le afectaba e incluso más, le obligaba. ¿Por qué? ¿Por qué le afectaban de esa manera esta situación y esta niña en concreto? Al fin y al cabo una Juez ve tantas cosas que ya está curada de espanto. Pero de un modo u otro había decidido velar por ella. Por eso se le ocurrió que debería hablar con su amiga Carmen. No se trataba de adoptar a la niña sino de sacarla de la institución recibiéndola en acogida. Carmen y Teodoro estaban en la idea de tener descendencia, pero aún no había nada; ¿por qué no intentarlo con Cecilia? Al fin y al cabo, el tiempo iba pasando para ellos y una acogida no es una adopción, es un compromiso de apoyo y educación que ellos, que eran honestos y buenos como poca gente, serían muy capaces de sacar adelante sin necesidad de adquirir la clase de compromiso que es adoptar a un niño con todas sus consecuencias. Y más adelante... pero aquí se detuvo porque ella no era la lechera del cuento.

El próximo fin de semana iría a visitarlos y, entre tanto, se ocuparía de no desatender a la pequeña. Al final de la mañana, Mariana escapó a almorzar a su italiano, regresó al despacho a pie y en el trayecto recordó que al día siguiente, contra lo habitual, no había señalada ninguna vista. Era un respiro que le permitiría ganar tiempo para seguir pensando. Así pues, estuvo dedicada sobre todo a terminar la instrucción del caso Piles y, con la tarde ya avanzada, eligió concederse un respiro y dio carpetazo a la jornada. Regresó a su casa, se duchó durante una media hora hasta que no quedó rastro alguno de los disgustos que le había dado el caso sobre su cuerpo y se vistió con intención de seducir, un traje negro de cóctel con tirantes y falda de vuelo justo por encima de la rodilla, medias negras y zapatos de tacón. «Demasiado alta —se dijo mirándose al espejo—, pero hay que lucirse».

Sacó una botella de *champagne* del frigorífico, cambió su bolso habitual por uno de fiesta, se echó un amplio chal sobre los hombros que le cubría por completo el talle y salió a la calle. Si hacía frío, no lo sintió. Caminó tranquilamente hasta el paseo de Jovellanos, llegó a la plazuela anexa donde corrían vigorosamente las fuentes de agua entre las poderosas palmeras, se dirigió a la parada de taxis que se encontraba junto a la acera que daba a la iglesia, llamó al primero mientras avanzaba hacia él, se introdujo en el asiento trasero con el mejor de los ánimos y le dio la dirección al chófer.

Cuando Jaime Yago abrió la puerta de su casa, su hostilidad tardó en deshacerse lo que Mariana de su chal, pero lo ocultó. Ella estaba, como Jaime solía decir en estos casos, despampanante, pero la tentación de reprocharle el abandono en que le había tenido el reciente fin de semana permaneció inocultable. Mariana entró impetuosa, eufórica y lo abrazó alegremente.

—¿Se puede saber qué te pasa? —preguntó Jaime, tratando de mantener aún una distancia de enfado cuando logró separar su rostro del de ella—. ¿Te parece que tenga que estar esperándote como un perrito de compañía? ¿O es que soy gilipollas?

—Lo he resuelto, le he machacado y he ganado —dijo de golpe—. He ganado, he dejado a Casio Fernández con el culo al aire y la soga al cuello, como quien dice; no creas que no siento haberte dejado tirado de mala manera este fin de semana, pero vengo a compensarte y a compensarme y —dijo alzando la botella de *champagne*— esta noche nos vamos a coger una buena para celebrarlo. Tú y yo.

—Eso será si yo no tengo nada que hacer esta noche.

—Ah, pues si no te parece bien, no hay más que hablar —Mariana, que venía de ganar un órdago, no titubeó—. Me llevo mi botella, me la bebo yo sola, que me tengo mucho afecto, y a ti que te zurzan con hilo negro.

—Quieta ahí, fiera —reculó Jaime—. Prefiero morderte yo antes que dejar que me muerdas tú a mí, con lo peligrosa que eres.

Mariana se plantó ante él con la botella colgando de la mano izquierda, ensayó una sonrisa perfecta de mujer fatal y con el dedo índice de la otra mano deslizó sobre el hombro uno de los tirantes del vestido.

—¿Toda la noche? —preguntó.

—Toda la noche —aseguró él.

Mariana, especialmente en sus grandes momentos, era siempre una ferviente partidaria del *carpe diem*.

Madrid, 2007-2008

Agradecimientos

En esta novela tengo una deuda de gratitud con Isabel Lobera, Natalia Rodríguez Salmones y Luis Audibert, cuyas atinadas observaciones o información han ayudado a cerrar con bien esta historia. La ciudad de G... existe, naturalmente, y será reconocida sin dificultad, pero a veces se modifica o difumina a capricho del autor.

Índice

Caso cerrado 9

Demasiadas preguntas 69

Caso abierto 169

Demasiadas mentiras 249

Caso cerrado 337

Agradecimientos 435

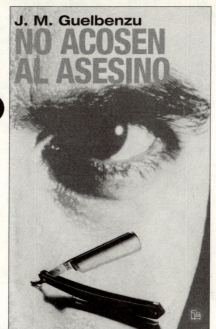

En una elegante colonia de veraneo cercana a Santander, alguien entra sigilosamente en una de las casas y degüella a un viejo Magistrado de brillante historial. Es la hora de la siesta de un día de intenso calor. Todo el mundo dormita. Nadie ha visto nada.

Entre intuiciones, investigaciones, sospechas, detalles esclarecedores e interrogatorios, la Juez Mariana de Marco se enfrenta a un crimen tras el que no parece haber móvil alguno. Sin embargo, poco a poco, empezará a fijar su atención en un reducido y selecto círculo de personas.

Dos inteligencias que se baten en un duelo silencioso, un retrato de grupo inolvidable, una soberbia intriga y una incógnita que persiste hasta el final.

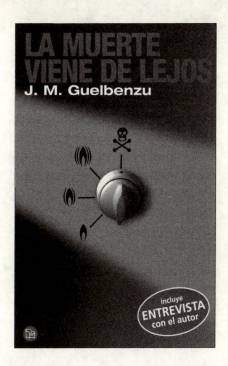

«Ni existe el Mal ni hay crimen perfecto.»

Una mañana, un viejo avaro aparece muerto en la cocina de su casa por emanaciones de gas. El suceso se cierra con la conclusión de muerte por accidente. Dos años más tarde, Carmen, la antigua Secretaria de Juzgado de la Juez De Marco, le insta a reabrir el caso alegando asesinato. Pero, tras estudiar detenidamente el sumario, no encuentra resquicio alguno que justifique las sospechas de Carmen. La casualidad hace que Mariana conozca al sobrino del viejo, al que Carmen acusa de asesinato, y la Juez empieza a interesarse por él por razones bien distintas.

«Enigma que la novela ha guardado, como buen policíaco, hasta sus treinta páginas finales, sobresalientes por el ritmo narrativo y la tensión de su interés.» *ABC*

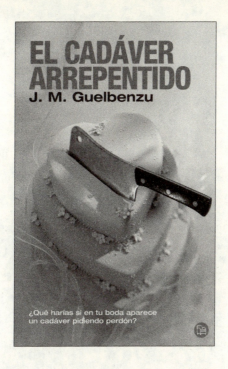

La valerosa Mariana de Marco se enfrenta esta vez al caso más insólito de su larga trayectoria profesional: Amelia, una antigua compañera de Facultad, ve peligrar su boda por la repentina muerte de su madre y el descubrimiento de un cadáver enterrado en actitud suplicante. Ante este desconcertante hallazgo, la Juez desplegará todos sus recursos, aun poniendo en peligro su propia vida, para esclarecer un oscuro misterio familiar. Esta brillante comedia policíaca, repleta de suspense y de humor, es un nuevo caso protagonizado por la Juez Mariana de Marco.

«Esta novela de género garantiza el entretenimiento del lector en busca de la obra bien hecha.» *El Cultural*

«Guelbenzu confirma su dominio del género policíaco, el que mezcla sabiduría y amenidad.» *Babelia*

Todos tus libros en

www.puntodelectura.com